JN080740

恩田陸

愚かな薔薇

徳間書店

Rose that blooms
through all eternity

Riku Onda

愚かな薔薇

1

隣のボックスシートに座っていた少年が立ち上がった時、何かが身体から落ちて乾いた音を立てた。

腰を浮かせて網棚から荷物を降ろしていた奈智は、落ちたものが自分の足元に転がってきたことに気付き、鞄を座席に置くとそっとかがみこんでその銀色の塊を拾った。

最初、それが何なのか彼女には分からなかった。

紐がついたお守り袋から、それははみだしていた。

鞘が外れていたので、とても小さなナイフかと思ったが、その刃先は奇妙な形をしていて、強いていえば缶切りに似ていた。

「あの、これ」

やはり荷物を抱えて外に出ようとした少年を呼び止めると、彼は驚いたように振り向き、奈智が手にしているお守り袋に目を留めると、みるみるうちに真っ赤になった。

そのあまりの狼狽ぶりに、奈智のほうが動揺してしまう。

学帽の下の鋭い目がキッと彼女を睨みつけ、彼女の手から乱暴にお守り袋をむしり取ると、逃げるようにホームに降りていってしまった。

何か悪いことでもしただろうか、と奈智はしばらくおどおどしていたが、荷物を持ち上げ、恐る恐るホームに降り立った。

むっとする空気が身体を包む。

向かいのホームが、かすかな陽炎に揺れていた。年寄りや子供を連れた女がのんびりと改札を出て行く。

雲の合間から、熱っぽい陽射しが目を刺すのに顔をしかめ、奈智は手に持っていた麦藁帽子を慌ててかぶった。編んだ麦藁の隙間から、ちらちらと細かい光が落ちかかる。

奈智はしばらくホームで棒立ちになっていた。

山が近く、空が近い。黒々とした緑を湛えた山は、周囲を囲むように聳え立っている。

今年の夏も暑いことを澱んだ光が告げていた。

幼い頃から何度も来ていたというものの、一人でやってくるのは初めてで、しかも二ヶ月間のキャンプとあっては不安を押し隠すことはできなかった。

彼女と同じくキャンプに参加するらしい少年や少女が、ぽつぽつと大きな荷物を手に歩いていくのが見える。どの顔もやはり不安そうだ。

切符を駅員に渡し、改札を出ると、ロータリーのボンネットバスの前には客が列を作り、次々と乗り込んでいくところだった。結構混んでいる。

列の後ろに付こうとすると、「こっちこっち」と誰かが呼ぶ声がした。

見ると、ロータリーの隅に、白い夏服を着た少年たちが七、八人固まっていて、一人背の高い少年が奈智に向かって手招きをしている。

その顔に見覚えがあることに気付いて、奈智はホッとして駆け出した。

深志兄さん、と声を掛けようとしたが、久しぶりに見るその顔はとても大人びていて、しかも彼が引率のために来ているのだと気付き、奈智の口はもごもごと言葉を呑み込んでしまった。

「暑うなってきたし、長旅で疲れていると思うけど、これがキャンプ生の決まりやから」

深志は皆をゆっくりと見回して、安心させるのと同時に気分を引き締めさせる。そして、おずおずと頷く顔を確認すると、先に立って歩き出した。

一団の中に、さっき睨みつけられた少年の姿もあって、奈智はなんとなく彼から離れると列のいちばん後ろについた。他に女の子がいなかったことにも気後れしていた。

ロータリーの前の幹線道路を行くのかと思いきや、深志は駅に隣接している食堂との間の細い道に入っていったので、少年たちは戸惑った。しかし、上級生には従うしかなく、おっかなびっくりついていく。

細い道は下りになっていて、辺りにはびっしりとツタ系の植物が覆い、電信柱のケーブルをも這い登り、緑のオブジェを作っていた。遠くから蟬の声が響いてきて、すり鉢状になった土地の中で反響しているのが分かる。

ゆるやかなカーブの先に、ぽつんとトンネルが見えた。隧道らしい。

奈智はその真っ暗な穴を見た瞬間、どきんとした。

どこかで見覚えがあるような——

足はそのトンネルに入ることを拒んでいたが、先頭の深志はずんずんと道を進んでゆく。

隧道は近づくと意外に大きく、足を踏み入れたとたんに温度が下がり、ぞくっとした。

ところどころにオレンジ色の鈍い照明が点いているものの、中は暗くて夏の昼間であることをすぐに忘れてしまう。

湿った匂い。異様な圧迫感。かなり天井は高かったものの、呼吸すら憚られる雰囲気がある。運動靴や革靴がぺたぺたと地面を踏みつける音だけが響く。

前を歩く少年の白いシャツの背中に意識を集中して、奈智は早くこの隧道が終わってくれることを願った。

どこかでざああ、という水の流れる音がする。川が近いのだろう。磐座(いわくら)の集落の真ん中を流れる紅葉(もみじ)川かその支流の音に違いない。

隧道も大きくカーブしていて、前方にぽつんとかまぼこ形の光が見えた。そこが出口のようだ。思わず早足になる。

トンネルを出た少年たちは声にならない叫び声を上げた。そこに、予想もしていなかった異様なものを見たからである。

「帽子、脱いで」

深志が低い声でみんなを見回した。

誰もが慌てて学帽や麦藁帽子を脱ぎ、目を大きく見開いて目の前のものを見上げている。

巨大な岩、なのか、切り立った壁、というべきなのか。

鬱蒼とした山の斜面に、巨大な彫り物があった。

子供の胴ほどもありそうな太い注連縄(しめなわ)が渡してあり、手前には小さな石の祭壇があって、果物や野菜のお供えがしてある。

異様なのは、その彫り物である。

楕円形をした長い舟が、垂直な形で浮き彫りになっていて、中にはうずくまった人体のようなものが何体も描かれている。地蔵や観音、牛や馬といった動物らしきものも窺(うかが)え、花柄に似たものも見える。

相当古いものに思えるが、かなり精緻な造形である。

「これが『虚ろ舟様』じゃ」

深志が目線でその彫り物を示した。

「これが」

少年たちの間から、羨望とも恐怖ともつかぬ溜息が漏れた。

「そうじゃ。虚ろ舟乗りの神様がここにおられる。ここを拝んでからでなければ、キャンプにはいけん」

深志はそう言うと、自ら祭壇の前に進み、深々と頭を下げた。

つられるように、少年たちも頭を下げる。

奈智も慌てて頭を下げたが、他の子供たちよりも少し後ろにいたためか、強い木漏れ日が目を射るのと同時に、視界で何かが動いたような気がして、ふと視線を向けた。

誰かが立っている。

ハッとして目を見開く。

見間違いではない。後方の崖の上に、誰かが立っている。

長い髪が風になびき、遠目にもほっそりとした、色白の顔が窺えた。藍色の着物を着て、幽霊みたいにすうっと崖の縁に立っている。

見ると、まだみんなが頭を下げているので、奈智は慌てて頭を下げた。

みんなが頭を上げるのを待って、もう一度そっと崖の上を見たが、もう誰もいない。

まぼろし？　いや、確かに見た。

ぼんやりと崖の切り立った線を眺めていると、列がぞろぞろと動き始める。

後ろ髪を引かれる奈智の目を、遠い梢の木洩れ日が刺す。

ゆるやかな坂道をのぼっていくと、少し開けた場所に出た。

斜面に星のような白い点が散っている。

「さとばらや」

誰かが呟(つぶや)いた。

夏が近づくと、集落のあちこちや山で咲き始める野生のバラだ。はまなすに似た、こぶりな白いばら。磐座城の紋章にもなっている。

まだつぼみだったが、既に辺りには官能的な甘い香りが漂い始めている。

この香りを嗅(か)ぐと、奈智はいつも不安になる。かぐわしい、うっとりするような心地好(よ)い香りなのだが、どこかに凶暴でいかがわしいものを隠し持っているような気がしてしまう。自分の心の奥に眠っている、どす黒い獣性のようなものが目覚めてしまうのではないかと恐ろしくなるのだ。

ふうっと辺りが薄暗くなった。

みんながどよめいた。

上空に何か大きなものの気配がある。

「舟だ」

「ほんとだ、あんなにいっぱい」

「定期就航の便やろか」

「今の時期は臨時便じゃろ」

少年たちが歓声を上げて、空を指差す。

白い楕円形の、舟底が空をゆっくりと横切っていく。

それは、まるで海をゆくシロナガスクジラのようで、ゆるゆると何艘も少し距離を置いて移動していく。

舟はねっとりとした夏の空の雲の中を泳いでいた。時折、逆光になった舟底の輪郭が金環食のようにひときわ輝く。

「乗りたいなあ」

誰かがうっとりと呟いた。

「乗るんなら、やっぱり内海じゃなくて外海じゃ」

「ええ？　俺は内海でじゅうぶんじゃ。何十年も帰ってこれんのは嫌やし」

奈智は麦藁帽子の下から黙って舟を見上げていた。

輝く舟。それ自体が意識を持った生き物のようだった。

触れられそうな気がして、そっと手を伸ばしてみる。手と舟底が重なる。こんなに近くで舟を見るのは初めてだった。

本当に、あの舟に乗れるのだろうか。本当に、そんな日が来るのだろうか。

奈智はわくわくするような、空恐ろしいような心地になった。

ボソボソと低く囁（ささや）く声が耳を通り抜けていく。

「だけど、外海に行くにはだらでないといかんのやろ」

「だら？　なんでや」

「ようは知らん。でも、そんな噂を聞いた」

彼らは地元の子ではないけれど、そんなに遠くから来たわけでもないらしい。奈智には、ところどころ言葉が聞き取れないことがある。

やがて、囁き声は徐々に大きくなるせせらぎの音に掻き消された。

空が明るくなる。舟が通り過ぎたのだ。

道は唐突に国道に出て、視界がいっぺんに開ける。

そこは、川を挟んで山間に貼り付くように広がる、磐座の町だった。


町では、祭りの準備が始まっていた。そこここに星の形をした大きな提灯が置いてあり、順番に吊るしていくのだ。どこからか、お囃子の練習をする軽やかな笛の音も聞こえてくる。

キャンプの期間は、祭りの期間と重なっている。祭りは二ヶ月近く続き、初夏から初秋までの長丁場である。

祭りといっても、ここ磐座の祭りは静かな祭りだ。夜ごと笠や手拭いで顔を隠し、三味と共に町を流して踊る。

子供たちは町の中心にある乗雲寺に連れていかれた。

お堂の真ん中に、キャンプに参加する子供たちが並んで正座していた。全部で二十人くらいだろうか。やってきた奈智たちをちらちらと盗み見ている。女の子は八人ほど。

「先生、お待たせしました」

深志が、寺の住職と教師らしき三人の男女に頭を下げた。

「おう、深志、ご苦労だった」

住職が鷹揚に声を掛ける。眼光の鋭い、岩のような大男である。

「これで揃いましたな」

いちばん年嵩の教師が小さく頷き、正座している子供たちをゆっくりと見回すと口を開いた。

「えー、みんな、遠いところよく来てくれました。私がキャンプの校長を務める飯田です。こちらは富沢先生と真鍋先生。キャンプの指導は主に二人にお願いします。沼倉住職には、みんなの生活指導をお願いします。ここの宿坊にお世話になる生徒も十人ほどおりますしな」

ひょろりと背の高い、いかにも学究肌の青年が富沢、しっかり者のお母さんという感じの中年女性が真鍋というらしい。二人は続けて子供たちに会釈し、挨拶した。

「富沢です。みんなも知っていると思いますが、このキャンプは適性があるかどうか見るためのもので、みんなの普段の成績には関係ありません。時間はいっぱいあるから、緊張したり焦ったりしないように。いつものみんなを見せてください」

「真鍋です。私は保健師も兼ねています。たぶん、このキャンプでみんなの身体が徐々に変わってくると思うので、何か変わったことや不安なことがあったり、気分が悪くなったらすぐに相談してください。人によって差はあるし、中には変質しない人もいます。それは別に良い悪いではないので、人と比べることはありません。気持ちをしっかり持って、対応しましょうね」

変質、という言葉に子供たちが反応するのが分かった。奈智もその一人だ。

適性のあるなしがその変質に掛かっているということは知っていたが、それが具体的にどういう変化なのかは知らなかった。そもそも、学校で呼び出されて、キャンプに行きなさい、と言われた時もそれが何を意味するのか知らなかったのだ。

奈智は両親を早くに亡くし、遠くの親戚にひきとられて育ったので、キャンプに対する予備知識が全くなかった。将来虚ろ舟乗りになるためには、その適性が厳しく見定められ、限られた子供だけが磐座のキャンプに参加し、更に特殊な訓練を受けてごく少数のみが虚ろ舟に乗ることができる、ということを知ったのは、キャンプへの参加を教えてくれた教師が言葉を選びつつ話してくれたからだった。

磐座、という名前が特別な意味を持つことを彼女は知らなかった。彼女は幼い頃から、何度かこの町に来ていたからである。

ほとんどの子供が、将来の夢は「虚ろ舟乗り」と答える中にあって、奈智も漠然とした憧れはあったものの、まさか自分にそんなことができるなどとは夢にも思ったことがなかったし、キャンプに行くことが決まってからも半信半疑だった。

これは名誉なことだよ、と教師は言った。僕もキャンプに行ったけれども、適性がなかったんだ、と小さく言い添え、「望んでも行けるものではないのだから、頑張っておいで」と奈智を送り出した。

しかし、奈智を育ててくれた高齢の無口な伯父夫婦は、「キャンプに行くことになった」と報告すると、ひどく動揺し、顔を曇らせた。

「行かんでもええぞ。具合が悪くなったと言えばええ。キャンプに行きたがる子はいくらでもおる。おまえ一人が行かなくても平気なはずじゃ」

伯母は、真顔で奈智にそう囁いた。

「そうはいかんだろ」

伯父がぼそりと呟く。

「上は血眼(ちまなこ)で『だらなばら』を探しとる。どちらにしろ、奈智は目ェつけられとったはずよ。なにしろ、これの母親は――」

伯母が目で伯父の口を封じたのが分かった。奈智が不思議そうに顔を見ると、伯父はそっと目を逸(そ)らした。

そうか、さっきの子は「だら」と言ったのか。

ふと、そう思いつく。あの時伯父が何と言っていたのか聞き取れなかったが、今さっきの発言と照らし合わせてみると、「だらなばら」と言ったことは間違いない。「だらなばら」とはなんなのだろうか。

「遠路はるばる、疲れただろうから、今日はゆっくり休むように。授業は明日からじゃ。明日の朝八時に、磐座城に集合してください」

校長先生がそう言うのが聞こえ、いつのまにか子供たちが立ち上がって散り始めていたので、奈智はハッとした。

どうもあたしはぼんやりしている。

「奈智」

お堂の入口で、深志が手を振っていた。

奈智はよろけながら立ち上がり、深志に近づいた。軽い眩暈(めまい)を感じたのだ。

「持ってやるよ」

深志は奈智の荷物をひょいと持ち上げた。

「いいよ、自分で持つよ」

「さっきは奈智のだけ持つわけにいかんかったからな。もうええやろ」

甘い香りが鼻をつく。

寺の庭にも、さとばらが沢山(たくさん)つぼみを付けていた。

またねっとりとした不快感が込み上げてくる。なんだか嫌な香りだ。これまでそんなに意識したことなんかなかったのに。それに、なんだかやけに喉が渇く。

奈智がこめかみを揉んでいると、深志がそれを見咎めた。

「どうした、奈智。具合悪いんか」

「ううん。暑くてぼうっとしとるみたい」

「疲れたろ。はよ、うち行って休もう。お母さんも奈智が来るの楽しみにしとった」

蟬の声と、囃子の音が絡まりあって遠くから聞こえてくる。

「久しぶりに見たら、深志兄さん、ずいぶん大人っぽくなったなあ」

奈智が感嘆の声を上げると、深志は小さく笑った。

「俺も来年は高三だもの」

「そうか、兄さん、受験か。でも兄さんは、頭いいからどこでも行けるやろ」

「そんなことない」

深志は苦笑した。

「俺には適性がなかった——舟には乗れん」

その声がかすかに暗くなった。

「兄さんもキャンプに参加したんか」

「奈智は今年幾つだ」

質問には直接答えず、深志は聞き返した。奈智は面食らう。

「十四や」

「俺もその歳やった。そうでなくとも、磐座に住んでる子供は必ずキャンプに参加させられるからな」

「なんでや」

「ここは地元だから」

「地元？」

川沿いの歩道に出た。せせらぎが大きくなる。

前の晩雨が降ったらしい。水は濁っており、猛々しく集落の中を走り抜けていた。

これだけさとばらの匂いが鼻につくのは、雨上がりのせいかもしれない。湿度が高いので、ゆっくり歩いていても肌に汗が粘りつく。風に乗ってくるお囃子の音も、どこか気持ちを苛立たせる。これはキャンプに緊張しているせいなのだろうか。

「なあ、兄さん」

奈智は首筋の汗を拭いながら尋ねた。

「キャンプってどんなことするん？　あたし、運動神経も人並みやし、特別体力もない。どう考えても、舟に乗れるとは思われんが、いったい何ができるのが適性なんか？」

深志は一瞬不思議そうな顔で奈智を見た。

「あと、『だらなばら』てなに？」

深志はますます怪訝そうな顔になり、立ち止まってしまった。

切れ長の、それでいて黒目の大きな瞳の中に、複雑なものが浮かんでは消える。

驚きと、傷ましさと、もしかすると羨望と。

彼の表情の意味はよく分からなかったが、直感で奈智はその三つの感情を読み取ったような気がした。

「高田のおじさんたちは、何も言うとらんかったか？　何も聞いてないんか」

深志は用心深い声になった。奈智は無邪気に首を振る。

「おばさんは、キャンプなんぞ行かんでいい、行くなと言うとったよ。おじさんが、そういうわけにはいかんだろうって言って、おばさん、渋々出してくれた。二ヶ月も帰れんから、お土産いっぱい持っていかんと」

深志は何度も頷いた。

「そうだな、ここ数年、高田のほうは、奈智を磐座に出すのを嫌がってたもんな。道理で大人っぽくなるわけじゃ。俺かて、あんなに小さかった奈智がえらい大きくなってるから、駅で見た時は驚いたよ。そうか、奈智がここに来るのはええと——四年ぶりか」

「そうかな」

深志の話を聞いて、なんとなく合点がいくことがあった。

確かに、子供の頃は毎年夏に磐座に来ていた記憶があるが、奈智が成長してくるにつれ、だんだん伯父夫婦がいい顔をしないようになったのだ。磐座は母方の故郷で、母の実家の本家筋である美影(みかげ)家は、磐座きっての旧家だった。

「キャンプなんて、特に何もせん」

歩きながら、深志はぼそりと呟いた。

「そうなん?」

「うん。ただ、みんなが変質するのを待っとるだけじゃ。変質を見届けて、このあとの進路を決めるためのキャンプじゃ」

「変質、変質って言うけど、それなに?」

「じきに分かる。というか、たぶん説明してもよう分からんし、信じないと思う」

「そんなことない、兄さんの説明なら」

「いや、やめとくわ。奈智はあまりにも何も知らなすぎる。おじさんたちも罪なことをするもんじゃ」

深志の声には非難の響きがあった。立腹しているようですらある。

奈智は口ごもった。その怒りが伯父夫婦に向けられているのは分かるけれど、なぜなのかさっぱり見当がつかなかった。

「あ、見えてきた。ほんと、久しぶりやなあ」

橋の向こうに、川べりに立つ大きな屋敷が見えてきた。深志のうちは、古い料理旅館を営んでいる。その離れに家族の住む家がある。

「なあ、奈智」

「うん？」

橋の中ほどで、深志が立ち止まって欄干を撫でながら改まった調子で奈智の前に立った。

こうして正面に立つと、見上げるほどの背の高さに戸惑う。記憶の中の深志が倍にも膨らんだように感じる。

「もし苦しくなったら、俺を呼ぶんやぞ」

「苦しくなったら？」

「うん。変質し始めたら、苦しくなるはずじゃ。そん時は、まず俺を呼んでくれ。夜中でも、いつでも。分かったな」

「うん――」

意味が理解できなかったので、奈智は生返事をするしかなかった。深志の目がひどく真剣だったので、分からないとは言えなかったのだ。

「奈智の血切りは、俺の役じゃ。他の奴にはやらせん。昔からそう決めとった」

ちぎり？

奈智の怪訝そうな顔を見て、言葉の意味を理解していないことに気付いたのか、深志は口をつぐみ、それから念を押した。

「ええか」

深志に気圧（けお）されて、奈智は恐る恐る頷いた。

「この橋で約束したことは、虚ろ舟の神様が聞いとる。破ったらいかんぞ」

「うん――」

奈智は、深志がつかんでいる、苔（こけ）の生えた欄干に目をやった。

橋の下では、濁流が渦を巻いてごうごうと流れていく。


「まあ、奈智ちゃん、久しぶり。大きくなって。綺麗になったなあ」

満面の笑みを湛えて、深志の母の久緒（ひさお）が旅館の玄関から走り出てきた。色白の瓜実（うりざね）顔が、古い屋敷の軒先で、花でも咲いたように華やかである。

おばさんは変わらん。いつ見ても綺麗やなあ。

「こんにちは。お世話になります」

奈智は顔を赤らめて挨拶する。

久緒は奈智の肩を抱いて感無量の面持（おもも）ちである。

「びっくりしたわ。よう顔を見せて。どんどん奈津ちゃんに似てくるなあ」

久緒は、母とはいとこどうしだったと聞いているが、実際のところ、母親の親戚だというだけで、美影家の人々との関係はよく知らないのだった。

深志が腹立たしげに奈智の荷物を玄関先に放り出した。

「お母さん、どういうことや。高田との話はどうなってるん？　奈智、まったく何も聞いとらんらしいぞ。可哀相に、何も知らんでキャンプに来るなんて」

「え」

久緒は顔を曇らせ、息子のほうを向き、もう一度奈智の顔を見た。こうして見ると、深志兄さんは久緒さんによく似ている。

久緒の目にも、傷ましそうな表情が浮かんだ。この目は何なのだろう。

が、久緒はすぐににっこり笑い、深志をたしなめた。

「深志、そんなこと言わんと。高田のところの気持ちも分かるわ。奈津ちゃんがああなってしもうたこと、思い出したくないいんやろ。高田は高田で、奈智ちゃん大事にしとるからしょうがない」

「そうか？　苦しむのは奈智じゃ」

深志はまだ腹を立てているようだった。

久緒は明るい顔のまま、話し続ける。

「そうだ、深志。少し前に城田さんのお嬢さんがあんたのこと訪ねてみえたわ。『翡翠』で待ってるって。行ってあげて」

「ええ？」

深志はあからさまに不快な顔になった。

「なんでそんな顔するん？　ええお嬢さんやないの。行っておあげ」

久緒も口調が厳しくなる。深志はぷいと顔を背け、荷物を取り上げた。

「奈智を部屋に案内してから行くわ。奈智、おいで。こっちや」

深志は早足で離れに向かって歩き出した。奈智は久緒と深志を交互に見て、久緒にお辞儀してから慌てて深志についていく。

少しずつ日が傾いていた。山間の里は、日没も早い。

手入れされた日本庭園と屋敷が、ゆっくりと沈んでいく。庭の外灯に明かりが点いた。蝙蝠(こうもり)がぱたぱたと空を滑っていくのが見える。

「ここの二階や」

離れでも特に奥まった、渡り廊下の奥の、紅葉川に面した建物だった。

「この部屋、初めてやなあ」

「だろうな」

深志が含みを持った声で呟き、とんとんとんとリズミカルに階段を登っていく。

続いて階段を上がろうとして、ふと奈智は一階の部屋に目を留めた。

奇妙な部屋だった。

炉が切ってある和室。にじり口もある。茶室なのだろうが、どことなく違和感がある。

二面の窓は古い格子窓だった。開けることはできないらしい。

二階に上がると、普通の六畳ほどの和室だった。

小さな床の間に、黒い電話が置いてある。この家では見慣れた内線専用のものだ。

「俺の部屋は二十二番や。さっきの約束、忘れんようにな。じゃ、また夕飯の時に」

深志は早口でそう言い置いて、あっというまに階段を降りていってしまった。

「ありがとう、深志兄さん」

そう背中に呼びかけ、一人きりになってほっと溜息をつく。

しばらく、部屋の真ん中に立ち尽くしてぼうっとしていた。

一人になると、川のせせらぎが一段と大きくなって迫ってきた。遠くにやってきた、キャンプにやってきた、そんな実感が湧いてくる。

これからふた月、ここで暮らすのだ。

深志と久緒の表情を思い出すと不安になる。

苦しむのは奈智じゃ。

腹を立てていた深志。あれはいったいどういう意味だったのだろう。でも、今くよくよ考えても仕方がない。もう来てしまったのだ。

制服をハンガーに掛け、白いブラウスと紺のスカートに着替える。

久緒が干しておいてくれたらしい布団が隣の間に畳んであった。

なんだか不思議な部屋だ。この建物だけ、周囲から独立しているように感じる。

奈智は一階に降りた。

通り過ぎようとして、足を止める。

やはり奇妙な雰囲気のある茶室だ。

隅に大きな衝立(ついたて)が置いてある。

たいして広くもない茶室で衝立を使うなんて、聞いたことがない。

なんだろう、この部屋は。まるでお茶とは似て非なる何かをするための部屋のような——

奈智は首をひねった。

「奈智ちゃん、お風呂つかって。今日は暑かったから、汗かいたやろ」

廊下の遠くから、久緒の声がして、奈智は思わずびくっとし全身を硬直させた。悪いことをしているところを見つかったような気がした。

「はあい」

そう大きく返事をしてから、奈智は忍び足で二階に戻った。

その時、階段の踊り場に置いてある心張り棒に気付いたものの、何気なく部屋に入ろうとしたとたん、あることに気付いてぎょっとした。

心張り棒は、部屋の外側で使うように作ってあったのだ——奈智がこれから暮らす部屋——その部屋の中の者が出てこられないように。


「久緒さん、先にいただきました。気持ちよかった」

奈智が髪を拭きながら母屋(おもや)の久緒に声を掛けると、久緒が暖簾(のれん)越しにこたえた。

「奈智ちゃん、夕飯もう少し待っててな。お客さんにひととおり挨拶してくるから」

奈智は慌てて手を振った。

「久緒さん、いいよ。あたし自分でやる。お客さん、ゆっくり回ってきて」

「嫌ね、遠慮なんかして。一緒に食べたいんよ」

久緒が暖簾をめくって軽く睨みつける。奈智は時計を見た。六時前。旅館のお客さんの夕食が立て込む時間だ。

「じゃあ、まだ早いし、あたし散歩してくる。磐座来るの久しぶりやし」

「悪いけどそうしてくれる？　深志もそろそろ帰ってくると思うし。あ、奈智ちゃんの下駄、母屋の玄関に新しいの出しといたわ。履いてみてきつかったら、栄通りの志賀屋さんやから、鼻緒直してもらって」

「ありがとう」

奈智が部屋で髪を梳かして母屋の玄関に戻ると、木目も新しい白木の下駄がちょこんと置いてあった。赤の鼻緒が愛らしく、裸足の足を通してみると、きゅっと指の間に納まって気持ちいい。

石畳の上を澄んだ音を立てて歩いていくと、旅館の入口に黒塗りの車が沢山並んでいるのが見えた。がやがやと大勢の人が出入りする気配がある。

すご。なんか偉い人がいっぱい来てるみたい。

奈智はこそこそと路地に出た。

暮れなずむ町のそこここにオレンジ色の光が灯り、赤紫色の空のグラデーションの続きのようだった。川のせせらぎは、もう景色の一部になっていて、耳に入らない。夕餉の匂いがどこからか流れてくる。

ぶらぶらと歩いていくと、なんとなく記憶の中の町が蘇ってくる。


紅葉川の支流の茜川があって――古いお豆腐屋さん――郵便局と町役場――岩を掘った祠――

随分沢山の橋がある。さっき、深志兄さんが「約束した」と言った橋はなんというのだろう。

橋の袂に彫られた名前を見ると「ちかひ橋」。確かに。

ふと、見上げると、山の稜線に明かりが灯っていた。

町のどこからも見える磐座城である。その天守閣がぼうっと明るかった。

誰かいる——誰がいるんだろう、こんな時間に。先生かしら。明日からあそこに行くんだ。

夕方の風が心地好かった。湿った重い髪をほぐし、少しずつ乾かしていく。

そういえば、昼間、奇妙な人を見かけたっけ。長い髪で、藍色の着物を着た女の人。なんであんなところに立ってたんだろう。

思い出そうとすると、長く茶色っぽい髪しか浮かばない。

ふわっと揺れる髪を見たような気がして、ハッとすると、深志が薄緑色のワンピースを着た女の子と一緒に川べりを歩いているのが見えた。

一瞬、昼間見た女性かと思ったが違う。確かに綺麗な長い髪の女の子だが、髪の雰囲気が異なった。

女の子のほうが熱心に深志に話し掛けているようだった。深志はむっつりと黙り込んだまま、時折相槌を打つ程度だ。

奈智は思わずこそこそと物陰に隠れた。

このままこちらに来るかと思ったが、途中で別れ、少女は曲がり角に消えた。

深志は暗い顔で家に帰っていく。見たことのない表情だった。

なんとなく話しかけづらく、奈智は離れてあとについていった。どうせ家に戻るのは同じだろうし。

母屋に入っていく深志を見届けた時、旅館のほうから、白いシャツ姿が出てくるのに気付いた。隣にいかめしい背広姿の男が並んでいて、二人で足早に旅館を出ていく。

学帽をかぶった横顔に見覚えがあった。昼間、電車の中で一緒になり、お守り袋を拾って渡したら睨みつけられた少年だ。

こちらの表情も暗く、殺伐としている。少年は、隣の男と低い声で何かやりあっていた。その顔つきからいって、内容が不穏なものであることは明らかである。親子ではないのだろうか。

奈智はますます背中を丸め、こそこそと門の陰に隠れたが、少年と一緒にいる男のほうが彼女に気づいて足を止めた。奈智の顔を何気なく覗き込む。

が、男があまりに驚いた表情を見せたので、奈智のほうがぎょっとした。

五十代半ばか、それ以上の歳だろうか。彫りの深い、目の落ち窪んだ男だ。その目が大きく見開かれ、口が開いた。

「なっ――」

男が何か言いかけるのを無視して、奈智は慌てて母屋の玄関に駆け込んだ。少年のほうは彼女に気付かなかったようだ。

胸を撫で下ろしながら、奈智はちらっと外を窺った。

誰だろう、あの人。なんであたしの顔を見てあんなに驚いたんだろう。

「奈智ちゃん、お帰り。もう準備できるわよ」

「あ、ただいま」

奈智は洗面所で手と顔を洗い、母屋の座敷に入った。

大きなテーブルに、深志と久緒、通いで来ている近所の女性ら四人が着いている。主人である美影健吉は多くの事業を切り盛りしているため、なかなかこちらには帰ってこないし、深志の二人の兄は京都の大学に行っている。

「奈智ちゃん、下駄どうだった？」

味噌汁をよそいながら、久緒が尋ねる。

「ちょうどよかった。直さんでもぴったりだった。今年、お祭りはいつから？」

「今週末からや。奈智ちゃんも流しておいで。浴衣（ゆかた）も新調しといたから」

「何から何まですみません」

久緒は奈智にいろいろ話し掛け、奈智も久しぶりなのでお喋（しゃべ）りが盛り上がったが、深志は黙々とご飯を食べるだけで、会話に加わろうとしない。さっきあの女の子と別れた時の気分を引きずっているようだ。

いろいろ忙しい一日だったので、早々に部屋に引き揚げることにした。

布団に入ってもなかなか寝付けない。

枕に頭をつけると、川の音が頭いっぱいに響く。

やっぱり、こうしてみると大きな音なんだなあ。眠れるだろうか。

せせらぎを子守唄にうつらうつらしているうちに、夢を見た。

夢の中で、奈智は石の舟に乗っていた。周りには、鹿や牛や、お地蔵様や観音様も乗っている。綺麗な花もいっぱい積んである。奈智は舟を漕ぎだそうとするけれど、石の舟なので、空には浮かばない。それどころか、紅葉川に漕ぎ出したとたん、たちまちごぼごぼと沈んでしまう。

いつのまにか、川は溺れる人々でいっぱいだ。助けて、助けて、舟を、舟を、という叫び声が聞こえる。

やっぱりあたしは舟には乗れない——奈智は挫折感でいっぱいのまま、激しい濁流に呑み込まれてゆく。

奈智には適性がなかったんだ。深志の声が響く。


翌朝も、どんよりと重い雲が垂れ込め、朝から蒸し暑かった。

夢が鮮明だったせいか、眠りは浅かったらしく、奈智は重い頭で目を覚ました。

喉がからからだ。なんでこんなに喉が渇くんだろう。

奈智は汗だくで起き上がると、制服に着替えた。身体が重い。眠れなかったせいだろうか。

「おはようございます」

「おはよう、奈智ちゃん」

奈智の顔を見た久緒がぎょっとした顔になる。

「奈智ちゃん、だいじょうぶ？　真っ青よ」

「だいじょうぶです、ゆうべよう眠れなくて」

朝食を摂ると少し落ち着いた。

「お城で授業なんでしょう。登れる？」

玄関で靴を履いていると、久緒が不安そうに見送りに来た。

「ええ、ようなりました」

「俺が送ってくよ」

深志は奈智の学生鞄を取り上げた。

「あんたのほうはだいじょうぶ？」

「俺は走れば間に合うから」

「深志兄さん、だいじょうぶや。朝ごはん食べたら落ち着いたから」

奈智は慌てて立ち上がる。

「じゃあ、途中まで荷物持ってやる」

磐座城の登山口まで深志はついてきてくれ、奈智の表情をじっと見つめていたが、一人で行けそうだと判断したのか鞄を渡してくれた。

奈智は長い坂を登り始めたが、他の生徒たちはもっと早いのか、お城への道を歩いている子を見かけず、だんだん不安になってくる。

風もなく、どんよりとした朝である。小さな城の天守閣は雲に刺さっているように見え、しかもひどく暗く目に映った。

あそこには行きたくない。

奈智はいつのまにかそんなことを考えていた。

あそこには怖いモノがおる——空から来たのと、地の底から来たのと——いや、それだけでなく、もっと恐ろしいのは——

なぜこんなことを考えるんだろう。あのお城に行くのは今朝が初めてなのに。

目の前に沢山の白い顔が揺れている。

そう思ったのは、さとばらの茂みが斜面に続いているからだった。つぼみだった白い花は、気温が上がったせいかゆるやかに綻び始めている。

さとばらの存在に気付いたとたん、あの甘く凶暴な香りが一斉に奈智に向かって押し寄せてきた。

頭の中にむっとする霧が立ちこめてきたような気がした。胃の中の朝ごはんが逆流してくるのを感じる。

いけない。吐きそうだ。

世界がぐにゃりと歪み、目の前が暗くなった。

奈智は道の隅にかがみこみ、咳き込んだ。

何かどろりとした熱い塊が喉を通って吐き出される。

まるで、内臓を吐き出したような気がした。

いつのまにか、誰かが背中をさすってくれていた。

大きな掌。呼吸が楽になる。

奈智がじっとしていると、掌は根気強く背中をさすり続けてくれている。

ようやく目の前が明るくなってきて、奈智は大きく呼吸した。

ハンカチを出そうとポケットを探ると、誰かがちり紙を渡してくれる。

渡されるままに口を拭い、手元を見た奈智はゾッとした。

鮮血。

足元の草むらを見ると、どろりとした赤い塊がある。

あたし、病気なの?

「まだここに来たばかりなのに、変質が早いね」

淡々とした声が降ってきて、奈智は口元を押さえて振り向いた。

学帽をかぶった、白いシャツと黒のズボン。

昨日の、お守り袋のあの子だ。

「おや」

少年のほうも、奈智が電車の中で会った娘だと気付いたようだった。

「へえ。地元の子じゃないんだろ？　こいつはますます早い」

そういう少年も、地元の訛（なま）りは全くなかった。

「あ、ありがとう。背中さすってくれて」

「変質するのは苦しいと聞いていたからね。特に女の子は」

少年は手を差し伸べてくれた。奈智はその手をつかんでよろよろと立ち上がり、制服に血が付いていないか確かめた。

「これって、病気じゃないの？　あたし、死ぬの？」

少年は小さく笑って首を振る。

「死なないよ。病気じゃないもの。身体が変化する過程のひとつさ」

少年のさばけた口調は、奈智を落ち着かせてくれた。

「土を掛けておきなよ。虫や鴉（からす）が寄ってくるから」

奈智は、慌てて周囲の砂や土を足で寄せて吐瀉物を覆った。

吐いてしまうと、随分楽になった。頭も身体も軽くなったようだ。

「昨日はごめんなさい。電車で」

「ああ」

二人は並んで歩き出した。少年は肩をすくめた。

「いいんだ。僕のほうこそ悪かった。なにしろ、事前に通い路を持ってるのはご法度だからな。ま、僕は実用のために持ってるわけじゃないけど」

「通い路？」

少年は、奈智のきょとんとした口調に気付いたようだ。

「君——キャンプに参加するんだよね？」

「あたし——遠くの親戚にひきとられてて——何も知らなくて。どうして変質すると虚ろ舟乗りになれるの？」

少年はあきれ顔になった。

「本当に知らないの？　かついでるわけじゃないよねえ」

奈智は赤くなった。昨日の深志の反応といい、なんだか自分が赤ん坊のように思えたのだ。

少年は、奈智の顔を見て、後悔したようだった。

「ごめん。馬鹿にしたわけじゃないんだ。だけど、君は自分がどんなに幸運か知らないみたいだし」

「幸運なの？」

「僕らは小さな時から何度も検査を受け、観察されている。子供の頃はだいたい七割近くに適性があるけれど、それは成長するにつれ、じわじわと減っていく。十三歳の時で、適性があるのは六パーセントくらい。更に、明らかに体質変化の兆候が見られ、キャンプに参加できるのは〇・七パーセントくらい。その中でも正規の舟乗りになれるのは半分もいない」

「そんなに少ないの」

「適性のない人でも舟乗りになれないわけではないけれど、彼らは長期の活動はできない。身体がついていけないので、船内活動でも船外活動でも、一定期間乗ったらその倍の地上勤務をしなければならない。外海は過酷な状況なので、舟乗りになるにはまず海に適応する体質を持っていることが第一条件なのさ」

少年は、何度も講義したことがあるみたいにすらすらと説明する。

「ここは聖地だから、候補者をここに一定期間置くことで変質は一気に進む――そして、僕らの将来は選別されるわけだ」

「じゃあ、ここで生まれ育った子はみんな候補になるの？」

昨日の深志の話が頭に浮かんだ。

少年は首をひねる。

「そう聞いてるけど、必ずしもここで育ったからといって舟乗りの適性があるわけじゃないらしい。不思議なんだけどね。ある時期、舟乗りの数を増やすために、一定年齢の子供をここに長期間住まわせる習慣があったと聞いたよ。でも、今の方法と比べてもたいして効果はなかったみたいだ」

「詳しいなあ」

「君が知らなさすぎるんだよ――でも、見たところ、君は大いに適性がありそうだ」

奈智は憂鬱になった。さっきのあの苦しさの代償に、虚ろ舟乗りになることは嬉しいことなのだろうか。

「名前は何ていうの」

思い出したように少年が尋ねた。

「高田奈智」

「僕は天知雅樹(あまちまさき)。とにかく、先生に言っといたほうがいいな。少しは楽になる方法を教えてくれるかもしれないし」

ようやくお城の入口に着くと、昨日の三人の教師が立っていた。

「おはようございます」

雅樹は学帽を取って会釈するとつかつかと歩いていき、奈智のことを指さし、何事か話していた。三人が驚いたように奈智を見る。

　奈智は思わず身体を縮めた。

　三人はぼそぼそと話し合いをしたのち、雅樹と二人の男性教師はそのまま城に入っていったが、真鍋先生が残って奈智を手招きした。

「もう血を吐いたって？　吐くのは初めて？」

「はい。でも、昨日着いた時から、さとばらの匂いを嗅ぐと気持ちが悪くて」

「今はどう？」

「今はなんともないです」

　真鍋先生は奈智のまぶたや、耳の後ろや首すじのリンパ腺に触れて診ていたが、「点滴をするわ。こっちよ」と城の中の天井の高い部屋に連れていった。

　城の中は、いろいろと改造が為されているらしい。通されたのは、医務室らしく、奈智が通っている学校の保健室よりも立派だ。ベッドは八台もある。

「そこに横になってて」

　奈智はおとなしく窓ぎわのベッドに横たわった。横たわると、まだ身体がふらふらしていることが分かった。

　先生は奈智のカルテを取り出すと、ベッドのそばに座って尋ねた。

「高田奈智さんね。初潮は何歳から？」

「小六からです」

「きちんと毎月ある？」

「はい」

真鍋先生はむつかしい顔で考え込む。

「早すぎるな――ぜんぶのペースが早すぎる。あなた、どこに滞在しているの？　宿坊じゃないわよね」

「美影旅館です」

真鍋先生は「ああ」という目で奈智を見た。

「あなた、美影奈津さんのお嬢さんね？」

奈智はこっくりと頷いた。

「道理で似てるわけだわ」

「そんなに似てます？」

「ええ、とても」

真鍋先生はてきぱきと点滴の準備をしながら頷いた。

奈智はぼんやりと天井を見た。ものごころついた時には高田の家で暮らしていたので、両親の記憶がほとんどない。なのに、久緒をはじめみんなに似ていると言われるのは不思議な気分だった。

ふと、昨日、旅館の前で会った男のことを思い出す。

もしかして、あの男も、奈智に母親の面影を見たのではないだろうか。あの時「なっ」と言いかけたのは、「奈津」と言おうとしたのかもしれない。

そう思いつくと、それが当たっているような気がしてきた。

あの男は、天知雅樹とはどういう関係なのだろう。親子という感じではなかったが、あの男が奈智の母親を知っているということは、ここ磐座に地縁があるということではないだろうか。

「あのね、奈智さん、今日旅館に帰ったら、久緒さんに、こわいご飯を食べさせてくださいって伝えて」

「こわいご飯、ですか」

「そう。そう言えば分かるわ。先生にそう言われたって。いい、少しちくっとするわよ」

点滴の管が腕に刺しこまれるのを感じながら、奈智は「こわいごはん」と口の中で繰り返した。

点滴とはどういう因果関係なのか、すぐにとろんと身体が温まり、眠くなってくる。

「眠っていいわよ。入るまで一時間くらい掛かるから、うとうとしていらっしゃい」

「はい」

生返事をして頭の向きを変えると、壁に掛かった大きな絵が目に飛び込んできた。

最初はその絵の全体図が把握できず、なんとなく眺めていたが、やがてハッとして奈智は身体を起こしかけた。点滴の台が揺れる。

「動いちゃ駄目よ」

先生が慌てて台の上の薬袋を押さえた。

「すみません」

奈智も急いでベッドに横になる。

「——先生、あの絵は誰ですか」

奈智は恐る恐る尋ねた。

「え？　ああ、あれね。お城に残っていたとても古い絵らしいわ——三百年以上前だと言われている——作者も、誰を描いたのかも、どういう意味があるのかも分からないの」

先生はそう答えたが、すぐに奈智のカルテのほうに注意を戻した。どうやら、奈智のカルテには書き込むべき興味深い事項があるらしい。

奈智は再び襲ってくる眠気と戦いながら、壁の大きな絵を見つめていた。

それは不思議な絵だった。

二人の髪の長い女性が、明かりの灯った提灯を手に捧げ持っている。奇妙な衣装、奇妙な形の提灯。

足元にはさとばららしき花が咲き乱れていたが、そのばらは赤かった。赤いさとばらなど、聞いたことも見たこともない。

しかし、二人の女性のうちの一人に、奈智は見覚えがあった。

そっくりだ。絶対に似てる。

彼女は、昨日、町に来る途中、山の中で見かけた、長い髪の女に瓜二つだったのだ。


結局、キャンプ初日は、生徒たちは午前中いっぱいで帰された。

先生たちは、どこかに慌しく出かけていく。

奈智も帰ったが、点滴のおかげですっきりしていた。ただ、みんなと下校する時、じろじろと見られたのには驚いた。その視線には、妬(ねた)みと焦りが含まれていたからである。

変質が誰よりも早く始まったことがその原因だと気付き、奈智は愕然(がくぜん)とした。彼女をライバルと目している生徒がいること自体、驚きだった。

けれど、いちばん応えたのは、奈智以外の女の子たちが固まってグループを作っていたことだった。初日だけで、しかも変質が始まっているということだけで、奈智は他の女の子から爪弾(つまはじ)きにされてしまったのだ。

奈智をちらちら見ながら、コソコソお喋りしている女の子たちの後ろを帰っていくのは思いのほかつらかった。

暗い気分で家に帰る。

久緒が、午前中で終わったことに驚いていたが、真鍋先生の伝言を伝えると、納得したように大きく頷いた。

その翌日は、気分が悪くなることもなく奈智も朝から授業に参加した。

要するに、「こわいご飯」とは貧血に効く食事のことらしい。お昼から、久緒は山葡萄の実やレバーなどを付けてくれた。奈智も、変質の意味が少しずつ分かってきたことで少し気分が落ち着いた。

しかし、授業はどことなく歯切れの悪い、奇妙なものだった。

みんなで本を朗読したり、絵を描いたり、山歩きをしたり、瞑想をしたり。

誰も文句は言わないものの、戸惑いを持っていることは確かだった。

その癖、授業には不思議な緊張感が漂っていた。まるで、何かが起きるのを待っているような——じっと息を詰めて何かを見張っているような、そんな緊張感である。

変質を待っているのだ、と奈智は思った。

先生方は、あたしたちが変わる瞬間を見定めようとしているのだ。きっとそれは、血を吐くくらいでは済まない、という予感がした。

二日目のキャンプを終えて城から降りてくると、町の中には華やいだざわめきがあった。

そうか、今日から祭りが始まるんだ。

いつのまにか、主要な通りには、大きな提灯がずらりと並んでいた。観光客や帰省客の姿も見え、同じ集落の隅っこで虚ろ舟乗りの適性審査が行われているとは思えない。

奈智は、疎外感と高揚感とを同時に感じていた。

美影旅館は、てんてこ舞いだった。手伝いたかったものの、みんな飛び回っていて、指示を仰ぐだけ足手まといになりそうだ。祭りのあいだじゅうこんな状態では、変質なんかで迷惑は掛けられない。

一人でひっそり食事を摂っていると、深志が帰ってきた。

「なんや、奈智、ひとりか」

「お帰りなさい。おみおつけあったためるね」

奈智は腰を浮かせ、鍋を火に掛けた。

深志はどっかりと椅子に腰掛ける。

「お母さんが、祭りで流してこいって小遣いくれた。ご飯食べたら行こ」

「深志兄さん、踊れるの？」

「まあ、一通りはな。別に踊らんでも、ぶらぶらしてればええよ。奈智、体調はだいじょうぶなのか」

「うん、落ち着いたよ」

深志はチラリと奈智の皿に添えられた山葡萄に目をやった。それがなんだかとても恥ずかしくて、奈智は深志によそったご飯を差し出した。

「なあ、兄さん」

「なんや」

「兄さんは、磐座城でキャンプに参加したんやろ」

「うん」

「だったら、女の人二人を描いた絵に見覚えあるか?」

「女の人二人?」

「うん。提灯持った女の人二人。古い絵らしいけど、いつの時代のか、誰が描いたんか分からないんやと」

深志は口を動かしながら考える表情になった。

「女の人と提灯か——覚えないなあ」

「そうか」

「それがどうかしたん」

「じゃあ、この町で、すらっとして、とても色白で、髪の毛の色が薄くて、西洋人みたいに波打ってる女の人っておる?」

「なんじゃ、そりゃ」

「ここに来た日に見た。えらい綺麗な人やった」

「そんな美女がいたら知らんはずなかろうが。夢でも見とったんか」

「違う」

奈智はきっぱりと首を振った。深志はご飯をかきこむ。

「観光客かも知れんよ。この時期、長期に滞在する人も多いし」

「ああ、そうか」

それならば話は分かる。どうも地元の人間には見えなかった——立っていた場所は地元の人間しかいないような場所だったが。

「見たいなあ。そんなに綺麗だったんか」

深志は興味を感じたようだった。

「うん。でも、遠目やし。兄さんが会うとった女の子のほうが綺麗だったかも」

深志がぴくっとするのが分かった。

「見とったんか」

その声に咎める調子があるのには気付いていたが、奈智は知らんぷりをした。

「散歩に出た時ちらっと。えらい綺麗なひとやったなあ。兄さんの彼女か？」

「違う。城田観光のお嬢さんじゃ。金持ちや思て、ひとのこと顎で使いおる」

「そうかなあ。向こうは兄さんにぞっこんて感じやったけど」

深志は茶碗に残ったご飯に乱暴に味噌汁をぶっかけ、行儀悪く口に流しこんだ。

「奈智、祭り、行こ」

「これだけ洗いものしてくわ。ちょっと待ってて」

奈智は慌てて立ち上がり、食器を流しに運んだ。


外に出ると、お囃子の音があちこちから聞こえてきて、いよいよ本番という雰囲気が漂っていた。そこここで、浴衣で寛ぐ人々が見られる。三味を手にしている人も多い。観光客らしき夫婦がそぞろ歩きをしている。

長丁場の祭りの初日とあって、まだまだ踊っている人は少ない。時折、影絵のような人影がそっと通りを横切っていくのが見える。

「まだ宵の口やな」

「これが毎晩続くなんて凄いなあ。子供ん時はよう分からんかったけど」

「今年は特に凄いはずや」

「どうして」

「たぶん——お盆の頃に、大きな虚ろ舟が来る」

「ええ？」

「最初の開発団が出した虚ろ舟が戻ってくる、いう噂や」

「ほんと？」

「まだ分からん。今、上が必死に計算しとるところなんやて」

「計算で分かるん？」

「分かるらしいよ」

二人は角の商店でアイスクリームを買い、川魚を養殖している古い水路の柳の木の下の長椅子に腰を落ち着けた。

「あ、定期船が行く」

深志が目敏く指さした。

磐座城の上空を、白い楕円がゆっくりと横切っていく。

舟を見上げる横顔が、憧れに満ちていた。

奈智は独り言のように呟いた。

「兄さんは、舟が好きなんやな」

「男はみんなそうじゃ。子供だって」

深志はふと、奈智の顔を見た。

「キャンプはどうや」

「まだよう分からん。たった二日しか行っとらんし」

何気なく目を逸らしたことを見抜かれているようで、深志の顔が見られない。ましてや、変質しているせいで女の子たちに疎外されているなんて言えない。

「深志、うまいことやってるな」

突然、頭上から声が降ってきた。

顔を上げると、がっしりした体つきの少年が二人を見下ろしている。体格がいいが、制服を着ているところをみると高校生らしい。

色白の富士額と、整った目鼻立ちに見覚えがあった。どこで見たのだろう。

「うまいことなんかしとらん」

深志は努めて平静な声で答えたが、少年はふんと鼻を鳴らす。

「うちの姉貴にちょっかい出しといて、二股掛けてて『うまいことなんかしとらん』とは恐れ入ったな」

奈智は「あ」と思った。

深志と歩いていた、髪の長い女の子。あの子と面差(おもざ)しが似ているのだ。だが、あの女の子に比べ、粘着質な性格が窺えるような気がする。

「おまえの姉貴にちょっかいなんか出しとらん」

深志は低く答える。

「ほう、そうか」

少年は、ちらっと冷たい流し目で奈智を見た。奈智は思わず深志の陰に隠れようと身体を引く。深志も、奈智の前を手で遮るようにした。

「この子はうちで預かってる親戚の子じゃ」

少年の顔に驚きの色が浮かび、深志が「しまった」という表情をするのが分かった。

「この時期に？　キャンプか」

少年は呟き、しげしげと奈智の顔を覗き込む。奈智は思わず顔を背け、深志の肩にしがみついた。

「そいつは楽しみだな。ぜひとも俺のところに通ってきてもらいたいもんだ。いや、こっちから通ってもいいが」

通う？

奈智がその言葉の意味を考えていると、横で深志が激昂（げきこう）するのが分かった。

「黙れっ」

突然深志が叫んだので、少年はぎょっとして一歩後退（あとずさ）りした。

そこへ、たまたまよろよろと走ってきた年寄りの自転車がぶつかり、まともに向かいの商店に倒れかかると、思い切り店先のガラスに突っ込んだ。

がっしゃーん、という音。わっ、と周囲から悲鳴が上がる。

「だいじょうぶか」

「粉々だ」

「破片、気を付けろ」

近所から男たちが駆け寄ってきた。

年寄りは、ガラスの欠片（かけら）の海の中でなんとかもがいて立ち上がろうとする。自転車の車輪が、まだくるくる回っている。

破片で切ったらしく、細い腕がみるみるうちに血に染まった。


鮮血。あふれ出る。


突然、奈智の頭の中にも、赤い霧が噴き出した。

鼻先に、さとばらの匂いがワッと広がり、どこかで獰猛な何かが殻を突き破って全身に拡散していく。

込み上げる吐き気。

どんどん人だかりが増えていく後ろで、奈智はよろよろとその場から逃げ出した。

しかし、頭の中にあふれ出る鮮血と赤い霧のイメージは、いよいよどこまでも広がっていく。

喉の奥に熱い塊を感じた。たちまちせり上がり、舌に触れるのを感じる。

もうすぐ飛び出してきてしまう。

奈智は口を押さえ、転がるように走った。

「奈智」

深志の声を背中に感じながらも、茜川の土手に駆け下りる。

そこの薄暗がりで、吐いた。

前回の量とは明らかに違う。吐いても吐いても吐ききれず、まるで手品のように大量の血の塊が飛び出してきた。カエルのように、胃袋も吐き出してしまいたいくらい苦しかった。これでは内臓まで吐いて、身体の中は空っぽになってしまう。そんなことをちらっと考えた。

情けなくて、怖くて、気持ち悪くて、涙が溢れてくる。

しゃくりあげながら、川のところに降りて、手を洗い、口をゆすいだ。幸い、今度も服は汚れていないようだった。

鏡を見なくても、自分が今ミイラのようにげっそりしていることが分かった。

全身から水分とエネルギーを搾り取られたみたいに疲れている。

いったい、あたしの身体の中で何が起こっているのだろう。

奈智はぞっとして、自分の腕を抱いた。肌がひんやりしているのは、夕方の風のせいだけではない。

どうなる。変質して、どうなる？

奈智は思わず天を仰いだ。

町を囲む山の稜線に、まだかすかな残光がある。もう舟の光は見えない。

「奈智」

土手で呼ぶ声がした。

のろのろと振り返ると、深志がこちらに向かって駆け下りてくるのが見える。

「すまん、俺がうっかり――まさかあいつもキャンプ生には手出しせんと思うが」

深志は詫びたが、奈智の顔を見ると、すぐに察したようだった。

「また吐いたんか」

「うん。いっぱい」

「どのくらい」

「分からん。バケツ一杯くらい吐いたような気がする」

また涙が溢れてきた。

「怖いよ。あたし、どうなるの？　舟乗りなんてなりたくない。ここにいると変になる。高田に帰りたい」

「苦しいか？」

「ううん、それは治まった」

「帰ろう。帰って、休もう」

「うん」

深志が手を引いてくれるままについていく。

吐き気は確かに治まったものの、イライラする焦燥感は身体の中にくすぶっていた。肌が痒いような痛いような、不快な感触がある。何かが一触即発で爆発しそうで、長い導火線に火が点いているみたいだ。今にも、自分がとんでもないことをしでかしそうな気がして、恐ろしくてたまらない。

怖い。こわい。こわい。

身体が震えていた。

よほど震えがひどかったのだろう。

手を引いていた深志は立ち止まり、「落ち着け」と奈智の肩をつかんだ。しかし、余計にガタガタと身体が震えてしまう。手足が冷たくて氷のようだ。

「こっちじゃ」

いつのまにか、またあの「ちかひ橋」の袂に出ていた。

「座って」

川のせせらぎが、またすぐそばに迫っている。その音が震えを消してくれるような気がして、ようやく少しずつ気持ちが落ち着いてきた。

土手の草に並んで座る。

顔が見えないのがありがたかった。遠くでは、平和にお囃子の音が流れている。

「何も知らなかったんじゃ。無理もない」

深志が静かに言った。

「あのおじいさんはだいじょうぶ？」

「うん、一見派手に血が出た割に傷は小さかったみたいじゃ。ガラス代と治療費を、うちと城田んところで出さなきゃならないだろうが」

「そう。よかった」

まだ身体が小刻みに震えている。恐怖の波は既に引いていたが、身体には残滓があるのだ。

「奈智は進み方が早すぎる。山葡萄だの点滴だのじゃ追いつかん」

深志が呟いた。

「みんな、怒ってる」

奈智は膝を抱えてすすり上げた。

「え？」

「キャンプのみんな。あたしばかり変質してるから、女の子にも仲間はずれにされとる」

深志は絶句した。

「そうか。だから、さっき、舟が好きかと」

「乗りたくない、舟なんか」

「奈智」

その声の調子に、奈智は顔を上げた。

目の前に、深志の左腕が突き出される。

奈智が不思議そうに深志を見ると、深志はポケットから小さな金属の塊を取り出した。鞘に入った、ナイフではない、そう、奇妙な形は缶切りに似ている――


通い路。


その言葉がパッと頭に浮かんだ。

深志は右手で器用に鞘を外し、その缶切りに似た道具をためらうことなく自分の左腕に近づけると、拳を握り、腕の真ん中に浮き出た静脈にぶすりと刺し込んだ。

刺した音が聞こえたような気がして、奈智は「ひっ」と小さく叫んでいた。

身動きもできず、深志の腕から目が離せない。

近くの街灯の明かりに、盛り上がりにじみ出てくる血の玉がじわじわと浮かび上がった。

ぷくりと膨れた血の玉は、少しずつ大きくなってくる。

「兄さん、何を」

奈智は、そのしわがれた声が自分の声だと気付いた。

「飲め」

一瞬、何と言われたのか分からなかった。

しかし、深志は恐ろしいくらい平静だった。

「食事じゃもうどうにもならん。おまえはかなりのペースで自分の血を吐き出し続けている。人の血を飲まん限りは、もう楽にならんはずじゃ」


「まさか」


それは、恐ろしい瞬間だった。

奈智は直感で、深志の発言が正しいことを察していた。

そして、目の前に差し出された深志の腕にしゃぶりつきたいと願っている自分がいることを、絶望と怒りと——そして恐らくは官能をもって感じていたのだ。

しかし、次の瞬間、奈智はその直感を全身で否定していた。あらんかぎりの嫌悪で、その直感を拒絶したのである。

「嘘じゃ」

奈智はゆるゆると首を振った。

「そんなの嘘じゃ」

「奈智。頼む、飲んでくれ。その進み方では、栄養の補給も追いつかん。このままじゃ死んでしまう。俺の血を、最初に」

深志は腕を奈智の顔に近づける。

血の玉は少しずつ大きくなっている。腕に貼り付いた真紅の花びらのように。

奈智は冷や汗を掻きながらじりじりと後退りをした。

「いやだ」

新たな涙が溢れ出す。

「あたしはそんなことはせん」

「奈智」

奈智は必死に立ち上がると、わあっと泣き出しながら駆け出した。

「どこへ行くんじゃ」

深志の叫び声が追ってくるが、奈智はめちゃめちゃに走った。

頭の中で、赤い霧が、ガラスの破片が、深志の腕に貼り付いていた真紅の花びらが、ぐるぐる回っている。

飲め。飲め。飲め。

深志の覚悟を決めた声が繰り返される。

いやだ。あたしは化け物じゃない。血を吸う化け物なんかじゃない。いくら沢山血を吐いたからって、兄さんの血なんか飲めない。

走って、走って、走って、走ると、またどこかの橋の袂に出ていた。

目の奥が鈍く痛む。

荒い呼吸と汗を整え、疲れ切って、とぼとぼと歩き出した。

あんなに大量の血を吐き出した上に全力疾走したので、もうほとんどエネルギーが残っていない。

涙も流したし、すっからかんだ。

いつのまにか、見覚えのある祠に来た。

岩を掘った、小さな祠だ。

神様なのか、仏様なのか、ご先祖様なのか、お稲荷（いなり）さんなのか分からないし、どうでもいい。誰でもいいから、あたしが深志兄さんの血など飲まずに生きられるようにしてください。あたしを化け物にしないでください。お願いします。


奈智は祠に向かって手を合わせ、深々と頭を下げていた。

ふと、誰かに見られている気配を感じた。

のろのろと、そちらに視線を向ける。

祠の先の急斜面に、白いさとばらが点々と浮かび上がっていた。

そして、その上に、その人が立っていた。

すらりと背の高い、藍色の着物を着た、色の薄い髪の女。

女は、かすかな笑みを浮かべ、奈智を静かに見下ろしていた。

怖くはなかったし、あまり驚かなかった。そこにいるのがずっと分かっていたような気さえしたほどだ。


「あなたは誰？」

奈智は疲れた声で尋ねた。

女はくすりと笑った。

「ひどい顔だこと。いったい何があったというの。可愛い顔が台無しだわ」

「あなたは誰？」

奈智は無表情のままもう一度尋ねた。

女は好奇心に満ちた目で、改めて奈智を見ると口を開いた。


「私は、虚ろ舟乗りよ」


奈智はぼんやりとその声を聞いていた。男とも女ともつかぬ、不思議な声。

「あたしは、舟乗りになりたくない。深志兄さんの血なんか欲しくない」

無意識のうちに、奈智はそう呟いていた。

その呟きは、ほとんど独り言のようだった。

女は足元のさとばらを指さした。

「どうしてこれをさとばらと呼ぶか知っている？」

「いいえ」

奈智はのろのろと首を振った。

「これはね、正しくは、『聡（さと）いバラ』なのよ。つまりこれは、賢いバラ」

女は歌うように答えた。

奈智は対照的にうめくように呟く。

「じゃあ、『だらなばら』は」

「愚かなバラ、ね」

女は後を引き取って答えた。

「なぜ愚かなバラ、なのか」

女は奈智の顔を見ると、にっこり笑った。その笑みを見て、なぜかは分からないけれど、奈智はまた泣きたくなった。

「聡いバラは、咲いて、散って、ちゃんと枯れるの。だから賢いのよ」

女はゆっくりと両手を広げた。

「だけど、愚かなバラは枯れない。咲いたまま、永遠に散らないし、枯れない。だから愚かなバラ、というの」

2

幼い頃の祭りの記憶は、白黒映画のように色彩がない。

夜の底、かすかに鈍く光る石畳の上を、一心不乱に踊りながら移動していく人々。

女たちの顔に落ちる影。男たちの指が三味の上を生き物のように滑る。

そういったものを、じっと息を詰めて物陰から眺めていたことを覚えている。

しかも、記憶の中の祭りには音がない。

実際には、町の中は歌声と三味の音で満ちていたはずだ。そぞろ歩く人々の話し声や、子供たちの歓声もそこここで響いていたはず。三味の音は、細くてもピンと張って鋭く、石畳や土壁や窓硝子(ガラス)に跳ね返って空気を揺らす。小さな町の中で、路地に反響する三味の音と歌い手たちの声が、山間の谷底でひとつのうねりとなって夜に満ち、闇を揺さぶる。

けれど、記憶の中では、音はすっぽりと抜け落ちている。

路地をゆるやかな列で動いていく男女。その人形のような動き、何かに魅入(みい)られたように踊り続ける「群れ」に超えがたい距離を感じていた。疎外感、と言ってもいい。

自分はあの静かな熱狂の中に入ることはないだろう、あの熱狂の内側にいられる人間ではないだろう。

そんな予感が、幼い心の中に既に芽生えていた。

子供というのは、いつもどこかで疎外感を覚えているものだ。

彼らはまだ、世界の内側に入れてもらっていない。社会の仕組みも、大人の理屈も、苦い現実も、まだ彼らの内側を浸食することはない。たとえ厳しい日常の中に置かれていても、彼らの中に、それを受け入れる土台が出来上がっていないからだ。

だが、奈智の感じていた疎外感はそれだけではなかったように思う。

どこにいても、常に外側。

高田の家にいても、磐座に来ても、学校に行っても、永遠に世界の「内側」に入ることはないような気がした。

伯父夫婦の沈黙と動揺、時折交わされる暗い視線、声を低めて話す近所の女たちの背中。

自分の話は、いつも自分のいないところでされている。そのことに奈智は早くから気付いていた。あたしの話なのに、あたしはその内容を知らない。あたしのことのはずなのに、あたしはその中に入ることができない。

そんな奇妙な疎外感は、成長しても消えることはなかった。

だが、これまで感じていたものは、疎外感ですらなかったのだ。

まさかこんな、「ほんとうの」疎外感というものがあったとは。もはや世界の内側どころか、この世界とは全く別個の、異種のものであるという疎外感が存在しようとは、夢にも思わなかった。

どこをどう通って帰ってきたのかよく覚えていなかった。

気がつくと、いつのまにかとぼとぼと川沿いの路地を歩いていた。

川のせせらぎの音が足元から上がってくる。

磐座は、どこにいてもこの音から逃れられない。

川沿いの街灯がぽつんと弱々しく足元を照らしていた。

この数時間の出来事が、遠い出来事のように思える。

今、何時だろう。

あの不思議な女の人に会ったことが、その前のショックの緩衝材になったようだった。いつのまにか吐き気も消えていたし、涙を流したことですっきりし、身体が軽くなったような心地である。

ほんの数分しか話していなかったのに、その印象は強く、同時に夢のようだった。

何を話したんだっけ。

奈智はぼんやりと彼女の言葉を反芻しようとするが、断片ばかりが浮かんでなかなか繋がってこない。

深志のことを思うと、家にはなかなか帰りづらかった。かといって、今は感覚が麻痺しているけれど、さっきあれだけの血を吐き、身体は消耗しているので早く帰って寝ないと体力は回復しそうにない。

発作が治まっている時はなんともないのだが、身体の奥から突き上げてくるようなあの破壊的な吐き気を思い出すとゾッとする。いつまたあの発作が起きるのだろうか。

考え始めると、また動悸が速くなる。

いったいあたしはどうなってしまうのか。

冷たい汗が背中に流れた。

いや、考えるのはやめよう。変質するのは予想内のことなのだ。先生方が対処の仕方を知っているはずだ。そのためのキャンプではないか。

そう必死に自分に言い聞かせる。

とにかく帰ろう。久緒さんも心配しているに違いない。

のろのろと歩き出す。布団が恋しかった。

ふと、山に目が引き寄せられた。

光が動いている。

一瞬、目の錯覚かと思ったが、確かにゆらゆらと光が動いていた。それも、ひとつではなく、チラチラと四、五個ばかり。

どうやら提灯か何かのようだ。それが、山道の林の隙間で光って見えるものらしい。

こんな時間に、どうして山の中を。

奈智は目を凝らした。

光は、整然と移動していく。

祭りの行事のひとつなのだろうか。だが、夜に山に入る行事なんて聞いたことがない。

しばらく眺めていると、やがて光は見えなくなった。


美影旅館に戻ると、引き戸の向こうが明るい。玄関の明かりを点けたままにしてあるのは、奈智が帰ってくるのを待っているしるしだった。

久緒さん、怒ってたらどうしよう。

恐る恐る玄関の引き戸を開けると、「奈智ちゃん?」と耳ざとく久緒の声がした。

奈智は思わず身体を縮めた。

台所から久緒が駆け出してきて、うなだれている奈智の顔を覗き込む。

「だいじょうぶ？　いっぱい吐いたんやて？　真っ青じゃないの」

「はい、今は落ち着きました」

「お薬飲んで、お休み。びっくりしたんでしょう」

その声は優しく、奈智はまた涙が滲んでくるのを慌ててこらえた。

「あの――深志兄さんは」

「あんたのこと捜しに行ったわ」

そう言う久緒の声にかぶさるように、バタバタという足音が聞こえてきた。

「お母さん、奈智は――あっ」

息を切らし、深志が玄関に駆け込んでくると、奈智の姿を見て棒立ちになった。

振り向いた奈智と目が合い、深志の青ざめた顔がみるみるうちに赤くなり、二人ともパッと目を逸らす。

奈智は、深志の腕に小さなテープが貼ってあるのを見逃さなかった。さっき通い路でつけた傷の上だ。

久緒もそのことに気付いたらしい。奈智の身体を抱えるようにして、台所に目をやった。

「さ、こっちでお薬飲みましょ。深志、奈智ちゃん、このまま寝かせるから、あんたもお休み。疲れたでしょう。鍵、掛けてね」

深志は俯き加減に玄関でぐずぐずしていたが、ゆっくり引き戸を閉め、中から鍵を掛けた。乱暴に靴を脱ぎ、廊下の奥の自分の部屋に向かって駆け込んでいく。

「これ、深志、廊下を走るんじゃありません」

久緒が背中に声を掛けるが、深志の背中は拒絶していた。

深志の姿が見えなくなると、奈智は思わず安堵(あんど)して身体の力が抜けた。

久緒はそのことにも気付いていたようだ。

「深志がなんか言うたみたいだけど、許してやってね」

不思議な匂いのするお茶を注ぎながら、久緒は静かに言った。

「そんな——あたしが、あまりにも何も知らんみたいだから」

奈智はテーブルの上の一点を見ながらぼそぼそと呟いた。

「飲んで」

久緒が励ますように湯飲みを差し出した。

湯気に苦い香りがする。

ひと口飲んでみると、とろりとして、苦いようでもあり、甘いようでもある。黒っぽい、いかにも薬湯っぽいお茶である。

「混乱するのも仕方ないわ。うまいこと話してあげたいんやけど、あたしもどこから話していいのか分からんしなあ——奈津ちゃんのこと——高田のこと——磐座のこと。どれもとても一言では説明できんからなあ」

久緒はテーブルの上で指を組み、一瞬遠い目をした。

また疎外感が戻ってくる。あたしのことは、あたしには教えてもらえない。

「あたし、虚ろ舟乗りなんてなりたくない」

奈智は低く呟いた。

「ここは聖地だって、聞きました。ここに候補者を置いて、様子を見るんだって。ここを出れば、変質することはないんでしょう。あたし、高田に帰ってもいいですか。他の子は虚ろ舟乗りになりたいみたいやし、あたし一人おらんでも」

思いつめた顔でそう尋ねると、久緒は面食らった表情になり、すぐに諭すような顔になった。

「確かに変質は止まる。ここ以外で変質が始まるのはまれやて聞いたことがあるわ」

久緒は戸棚からお菓子を出した。干しいちじく。これも貧血にいいのだろう。ことん、とお皿を奈智の前に置く。

「でもね、いったん変質が始まってしまった段階でここを離れるとかえって苦しいんよ。中途半端な状態で変質が止まると、ずっと発作を抱えたまま大人になることになる」

「ずっと――」

奈智は絶句した。

あの苦しい発作とつきあい続けるなんて、ちょっと考えただけでもゾッとする。

「変質がどの段階まで進むか分からないけど、ここで変質を終わらせることが大事なんよ。磐座で終わらせてしまえば、ここ以外の場所でもう変質が起こることはないから。奈智ちゃんは、今はペースが速いけど、この先、まだ分からんよ。あたしも、最初のうちは速かったけど、そのあとはあまり進まんで、みんなに追い抜かれて、結局適性はないゆうことになったもん」

奈智は驚いた顔で久緒を見た。

「久緒さんも、キャンプに行っとられたんですか」

久緒は小さく笑った。

「聞かんかった？　磐座の子供は皆キャンプに行くと」

「ああ」

そういえば、深志もそんなことを言っていた。

あの、暗い、悔しそうな目。

深志は虚ろ舟乗りになりたかったのだ。

「久緒さんは、虚ろ舟乗りになりたかったん？」

奈智は恐る恐る尋ねた。

久緒は首をひねる。

「さあね。今となればよう分からん。でも、当時はなりたかったな。みんなの夢やし。あの頃は、何かに選ばれるゆうことがとても嬉しかったし、自分が特別な気がしたわ。でも、特別なものになるのが素晴らしいのかどうか、今は」

久緒は言葉を切った。

彼女の言いたいことは、今の奈智にはよく分かった。

「奈智ちゃんは、奈津ちゃん――お母さんと、お父さんのことはどのくらい覚えとるん？」

久緒にそう聞かれて、奈智は首を振った。

「ほとんど覚えとらんです。若い男の人と、髪の長い若い女の人が二人でこっちを見てるところはぼんやり記憶にあるんやけど、高田の家のことしか」

「そう」

久緒は短く頷いた。

一瞬、気まずい沈黙が降りたような気がして、奈智は久緒の顔を見る。

久緒は、思い切った様子で口を開いた。

「じゃあ、二人がなぜ亡くなったのかは聞いてる？」

「交通事故だったと聞いてます」

久緒は低く溜息をついた。

「違うんですか？」

奈智は思わず聞き返していた。

久緒は逡巡したが、やがて小さく首を振った。

「違うわ」

久緒は話すことを決心したのか無表情になったが、それでもやはりまだ躊躇していた。

奈智は続きを待った。まだお茶の湯気が上がり続けている。

久緒はようやく話し始めた。

「奈津ちゃんはね、ここ磐座で殺されたのよ」

「えっ」

思ってもみなかった返事に、奈智は青ざめる。

「そして、あなたのお父さんは、その事件以来行方不明なの。今も消息を絶ったまま、今日まで、誰も見ていないのよ」


草いきれ。

遠くから地鳴りのように蟬の声が響いてくる。

風はそよとも吹かず、周囲に広がる稲穂の海はぐったりとして白っぽく輝いている。

遠くに灰色の入道雲が見えた。今は晴れているが、山の輪郭の向こうの空は暗い。午後から雨になるかもしれない。

奈智は麦わら帽子の下からちらっと遠い空を見た。

不穏な空。まるで磐座という場所の不穏さのよう。

目に入りこむ汗を拭う。

畦道(あぜみち)を一列になって歩いている子供たちの白いシャツが眩(まぶ)しい。

子供たちの背中は、一様に元気がなかった。まるで苦行のようにうなだれてのろのろと歩いている。なにしろ、この蒸し暑さだ。ちょっとでも動くと汗が噴き出してきて、じっとりと身体にまとわりつく。

なぜよりによって今日、蝶を採りになんか行くんだろう。

奈智は手に持った捕虫網を怪訝そうに見上げた。


朝から気温は上がり、朝食を食べる気がしなかったけれど、なんとか久緒が作っておいてくれた味噌おにぎりと、冷えた葡萄を口にする。

深志と顔を合わせたらどうしようと内心気が気ではなかったが、深志のほうでも同じ気持ちだったのか、とっくに家を出ていたようだ。それでなくとも、祭りのシーズンに入った旅館の朝は慌ただしいから、昨夜の気まずさも紛れて、奈智もそそくさと家を出た。

湿度が高く、たちまち疲労感が押し寄せてくる。

磐座に来てからろくに眠れていない。頭の中のモーターがずっと回りっぱなしで、加熱されたままのような気がして気持ちが悪い。

それでなくとも、ゆうべはいろいろなことがありすぎ、いろいろな話を聞きすぎた。その中には思い出したくないこともかなり含まれているし、もう少しじっくりその意味を考えてみたいこともある。町の外れであの不思議な女の人に会った時点で、既に心の許容量を大きく超えてしまっていたので、久緒から聞かされた母親の死——それも、殺されたのだという事実まで受け止め切れなかったのだ。

足はもう磐座城への道を覚えてしまい、何年もあそこに通っているような気すらする。前日までのようにはさとばらの匂いが気にならなかったのでホッとする。鼻のほうも慣れてきているのかもしれない。

が、奈智はどことなく前日までと雰囲気が異なるのを坂道の途中から感じていた。

何か違う。

きょろきょろ周囲を見回してみる。

昨日までとは何かが違う。

ふと、少し前をのろのろと苦しそうに歩いていく少年の姿が目に留まった。その少し前にも、誰かがふらふら歩いている。

奈智は愕然とした。まるで、重力に逆らっているかのように、皆身体をかがめている。

変質。これが、変質なのだ。

あたしだけじゃない。

ゾッとする眺めでもあり、安堵する気持ちもある。

城の入口で、倒れ込む少年が見えた。

富沢先生が抱きかかえて医務室に連れていく。なんとなく医務室を覗きこむと、他にも点滴を受けている子が二人ほどいた。

これが磐座という場所の影響なのか。

城の中は、異様な雰囲気に包まれていた。中に集まって座っている子供たちも、怯えて青ざめた顔をし、ひそひそと囁きあっている。その青ざめた顔には、戸惑いや焦りの表情もあった。まだ自分に変化が訪れないことを訝っているのだろう。もしくは、彼らも変化の兆しを感じ、悪寒を我慢しているのかもしれない。

まだ真鍋先生は来ていない。もしかしたら医務室にいるのかもしれないが。

動揺する子供たちから少し離れるように、奈智はお堂の床に座った。

立て続けに苦しむ仲間を目にしたせいで、皆すっかり浮足立っている。それは奈智も同じだった。ひとが苦しんでいるのを見るのは、気持ちがいいものではない。さぞかし、久緒さんや深志兄さん、心配させちゃったんだろうな。

深志の顔を思い出し、顔が熱くなった。

差し出された腕。真紅の花びらのような血。真剣な、必死なまなざし。

あの時、吸い寄せられそうになった自分を思い出して身震いする。なぜ一瞬でもあの申し出を受け入れることを考えたのか、思い出すと恥ずかしくて、おぞましくて、ますます身震いしてしまう。

兄さんは、自分の血を飲めといった。

あれはどういうことなのか。いくら血を吐いたからとはいえ、本当に他人の血を？　輸血とはわけが違うはずだ。

じゃあ、あの子たちも。

奈智は医務室のほうに目をやった。

あの子たちも同じように？

お堂の中にいる子に目を戻した時、天知雅樹がいないことに気が付いた。あの大人びて、やけにここでの事情に詳しい、美影旅館に滞在しているあの少年。

医務室にいるのかしら。

そう考えこんでいたので、誰かが話し掛けているのに気付くのが遅れた。

「——いの？」

「え？」

間抜けな声を上げて振り向くと、そこに青ざめた小さな顔がある。

奈智は面くらった。他の女の子たちに無視されているという意識があったので、ここに来てよその女の子と口をきくのは初めてだったのだ。

「あれ、苦しいんだよね？　やっぱり」

少女は低い声でもう一度尋ねた。

「あ、うん」

奈智はぎこちなく頷く。

恐る恐る少女を観察する。

奈智と同じくらい小柄だが、男の子のように短い髪の下に覗いている目はくっきりとした光を放ち、聡明そうだ。

「最初、すごい吐き気がして、つらかった。いっぱい吐いたし」

「今は？」

「今のところは落ち着いてるみたい」

「そうなんだ」

　少女は不安そうな顔になった。

「あたしはまだなの――ダメなのかな。今朝、一緒に来る途中で、佳子ちゃん、苦しみだしちゃって。どうしようかと思っちゃった」

　さっき医務室の中で点滴を受けていた中に女の子がいた。その子が佳子ちゃんなのだろう。少女は深くため息をついた。まだ変質が始まらないという落胆と、始まったらつらそうだという不安がせめぎあっているのが分かる。

　だが、それでも彼女の目には羨望があった。彼女の中では、変質を望む気持ちが優っているのだと気づく。

　奈智はそのことに胸を突かれた。


　みんな、ほんとうに虚ろ舟乗りになりたいのだ。

　それは衝撃だった。あんな苦しみにも耐えて、それでも虚ろ舟に乗りたいのか。

「あたし、三上結衣。あなたは高田奈智よね？」

　少女は思い出したように奈智の顔を見た。

「うん、そう」

「あなた、いきなり具合悪そうだったから、話しかけるきっかけがなくって」

結衣はそう言って小さく笑った。

なんだ、そうだったのか。

奈智はあっけにとられた。みんなに無視されていたのではなく、打ち解けるタイミングを逸していたのだ。確かに、目の前でいきなりぐったりして医務室に運び込まれたのでは、遠巻きにしているしかなかったのかもしれない。

「結衣ちゃんは、どこに泊まってるの？」

「お寺の宿坊。思ったより広くて快適。ご飯も結構おいしいよ」

「そうなんだ」

「奈智は？」

「美影旅館。親戚のおうちなの」

「いいなあ。遊びに行ってもいい？」

「いいよ」

どうやらさばさばした、物おじしないタイプの子のようだ。

そこにふらりと飯田校長が入ってきた。

いつも変わらぬのんびりした雰囲気に、動揺していた子供たちが安堵の表情を見せる。

「おはようございます」

「おはようございます」

子供たちが唱和する。

「今日は、ここにいるみんなで蝶を採りに行こうかな」

「え？」

子供たちはぽかんとする。

飯田校長はぐすんと鼻を鳴らすと、そこに顔を出した富沢先生を手招きした。

「富沢先生、捕虫網あるかな」

「は？」

「今日は、午前中、蝶採りだ。おお、水筒も持っていかなくちゃな」

校長はぽんとのんびり手を叩き、大きな身体を揺らして小走りに出ていった。富沢先生も慌てて後を追う。

「先生、いいんですか、先生。早いのでは。まだ三日目なのに」

遠ざかる富沢先生の声はうろたえている。

まだ三日目なのに。

富沢先生の言葉がなんだか奇妙に思えたが、みんなで顔を見合わせているうちに、二人がどこからか捕虫網と水筒を調達してきて、ぞろぞろ外に出かけていくことになったのだった。


大きな麦わら帽子をかぶった飯田校長は、みんなが通学に使う坂道ではなく、細い裏道を降り始めた。知らない人なら気付きそうにない、生垣の陰になった道である。生徒たちもそのあとに一列になって続く。富沢先生はしんがりだ。

急な坂道を降りていくと、田圃（たんぼ）に出た。

ぐんぐん勢いを増して成長している稲穂の海の間を縫って進んでいく。のどかな眺めだが、蒸し暑さは大変なものだ。変質するのではないか、気分が悪くなるのではないかと疑心暗鬼に陥っている生徒たちをこんなところに連れ出すなんて。

最初はうらめしく思ったが、晴れた空の下、のんびり歩いているとだんだんお堂で感じた動揺が薄れてきた。もしかしてこれが目的なのだろうか。

校長はおもむろに方向転換をし、畦道を外れて杉林の中に入った。

木洩れ日がちらちらと揺れて眩しい。強い陽射しが遮られてホッとしたものの、じめっとしていてそんなに涼しくなかった。

前方に暗がりが見える。楕円形の闇。

あ——また隧道だ。

磐座に来た時に通った道を思い出す。なんだか、ちょっと嫌な感じがしたことも。

奈智が身構えていると、少し前を歩いていた結衣がくるりと振り向いた。

「なんか、ああいうところ、いっぱいあるんだね、ここ」

「暗くて嫌だよね」

そう相槌を打ちながら、確かにそうだ、と思った。

古いレンガや石で造られたトンネル。相当古いものに違いない。

見る間に山の斜面が迫り、隧道に入った。冷たく湿った闇の中を、校長先生はどんどん進んでいく。

ところどころにかろうじて電球の明かりがあるものの、真っ暗なところに白い捕虫網が列をなしているのは奇妙な眺めだった。

それに、道は下っている。どんどん地の底に降りていくようなのだ。

結衣が呟いたように、こんな隧道があちこちに張り巡らされているのだとしたら。

奈智はふと、ゆうべ山の中を移動していった光のことを思い出した。

磐座は、谷間の狭い集落だと思っていたけれど、実は山の中や地下にも何かがあるのかもしれない。

十五分ほど歩いただろうか。

前方——それはずいぶん下のほうだったが、ぼんやりと外光らしきものが見えてきた。開けた場所の予感。

「わあっ」

前の生徒から歓声が上がった。

「なに、なに？」

結衣が身を乗り出して覗きこむ。生徒たちの興奮が、後ろまで伝わってくる。

やがてぱっと目の前が開けた。思わず奈智も叫んでいた。


「なんなの、これ？」


遠い空から、さんさんと光が降り注いでいた。

というのも、空はずっと上のほうにあって、歪んだ楕円形をしていたからだ。

どうやら、彼女たちが今いるのは地下の空洞の中で、あの歪んだ楕円はちょうどその形に天井が落ちてしまっているものらしい。だから、まるでうんと高いところにある天窓から光が射してきているように感じられるのだった。

そして、目の前の景色はもっと奇妙だった。

地下の洞窟の中なのに、そこはお花畑だったのだ。

粒の小さい、野生のさとばらが咲き乱れていた。一瞬ぎくりとしたが、ここのさとばらは花弁が小さく密集していて、地上で見るものとはやや種類が異なるように思える。それに、よく見ると花びらはかすかに赤みがかっていて、匂いもかぐわしく、不快感はない。

「すごーい、きれい。見て、あんなに蝶が」

結衣が歓声を上げる。

降り注ぐ陽射しの中で、白や黄色や群青の蝶が乱れ飛んでいた。それこそ花吹雪(ふぶき)のように無数の蝶で、「降るように」というのがぴったりである。

この世ならぬ眺めに、子供たちはうっとりとして言葉を失っていた。

「先生、蝶々採ってええの?」

「ええよ。欲張らんと、少しにしとき」

男の子たちは、すぐに夢中になって白い網を振り回し始めた。

結衣も元気に網を振り始めたが、奈智はここにいる蝶を持ち帰ることなどとても恐ろしくてできそうになかった。それほど、神聖な、浮世離れした場所に思えたのだ。

咲き乱れるさとばら。

群れ飛ぶ蝶。

子供たちの捕虫網と麦わら帽子。

奈智は半ば恍惚とし、ぼんやり突っ立ってその様子を眺めていた。

あそこには怖いモノがおる——空から来たのと——地の底から来たのと。

頭にそんな文章が浮かび、ぎくっとして周囲を見回す。

が、奈智の周りには誰もいなかった。

今何か聞こえなかった？

慌てて耳を澄ますが、みんなの歓声が聞こえてくるだけだ。

が、ふと、さとばらの茂みの間に埋もれるようになっている小さな石の鳥居が見えた。

さとばらの花畑はこんもりとした丘のような形をしていて、真ん中が高くなっている。丘というよりも、アーモンドを土に差したらこんな形になるのではないかというような、綺麗なカーブを描いているのだ。

まるで、人工的な地形のようだ。

奈智は首をひねりながらその石の鳥居に近づいていった。

丘の中腹に、ひっそりとある鳥居は、奈智の肩くらいの高さだった。しめ縄が巻かれ、お供えもされている。

小さな額が真ん中に掲げられていたが、そこに書かれている字は崩してあってよく読めなかった。

草を踏む足音がして、隣に校長先生が立っていた。

奈智が見ていた額に、無表情に見入っている。

「校長先生、これ何ですの？」

「最初の流れ舟の跡や」

「流れ舟？」

「うん」

校長先生は静かに頷いた。

「わしらの御先祖様が、昔むかし初めてここで埋もれとった虚ろ舟を発見してな、ここからすべてが始まったんや」

「じゃあ、ここにまだ舟が埋もれとるんですか」

「いや、舟そのものは掘り出されて、いろいろ調べられて、国が保管しとる。でも、発見した時のままの形に復元されて、中に同じ大きさの外枠は入っとるそうや」

「だからこんな形をしとるんですね」

そうだ、聞いたことがある。

虚ろ舟の始まりは、遠い時代にこの星に墜(お)ちてきたよその舟を調べ、まねることから始まったと。その動力の発見は、最初はほとんど偶然に過ぎなかったのだと。

「先生、この舟の中には誰が乗ってたんですか。ほんとうに、観音様や、お地蔵さまが乗っていらはったんですか」

校長は一瞬面くらった顔をしたが、やがて微笑(ほほえ)んだ。

「ああ、『虚ろ舟様』の彫り物を見てそう思ったんやな」

「はい。あれには、動物も、観音様も、いっぱい乗ってはりました」

「あれは、たぶん想像で描いたんやろ。最初の流れ舟には、誰も乗ってなかったそうや」

「誰も乗ってないって、じゃあ、どうやってここまで運転してきたんですか」

「きっと、ご先祖様が発見するまで長い年月が経(た)っとったんやろう。有機物なら、数年もすれば消滅してしまうやろ」

「そうでしょうか」

奈智は不満だったが、言葉を呑み込んだ。

自分の足の下に、かつて遠い星から墜ちてきた舟があったなんて、なんだか不思議な気がする。

「ゆうべ、トワに会ったそうやな」

「え？」

何気なく聞かれて、奈智は何のことだか分からなかった。

「ゆうべ、祠んところでトワに会ったやろ」

校長はもう一度さりげなく繰り返した。

「え？　あっ。ひょっとして、あの」

奈智は口ごもった。

愚かなバラ、ね。

にっこり微笑んだあの顔、あの声。やはり夢ではなかった。

トワ。あの人の名前なのか。

校長はこくりと頷いた。

「ああ。君らの大先輩や。そのうち君らと話をする機会もあるやろ」

「虚ろ舟乗り、なんですよね」

「――うむ」

奈智の質問に、校長はなぜか言葉を濁すと、急に辺りを見回し、パンパンと大きく手をはたいた。

「さあさあ、そろそろ帰る準備をして。お昼には城に戻らんといかん」

洞窟内に、「はあい」という声と「えーっ、もう少し」という声が交錯し、大きく反響した。

異変は昼過ぎに起きた。

再びあの洞窟から歩いて城に戻り、昼食を食べたあたりから、生徒たちが次々と苦しみ出したのだ。

強い吐き気を訴え、お手洗いに着く間もなく、みんなが血を吐き始める。

たちまちお堂は野戦病院のごとき騒ぎになった。

住職と僧侶も駆けつけ、皆お堂の床に寝かされて点滴を受ける始末である。

無事に済んだ者はいなかった。いっぺんにみんなが変質状態に入ったのだ。

奈智も吐いたが、前日までの発作に比べればずいぶん楽な状態だったし、吐いた血も少なかった。

真鍋先生が、あれは本物の血液ではなく、急速に剝がれて押し出されてきた古い組織だと説明してくれたので、精神的にもやや落ち着いていられた。

だが、午後になって初めての変質を迎えた子供たちはショックが激しかったらしく、点滴では済まず鎮静剤まで打つ騒ぎになった。

ようやくみんなが落ち着いて寝入ったのはもう四時近くで、奈智はうつらうつらしながらヒソヒソと大人たちが囁くのをどこかで聞いていた。彼女は鎮静剤を打たずに済んだのだが、他の生徒たちと同じく眠り込んでいると思ったのだろう。

「校長先生、だから言ったんですよ、キャンプ三日目じゃ早すぎるって」

そう咎めているのは富沢先生だ。

「すまんすまん、こんな騒ぎになるとは」

校長先生の済まなそうな声。

「聞いてはいても、実際に自分の身に起きると、変質には動揺しますからねえ、みんな」

真鍋先生はため息混じりである。

「変質といっても、蝶の谷に行ったんだから、その促進の度合いはハンパじゃありませんよ。普通は、キャンプ半ばを過ぎても変質しない生徒を連れていく場所なのに、なんでまた今日連れていこうなんて気になったんです?」

富沢先生はまだ憤懣(ふんまん)やるかたない様子。

「気付いてるだろ、君らも」

急に校長の声の調子が変わったので、二人の先生もつられて声が低くなる。

「え?」

「なんのことです?」

「最近、変質率が下がってることを。ここ数年、ほとんど成功していない」

「そんなことないですよ。元々が低いんですから」

「だからといって、急に蝶の谷に連れていくなんて」

「いや。わしはな、磐座の土地の力が薄れてきてるんやと思う」

校長が低い声ながらきっぱりと言うと、他の二人が動揺し、黙り込むのが分かった。

「昔はここに来るだけで見る間に変質していったもんや。もちろん、変質しただけじゃ不十分だ。だが、最近は通い路を付けるどころか、前段階の変質ですら全然ダメやった。それじゃあ、この先の開発団が送れない。あと何次かで途絶えてしまう」

校長の声には危機感が滲んでいた。

「今回は、結構粒ぞろいなんや。ここ数年では、いちばん変質が早い。このままずるずる待つより、いっそいっぺんに押してみたらどうやろ、思て連れていってみた」

「確かにこれで全員変質し始めましたけど」

富沢先生が渋々認める。

「でも、この先持つかどうか」

真鍋先生の不安そうな声。

「もう始まってしもうとる。このまま進めるだけや」

校長は冷徹さの滲んだ声で突き放した。

沈黙。

三人とも、それぞれ別のことを考えているようだ。

「そういえば、天知はどうした？　天知雅樹は」

思い出したような校長の声。

「ああ、あの子は図書館にこもって、なんやずっと本読んでます。とりあえず、みんなが変質するまで待つけど、一緒にお堂で待つのはかなわん言うて」

校長の嘆息が聞こえる。

「全く、あっちはあっちで難儀なやっちゃ」

「まあ、特殊なケースですからね。元から変質体というのは、本当に珍しい」

「本当に。長いこと保健師も兼ねてますけど、あたしが直接知ってるのは、天知君と、美影奈津くらいですわ」

奈智は夢の中でぶるりと身体を震わせた。

いや、震えたと思ったが、周りには気づかれなかったようだ。

元から変質体——本当に珍しい——天知雅樹と美影奈津くらい——

ねえ、先生、いったい何の話をしているの？

背中を冷たい汗が流れているのを感じたが、身体は動かない。

「美影奈津、か。懐かしい名前やな」

校長の声が少し柔らかくなった。

「お嬢さんが、そこに」

真鍋先生の声に、奈智は身を硬くする。

タヌキ寝入りがバレたらどうしよう。いや、身体はほんとうに眠っている。だが、意識は目覚めている——それとも、これは夢？

「うん。知っとる。よう似とる」

「あの子は元から変質体ではなかったんですね。母親の血を引いてるかと思うたのに」

「美影奈津は生まれも育ちも磐座だから、全然条件が違うやろ。あの子を引き取った親戚は、なるべくあの子をここに寄せんようにしとったそうや」

「ああ、なるほど。じゃあ影響は少なかったわけですよね」

「実際、ここに着いたら真っ先に始まったたし」

影響——影響。磐座の。蝶の谷の。みんなの変質が進む。

わざとあの谷に連れていったの？　最初の流れ舟が埋まっているあの場所に。

そうなんだ、まだあそこには最初の舟が埋もれている。運びだしたなんて嘘。徹底的に調べて、そのままあそこに舟を埋めてある。

なぜなら、あそこに埋まっている舟があたしたちの変質を促すから。あの舟そのものに何か力があって、気の遠くなるような歳月の過ぎた今でも、あたしたちの身体を変えてしまうのだから。

「それにしても――やっぱり、奈津ちゃんを殺した犯人は忠之(ただゆき)さんなんでしょうか」

「それ以外考えられんやろ。あれ以来、誰も姿を見とらんのやから」

　吐き捨てるような校長の声。

「そんな――あんなに仲睦(むつ)まじくて、お似合いやったのに。奈津ちゃんそっくりのお嬢さんまで授かったゆうのにですか」

　真鍋先生は不満そうだ。

「だから、じゃないやろか」

「え？」

「娘が奥さんそっくりやったからやないか」

「どういう意味ですか？」

「いや、別に。ただのひとりごとや。どっちにしろ、あいつにとっては、妻は研究材料に過ぎなかったってことや」

「そんな――そんな」

　声が遠ざかる。その声に、遠雷がかぶさり、ごろごろとお腹(なか)に響いた。

　続きを聞きたいのに、雷鳴で聞き取れない。

　奈智は脂汗を流し、いつのまにか夢の中で泣いていた。

　雨の音がする。どうやら、午前中に見た入道雲が発達して、今ごろになって夕立ちを降らせ始めたらしい。

なんの話をしているの？　ねえ先生？

忠之さんて誰？　奈津ちゃんて？

それってあたしの両親のことですか？

お願い、あたしの前であたしの話をして。あたしの家族の話は、あたしにして。

奈智は叫び続けた。

しかし、隅でぼそぼそと話し続ける三人は、奈智をはじめ生徒たちは皆ぐっすり眠り込んでいると思いこんでいたのだった。


夕方、奈智が起き出しても、まだ他の生徒たちは寝ていた。

先生方はこのまま泊まり込みで彼らの面倒を看るという。

比較的症状が軽い生徒は先に帰された。

城を出て坂道を降りながら、ぼんやりした頭で空を見上げる。

赤みが射した空は、どこか禍々(まがまが)しく見えた。ただののどかな田舎のはずなのに、底知れぬ不気味なものを感じる。

今日の一日は悪夢のようだった。草いきれ、蝶の谷、みんなの変質——

気になるのは、時折無意識にふっと浮かぶ、奇妙な考えだ。まるでずっと昔、生まれるよりも前にここにいたような気がするのだ。

さっきも、蝶の谷で何か思い出しかけた。あれは何だったか——

谷間の集落は、日没が早い。

ふと、川の向こうに明るい窓の並ぶ大きな洋館が見えた。青々とした木々に囲まれ、そこだけ涼しげな雰囲気を醸し出している。

いつのまにか立ち止まっていた。

あれは、確か図書館だ。

先生の声が耳に蘇る。

天知はどうした？

あの子は図書館にこもって、なんやずっと本読んでます。

奈智の足は、いつのまにかふらふらと図書館に引き寄せられていた。

そういえば、本を読むのは好きなのに、まだ磐座の図書館に行ったことはなかった。住民ではないから借りられるかどうか分からないけれど、読みたい本があるかどうか確かめてみるのも悪くない。

渓流は水量が減っていた。

蛇行する川床が白く干上がり、砂が盛り上がって夏草が生えている。

大きな橋を渡り、奈智は図書館の前に立った。

二階建ての古い洋館で、羽目板に塗られた白いペンキが剝げかけている。屋根には緑色の瓦が葺（ふ）いてあった。

大きな銀杏（いちょう）の木がつくる木陰が濃い。

二翼の造りになった洋館から離れたところに、もうひとつ小さな建物があるのが見えたが、銀杏の木に囲まれていて何なのか分からなかった。書庫か何かだろうか。

中に足を踏み入れると、図書館独特の、少し乾いて濃密な静寂が身体を包んだ。なんとなくホッとして、書架の並んだ大きな部屋に入っていく。

窓ぎわに古い木のテーブルが並んでいて、勉強をしている学生や、本をめくっている老人が見えた。

ゆっくり書架のあいだを回ってみる。

小さな町だからそんなに期待はしていなかったのだが、蔵書はなかなか充実していて、奈智の好きな外国の小説もたくさんあった。

棚の背表紙を眺めているうちに、借りたい本を見つけてそわそわする。

カウンターの中の優しそうな女性に恐る恐る声を掛け、キャンプに来ていると説明すると、彼女は「じゃあ、キャンプのあいだだけ借りられるように」と奈智の貸し出しカードを作ってくれた。早速、三冊借りることにする。久し振りに浮き立つような気分になり、いかに自分が緊張感にさらされていたのかが身に染みた。

本を抱えて出ようとした時、窓べで外をじっと眺めている少年に気づく。

天知雅樹。

そうだ。ここに来たのは、本を見るだけでなく、この場所やキャンプについて詳しそうな雅樹に話を聞きたいと心のどこかで考えていたからに違いないのだ。

奈智はおずおずと雅樹に近づいていった。

「どうだった、今日の学校は？」

窓のほうを向いたまま、いきなり雅樹の声が聞こえたので奈智はぎょっとしたが、窓ガラスに自分の姿が映っていることに気づいた。

「あ――今日は、たいへんだったんよ。みんなで蝶の谷に行って、蝶を採って帰ってきたら、みんな午後から苦しみだして、大騒ぎやった」

雅樹は驚いたようにパッと奈智を振り向いた。

「へえ。蝶の谷に行ったんだ」

その顔に、考える表情が浮かぶ。

「まだ三日目なのに。そりゃ、無理もないな」

先生と同じことを言う。

「蝶の谷に行くと変質が速まるん？」

奈智はそう聞いてみた。雅樹はまた意外そうな顔で奈智を見る。

「誰から聞いたの、そんな話」

「先生方がこそこそ話してるのを聞いたの」

奈智は声を潜めた。つい、言い訳口調になってしまう。

「みんな、まだ寝てる。あたしはそんなに具合が悪うならなかったから、帰ってええって言われたの」

「君は元々変質が早かったからね。もう身体が慣れ始めているんだろう」

雅樹は相変わらず大人びた口調でそう断言し、さっさと出口に向かって歩きだした。

奈智は慌ててその背中に声を掛ける。

「ねえ、教えて。これからあたしたち、どうなるん？」

「なんでそんなこと僕に聞くのさ」

雅樹の声はそっけなかった。

奈智は焦る。

「みんなが知ってることを今さら聞けんし、あたしが何か聞くとみんな気の毒そうな顔してあたしを見るの。あんな顔を見るのは嫌や。あなたはとても詳しそうやし。最初から変質してるんでしょう、あなたは」

雅樹はぴたっと足を止めた。

動かない背中。

「そんなことまで聞いたの？」

その声は恐ろしく静かだった。

微妙なところに触れてしまったことに気づき、奈智は青くなる。

「ごめんなさい。盗み聞きするつもりは。ただ、朦朧(もうろう)としてて、聞こえてきて」

平謝りする奈智を、雅樹は遮った。

「別にいいんだ。本当のことだし」

「ごめんなさい」

奈智がしゅんとしていると、雅樹は再びくるりと振り向いてニッと笑った。

「磐座のことを知りたいのなら、あそこに行けばいい」

「え？」

「隣にあるんだ、記念館が」

「記念館？」

雅樹は先に立って元気に歩きだした。奈智は慌ててついていく。

図書館を出て、彼が向かったのは銀杏の林の奥にある、さっき目にした別棟だった。

「あれは図書館じゃないの？」

「ううん。磐座と虚ろ舟についての記念館さ」

これが。

奈智はひっそりと隠れるように立っている建物に目をやった。

みんながなりたがっている虚ろ舟乗りなのに、こんな目立たない場所の奥のほうにあるなんて。

まるで隠したがっているみたい。

「地味だろ？」

奈智の感想を見透かしたかのように雅樹がニッと笑った。

「そんな」

口ごもると、雅樹はさっさと記念館に向かって歩いていく。

立方体の、古いお堂のような建物。華やかさはかけらもなく、静かに朽ち果てていこうとしているようだ。

開いていないのではないかと思ったが、入口は開いていた。

玄関の天井に薄暗い照明が点いているが、誰もいない。

「係の人は？」

中を恐る恐る覗きこんで奈智は尋ねた。

雅樹はそっけなく首を振る。

「いないよ。図書館の職員がここを開けに来て、帰りに閉めていくんだ」

不用心だな、と思ったが、中のがらんとした展示室を見て、これなら泥棒に入られることもないだろうな、と考え直す。

雅樹は奈智の考えていることが手に取るように分かるらしい。

皮肉めいた笑みを浮かべ、小さく肩をすくめた。

「何もないだろ？　めぼしいものや本当に記念になるものは国立博物館やツクバの外海研究所に保存されてる。虚ろ舟の製造や外海開拓にまつわる歴史もね。今僕たちがこうしている理由の、すべての始まりであるはずの磐座には、もはや何も残っていないのさ。ここにあるのはこれだけ。初めて発見された虚ろ舟の模型と、虚ろ舟乗りの名簿だけ」

本当に、小さな記念館だった。十畳ほどの板の間の真ん中に、ガラスケースに入った虚ろ舟の模型。

それに、見覚えがあった。

昼間、蝶の谷の中央で見た小さな丘のカーブと重なる。

模型は、発見された状態を模したらしく、地中にめりこんでいるところまで忠実に再現してあった。横に断面図があって、小さな部屋が幾つも並んでいる。

奈智はガラスケースに近づき、くいいるように模型を見つめた。

「これが、蝶の谷に落ちてきた虚ろ舟なんね」

「うん」

「これも、現物は国立博物館にあるん？」

「そうさ」

「本当に？」

「本当だよ。なんで？」

雅樹は怪訝そうな顔になる。

「ううん、実はまたあそこに埋め戻したって誰かに聞いたような気がして」

「それも、先生たちが噂してたの？」

「違うわ。どこか別のところで聞いたの」

考えこむ奈智を、雅樹は探るような目つきで見ていた。

「ねえ、君、もう一度名前を聞いてもいい？　高田さんだっけ？」

「高田奈智」

「よそから来たんだよね？　宿坊に泊まってるの？」

「ううん。親戚のところ——あなたも、泊まってるでしょう、美影旅館。あそこの、母屋のほうにいるの」

奈智は口ごもりながら答えた。旅館で彼を見かけたことを知らせるのは、さっきの盗み聞きの話みたいで気が引けたのだ。

が、雅樹はパッと表情を輝かせて大きく頷いた。

「そっか！　君、美影家の血を引いてるんだね？　道理で」

「道理でって、何が？」

奈智は雅樹の表情に面くらう。

「美影家は、昔から優秀な『虚ろ舟乗り』を輩出している名門だよ。外海に出るのに欠かせない変質体の遺伝子を持っていて、外海に出ている『虚ろ舟乗り』の二割は美影家から出ているんだ」

名門。二割。

その言葉にはあまりぴんと来なかったが、雅樹の上気した顔を見るに、きっと名誉なことなのだろう。

「ご覧よ、このプレート」

雅樹は、壁にずらりと並んだ百枚近くもあろうかという長方形の銅板を指さした。

「先遣隊も含め、ここのプレートは皆、磐座や磐座のキャンプから巣立っていった『虚ろ舟乗り』の名前だよ」

「へえ、こんなに」

鈍く光る銅板に、名前が刻んである。

先遣隊、第一次開発団、第二次開発団——名前、出身地、出発の日付。小さな板に、彼らの生涯が刻み込まれている。いちばん新しいものには、第二十七次開発団、とあった。その下のスペースがぽっかりと空いている。ここに次の銅板が飾られるのはいつのことになるのだろうか。

墓標のようだ、と奈智は思った。この一枚一枚は、遠い外海に漕ぎ出した舟乗りたちが生きた証なのだ。

壁には、「蝶の谷」を発掘調査した時の写真や、磐座の風土などを紹介する説明板などが並べられていたが、すぐに見終わってしまった。

壁に沿って、細長いガラスケースがあり、中には古い笛や三味線、ぼろぼろになった小さな藍色の本がひっそり納められている。

「これはなあに？」

「長い外海暮らしで、虚ろ舟乗りは歌を歌うことが多いんだって。磐座から旅立っていった舟乗りは、故郷の祭りを舟の中でも催してるそうだよ」

影絵のような場面が頭に浮かんだ。

三味を弾き、ゆっくりと路地を流していくモノクロの男女。

この小さな笛が、遥か遠い外海を旅してきたのだと思うと気が遠くなる。いや、その遠さすら想像できず、空恐ろしい心地になるのだ。

ふと、雅樹が低い声で歌っているのに気づいた。

我ら幼子のごとく昏き浜辺より漕ぎいで
ぬばたまの夜を重ね幾多の星を拾う
さすらいの褥に浮かぶ昨年の夢
笛の音よ幾星霜の古里より我に来たる

「それは何の歌？」

「詠み人知らず、さ。昔から舟乗りが歌ってきた歌。その本に載ってる」

ぼろぼろになった、藍色の表紙。和紙をかがった小さな本は、数えきれないほどめくられてきたものらしかった。

「これは何の本？」

「舟乗りたちが持ってた本だよ。故郷の歌や、古い歌が載ってる。ただ『ぬばたま』とだけ呼ばれてる本だ」

「何のために持ってくの？」

「さあね。故郷を偲ぶよすがにするんじゃないの。家族が舟乗りに贈る習慣もあるみたいだよ」

よすが。

遠く故郷を離れ、何年も真っ暗な外海を旅するなんて、どんなにさびしく、どんなに心細いことだろう。

奈智はその暗さにゾッとした。雅樹が口ずさんだメロディの物悲しい響きが耳の奥に焼きついて離れない。

我ら幼子のごとく昏き浜辺より漕ぎいで——


「帰ろうか。そろそろ、記念館は閉館だ」

「あ、うん」

雅樹の声に我に返った。

外に出ると、すっかり辺りは夕闇に沈んでいた。遠くのほうから、笛と太鼓の音色と響きが川づたいに這ってくる。

渓流の向こうに、柔らかな明かりの灯った町が息づいていた。

「——虚ろ舟乗りも夢を見るん？」

ふと、口をついてそんな疑問が飛び出した。

雅樹はあっけにとられたように奈智を見た。

「え？　見るだろ、それは。昼も夜も上下もない外海の舟で、人工的に睡眠が与えられているのだとしてもね」

「みんな、こんな風景を夢に見ているのかな」

奈智は、川の向こうの提灯や家の明かりにじっと目を凝らした。

だんだん互いの姿も見えにくくなっているところで、雅樹が奈智の見ている景色に視線を合わせるのが分かった。

「そうだね——ねえ、おかしな気分になったよ。外海の舟で眠っていて、この場所を夢見ているような気分。もしかして、本当は今の僕たち、一緒に虚ろ舟乗りになっていて、隣合わせのカプセルの中で、磐座の夢を見ているのかもしれないな」

雅樹の言いたいことはよく分かった。

磐座に来てからというもの、これまで知らなかった世界が少しずつ目の前に姿を現わそうとしてきている。今の自分が、昨夜の夢の続きの中にいないと誰が言い切れるだろうか。


笛の音よ幾星霜の古里より我に来たる——


風とせせらぎの音に混じって、遠い笛の音が流れてくる。

二人はどちらからともなく歩きだした。帰るところは同じである。

「あなたは怖くないの？　自分がこれからどうなるか知っているの？」

相手の顔が夕闇に紛れていることで、質問しやすくなった。

「まあね。僕には、虚ろ舟乗りになる以外の選択肢はないからね」

雅樹の声は、自嘲的だった。

「でも、あなたは、虚ろ舟乗りになれる確率はとても低いと言っていたやないの」

「うん、そうだよ。自然発生的にはね。先生たちが、みんなを蝶の谷に連れていくとか、そういう努力をしても、みんながなれるとは限らない」

他人ごとのような口調に、奈智は少し苛立った。

「あなたは必ずなれるわけ？　天知家もきっと名門なんね？」

奈智は精一杯の皮肉を言ったつもりだったが、雅樹は乾いた声で笑った。

「名門？　違うよ。強いていえば、うちはサラブレッドさ」

奈智はあきれた。

なんという自信。なんという傲慢。

例によって、暗がりの中でも雅樹は奈智の考えを読みとったようだった。奈智の顔を振り向くのが分かる。

「君の考えてるような意味じゃない。僕は、人工的に造り出された変質体なんだ」

「え？」

「僕の父親は、ツクバの外海研究所のフェローだ」

外海研究所。さっき、記念館で聞いた名前だ。現物はほとんどそちらにある――

「僕は生まれた時から、いや、生まれる前から研究所で育った」

再び、声に自嘲的な響きが混じる。

「不確定要素の多いキャンプに頼ることなく、安定的に虚ろ舟乗りを確保することが研究所の、いや、国家の悲願なんだよ。僕は、虚ろ舟乗りを多く出している家系の女性たちの卵子のひとつから、計画的に造られた子供なんだ。もしかすると、君の家の血も入ってるかもしれない」

「計画的に、って」

雅樹の淡々とした口調に奈智は絶句する。

「定期的な検査、薬物による変質促進、徹底した成長記録」

雅樹は歌うように呟いた。

「僕で失敗するようじゃ、もう駄目なんだ。もう間に合わない。僕は必ず虚ろ舟乗りになることを運命づけられてる」

運命。

奈智は胸を突かれた。

この歳で、こんな言葉を遣うなんて。

「父は何度も磐座を訪れて調査を重ね、変質体の生まれる条件を探っていたそうだ。その時の常宿が美影旅館だったんだって」

「だから、うちに泊まってるのね」

あの時、雅樹とは似ていないと思ったけれど、やはり奈智の顔を見て驚いたのは雅樹の父親だったのだろうか。

「ねえ、じゃあ、あなたのお父さんは、あたしのお母さんを知ってるかしら？ あたしが子供の頃に死んじゃったけど、美影奈津というの」

雅樹が突然足を止めた。

「――美影奈津の娘？」

その声は、低く用心深かった。

「ええ、そうだけど」

奈智もつられて声を低める。

「そうか。もっと早く気づくべきだった。言われてみれば、写真にそっくりなのに」

雅樹の声には、怯えたような響きが加わっていた。

「お母さんを知ってるの」

奈智は重ねて尋ねた。

雅樹は中途半端に頷く。

「父が何度も磐座に調査に来た時、いつも一人の助手が一緒だった。いや、助手というより、パートナーだね。とても優秀な研究者だったみたいだ」

ひとりごとのような雅樹の声に、奈智は聞きいる。

「古城忠之」

思わず奈智は振り返る。聞き覚えのある名前。

「でも、ずいぶん前から行方不明になってる——今は見つかってないそうだ。彼は君の」

雅樹は言い掛けてためらった。

奈智は小さくため息をついて、後を引き継ぐ。

「——あたしのお父さんね。あたしのお母さんを殺して逃げたと言われている」


町に入ると、昼間の出来事など、まさに夢だったとしか思えなかった。

観光客の数が増え、夕暮れの商店街をそぞろ歩き、三味線を弾いて流している浴衣姿の町民を好奇心いっぱいの目で眺めている。

まだ祭りは始まったばかりだが、明らかに非日常の空気が流れていた。

露店の明るさに目をぱちぱちさせながら、二人は旅館に戻った。旅館にはいつもの夕飯前の殺気が漂っていて、帰ってきた奈智に目を留める者もいない。

誰にも気づかれないよう、そうっと玄関に入った。久緒さんたちに見つかると、奈智に手を割けないことにとても済まなそうな顔をするからだ。

あとで隙をみて、適当に夕飯を食べに来よう。

台所を覗いてみようと思った時、「あのぅ」という声を背中に聞き、ぎくっとした。

誰かに見つかった？

恐る恐る振り向くと、遠慮がちに玄関を覗きこむ影がある。

ほっそりとした紺のワンピース姿。

「城田と申しますが、深志さんを呼んでいただけませんか」

色白の富士額。陶器のような白く滑らかな肌。しっとりと潤んだ瞳。

城田観光のお嬢さんじゃ。

深志の声が頭に蘇る。

遠目で見るよりずっと綺麗で大人っぽかった。

「は、はい。少々お待ちください」

奈智はどぎまぎする。

ばたばたと小走りに廊下を駆け、母屋の外れにある深志の部屋の扉を叩いた。

「深志兄さん？　深志兄さん、おるの？」

「奈智？」

驚いた声がして、深志がすぐに出てきた。

あれ以来、ちゃんと顔を合わせるのは初めてだが、早く伝えなくてはという気持ちのほうがまさっていて、気まずい気持ちは払拭されていた。

「どうした、具合悪いのか？」

深志は真っ先にそちらを考えたようだ。

奈智は大きく左右に首を振った。

「ううん。今日はだいじょうぶ。あのね、城田さんが来とる。深志兄さん呼んでくれって」

深志は、露骨に顔を歪めた。

「どこに来とるん？」

「玄関のところ」

「なんや、こんなところまで」

深志は舌を鳴らした。が、無表情に奈智の顔を見ると、きっぱり言った。

「いない、ゆうてくれ」

「そんな」

「出かけとる、ゆうて」

奈智は、自分の声が玄関の娘に聞こえたかどうか素早く考えた。「深志兄さん」と叫ぶ声は聞こえたかもしれないが、この部屋は玄関から離れているから、あとのやりとりまでは聞こえていないだろう。奈智は上目遣いに恐る恐る確認した。

「ええんか」

「ええ。おらんのやから、仕方ないやろ」

深志の返事はにべもない。

「分かった」

奈智は渋々玄関に戻り、じっと待っている娘を覗き見た。出ていくと、彼女は期待に目を輝かせた。

胸のどこかが鈍く痛む。

奈智はぴょこんと頭を下げた。彼女の顔をまともに見られない。

「お待たせしてすみません、深志兄さんは留守にしとります。部屋にもおらんので、どこかに出かけとるようです。すみません、何かお伝えしますか？」

早口にそういうと、「そうなん」と落胆する気配が伝わってきた。

手にしていた風呂敷包みをさらっとほどく音がする。

「じゃあ、弟が迷惑掛けてすいませんでした、と伝えてちょうだい。英子が謝りに来た、と。これ、渡しといてください」

弟。

よく似た面ざしの、大柄な少年の姿が浮かぶ。

割れたガラス。流れた血。

一瞬、喉の奥にこみ上げるものを感じたが、必死に押しとどめる。

「はい、必ず伝えます」

奈智はうつむいたまま娘の差し出した菓子折を両手で恭しく受け取った。

顔を上げると、英子はまじまじと奈智の顔を見ていた。

「初めて見る子やな。どこかから手伝いに来てるん？」

旅館の繁忙期だから、そう思うのも無理はない。彼女にそう言われると、なぜか言い返せなかった。

「はあ、親戚です」

しどろもどろに相槌を打つ。

なるほど、と納得した様子で英子は踵を返した。玄関口で振り向く。ちらっと奈智を見る目には、安堵と優越感が滲んだ。

「よろしく伝えてください。久緒さんにもな」

「はい」

英子はおっとりとした様子で帰っていった。

彼女が門を出るのを見送ると、冷や汗がどっと噴き出した。

「――なんや、あいつ、失礼やな。おまえもなんで言い返さんの、手伝いやないいって」

廊下の暗がりから深志がひょいと顔を出す。

「キャンプだなんて言えんよ」

奈智がそう言うと、深志も一瞬黙り込み、「そうやな」と頷いた。

英子の弟と衝突したあの一件を思い出しているのだろう。

「深志兄さん、そんなとこで隠れて聞いとるんなら、相手してあげたらええのに。はい、これ」

奈智はため息をついて深志に菓子折を渡す。

深志は包み紙をしげしげと見る。

「ふうん、高い最中やな。これ、お仏壇に上げといて。奈智、夕飯、食おう」

「うん」

居留守を使われた英子には気の毒だが、二人のあいだのわだかまりが解消したのはありがたかった。深志も同じように感じているようだ。

客室のほうから、慌てふためく声や、板場の叱咤(しった)する声が聞こえてくる。

今日も満室らしい。

「大忙しやな、美影旅館は」

「うん。この時期、いつもこんなや」

二人であるものを見つくろい、食事の支度をする。もっとも、久緒さんは、ご飯も炊いておいてくれるし、味噌汁も温めればいいようにしてくれている。従業員が入れ替わり立ち替わりご飯を食べるので、賄(まかな)い飯がいつも用意してあるのだ。

「どうや、体調は」

「うん、落ち着いた。今日は蝶の谷に行って、大変だったんよ」

「蝶の谷？　最近は、いきなりそんなとこ行くんか」

深志も驚いた顔をする。

やはり、異例のことらしい。

「みんな、まだお城で寝とる。先生、今夜は泊りこみやと」

「そうか。そうやろな」

奈智は、ご飯を食べる深志を見ているうちに、気持ちが落ち着いてくるのを感じた。

知りたいことはいっぱいある。あたしはあまりにも何も知らない。

「なあ、深志兄さんは、あたしのお母さんのこと、少しは知っとるのやろ」

そう切り出すと、深志はちらっと警戒するような目で奈智を見た。

「少しは、な」

「久緒さんが、あたしのお母さんはここ磐座で殺されたって教えてくれた。あまり詳しいことはまだ聞いとらんけど」

ご飯をよそって深志に渡す。

深志は意外そうな表情になった。

「お母さん、話したんか」

「うん」

奈智はこっくりと頷いた。

「最初ここに来た時は何も聞きたくないと思うとったけど、今はなんでも知りたい。あたしのお父さんが、お母さんを殺して逃げてるらしいって話も聞いた」

「それは嘘や」

深志は勢いこんで言った。

「そんなん、誰にも分からん。みんな、無責任にそう噂しとったけど、奈津さんが殺されて、同じ日に忠之さんがいなくなったから勝手にそう思いこんだだけで、証拠はなんもない」

奈智に気を遣ってそういってくれているのはよく分かった。

「ありがと、兄さん。でも、みんながそう思うだけの理由がなんかあったんやろ。今もお父さんは見つかってない。みんな、お父さんがお母さんを殺して、自殺したと思うとるんやろ」

「うーん」

深志はうつむいた。その煮え切らない返事が、世論がそちらに傾いていることを肯定していた。

「忠之さんは、調査で磐座に来とったそうや」

「虚ろ舟乗りの研究やろ。どうすればみんなを虚ろ舟乗りにできるかって調査やったって聞いた」

「うん。それで、奈津さんと知り合って、最初は研究対象やったけど、そのうちに恋人になったんやと。とってもお似合いやったって」

深志は言葉を選びながら、ぽつぽつと話した。

深志はこんな話を誰から聞いたのだろうか。久緒さんからだろうか。もっとも、狭い磐座ではさぞかし噂になっただろうから、大人たちから聞いているのかもしれない。

「で、奈智が出来て、それで、結婚したと」

深志は言いにくそうにした。

子供が出来てからの結婚、しかもよそから来た研究者との結婚は、恐らくはあまり好意的に見られていなかったのだろう。

「美影家っていうのは、この辺りじゃ旧家ってことになっとる。おまけに女系家族で、婿をとることが多いんや。奈津さんのお父さんも——高田さんだね、お婿さんで美影家に入ったんだけど、どうしても美影家とか磐座になじめなかったらしい。子供たちを虚ろ舟乗りにするんも反対してたそうや。結局、奈津さんが高校生の時に離婚して、長男をつれて実家に戻ったんやて。奈津さんとお兄さんの仲は良かったけど、長いこと疎遠にしてたそうや。奈津さんが結婚する頃には奈津さんのお母さんも亡くなっていて、奈津さんは磐座で一人暮らし。忠之さんはツクバと行ったり来たりでほとんど磐座には住んどらん。高田に行ったこともなかったそうや」

高田が磐座と疎遠にしていたのは、そのせいなのだろう。

「奈智が五歳の夏や」

深志は咳払いをした。いよいよ事件の話をするらしい。

「お祭りのあいだは、いつも三人で、磐座の家で過ごすのが決まりやったらしい。お祭りのいちばん盛り上がる、徹夜流しの初日の朝、奈智が、玄関で一人で泣いとるのを近所の人が見つけたんやと」

「お祭りの日に」

奈智は思わず呟いていた。

路地を横切る影。

笛と三味の音色。

「家の中には誰もいなくて、奈智だけが残されていた。忠之さんと奈津さんの姿が見えん、ゆうて大騒ぎになって、みんなで捜したんや。部屋には血の痕があって、何か事件に巻きこまれたんやないかと」

緊張してくる。

それは、話している深志のほうも同じらしく、彼はどことなく青ざめていた。

「そしたら、川の大きな岩の陰で、奈津さんが見つかった」

二人はじっと顔を見合わせた。

頭の中に、同じ光景が浮かんでいるに違いない。

「忠之さんは、それ以来姿を消したままや。もう死んどるんやないか、言われてる。当時は奈津さんと一緒に殺されて、川の下のほうに流されてるんやないか、言われて、ずいぶん下のほうまで大掛かりな捜索隊が出たそうや。でも、忠之さんは見つからんかった」

「お父さんが殺したの」

奈智はぽつりと尋ねた。

深志は苦しそうに力なく首を振った。否定するのではなく、分からない、という振り方だった。

「奈津さんは、胸に銀の杭を打たれとった」

「銀の杭？」

奈智はゾッとして深志の顔を見た。

そんな、むごたらしい。なんて、ひどい。

「その杭に、奈津さんと忠之さんの指紋が残ってたんや」

奈智は絶句した。

ならば、やはり父が母を殺したのではないか。みんながそう考えるのも無理はない。

「そうしないと、奈津さんを殺せないことを知ってたのは、当時は忠之さんくらいだった」

「殺せない？」

奈智はその言葉に違和感を覚えた。

深志はあきらめたような目で奈智を見る。

「奈津さんは変質体やからね」

変質体。

奈智は、自分が根本的なことを理解していないことに気づいた。

「兄さん」

もどかしくなって奈智は尋ねる。

「えらい恥ずかしい質問や思うけど——そもそも、虚ろ舟乗りになるいうんは、いったいどういうことなん？　あたしがあんなに血を吐いたり」

「血やのうて、あれは」

「うん、聞いたわ。古い組織が急に剝がれてきたんで、血やないのやろ」

奈智は、自分がとても苛立っていることに気づいていたが、苛立ちは大きくなるばかりで、抑えようとしてもおさまらない。

「変質しなければならんのは、どうして？　変質すると、どうなるん？　外海に出るには、『だらなばら』やないといかんというのは？」

深志の目に、またあの見覚えのある表情が浮かんだ。いたましさ。憐れみ。羨望。複雑な感情。

「教えて」

奈智は繰り返した。

「みんな、ようわん。何も教えてくれん」

「奈津さんは」

深志はため息のように呟いた。

「もう、歳をとらんのや」

「え？」

奈智は混乱した。その意味をはかりかねた。

「死んでるから？　もう、死んだから歳をとらんと？」

深志は大きく左右に首を振った。

「違う。言葉通りの意味や。変質したから、歳をとらん。病気でも死なん。食べ物もほとんどいらなくなる。心臓に銀の杭を打って、紫外線にさらさん限り、死なんのじゃ」

「はあ？」

奈智は耳を疑った。

「そんな馬鹿な話、あるか。死なんなんて。歳とらんなんて」

そう叫びながらも、頭の中には、あの不思議な女の人が浮かんでいた。

愚かなバラは枯れない。

「だけど、変質体はそうなんや」

深志は吐き捨てるように言った。

「外海に出るんは、長い長い時間がかかる。開発団は、いつ帰ってこられるか分からん。何十年も、外海を航海する。病気になったり、動けんようになるんでは、外海に出ることはできん。変質体だからこそ虚ろ舟乗りになれるいうんは、そういう理由や」

外海に行くには、だらでないといかんのやろ。

聡いバラは、咲いて、散って、ちゃんと枯れるの。

頭の中で、いろいろな声がする。

ぬばたまの夜を重ね幾多の星を拾う――

「変質体になるのは、急激な変化や。変質の最中にも、変質のあとでも、嗜好が変わり、どうしても他人の血が必要になる」

「血」

奈智はすうっと身体から血が引くのを感じた。


血。他人の血。


反射的に深志の腕に目をやっていた。もうそこに絆創膏はなく、ぽつんと黒い点だけが見える。

深志も、奈智の見ている自分の腕を見ていた。

「だから、変質体になっていくと、そのうち猛烈に他人の血が欲しくなる。一定期間、毎晩人の血を飲み続けないと、死んでしまうんや」

死んでしまう。

奈智は、深志の声を聞きながら、深志の腕の黒い点をぼんやりと見つめ続けていた。

3

明け方のお堂。

ようやく平穏な眠りが子供たちの上に訪れ、昨日までの野戦病院のような混乱から抜け出しつつあった。

一時は林のように乱立していた点滴の管も撤去され、こうして見ている分には皆元気に雑魚寝(ざこね)をしているようである。

真鍋先生はホッとした表情で子供たちを見回り、それぞれの顔に普段の色が戻ってきているのを確認してから、今日はもうしばらく寝かせておこうとお堂を立ち去りかけた。

が、何かが彼女の足をそこにとどめさせる。

何が気にかかっているのだろう。

彼女は薄暗いお堂の中をゆっくりと見回し、自分をここに引きとめているものの正体を探していた。

やがて、その原因に気付く。

ほんの少し、隅の戸が開いていていた。

まだ陽射しがないので気付かなくても不思議ではないが、夜中、日付が変わったばかりの頃に見回りをした時にはしっかり閉めてあったはずだったのに、やはり戸が開いている。ここの戸はどれも大きな板戸で重いので、なんとなく動いてしまったなどということはあり得ない。

誰かが出入りしたのだろうか。

真鍋先生は静かにその板戸のところに近づいた。

やはり、指一本分くらい開いていた。誰かが戸を動かしたことは間違いない。

なんとなく胸騒ぎを感じ、真鍋先生はぐるりと回っていったんお堂を出ると、動かしてあった戸の外側に出てみた。

どんよりとした夏の朝。空気は湿って、かなりの水分を含んで重い。

日の光を浴びていない木々の緑は、灰色がかって無表情である。

お堂の縁側も殺風景で、剝げかかった塗りがそこここに露呈している。

ふと、真鍋先生の目は、縁側の一点に引き寄せられた。

赤黒くなった染みがぽつぽつと落ちている。

もはや、乾いてしまっているが、血痕であることは確かだ。

よく観察してみると、その染みは森の中へと続いていた。かすかに断続的な血痕。

彼女は用心深く森へ分け入り、血痕の続きを辿(たど)った。途中から血痕は見えなくなったが、なんとなくその方角で合っているという直感があった。

早朝の森は静かで、鳥たちの声もまだ控え目である。

杉木立の直線が斜面に揺るぎなく聳えて、重い朝靄(あさもや)の中に沈んでいる。

真鍋先生は息を殺し、周囲の気配をじっと窺い、足音を立てぬように森の中のけものみちを進んでいた。

正面から、何か不穏なものの存在が訴えかけてくるのを感じる。

何かある。あそこに、何かが。

朝靄の奥に、うっすらと影が見えてきた。朝靄に紛れるように、不快な臭いも立ちこめている。

真鍋先生は、かすかに目を見開いた。

そこには、くびられ、齧られ、散らかされた小動物たちの遺骸が、木々のあいだに奇妙な展示物のように吊り下げられていた。

硝子玉のようなウサギや野鳥の目が、朝靄の向こうから真鍋先生を空虚に見返している。

先生は、しばらく彼らから目を離すことができなかった。

「――木霊だと?」

飯田校長はひどく静かな声を出すと真鍋先生を見た。

真鍋先生はきっぱりと頷く。

部屋の隅のガスコンロにかけた薬缶がしゅんしゅんいっているが、二人はその湯気を無視していた。

「はい。あれは、木霊だと思います」

「子供たちのあいだに木霊が現れたと言うんだな」

校長は改めて確認するように呟いた。

「はい。誰がそうなのかはまだ分かりません」

真鍋先生の顔は真っ白だ。青ざめているのを通り越してしまっている。

薬缶がしきりに存在を主張するが、二人は無視したままだ。

「そうか。子供たちの手は見てみたか？　血か土の付いている者はいなかったんだな？」

「はい。森で供物を発見したあと、お堂に戻って全員の手を確認してみましたが、汚れている子はいませんでした。吐瀉物はもう拭ってしまっていますし――」

真鍋先生は左右に力なく首を振る。

「木霊か。これもまた、久し振りだな」

校長はひとりごとのように呟いた。

真鍋先生はためらった。そして、ようやくガスコンロのところに行くと、火を消した。

たちまち、薬缶はおとなしくなる。

「どうしましょう。木霊は狡猾（こうかつ）で残忍です。このまま何もしない可能性もないではありませんが、もしエスカレートしたら、子供たちが危険です」

「子供たちだけじゃない。集落自体が危険だな」

校長は冷静に訂正した。

「はい」

「とにかく、なるべく早く誰が木霊を持っているのか特定することだ。住職にはわしから言っておく。彼ならわしたちよりも早く見つけられるかもしらん」

「だといいのですが。富沢先生には私から」

「うん。頼む」

二人は言葉少なに頷きあう。

「これも、無理した結果か。変質を急いで、歪みが出てきてしまったのか」

校長は自分に問いかけるように呟いた。

「そんなことは」

真鍋先生は消え入るように答え、言葉を切った。

山鳩の声が、低く遠くから聞こえてくる。


奈智は、山鳩の声を、自分の布団の中で聞いていた。

小さな頃から、あの低く地を這うような声を聞くたび、意味もなく憂鬱になっていたのは磐座と関係があったのだろうか。

昨夜の深志の話は、今朝になってみると悪い冗談のようにしか思えなかった。

まさかかついでいるわけじゃないよな、兄さん？

そう頭の中で問いかけてみるが、むろん返事はない。

他人の血しか受け付けんようになるなんて、そんなことあるんだろうか。来た時はいったいどうなるかと思ったが今は安定しているし、普通に食欲もあるし、とうてい信じがたい。確かに、外海に出るためには長い長い時間がかかるのは知っているし、そういう身体になったほうが虚ろ舟乗りとして向いているのだろう。しかし、まさか自分がそういうものになってしまうとは――

じゃあ、銀の杭の話は？　そうしないと殺せないというあの話は。

奈智はぶるっと身震いした。

お母さんがそんなやり方で殺されていたなんて。なんというむごいことを。しかも、その方法でなければ、お母さんはもう死ぬことはなかったというのだ。

深志が事実を語っているという感触はあったものの、その内容があまりにも突飛で、自分と結びついてこない。自分と、銀の杭を打たれて死んだ母親とが重ならないのだ。ましてや、自分が母親と同じような体質に変化しようとしていると言われても、ピンと来ないし、想像できない。

そこまでして、虚ろ舟乗りにならんといかんのだろうか。

ふと、根本的な疑問が湧いてきた。

みんながそれになりたがっているのは知っているし、周囲がそれにさせたがっていることも知っている。天知雅樹の大人びた口調も、深志が舟を見上げる時の羨(うらや)ましそうな目もそのことを匂わせている。

けれど、なんであたしが。高田の伯父さんたちは嫌がっていたし、全く興味もなく、知識もないあたしが、なぜあんな遠い、真っ暗な外海に出ていかなければならないのか。そこまでしてみんなが虚ろ舟乗りにならなければならない理由とは何なのだろう。

考え疲れて、奈智はもう起きることにした。みんなの具合はよくなっただろうか。

今朝も忙しい従業員の合間を縫うようにして食事を早々に済ませ、奈智はお城に向かってももはや何年も通っているような気のする坂道を登っていく。

お城に着くと、何かが変わっているのが分かった。

先生の顔つきや、みんなの顔つきが違っている。今朝は、天知雅樹も来ていた。ようやく始まった、という表情だった。これまでのふわふわしたつかみどころのないキャンプとはすっかり変わってしまっていた。

奈智は、小さく手を振ってきた三上結衣の表情も以前とは異なることに、かすかに怯えた。

結衣ちゃんも、変わっちゃった。あんなあどけない女の子だったのに、ちょっと大人っぽくなった――

奈智は、みんなに追い抜かれたような気がした。みんなは、覚悟ができているのに。

校長は、みんなの前に立ち、その顔つきを確かめるようにゆっくりとみんなの顔を見回していたが、やがてボソリと口を開いた。

「今日は、先輩に来てもらいました。君らの大先輩、何度も外海に行っている、とても優秀な、伝説のようになっている、虚ろ舟乗りの先輩です」

子供たちは、「わあっ」と歓声を上げた。誰もが実際に虚ろ舟乗りに接するのは初めてだったに違いない。

「トワ、ええか」

校長が、お堂の奥の暗がりに向かって声を掛けると「はい」という涼やかな声がして、ふわりとした綺麗なものがサッと子供たちの前に現われた。

あの人やわ。

奈智は胸が躍るのを感じた。

あの晩、泣き疲れた奈智の前に現われたあの人。賢い薔薇は枯れるけれど、愚かな薔薇は決して枯れないと言ったあの人。あの言葉の意味が、今少しずつ奈智の前に姿を現わそうとしているけれど、やはりまだ理解できているとは言い難い。

トワは、今日も藍色の不思議な素材で出来た着物を着ていた。すらっとして儚(はかな)げな風情は相変わらずだが、そのくせその輪郭はみずみずしくて透明感に満ち、長い髪が流れるように腰に沿って、お人形のように美しかった。

子供たちは歓声を上げ、魅入られたように彼女を見ていた。それこそ、よくできた、とても美しいお人形でも眺めているようだった。

この人が虚ろ舟乗りやなんて。船内活動を、こんな華奢なひとがこなせるのだろうか。

そう思った奈智と目が合い、トワはにっこりと笑った。

奈智は、自分の疑問が見抜かれたかのようでどぎまぎして赤くなる。

「外海は、この世のものとも思えないほど綺麗です。星ぼしがゾッとするほど遠い空から降り注ぎ、きらきら輝くさまは、言葉にできないほど美しい眺めです」

トワは、ため息のように語り始めた。

みんなが吸いこまれるように彼女の口元に注目している。

天知雅樹でさえ、珍しく身を乗り出すようにして彼女を見つめていた。

「もちろん、外海では、私たちはこの世のものとも思えないほど孤独です。上下左右、どこを見回しても誰かの声を聞くことはありません。遠く離れた地球から聞こえてくるメッセージや、歌や、音楽だけがすべての便り。過去からやってくる光や信号をひたすら暗い外海で、暗い舟の中で、待って待って待ち続けて、私たちは遠くへ行くのです。なぜでしょう？」

トワは、子供たちを見回した。

子供たちはきょとんとして、互いの顔を見る。

トワは奈智の顔を見る。奈智はぎくりとする。

その目には、明るい虚無とでも呼ぶしかないものが浮かんでいたからだ。

トワは再び奈智ににっこりと笑いかけた。

「なぜ、私たちは遠くへ行かなければならないのでしょう。愛する人々から離れ、愛する古里を離れ、愛する地球から出て、さびしくて遠い外海に漕ぎださなければならないのでしょうか」

「どうしてなんですか」

奈智は思わず尋ねていた。みんながびっくりしたように奈智を見る。そんな素朴な疑問を口にする者がいるとは思わなかったのかもしれない。

「それは」

トワは笑顔のまま答えた。

「この世界が、滅びかけているからです」

それは、なんでもないことのように聞こえた。彼女の柔らかな笑顔から聞かされたのだから、余計に。

「私たちの古里は、今ゆっくりと滅びようとしています。これから約一万二五〇〇年後に、私たちの星、私たちの地球は太陽に呑みこまれ、跡形もなく消えてしまいます。もはや、私たちにはどうすることもできない。一万二五〇〇年という時間は、人類の歴史、宇宙の歴史からいえば瞬きみたいなもの。最後の一五〇〇年は、もう人は住めないでしょう」

トワは静かに、そしてにこやかに、涼しげな声で言った。

ああ、悪い知らせとは、こういう声で語られるべきものなのだ——奈智はふとそんな気がした。

トワは笑みを浮かべたまま、続けた。

「そのあいだに、私たちは移住を完了させなければなりません。この地球を捨てて、新たな場所を見つけなければならないのです——だから私たちは、どんなにさびしくても、どんなにつらくても、舟に乗って遠くへ行かなければならない。それが、この地球の子の使命なのです。ここ磐座の子たちにとっても」

滅びる？　磐座が。

それは、信じられないことのように聞こえた。三味線の音や、提灯の明かりが目に浮かぶ。あの毎年続くお祭り、ゆるゆると続く日々の営みが、すべて消え去ってしまうなんてことがあっていいはずがない。

「ええ。私たちが滅びる。磐座が滅びる。そんなことがあってはいけません。そんなことは許されない」

トワは、またしても奈智の感情を読んだかのようにゆるゆると首を振った。

「だから、私たちは行くのです。さまざまな苦しい代償を払い、長い孤独に耐えて——たとえ、どんな恐ろしい目に遭ったとしても」

トワはぐるりと子供たちを見回した。

初めてその目にひどく冷徹で酷薄なものが浮かんだような気がして、奈智は背中が寒くなった。

トワはひとりごとのように呟いた。

「ええ。たとえ、どんなに——どんなに恐ろしいことが起きようとも、ね」

子供たちが、一斉にびくっと身体をすくめたのが分かった。

それは奈智も同じで、あの天知雅樹でさえ、他の子供たちほどでないにしろ、肩を強張(こわば)らせた。

たとえどんなに恐ろしいことが起きようとも。

トワの放った一言は、さりげないだけに凄みがあった。その静かな響きに、真実が感じられたのだ。

磐座が滅びる。そう言われたことも衝撃であったが、一万年先と言われても実感が湧かないことも事実で、それよりも今身近に何か恐ろしいことが起きようとしているのだという予感が子供たちの間に広がり、不安に満ちた動揺で空気が重く感じられた。

それでも、トワという女性は相変わらず透明感に満ちて美しく、彼女の周りだけがしんとして静かだった。

「皆さんは、今、急激に身体が変質しています」

トワは皆を安心させるかのようににっこりとほほ笑んでみせた。

「戸惑うことも多いでしょうし、苦しい時もあります。けれど、それを乗り越えてこそ虚ろ舟乗りになれるのです。これは選ばれた皆さんだからこそ味わう試練です。どうかこれからもがんばってください」

トワの声には、頭の中の奥深くに染み込んでくるような不思議な力があった。

彼女はすっと人差し指を上げた。

「そして、ひとつ覚えておいてほしいのは、皆さんが変質する過程で、変わったことが起きる可能性があるということです」

ふと、奈智は、先生方がそっと目くばせをしあったような気がした。

トワは子供たちの顔を見回してから、口を開いた。

「身体が変質するということは、意識にも影響があります。皆さんは、変質の途中で、自分が別の人間になってしまったような感じを覚えるかもしれません。実際、変質の途中に、これまでに皆さん自身も気づいていなかった別の人格が現われることがあるのです」

子供たちはざわめいた。

別の人格。奈智はその意味を考えた。

確かに、ひどく吐いている時、自分が何かとんでもないものに変わってしまうような恐怖はあった。しかし、人格となるとどうだろう。そこまで変わってしまうというのはどういう感覚なのだろうか。そもそも、自分の人格が変わったことに本人が気付くことができるのだろうか。

「それは、自分で分かるものなんですか」

天知雅樹の声がした。

同じ疑問を抱いていたものとみえる。他の子供たちからも同様の声が上がった。

トワはゆっくりと左右に首を振った。

「分かりません」

不安げなざわめき。

「別の人格が現われた時は、その人格に支配されていますから、自分では分かりません。元々、人間は一面的なものではなく、複数の人格を持っています。無意識のうちに抑え込んでいる衝動もあります。それが、皆さんの変質の途中で極端な形となって現われてしまうことがあるのです」

「極端な形って?」

またしても天知雅樹の声。その声には、遠回しな言い方を許さないという響きがあった。

トワは、一瞬無表情になって天知雅樹の顔を見つめていたが、静かに答えた。

「破壊衝動。あるいは、残虐な行為となってそれは現われます」

不穏などよめきが起きた。

トワは臆することなく、淡々と続ける。

「身の回りのものを破壊したり、土を掘り返したり、時には小動物を殺すことも」

どよめきは止まらず、皆互いの顔を不安そうに見合わせる。

「もちろん、とても恐ろしいことですが、ある意味、自然なことでもあるのです。皆さんの身体の中では、とてつもない変質が起きているのですから。だから、もしそういう行為をしているお友達を見かけたら、すぐに先生に報告してください。恥ずかしいことではなく、むしろ、虚ろ舟乗りの適性があるからこそ、そういうことも起きるのです。目が覚めた時に、手が汚れていないか、爪のあいだに土が入っていないか気をつけていてください。もしそんなことがあったら、その時もすぐに先生に報告すること。いいですね」

トワは念を押すように子供たちを見回した。

奈智は思わず反射的に自分の手を見た。汚れていない。ピンク色の爪も綺麗だ。

そっと隣を見ると、やはり三上結衣も同じことをしていたので、なんとなくホッとする。自分の知らないうちに、何かひどいことをしていたら。そして、そのことにある朝気付いたら。想像するとゾッとする。

「用心はしていなければなりませんが、必要以上に恐れることはありません。先生方には経験がありますし、これまでも先輩方が通ってきた道なのです」

トワは再びにっこりと笑い、ぱんぱんと手を叩いた。

「なんだか脅かすようなことばかり言ってしまったけれど、気に留めておいてくれさえすればよいのです。さあ、今日はせっかく磐座に来ているのだから、みんなで流せるように、踊りの稽古をしましょう。あとで、町を案内して、磐座の歴史について説明してあげます」

みんなが安堵の表情になり、空気が明るくなった。

トワが富沢先生を振り返ると、先生はいつのまにか三味を持ち出してきていて、撥(ばち)でジャン、と掻きならすと思いがけず力強い音が天井に響き渡り、奈智は夢から覚めたような心地になった。

外で流しているのを聴くと繊細で優しい音色に聞こえるのに、部屋の中で聴くと意外に野性味あふれる音なのに驚く。

富沢先生は、慣れた手つきで曲を弾き始めた。祭りのあいだじゅうどこからでも聞こえる、主旋律。演奏される曲は幾つもあるが、メインで演奏される曲は六種類くらいで、祭りの最後に弾くことが決まっている曲や、女性しか演奏できない曲など、他にも沢山の曲があるという。

富沢先生が渋い声で歌い始めた。

トワが柔らかな動きで踊り出し、子供たちにも促した。

皆が立ち上がり、見よう見まねで踊り始める。

元より、そんなに複雑な踊りではない。爪先を立てて地面に打ち付けたりする賑(にぎ)やかな踊りもあるが、大体は手を交互にかざして進む静かな踊りである。お盆の徹夜踊りでは夜じゅう通して踊り続けるのだから、そんなに激しい動きはないのだ。

見る間に、みんなが踊れるようになる。不思議と、みんなで踊るという行為には一体感と高揚があった。いつしか、輪になっていっしんに踊っている。

なぜだろう、懐かしい。

奈智は踊りながらもそんな感慨を覚えた。

むろん、子供の頃に何度も来ていたし、いつもこのメロディを聴いていたのだから懐かしいのは当然である。

だけど、そうじゃない。子供の頃の記憶じゃなくて、ずっと昔、こうして何度も大人になった自分が、踊りながら夜の町を流していたような――

トワが微笑みながら自分を見ているのに気付き、奈智は自分の妄想を見抜かれたような気がして赤くなった。

富沢先生の爪弾く三味の、夢のような音が響き続けている。

奈智は、ふとトワが自分に語りかけているような気がした。


外海の、真の暗黒の中を旅していると、感覚が鋭敏になるの。そうすると、人間の声が歌う歌や、人間の指が爪弾く三味の音色がとても特別な、奇跡のように思えてくる。

だから、あたしたちは夜な夜な古里の歌を歌ったわ。古里の祭りの季節には、ちゃんと現地と同じ時間に合わせて徹夜踊りをしたりしてね。

外海で歌うこの曲が、どんなにあたしたちを切なくさせるか、きっと同じ経験のない人には誰にも想像できないでしょうね。

これは望郷のメロディ。遠い闇の果てを、時の汀(みぎわ)を波のように寄せては返る、あたしたちのメロディなのよ。誰もが身体の記憶の中に染み込ませている、みんなの旋律――

本当にこれは聞こえているのかしら、と奈智はぼんやり考えた。

あたしが勝手に想像しているのかもしれないし、それとも、かつて誰かから聞いた台詞(せりふ)だったのかしら。

影のように不安が胸をかすめた。

かつて？　誰かから？　それっていったいいつ？　そして、誰から？

余計なことを考えてはいけない、と奈智は頭の中に浮かんだ疑問を打ち消した。

しかし、トワがこちらをじっと見つめている視線からだけは、どうしても逃れることはできなかった。


衝撃的な話もあったけれど、みんなで踊ったことで不思議な一体感が生まれていた。

祭り一色の磐座にいて、自分たちはキャンプなのだからとどことなく疎外感を覚えていたのに、自分たちも踊れて、祭りを流してもいいのだという嬉しさもあった。

「元々、磐座の祭りは誰でも参加できるんやと」

城からの帰り道、結衣はそう言った。

「お祭りって普通地元の人しかできんのが多いけど、磐座は誰でも流せて、踊ってるあいだはその素性は問わんいうのが伝統なんやて」

「へえ」

まだ日は高い。

今日は早めにいったん帰して、夕方再び集合し、みんなでお祭りを流すことになったのだ。祭りに参加できるとあって、皆浮き浮きした表情で帰っていく。

「じゃあ、六時半に美影旅館行くな」

結衣は手を振って、宿坊への道を軽やかに駆けていった。美影旅館に来て、一緒に浴衣を着ていくことにしたのだ。

「うん。またあとで」

奈智も手を振って頷く。

なんとなく手持ち無沙汰になり、ぶらぶらと歩き出す。

自分一人ではない、という安心感はあったけれど、トワの説明や、先生方の様子に違和感がある。ずいぶん遠回しな言い方ではあったが、やはり変質には相当な危険が伴うことは確かだ。

思わず、また自分の爪を見てしまう。

自分でないものが残虐な行為を起こす――自分でないものが、深志兄さんの血を吸う――化け物のような自分が。

ふとそんなことを思い浮かべ、奈智はびくっとした。

そういえば、まだそのことには誰も触れていない。兄さんの話が本当であれば、やがてみんなは他人の血が必要になるはずだ。けれど、そんな様子はみじんもないし、トワもそんなことは言わなかった。ひょっとして、残虐になるという行為はそのことを指すのだろうか。

奈智は橋の袂で立ち止まり、石の欄干にもたれかかった。

いや、そんなことはない。兄さんが自分の腕を差し出したのは、最初から予想していたからだ。血を吐き始めたら血が欲しくなると知っていたからだ。あの変質はあたしだけじゃなく、みんなも同じだった。あたしはたまたまそのことを知っていた兄さんがいたから、自分の中にそういう欲望があることに気付いたけれど、他の子たちはそこまで気付かなかったのではないだろうか。残虐行為、破壊願望というからには、もっと極端な行動があるはずだ。

川音に包まれていると、不思議と考えに集中できる。

それよりも、先生たちはやけに情報を小出しにしているように見える。血が欲しくなるという話もしていないし、トワの話だって初耳だし、そもそも蝶の谷の時の話だって何も知らされていなかった。この先、もっと恐ろしい話を聞かされるのではないか。まだまだ知らないことがいっぱいあるのではないだろうか。

疑念は膨らみ、暗い気分になる。

気持ちを切り換えようと、顔を上げた奈智は、ふと正面の風景に目を留めた。

大きな、豆腐を上から手で押しつぶしたような形の岩。

きっとそれまでも何度か目にしていたのだろう。しかし、この時、なぜか奈智はその岩から目が離せなくなった。

なんだろう。見覚えがある。何か特別な気がする。

じっと岩を注視した。その岩だけが、白く輝いているように見えてくる。

奈智は歩き出していた。

川の中洲と岸とを繋ぐような形になった、巨大な岩だ。相当古いらしく、よく見るとしめ縄が張ってある。

どことなく胸騒ぎがした。

深志の言葉が胸に浮かんでいたからだ。

そしたら、川の大きな岩の陰で奈津さんが見つかった。

どくんどくんと心臓の音が大きくなる。

まさか。気のせいだ。あれがその場所だったなんてことは、分からない。兄さんは、岩の場所までは言わなかった。大きな岩なんて、河原にはいくらでもゴロゴロしている。

だけど、この胸騒ぎは。なぜ急に周囲から浮き上がって見えたんだろう。

冷たい汗が首筋を伝い、奈智は自分が真っ青な顔をしていることを自覚していた。

それでも、足はどんどんあの場所へ近づいていく。

近づくと、ますます岩の大きさが際立った。

こんなに大きな直方体の岩が、いったいどこから転がってきてここに居座ることになったのだろうか。

周囲の山を見上げるが、鬱蒼とした木々に覆われていて、岩の出自を窺わせるようなものは見当たらない。

虚ろ舟が不時着した時に飛んできた。

そんな文章が頭に飛び込んでくる。

まさか。まさかそんなはずは——

奈智は足を速めた。

岸辺に一列に並んだ杉木立の向こうに、岩の頭が覗いている。

岩のてっぺんは、それこそテーブルみたいに平らだった。かなりの広さがあって、ゆうに十畳はあるだろう。苔が生え、窪（くぼ）みに小銭が投げてあるのが分かった。

護岸した石の柵越しに、奈智はじっと岩を見下ろしていた。

ますます心臓はどくどく鳴っている。

どこか降りられるところはないか。

奈智はきょろきょろと周囲を見回した。

少し離れたところに、急な石段がしつらえてあった。もどかしい思いでそこに向かう。

やっぱり知っている。何か強い印象がある。

石段は苔むし、崩れかけていた。かなりの高さがあるのに、手すりもなく、幅はとても狭い。

びくびくしながらそうっと降りていくと、足元からパラパラと石や土が落ちていき、河原に鈍い音を立てて転がった。ようやく河原に降り立った時は、思わず安堵のため息が漏れたほどだ。ほとんど使われていないのだろう。

奈智はぎこちない歩調でゆっくりと岩に近づいていった。

見上げるような、巨大な岩である。下から見ると、その威圧感に圧倒される。

川面に面した部分は、水に深くえぐられていて、庇(ひさし)のようになっていた。

その斜めにえぐれた岩の真ん中あたりに、四角いくぼみがあり、小さな祠が造ってあった。日本酒の空き瓶(びん)も見える。

その祠を見た時、再び心臓がどきんと鳴った。

あれは——あれは、ひょっとして。まさか。

奈智はもはや細かく震えていた。

足が止まってしまい、一歩も動けない。

ここが、お母さんの殺された場所だ。

雷に打たれたように、確信が全身を貫いた。

奈智は動揺したままよろけ、足が動いた。

不自然な位置に踏み出した足が、何かぐにゃりとしたものを踏んだ。

その感触に顔をしかめ、奈智はふと目を横にやる。

川の浅瀬に、豊かな黒髪が放射線状に広がっていた。奈智の靴が、その髪の毛を踏んでいる。

「え」

奈智は目を見開いた。


川の中に、白い顔が浮かんでいた。

真っ白な、血の気(け)のない、ほとんど透き通るような冷たい白。

そこには、若い女が仰向(あおむ)けになって水の中にいた。

胸に、大きな銀の杭を打ちつけられて。


「あ」

奈智は両手で自分の顔を挟んだ。

「ああ」

血も何も流れていない。真っ白な顔、無表情な眼。まるでマネキン人形のよう。そして、冷たい肉体に、さえざえと鈍く光る銀の杭が。

奈智は長い悲鳴を上げた。

足がずるりと髪の毛の上で滑り、バランスを崩したとたん、ようやく身体が動いた。

意味不明の悲鳴を上げ、転がるようにその場から逃げ出す。

必死に古い石段に辿り着き、足元が崩れるのにも構わず登り始めた。

が、途中で踏みこんだ足が手ごたえなくふわっと横にずれた。

「危ない！　左の枝につかまれ！」

怒号が降ってきて、反射的に左手を伸ばして、舗道からはみ出した柳の木の枝をつかんだのと、足元でガラガラと石段が崩れていくのとはほとんど同時だった。

ザーッ、という雨のような土砂崩れの音。

身体が落ちた、と思った瞬間、がくんと落下が止まり、左手に熱い痛みを感じた。

落ちた——ううん、落ちてない。

ずしん、ずしん、と下のほうで石が落ちる鈍い音が響いている。

砂埃（すなぼこり）が上がり、薄茶色の煙幕があたりに立ちこめている。

少しして、辺りは静まりかえった。

奈智は恐る恐る目を開けると、足元から石段は消えていた。

かろうじて足が当たっているのは、ほとんど垂直に近い斜面である。

「あ」

ぞっとして下を見ると、石段だったものは遠い足元に茶色の塊になってうずくまっていた。そっと足を動かすと、またバラバラと土が落ちる。

喉に土埃が流れ込み、思わず咳きこんだ。

「じっとして。柳から手を放すんじゃない」

さっきの声が、今度は低く上から降ってきた。

そう言われて、左手でつかんでいる柳の枝が痛いことに気付く。強くつかんだために、掌がひどく熱い。

右手は、護岸した石の表面になんとかつかまっていた。石の隙間を手探りで探し、改めてつかまる。

「よし。柳は放すな。その枝は丈夫だ。いいか、右手を放して、俺の手につかまれ」

声は落ち着いていて、頼もしかった。

「さあ、ここだ」

目の上に気配を感じてのろのろと顔を上げると、すぐそこに、白い大きな手があった。

爪先を踏ん張って、なんとか斜面に突き立てると、奈智は思い切って右手を放し、その手をつかんだ。一瞬、左手に全身の体重が掛かり、ますます掌が焼けるように痛んだ。

痛い、と思う間もなく、大きな手はがっちり奈智の右手をつかみ、奈智の身体は強い力で一気に道路の上まで引き上げられた。

どん、と白いワイシャツの胸に顔を打ちつけ、そのまま二人は道路の上に倒れ込んだ。

受け止めた胸はとても広かった。

その胸が、安堵のため息をつく。

奈智はしばらく震える手でシャツにつかまっていた。

お母さん。あそこに、いた。

「大丈夫か？　馬鹿だな、あんな崩れかけた石段を駆け上がるなんて、どういうつもりなんだ」

怒ったような声が降ってくる。

しかし、奈智は混乱した頭のまま、よろよろとワイシャツから離れると道路の上を這ってゆき、岩の陰を覗きこんだ。

お母さん。あそこで死んでいたお母さん。

そこには、浅瀬に浮かんだ女が見えるはずだった。

が、奈智は自分の目を疑った。

耳慣れた水音。

いつものように流れる川。

巨大な岩もお賽銭(さいせん)もさっきと寸分違(たが)わぬ光景であったが、その陰に浮かんでいたはずの女は消えていた。

「そんな」

奈智はきょろきょろと見る方向を変えて川面を見つめるが、やはりどこにも、何も見えない。

そんな。あの、水の中に広がる髪の毛を踏んだ感触が靴の裏に残っているというのに。あんなに鮮明に、銀の杭が突き立てられているのを見たというのに。

「おい、大丈夫か？　何か落としたの？」

そこで初めて、奈智はハッとして声の主を振り向いた。

「あっ」

顔を合わせた二人は、同時に叫んだ。

見覚えのある白い富士額。旅館を訪ねてきた白い顔と重なる。

「おまえは、深志の」

射ぬくような目が、こちらを見つめていた。

「ご、ごめんなさい」

奈智は思わず身体をかばうように両手を上げると、地面の上を後ずさった。

が、こちらを射ぬく視線の強さは変わらなかった。

そこにいたのは、城田英子の弟だった。

深志は、問題集をめくる手を休め、小さくため息をつくと、窓の外を窺った。

この時期、どうも勉強には身が入らない。祭りは長期間で、連日旅館は満室。ひっきりなしにお客さんが出入りするし、夕方になって、心躍る三味の音が何かの拍子に耳に入ってきたりすると、もう気もそぞろだ。つい、ふらふらと出て行ってしまいたくなる。

久緒にそんな文句を言おうものなら、「お客さんの部屋から遠いところに勉強部屋を割り当てたのに」と怒られるだろう。「そんなに気になるんなら、いっそ、手伝いおし」と厨房の裏でこき使われるかもしれない。

肩をすくめて、退屈しのぎに鉛筆を削り始めた。静かな部屋に、しゃっ、しゃっ、という鉛筆を削る音が響く。

窓の外は今日も暮れてきて、ぽつんと遠くに提灯の明かりが見えた。

また、定期便の船団が空を行く時間だ。

深志はちらっと空を見上げた。

窓の外には大きな桜の木があって、この時期、葉が茂っているので、船団の明かりは見えなかった。

男の子なら、誰もが一度は虚ろ舟乗りに憧れるだろうし、ここ磐座に住んでいれば余計にそうだ。

他の場所よりもなれる可能性が高く、実際、たくさんの虚ろ舟乗りを輩出しているのだから。磐座の子は皆キャンプに参加するし、自分が参加していなくても毎年よそからもやってくる子を目の当たりにしているので、幼い頃から自然と意識せざるを得ない。

しかし、自分が変質しきれなかった今、キャンプに対してはほろ苦い感情を抱いている。毎年新たにやってくる候補生を見ていると、複雑な気持ちになる。羨ましさと、傷ましさ。かつて自分が通った道を彼らも通るのだと思うと、応援したいようでもあり、シニカルに突き放したくもなる。

それに、子供の頃には無条件に憧れていて、周囲もそれを後押しするのを当然に思っていたが、長ずるにつれ、徐々に幻滅してきた部分があることも事実だ。

子供が虚ろ舟乗りになれば、家族に手厚い補償や特典があることや、磐座にも、キャンプ生の面倒をみる代わりに相当な補助金が下りていること、その補助金を巡っていろいろと自治体どうしで醜い利権争いがあることなども耳に入ってくるし、栄誉と特典はあっても、結局外海に子供をやりたくないと本音では思っている大人も多いことなども分かってくる。ましてや、変質体となって、歳を取らない人間になってしまうのは、歳を取る家族にとって、子供が生き続けてくれることを喜ぶべきなのか、異質な生き物となってしまったことを悲しむべきなのか。国家の方針としては奨励されているだけに、それがなかなか口にできない感情的なタブーであることも薄々分かってくる。

ましてや、今年は奈智がやってきたことで、ますます深志は複雑な心境だった。

奈智は、虚ろ舟乗りになってしまうかもしれない。

そう思うと、深志は胸の奥にズキンと鈍い痛みを覚える。

この痛みがなんなのか、彼はずっと図りかねていた。自分がなれなかった虚ろ舟乗りになってしまうという妬ましさなのか、それとも、自分とは遠く離れて暗い星々の海に漕ぎ出して、恐らくは二度と会えなくなってしまうことの淋しさなのか。

いや、それはずっと先のことだ。奈津さんのように、地上勤務としてここに残るという可能性もある。しかし、よく考えてみると、あんなに適性のあった奈津さんを、虚ろ舟乗りとして派遣しなかったことはずいぶんもったいないことだと思う。何か事情でもあったのだろうか。

深志はいつのまにか鉛筆を削る手を止め、怯えた顔で涙を目に浮かべていた奈智の顔を思い出していた。

奈智が完全に変質を遂げるかどうかは、神様にしか分からない。とにかく、奈智と血切りをするのは自分なのだ。他の人間にはやらせたくない。

と、誰かが小走りにやってきて、玄関に来たのが分かった。

深志は、その足音が気になった。緊張して、急いでいる。それでいて、目立たないように、息を潜めている感じなのだ。

誰だろう。

深志はそっと立ち上がり、部屋を出ると玄関のほうの様子を窺った。

久緒と手伝いの女性が、玄関口でぼそぼそと小声で何事か話していた。

不穏な気配。

覗き込むと、やってきたのは、近所の班長さんの家の奥さんだった。なぜか表情が暗く険しい。

「本当に？　何かの間違いじゃなく？」

久緒も、真剣な顔で聞き返している。

奥さんは、小さく左右に首を振った。

手には、回覧板を持っている。何かを連絡しに来たらしい。

「間違いだったらええのやけど――今朝、先生方が山で見つけたらしいわ」

山で見つけた？　何を？

深志はもう少し近づいてみた。

ふと、回覧板に、赤い組紐が結びつけられている。その赤い色が、やけに不吉で鮮やかだった。

「だって、前に出たのは相当前やった。めったに出ないと聞いてたし、特に最近は出にくくなってるいう話やのに」

久緒は当惑した表情で、回覧板に見入っている。

回覧板に書かれている文字は見えない。

「とにかく、今夜から気を付けるよう、強く通達が回ってるんで、戸じまり、きちんとしてくださいな。寝る前に、外から心張り棒きちんとかけとくよう、忘れんで頂戴」

奥さんは、声をひそめた。

外から心張り棒。

深志はハッとした。

そんな部屋はひとつしかない。奈智のいる、あの部屋。外から封印できる、奇妙な部屋だ。深志も、キャンプに通っているあいだはあの部屋を使わされたが、外から心張り棒を使われた記憶はない。いや、それとも気付かなかっただけだろうか。

説明しようのない不安が込み上げてきた。

何が起きているのだろうか。

「なんて言えばいいんやろ」

久緒はため息をついた。

「木霊が出たなんて——そんな。まさか、今年に限って」

深志がその言葉の意味を理解するより前に、女たちは重い足取りで部屋の奥に引き揚げていった。

「血、出とる」

少年はおもむろにそう言った。

「え？」

奈智は少年の視線の先を見た。

ぎょっとする。

左の掌が血まみれになっていた。さっき、柳の枝につかまった時、摩擦ですりむいたらしい。一瞬、気が遠くなったが、いつぞやのような吐き気が起こらなかったのは幸いだった。しかし、血に気付いたとたん、ひどくじんじんと痛みだした。

奈智が顔をしかめたのを見て、少年は立ち上がり、奈智の右腕をつかんで立ち上がらせた。

「早く手を洗ったほうがいい。きっと、傷口に砂も入ってる」

そう言って、ずんずん先に立って歩いていく。

近くに、小さな公園があり、水飲み場があった。奈智はそこで手を洗った。水が傷口にしみて、飛び上がりたくなるほど痛かったが、傷口は綺麗になった。

しかし、じくじくと血が滲み出てくる。

「手、出して」

少年に言われて、奈智は反射的に左手を差し出した。

青いチェックのハンカチが巻き付けられ、きゅっと結わえられた。

奈智は少年の顔を見た。

少年は鋭いまなざしのまま、奈智の顔を見る。文句あるか、という目だ。

「俺の弁当包みで悪いけど、汚れちゃいないから、とりあえず血止めくらいにはなるだろ」

少年は、剝き出しになった弁当箱をカラカラと振ってみせた。

「ごめんなさい。血を付けちゃって」

奈智は、ハンカチに滲み出した血を見て、慌てた。

「使い古しだから、そっちで勝手に捨ててくれ」

少年は、道路の脇に乗り捨ててあった自転車のところに戻ってゆき、白いキャンバス地の学生鞄の蓋を開けて弁当箱を放り込み、自転車を起こした。

「ありがとうございます、助けてくれて」

奈智は深々と頭を下げた。

「あ、ちょっと待った」

少年は何か思い出したように、再び自転車を降り、きょろきょろと周囲を見回した。

「はい？」

「石、探して。漬物石くらいの大きさの」

「は、はい」

言われるままに、道端を探す。

「これでいいや」

奈智が見つけるよりも前に、少年はひょいとひとかかえもある楕円形の石を見つけ出してきて、運んでいった。

さっき奈智が踏み外し、崩れた石段のある道路の切れ目にその石をどんと置く。「通れない」という目印だ。

「また、どっかの馬鹿が飛び降りようとするかもしれないからな」

「ごめんなさい」

奈智は恐縮した。急に恥ずかしくなってきて、顔が熱くなる。あんなみっともない、パニックに陥った状態の無謀な行為を一部始終見られた上に、助けられたのだ。

「深志に言っといてくれ。ガラス代は、もううちのほうで払ったって」

少年はそっけなく言った。

あの時の、どこかの店に突っ込んだ時のガラス代のことだと気付く。

ますます奈智は恐縮し、消えてしまいたくなった。

いったい、何をやってるんだろう、あたしは。

「すみません」

そう言った自分の声が震えているのに気付いたとたん、ぶわっと涙が溢れ出してきた。

少年がぎょっとした顔をしたので、よほど唐突な涙だったのだろう。

奈智は慌てて顔を背け、その場を小走りに立ち去った。

なんの涙なのか分からなかった。情けなくてみじめなのと、さまざまな意味で怖い目に遭ったあとだったので、安堵したのかもしれない。

涙を流しっぱなしのまま、しばらく駆け続け、見慣れた橋のたもとに来て足を止めた時、耳元で「おい」と言う声を聞いて、思わず飛びのいた。

自転車で追い掛けてきた少年がすぐ隣にいて、奈智は驚きのあまり、涙が引っこんでしまった。

少年は、少し照れ臭そうな顔で、「ふん」と鼻を鳴らした。

「俺が泣かせたみたいで、後味悪いじゃねえか。ほら」

少年は、別のハンカチをひらっと奈智の前で振った。

「これも、使い古しだから、やるよ」

奈智はあっけに取られて、反射的にハンカチを手に取った。

少年は、そのまま無言で走り去った。

奈智はハンカチを持って、その後ろ姿をぽかんと見送っていた。


美影旅館にやってきた結衣は、深志を一目見るなり、ぽーっとなってしまった。

「奈智のいとこ？　かっこええなあ。彼女とかおるんやろか」

顔を赤らめ、奈智を肘でつつく。

その表情を見て、深志は女の子にもてるんだな、と改めて思った。

崖っぷちで宙吊り状態になった割には、制服も砂を払えばほとんど汚れていなかったし、すり傷以外に怪我もなく、奈智は幸運だったたと胸を撫でおろした。それこそ怪我でもして帰ったら、久緒さんに何と説明すればいいのか分からなかった。

左の掌には、台所の隅の棚にある薬箱から、大きな絆創膏を一枚取り出して貼った。こぶしを握っていれば、なかなか見つからないだろう。

友達が来るから、深志も一緒に浴衣を着て流しに行こう、と誘うと、どことなく表情が硬いような気がした。

「うん、行く、行く」と明るく返事したものの、なんだか様子がおかしい。

「何かあったの？」と聞くと、驚いた顔をして、奈智をしげしげと見る。

「いや、なんもない。奈智こそ、何かあったんか？」

「ないよ」

二人で否定しあったが、どちらも探るような目をしている。

そこに結衣が来たのでそれ以上の話はしなかった。

三人で門の外に出た時、奈智は、門柱に、赤い組紐が結びつけてあるのに気付いた。

「なんやろ、これ。昨日までなかったよね」

奈智はそう言って深志を振り返った。深志はサッと顔色を変えたが、何も言わなかった。

日に日に、祭りは日常になっていく。

そこここで自然に輪ができ、列ができ、流しの三味の音とゆったりした歌声が路地に響く。

柔らかな提灯の明かりに、さざめく人々の輪郭が浮き上がり、過ぎ去り、闇に溶けていく。

深志や結衣と列に混じって踊り、路地を流していくうちに、奈智はようやく磐座の内側に入れたような安堵を覚えた。

それと同時に、ここに来てから幾度となく感じている既視感が、ますます強く込み上げてくるのを感じる。

幼い頃の記憶ではなく、もっと以前の記憶。いや、もっと未来の記憶だろうか。大人の自分が、こうしてこの路地を流していたことがあった、という確信めいた記憶が、人波のように揺れては寄せ、奈智の中にひたひたと満ちてくるのだ。

これは誰の記憶？　誰の懐かしさ？

一時間近くも踊れば、もう何年も踊っていたかのように身体に馴染(なじ)み、いつ果てるともしれぬリズムに浸っていると、それこそ未来と過去が溶け合い、たゆたい、そっと揺れている。

また、奈智はどこかで二枚のハンカチのことを考えていた。

英子の弟がくれた、青と白のハンカチ。丁寧に石鹸で洗い、窓の外に干してあるハンカチ。繰り返し洗ったので、もう血の痕は分からないだろう。

あのハンカチを返さなければ。

頭の片隅で、二枚のハンカチが揺れている。

どうすればいいだろう。家に届ける？　英子に出くわしたらどうしよう。深志に頼んで、英子を通して返してもらうというのは？　深志は絶対に嫌がるだろうな。

それに、英子の弟と接触したというのを知られないほうがいい、と彼女の本能が告げていた。激昂した深志の横顔が、脳裏に蘇る。

使い古しだからそっちで捨てて、とそっけなく言った声を思い出す。もしかしたら、下手(へた)に返すと迷惑だろうか。

射抜くような目が何度も浮かんだ。

そういえば、ガラス代は払ったと伝えろと言われたんだっけ。しかし、そんなこと、深志には言えなかった。どうしよう。伝わっていなかったら、何か問題になるだろうか。深志は、ガラス代を折半すると言っていた。間違って払ってしまったら。

不安になったが、やはりあのことを伝言する気にはなれなかった。

今日、あの少年に助けてもらったことだけは。

「深志さん、ラムネでも飲みましょう」

結衣はすっかり深志になついてしまい、袖につかまって離さないほどだ。

深志も、英子にするようなそっけない対応はせず、優しく接してくれているのでホッとする。

ふと、視界の隅に赤いものが見えた。柱が血を流しているように見えたので、奈智はぎくっとして足を止めた。

赤い組紐。

美影家の門に結びつけてあったものと同じものだ。

奈智は近づいていってみた。

やはり、同じ紐だった。民家の入口に結わえつけてある。子供の悪戯(いたずら)だろうか。それにしては、しっかりした組紐だし、子供の手の届くような位置ではない。

「奈智？」

その様子に気付いた深志が声を掛けた。

「兄さん、あれ、うちの門にも結わえてあったのと同じじゃなかろうか」

「え？　あ、そうかもな」

深志の声がそっけなくなる。

「兄さん、あれが何か知っとるの？」

「知らんわ」

深志はぷいっと前を向いて、結衣のほうに行ってしまった。


その夜、祭りを流して戻ってきた奈智と深志を迎えた久緒の表情も、心なしか硬いような気がしたが、奈智は初めて祭りを流してきた心地よい疲労で興奮していて、あまり深くは考えなかった。

「久緒さん、アイロン借りてもいいですか」

「アイロン？　何するん」

「ハンカチ洗濯したんで、アイロン掛けたいん」

「お勝手の隅にあるから、どうぞ」

浴衣姿のまま、誰にも見られないように手早く二枚のハンカチにアイロンを掛け、四つに畳んでもう一度掛ける。

これで、きちんと返せる。

が、畳んだハンカチを持って廊下に出た時、深志に出くわしてしまった。

とっさに後ろに隠したのが、かえって目を引いたらしい。

「何？」

「おやすみなさい、深志兄さん」

一目で男ものと分かる大判のハンカチをさりげなく深志の視線から避けるようにして、小さく手を振った。

「あれ、奈智、手え、どうしたん？　怪我したん？」

奈智はハッとした。絆創膏を貼ったほうの掌を見せて手を振ってしまったのだ。

「あ、うん、帰りに、河原に降りようとして、転んじゃって」

「大丈夫か、見せてみ」

深志が手を伸ばしてくるので、慌てて手を引っ込める。

「大丈夫、ドジ踏んじゃって、恥ずかしいから、見ないで」

不審顔の深志を廊下に残し、奈智は足早に自分の部屋に戻った。

その夜、奈智は長い、嫌な夢を見た。

誰かが、奈智のいる部屋の扉をガタガタと揺らし、侵入しようとしていた。そのガタガタという音が怖くて、奈智は部屋の中で震えている。

入ってこないで、入ってこないで、と奈智は必死に叫んでいた。

しかし、ガタガタいう音は止まらない。

入ってこないで。奈智は頭を抱える。

だいじょうぶ、ここは結界が張ってあるから。

そう言ったのは、城田英子の弟だ。

彼は、天井に張り巡らされている赤い組紐を指差した。

真っ赤な組紐は、蜘蛛(くも)の巣のように天井に張り付き、ぶらさがっている。

あれが結界?

奈智は震えながら尋ねた。

少年は、うん、と頷く。

あれがあれば大丈夫、誰にも入ってこられない、たとえ木霊だってへっちゃらさ。

こだま。

どこかで聞いた。木霊。

それでも不安なら、このハンカチで包んであげる。

少年は、ポケットから青いチェックのハンカチを引っ張り出した。ハンカチは、どんどん出てくる。まるで手品師のポケットみたいに、何枚も、何枚も繋がって出てくる。

いいのよ、こんなにあったら、アイロン掛けがたいへんだわ。もういいの。あなたのハンカチは、もうアイロンが掛けてあるのよ。返すわ。

しかし、あとからあとからハンカチが出てきて、部屋の中はいつのまにかハンカチだらけになり、少年も奈智も、ハンカチに腰まで埋まっている。

ほんとにいいの、もうハンカチにはアイロンが掛けてあるのよ、あとは返すだけなの。

少年は、それでもまだポケットからハンカチを引っ張り出す。

包んであげる。それで安全だ。誰からも見えない。使い古しだから、勝手に捨てていいよ。使い古しだから。

やめて、やめて。

奈智は叫ぶ。しかし、もう、奈智の目の前まで青いチェックのハンカチで埋まり、息が詰まりそうになる。

相変わらず、部屋の外では誰かがガタガタとドアを揺らし、部屋の中にいる二人を威嚇している。

やめて、やめて。もうアイロンは掛けたのよ。

奈智は、ハンカチに埋もれながらも必死に叫ぶが、誰にも声は届かない。

翌朝、城田浩司も、怪我をしたのかとさんざん聞かれた。

昨日着ていた制服のシャツに、血が付いていたからだ。

お手伝いさんに、お弁当包みの行方も、しつこく聞かれた。

一緒にいた友人が自転車でこけて、素っ転んで怪我したのを助けた、と説明した。血はその時に付いたものだし、お弁当包みは包帯代わりに使った、と言った。

嘘ではない。怪我の理由が、自転車でこけたせいではないだけだ。

新しいお弁当包みに包まれた温かい弁当箱を手にした浩司は、昨日助けた少女を受け止めた時の、華奢な肩の感触や、何かにショックを受けて震えていた様子を思い浮かべていた。

そう、嘘じゃない。友人かどうかは分からないけど。

朝食を食べていると、姉がバタバタと起き出してきた。

姉は朝に弱いので、いつもぎりぎりまで寝ていて、大騒ぎで着替えて出ていく。

朝食をちゃんと食べろと父親に言われるのだが、「食欲がない」と首を振るのだ。

浩司が靴を履いていると、姉が慌てた様子で隣に来た。今日も朝食抜きで、このまま出るのだろう。

深志とはうまくいっているのだろうか。

浩司はちらっと姉の横顔を見た。

彼の見た限りでは、あまり会ってもらえないようだ。いや、たぶん、避けられているのだろう。

深志の迷惑そうな表情が目に浮かぶ。

あんなやつ、早くやめればいいのに。

浩司は醒めた目で姉を見る。

「行ってきまーす」

姉はそそくさと出ていった。

深志が、あの女の子をとっさに後ろにかばった姿が目に焼き付いていた。

あいつはきっと、あの子のことが。

そう思ったとたん、どこかが鈍くうずいた。

「行ってきます」

その感触を振りきるように立ち上がり、学生鞄を取り上げた時、外から姉の金切り声が聞こえてきた。

家の中の使用人や、外にいた運転手たちが注目するのが分かった。

誰かが外を走っていき、重なり合って悲鳴が響く。

「どうしたの」

浩司は玄関を出て、集まっている人たちを見た。

誰もが恐怖に顔をひきつらせ、姉をその場から連れ出そうとしていた。

「何——」

言い掛けて、浩司は、ハッとした。

門柱の上に、何か載っている。


ごろんとした、いかつい、大きなもの。


「いやあ、いやっ」

姉は顔を覆い、うずくまって悲鳴を上げていた。

「誰だ、あんなものをあそこに置いたのは」

「交番に行って、誰か呼んでこい」

怒号と悲鳴が交錯する。
浩司は、自分が見ているものから目が離せなかった。
朝日を浴びて、逆光になっているが、長い毛が光の中に浮かび上がっている。
門柱は、赤く染まっていた。いや、下のほうから赤黒く変色しかけていた。
高い門柱のてっぺんに載せられていたのは、切り取られた猪の大きな首だったのだ。

4

城田家の門柱に「飾られて」いたものについては、たちまち磐座の町じゅうに知られるところとなった。

それが木霊の仕業なのか。それとも単に城田家に恨みを抱く者の所業なのか。磐座警察の玉置署長は、現場の写真を見ながら不穏な予感を覚えた。

厄介なことになったものだ。

思わず湯飲みに入ったお茶をごくりと飲む。

古い建物の中は蒸し暑く、薄暗かった。

こころなしか、署員たちは動揺し、浮足立ってざわめいている。

あるいは、磐座の集落の人々の不安だろうか。または、もっと率直に言えば期待と興奮かもしれない。長い夏祭りで既に磐座は非日常である。その磐座に、あの門柱の上に据えられていた獣の首という供物は、ある意味ひどく似つかわしいように思えるのだ。

そんなことを口にしようものなら、不謹慎だ、罰当たりな、と眉をひそめられ、陰で罵られることだろう。

しかし、ここはそういう場所なのだ。

玉置は、そっと席を立って、ほこりだらけのブラインド越しに、通りを見下ろした。

ねっとりする暑さが谷間の集落の底に溜まっているのだが、そのくせひやりとする瞬間があって、汗が冷たく変わる。

通りに小さく血の染みのように見えるのは、赤い組紐がそっと、特定の条件の住居に付けられているからだ。

警告の徴。

この家に、木霊である可能性を持つ子供がいるという合図。

『アラビアン・ナイト』だったろうか、盗賊が狙った扉に印を付けるが、娘が機転を利かせて片っ端から同じ印を他の扉にも付けてしまう。

もう通達は回っている。署にも、木霊らしきものが出たという報告がキャンプの先生方から届けられていた。

一応、警察はその件にはノータッチである。それは、本来彼らが管理すべきものではないからだ。ここ磐座ではいろいろな世界があって、それらのほとんどが集合の図のように重なりあっているが、それぞれはみ出している部分もある。

玉置は、一見うだつの上がらぬ、どこにでもいそうなもっさりした五十代後半の容姿だが、その実、濃やかな気配りと鋭い観察眼を持った男だった。でなければ、この席に座ってなどいられない。

磐座警察署は、小さいながらも古く重要な地位を担っている。ここでの署長を務めることは要職のひとつと数えられており、影の出世コースと呼ばれることもある。

伝統ある古都であり、「虚ろ舟」発祥の伝説の地であり、今もキャンプが行われ、国家予算で人材を発掘する特別な場所。

つまりは、さまざまなデリケートな事情が存在し、利害や利権、プライドや風習など複雑なものが絡み合っていて、古くからの対人関係や自治体あるいは国家との関係を調整することに多大な労力が費やされることを意味する。

本当に木霊だろうか。

玉置は、デスクの上の写真を振り返った。

通達が出ているのだから、子供たちは夜間、外に出ないよう見張られていたはずだ。もっとも、閉じ込めることを徹底していなかった可能性もある。

だが、彼はその説を疑っていた。

城田観光は近年あくどい手口で同業者を潰しにかかっており、正直なところ、あまり評判はよくない。典型的な一族経営であるが、外部の胡散臭い人間も一枚嚙んでいる。彼らは、観光客が集中するこの祭りを、神秘的で神聖なイメージを持つ磐座を、観光資源として独占したいのだ。それは「上」と繫がることも意味するので、明快な権力志向のある城田家にとっては願ったり叶ったりだろう。城田観光及びその頂点に立つ城田家がどこかで恨みを買っていて、たまたま祭りのこの時期、嫌がらせされたという可能性もゼロではない。むしろ、こちらのほうが現実的ではないか。

木霊は玉置たちの受け持ちではない。しかし、こうして城田家から住居侵入、悪意ある脅迫という被害を訴えられたからには、動かざるをえない。

我々は、現実的な路線を攻めるべきだな、と玉置は考えた。

部下には城田観光の周辺を洗わせていたが、別の部下が、そっと数枚の報告書を持ってきた。

「キャンプからです。やはり通達は徹底していなかったようですわ。心張り棒を使わんかった家がほとんどで、外に出ていないことを完全に確認できたのは四人しかおりませんでした。たぶん、今夜からそんなことはなくなるでしょうが」

「そやな」

玉置は複雑な表情でその報告書を受け取った。

「血痕等の痕跡も見つかっておりません。もっとも、木霊はとても利口なので、なかなか痕跡を残すことはないやろうと先生は言ってはりました。手も洗い、きちんと片づけて意識下に帰っていくものやと」

部下は、努めて平静に報告しようとしていたが、初めての経験に、気味悪そうな口調になるのは避けられなかった。

「だろうな。なかなか尻尾は出さんよ」

玉置は、どこか上の空で答えた。

前に木霊が出たのはいつだったろう。あの忌まわしい事件の前だったか後だったか。

脳裏に、水の中に広がった黒髪がふっとよぎる。

あの時、まだ彼は赴任したばかりだった。

木霊であったほうがいいのか。それとも、現実の人間の感情による嫌がらせのほうがいいのか。

玉置にも、それはよく分からなかった。


子供たちも、町の不穏な気配には気付いていたが、それが何を意味するのかははっきり分かっていなかった。誰も子供たちに面と向かってそのことを指摘したり説明したりしなかった。相変わらず観光客は増えていたし、祭りの喧噪はその不穏さを覆い隠し、むしろその不穏さが奇妙な活気を町に与えているようだった。

それでも、キャンプは別世界だった。先生方はいつも通り淡々としており、この日も子供たちを山へハイキングに連れだした。

曇り空だったが、とても蒸し暑い日だった。じっとしていても、いつのまにか汗でびっしょりになっている。

ふと、奈智は歩いていくみんなの顔を見ていて、ずいぶん顔つきが変わってきていることに気付いた。ほんの数日で、到着した時の無邪気さやあどけなさが消え、大人びているというか、明らかに表情が変わってきたような気がする。

あたしもそうかしら？

奈智は、今朝の鏡の中の顔を思い浮かべようとした。

よく眠れなかったらしく、目覚めはどんよりとしていた。ここに来てから、ずっと寝起きの顔は腫れぼったく、いつも泣きべそをかいたあとみたいだ。

結衣ちゃんだって、変わった。

少し前を歩く結衣の横顔を見る。

闊達で物おじしない少女という印象はそのままだが、なんとなく表情に落ち着きが出て、内面に複雑なものを感じさせるのだ。

これが変質？　肉体的なものも含めて？

誰もが急激に自分の内部が変わっていく、あののたうちまわるような苦しみを経ているのだ。苦しみというのは、確実に人間の顔を変えていく。

「やっぱり木霊が出たみたいだねえ」

隣で天知雅樹が呟いた。

「木霊、て？」

奈智は低く聞き返した。

「昨日言ってただろ？　変質する時に出てきてしまう別の人格さ」

奈智は反射的に自分の爪を見た。

今朝起きた時も何気なく見たのだが、綺麗で異状はない。

「無駄だよ。木霊はとても利口で狡猾なんだ。たとえ、僕か君が木霊を持っていたとしても、木霊は僕や君自身に気付かれるような証拠は残さない」

「そんな」

あっさりと安堵を打ち壊され、奈智は口ごもる。

いつもこんなふうにショックを与える雅樹が恨めしい。しかし、そのいっぽうで、圧倒的に磐座やキャンプについての知識のない自分が、雅樹のもたらす情報を渇望していることも確かなのだ。

「今朝、猪が殺されてたって」

雅樹はこともなげに続けた。

「え？」

「城田さんちの門柱に、切断された猪の首が載せてあったそうだ」

奈智は一瞬、息が止まりそうになった。

あえぐように尋ねる。

「城田さんて、あの」

「城田観光の社長のうち」

「ホントに？」

「うん。大騒ぎだったらしいよ。警察は、木霊じゃなくて城田観光を恨んでる人間を捜しているみたい」

そう聞いて、奈智はゾッとした。

なぜだろう。城田観光を恨んでいる人間と聞いて、英子とその弟の顔が浮かび、嫌悪感を露(あらわ)にした深志や、ハンカチを何度も手洗いする自分の姿が蘇ってきたのだ。

まさか。まさかね。あたしは別に恨んでなんかいない。それに、あたしに猪なんかつかまえられるはずがない。つかまえて、首を切るなんて、きっと凄い力が必要なはず。

「猪をつかまえるのなんて、大人だって大変だよね」

奈智は平気そうな顔を装い、さりげなく返事をした。

「うん。狩るのは僕らには無理さ」

雅樹は肩をすくめた。

「でも、今朝の猪は、猟師が山の小屋で解体したものを盗んで持ってきたらしい。だから、誰にでもできた可能性がある」

奈智はがっかりした。どうして雅樹は冷静にこんな話ができるのだろう。自分にもその機会があったかもしれないと考えるのが恐ろしくないのだろうか。

「あたしたちにも?」

奈智は多少の嫌みを込めて聞いた。

「そうさ」

雅樹は当然、というようにこっくりと頷く。

陽射しはないのに、雲を通して注ぐ僅(わず)かな光が木の葉の輪郭をかすかに溶かしていた。

山道は細く、むっとするような草いきれや木々の青臭い匂いが歩く呼吸と混ざりあい、うんざりするような暑さとあいまって皆を不機嫌にした。

「木霊は人にも悪さしたりするん？」

奈智は恐る恐る尋ねた。

彼女が最も恐れているのはそのことだった。トワも、それらの人格には残虐性があると言っていたではないか。

「それは聞いたことないな」

雅樹は首をひねった。

「それに、むしろ、木霊が出るのはいい予兆だと聞いたことがある。そりゃ、殺される動物たちにはたまったもんじゃないだろうし、みんなも気持ち悪いだろうけど、木霊が出ると、必ずいい虚ろ舟乗りが出てくるんだってさ」

「そうなん？」

いい虚ろ舟乗り。

奈智は釈然としないものを感じながら、その言葉を反芻(はんすう)した。

なんだか矛盾している。そんな恐ろしい人格が出てくることが、どうしていいことなんだろう。だんだん、虚ろ舟乗りというものが、理解しがたい怪物のように思えてくる。

そこまでして、そんなものにならなきゃいけないものなんだろうか。いくら地球が滅びてしまうのだとしても。

雅樹は、奈智の考えていることを読み取ったように、スッと冷ややかな視線を彼女に向けた。

「僕たちは、このままでは外海になんか行けないいんだよ。肉体的にも精神的にも、こんなに傷つきやすいまんまじゃ。もっと違う者、違う存在にならなくちゃ。違う段階を目指さなきゃ、舟に乗れないんだ」

後半の台詞は、自分に向けて言い聞かせているようだった。

奈智は、その口調に、初めて必死なものを感じ取った。

思わず雅樹の顔を見る。

雅樹は、もはや奈智のことなど眼中になく、厳しい顔をして自分の思考に浸っている。

奈智はショックを受けていた。

サラブレッドだと自嘲していた雅樹。いつも平然と事実を語る雅樹。その裏側には、想像もできないような覚悟と使命感があるのではないか。

奈智はうなだれた。

打ちのめされていたのだ。それが、何のためなのか自分でもよく分からなかった。自分の子供っぽさになのか、雅樹の覚悟になのか。しかし、恥ずかしさと情けなさの入り混じった複雑な感情が胸に渦を巻いていて、苦しかった。

奈智も雅樹もうなだれたまま、しばらく黙々と歩き続けていた。

誰もが無口だった。蒸し暑い中、山道を登っていたためと、これからの自分の運命に思いを馳せていたからかもしれない。

それにしても、先生方はどこを目指しているのだろう。

呼吸が荒くなっていた。

ふと、高いところに小さな鳥居が見えた。見覚えがある。見上げた時、額を伝った汗が目に入って痛い。

「もう少しや」

先生の声がした。どうやらあそこが今日の目的地らしい。

鳥居をくぐった子供たちが、歓声を上げるのが聞こえた。

奈智も、鳥居をくぐって顔を上げたとたん、「わあっ」と声を上げていた。


目の前に現れたのは見事な円形をした広場だった。

あまりにも広くがらんと開けていて、誰もがあっけに取られてぽかんと口を開け、目の前の風景を眺めている。

ややすり鉢状というのか、真ん中に向かって低くなっており、真ん中には柵としめ縄で囲まれた楕円形の場所がある。

山の峰と峰とのあいだを利用したのだろう。明らかに人工的に造られたものであるが、元の地形をうまく使ったものと思われた。

奇妙なことに、その円の中には草が生えているものの、短いものばかりできちんと平地になっている。それも、微妙に枯れたようになっているので、広場全体がやや黄色みを帯びているように感じられるのだった。

円形の周りは、周囲からの土の流入を防ぐためか、低い石垣状のもので囲まれていた。石垣の上には、石灯籠（いしどうろう）が一定の距離を置いて並んでいる。

人工物であるのだが、あまりに長い歳月を経たものが持つ自然さがあった。周囲の風景にすっかり馴染んでいて、最初目にした時は驚いたものの、すぐに違和感が消えてしまった。

子供たちは思い思いに広場に駆け出していった。

先生方は、のんびりとおしゃべりをしている。

奈智はゆっくりと広場を見回した。

周囲には、山の頂が連なって続いている。

まるで、空中庭園だ。山の中、しかもこんな高いところにこんな場所があるなんて。

厚い雲が頭上でゆっくりと動いている。

それにしても、かなり広い。学校の校庭よりも広いし、山の麓からこの場所を見上げても、こんな広場があるとは想像もつかないだろう。

「すごく古い場所みたい」

奈智が呟くと、雅樹が頷いた。

「ここ、古代の船着場だよ」

「虚ろ舟の?」

「うん。僕らの先祖が造ったのか、それとも最初に虚ろ舟に乗ってきた人たちが造ったのかは分からないけどね」

空が近い。

遠くからやってくる船団が見えたような気がした。そのうちのひとつが、ゆっくりと空から降りてくる様子が目に浮かぶ。

巨大な鯨のような船体が、音もなく大きく白い腹を見せて近づいてくる。

石灯籠がサーチライトのように広場を明るく円形に照らし出している。

広場に反射した光が、船体を白く輝かせ、しずしずと広場に降臨しようとする――

きれい。

幻の舟に、奈智は賞賛の視線を向けていた。

「待てよ、あの場所は、ひょっとして」

雅樹が何か思いついたように駆け出した。

「どうしたの」

奈智も慌ててついていく。

雅樹は、広場の真ん中の、柵に囲まれた場所に向かって走っていった。

柵は頑丈で、しめ縄に囲まれていて、おまけに奈智や雅樹の身長よりも高かった。

しかし、柵と柵の隙間が五センチくらいあるので、中を覗き見ることができた。

「穴が開いてる」

雅樹が呟いた。

確かに、広場の中央に、楕円形をした巨大な穴が開いている。中は真っ暗で、底は見えない。かなりの深さがある印象を受ける。

「やっぱり」

雅樹が小さく頷いた。

「何が」

穴の奥を覗き込もうと努力しながら、奈智は尋ねた。

「ここ、蝶の谷の上だよ」

「えっ」

そう言われて気が付いた。

あの不思議な風景。

地下に降りたはずなのに、空にぽっかりと穴が開いて光が射し込み、たくさんのさとばらが咲き誇っていた。

そして、空には楕円形の穴が。

「ほんとだ」

奈智も頷いた。

確かに、あの時に見た空の穴と同じ形をしている。さっき山道を登り切ったところにあった鳥居も、蝶の谷の虚ろ舟の埋まっていた場所にあったのと同じだった。

「凄い遺跡だなあ。つまり、船着場に着地失敗して、地下に突っ込んじゃったってことか」

奈智も、雅樹が思い浮かべているであろう光景を見ていた。

本来は、垂直に降りてきて着地しなければならないのに、そのまま運転席から地面に突っ込んでしまったのだろう。でなければ、あんな形で地面に突き刺さるような形にはならなかったはずだ。凄まじい音がしただろう。夜ならば、光も。遠いところまで震動は伝わり、地球を一周したかもしれない。

「じゃあ、元々彼らは何度もここに来てたのね？」

そう言ってから、奈智は「あれ」と思った。

なんか変じゃないだろうか。

奈智は首をひねった。

「でも、虚ろ舟は、偶然事故で不時着して、技術が伝わったんやなかったの？　先生はそう言ってはった」

雅樹がぎょっとしたように奈智の顔を見た。

「見つかった時、中におった人たちはもう死んでいて、残された舟から舟乗りの技術を学んだって話やった」

奈智は思いつくままに、無邪気な疑問をぶつける。

「だけど、こんな立派な船着場まで造ってたんなら、ちょくちょく来てたんやないの？　だったら、普通に行き来しててもおかしくないのに。どうしてもう今は来ないの？　今はどこにいるの？」

雅樹はみるみるうちに真っ青になった。

聞き取れないほどの低い呟きが漏れる。

「まさか。そんな」

奈智は彼が何を考えているのかを気に留めることもなく、じっと柵の隙間からぽっかり開いた楕円形の穴を見つめていた。


どうしたんだろう、すっかり黙りこんでしまって。

奈智は、あの、古代の船着場と思われる跡地で表情を変えた雅樹の様子を訝しく思っていたが、その後、雅樹は時折彼が見せる他人を寄せ付けない物思いに沈んでしまい、なかなか声を掛ける機会がなかった。

あたし、何かヘンなこと言ったかしら？

じわじわと不安になる。

空の彼方（かなた）からやってきた人たちは、今どこにいるのか。なぜ今はいないのか。

そんな素朴な疑問を口に出しただけなのに、それがどうかしたのだろうか。奈智があの疑問を口にした時から顔色が変わったような気がするのだが。

雅樹は大人びた少年で、普段はドライな口のきき方をするが、たまに深く自分の中に閉じこもってしまうことがある。

それは、彼が「虚ろ舟乗り」になることを、生まれた時からの宿命として重く受け止めていることの顕（あらわ）れなのだ。

淡々とした表情の裏に、どれだけの重さを感じているのだろうか。

奈智は、そっと雅樹の横顔を窺う。

同じ目的のキャンプの中にいて、こんなに自覚に差があるなんて。

奈智は申し訳ないような、逃げ出したいような、複雑な気持ちになる。

なんの予備知識もないままにキャンプにやってきた奈智だが、彼女は「虚ろ舟乗り」になることや、「虚ろ舟乗り」そのものに違和感を覚えていた。

素晴らしいこと、憧れの職業、人類の使命。

表向きのイメージはそういうことになっているらしいが、彼女の印象では、むしろどこかおぞましい、禁忌に近いようなものに感じられるのはどういうことだろう。他のみんなはそう思わないのだろうか。

いや、もしかすると、あたしの場合、この地が母の死に場所であるという因縁のせいかもしれない。

奈智は考え直した。

「虚ろ舟乗り」という、肉体の変質を伴う存在が、やけに血なまぐさく猛々しいものに感じられるのは、きっと、あの時見た、銀の杭を胸に打たれて死んだ母のイメージのせいなのだ。

足の裏に、踏んだ髪の毛の感触を思い出し、奈智はぶるっと身を震わせた。

無言で物思いに耽る雅樹からなんとなく離れがたく、二人で美影旅館に引き揚げてくると、門の前に黒塗りの車が横付けされたところだった。

車から、背広姿の中年男が降り立った。秘書か何かなのか、いかにもお付きの者といった風情の、若い男も一緒である。

ひと夏続く祭りのシーズン、観光客ばかりの中で、その二人はいかにも異質な感じがした。

雅樹は足を止め、「何しに来た」と呟いた。

え、と思って彼の顔を見ると、ついと顔を歪めてさっさと門の中に入っていく。

奈智は、その男が前にも一度旅館で雅樹と話していた男であることに気付いた。

男は雅樹に気付き、背中に声を掛け、駆け寄って顔を覗き込んでいるが、雅樹の表情は硬く、とりあおうとしない。

そういえば、前に見た時もあまり二人の雰囲気はよくなかった。年齢からいって、雅樹の父親のような年代なのに、二人のあいだには寒々しい空気が漂っている。それも、どちらかといえば雅樹のほうが男を煙たがっている様子である。

雅樹はいかにも面倒くさそうにひと言ふた言何か答えていたが、逃げるようにして旅館に入っていってしまった。

苦い顔をしてその背中を見送っている男に、お付きの男性が無表情に何か言うと、男は義務的な表情に戻り、しばらく何事か打ち合わせをしていた。

奈智は遠巻きにその様子を見ていたが、若い男が足早に旅館に入っていき、男は踵を返して門のほうに出てきた。

奈智に目を留めると、以前のような驚愕の表情は見せなかったものの、一瞬驚いた顔になり、それから「ああ」と納得したように小さく頷いている。

「美影奈津さんの娘さんだね？　雅樹と一緒にキャンプに来てるんだね」

男は穏やかな声で奈智に話しかけた。

その表情が思いがけず柔らかいので、奈智は面喰らった。

それでも、こっくりと頷き、その場にぐずぐずしていたのは、雅樹のことを聞きたいと思っていたからかもしれない。

男は奈智のそんな気持ちを感じ取ったのか、「磐座の町を歩くのは久し振りだ。案内してもらえるかな？」と奈智の前に立って歩きだした。

案内するといっても、大した知識などないし、たぶん男のほうが地理に詳しいような気がしたが、奈智を誘う口実だと分かっていたので、奈智も並んで歩き始める。

「あのう」

奈智は恐る恐る口を開いた。

「雅樹くんのお父さんですか？」

男の横顔が一瞬凍り付き、それから苦い笑みが浮かんだ。

奈智はまずいことを言ってしまったのかと慌てたが、男は奈智に向かって安心させるように笑顔を見せる。

「法律上は、そうだ――確かに、私が雅樹の父親だ」

男は自分に言い聞かせるように言った。

血は繋がっていないのだろうか。

奈智はその質問を飲み込んだ。どうやら、雅樹との関係は、彼にとっては微妙な問題のようだからだ。

「この時期の磐座はいい。祭囃子がそこここに流れていて」

男は川に目をやると、表情を和らげた。

川べりの風が顔に当たった。

向こう岸から、確かに笛の音が聞こえてくる。

男の言うとおり、あの音色には塞ぎこんでいる気持ちを湧き立たせるような、心躍る響きがある。

「雅樹くんは、『虚ろ舟乗り』になるために生まれてきたて言うてました」

奈智は用心深く言葉を探した。

男は重々しく頷いた。

「そう。雅樹はツクバで生まれた。彼は、本当の父親と母親には数えるほどしか会っていない。そもそも、彼の両親は婚姻関係にはなかった。遺伝子的にいちばん『虚ろ舟乗り』の適性があるであろう男女の精子と卵子を、細心の注意を払って体外受精させて生まれた子だからね」

淡々とした口調ではあるが、その内容は、のどかな風景には全く似つかわしくない酷薄なものだった。

奈智は思わず男の顔を見た。

そんな大事なこと、いわば雅樹の秘密をあたしなんかに喋ってしまっていいのだろうか。

内心おろおろしていたが、男はお構いなしだった。というより、ほとんど独白のようなもので、男からしてみれば、隣を歩く小さな女の子のことなど目に入っていないかのようだった。

「しかし、彼には保護者が必要だ。それで、いろいろな事情を考慮して私が父親になった。雅樹もそのことは幼い頃から承知していた。保護者と被保護者。そういう割り切った関係であり、彼が成人するまでの任務。私もそう思っていた」

「法律上のお母さんはおらんのですか」

我慢できず、奈智はそう尋ねた。

男は一瞬、不意を突かれたような表情をした。

「お母さん」

まるで、初めて聞く単語のように、男は口の中で繰り返す。

ぎこちない間があった。

「お母さんは、彼には、いない」

男はゆっくりと呟く。

「保護者は一人いればじゅうぶんだ。みんながそう考えた。彼が成人するまで、書類に記入するためだけの存在なんだからね。実際に彼の面倒を見る人はたくさんいた。親以上に、いたれりつくせりでね。彼のために組まれたチームに、常に体調や精神状態や能力を管理されていた」

彼のために組まれたチーム。管理。

そんな生活は、想像できなかった。

行き届いてはいても、常に監視され、息の詰まるような暮らし。決して彼に対する愛情からではなく、彼の将来のために尽力する人々。

キャンプに行くな、と言った伯父たちの顔が脳裡(のうり)に浮かんだ。

こうしてみると、引きとめてくれた伯父夫婦の愛情が身に染みる。みんなが憧れる「虚ろ舟乗り」

という名誉よりも、伯父夫婦は姪を手元に置くことを望んだのだ。

奈智は胸が詰まるような心地がした。

大人びた雅樹の言動は、彼の置かれた徹底した孤独の証明なのだ。

町の目抜き通りが近づいてくると、華やいだざわめきが身体を包む。

なんとなくホッとして、肩の力が抜けてくる。

「ああ、屋形だ。久し振りに見たな」

男は懐かしむような声を上げた。

町の中心である小さな広場に、屋根のついた山車(だし)が置いてある。この上で囃子方が演奏し、山車を囲むようにして輪になって踊るのだ。

今は、練習時間のようだった。

三味線をつまびいては止め、笛を吹いては止める。どうやら、若い人に年配の人が指導をしているらしい。

ふと、奈智は広場の上に渡した綱にかかった大きな提灯が気に掛かった。

不思議な形だ。

お城にあった不思議な絵の中の女の人が持っていた提灯もこれだった。

星を模しているのだろうか。棘(とげ)のような突起物が幾つも飛び出しており、幾何学的なデザインである。

「あれは、お星様なんでしょうか」

奈智がしげしげと提灯を見上げていると、男もつられて一緒に目をやった。

「たぶんそうだろう。面白いことに、西洋にもあれと全く同じデザインがあるよ。ベツレヘムの星。

向こうではそう呼ばれている。あの突起が七つの大罪を示しているという説もある」

「ベツレヘムの星――」

奈智は不思議な心地になった。

懐かしいような、胸がざわめくような。なんだろう、この感情。磐座に来た時から、時々不意に胸をよぎるこの気持ちはなんなのだろう。

「古城君も、あの提灯のデザインに興味を持っていたな」

男が呟いたひと言の意味に気付くまで、少し時間がかかった。

「え」

慌てて男の顔を見る。

男はじっと提灯を見上げたまま、奈智を振り向かない。

「確かに、彼は『虚ろ舟乗り』になるための適性を探るのが専門だったけれど、この磐座という場所そのものにも強い関心があった。この磐座が『虚ろ舟乗り』の、いわば聖地となるに至った過程とか、ここに伝わる伝説とか。彼は『虚ろ舟乗り』が生まれる過程に興味があったんだ」

そうだ、そういえば、雅樹が言っていたではないか。

突然、記憶が蘇った。

雅樹の父は、かつて奈智の父と一緒に研究をしていたと――

「父は今どこにおるんでしょう。やっぱり、もう死んでしもうたんでしょうか」

奈智は勢いこんで言った。

「いや」

男は短く答えた。

「生きている」

「本当に？」

奈智がそう詰め寄ると、男はようやくゆっくりと視線を奈智に向けた。

その目には、恐怖に似たものがあることに気付く。

「ああ、生きている。私はそう信じている」

その口調にも、じわじわと何か不穏なものが滲んでいる。

奈智は、男の感じているその気配が、少しずつ自分にも伝染してくるのを感じた。

「お母さんを殺したのは、お父さん？」

そう尋ねると、男は考え込む表情になった。

「それは、分からない。彼かもしれないし、他の人かもしれない。だけど、ひとつだけ言えるのは、彼がそうしたのであれば、それには必ず理由があるし、彼は奈津さんを深く愛していたから、奈津さんのためにそうせざるを得なかったことは間違いない」

奈智は救われたような気がした。

噂や伝聞ばかりの父だったが、初めて一人の人間として感じられたのだ。

「生きている」

男は奈智から目を外し、のろのろと周囲を見回した。

そぞろ歩く観光客。屋形の上で囃子方を稽古する人たち。

「私は、彼がきっと、意外とこの近くにいるような気がしてならないんだ」

「この近くに」

奈智も思わず周囲を見回す。

柔らかな喧噪が二人を包んでいる。

しかし、息をこらして立ち尽くしている二人は、異質な存在のように広場の中から浮きあがっているのだった。


三上結衣は、何かの気配を感じて飛び起きた。

怖い夢でも見ていたのか、「わっ」と小さな声を上げた気がする。

自分がどこにいるのか思い出すのにほんの少し時間が掛かった。

薄暗い宿坊。

ぼうっとあちこちに置かれた行灯(あんどん)の明かりが衝立(ついたて)の隙間に滲んでいる。

驚愕はまだ残っていたが、少しずつ落ち着いてきて、みんなの寝息が重なりあって聞こえてきた。

小さないびきをかいている子もいる。眠っている時の様子は、人によってずいぶん違うものだと結衣はここに来てから知った。

ここに来た頃は、男子と女子を区切る衝立しかなかった。

しかし、数日前に、更に多くの衝立が運びこまれて、一人一人が完全に区切られたのである。

自分だけの空間が出来たのはホッとしたけれど、なんだか囚人にでもなったような気がして、うっすらと不安を感じたのは皆同じようだった。

同時に、みんながヒソヒソと噂をしていた。

血切りが近いのだ。

どこから仕入れてくるのか、皆、さまざまな噂を聞いていた。

衝立が来るいうんは、その証拠や。

誰かがしたり顔で言った。

もうすぐ通い路を貰うはずや。変質が進まない子には渡されないけど、今年は全員貰えるらしいで。

自分たちの年は特別らしい、というのは結衣も聞いていた。今年は多くの虚ろ舟乗りが出るのではないかと期待されているという。そう聞くと、ちょっと誇らしい気がする。

キャンプにはいろいろな噂があった。

キャンプ。その言葉には、微妙なニュアンスがあった。

長年に亘って行われてきた行事なのに、きちんと説明できる大人に会ったことがない。キャンプの卒業生は大勢いたが、「その先」に進めた人はそんなに多くなく、「その先」に進めた人は虚ろ舟乗りになってしまうので、結局、あまり知らない人ばかりが残って噂を広めるということになる。

実際、キャンプは国家機密でもあって、「その先」に行った人は、虚ろ舟乗りになる過程について経験したことを口外してはならないという規定があるのだそうだ。この規定を破ると重い刑罰を科されるという。だから、虚ろ舟乗りというのは国民から見ると憧れの存在であるのと同時に、常に秘密のヴェールに包まれた神秘的な存在なのだった。

憧れには、いろいろな種類がある。

外海に対する純粋な憧れ。あの美しく巨大な舟に対する憧れ。遠い世界での冒険への憧れ。子供たちの心を占めるのは大部分がそれであるが、そうでない人もいる。特に大人たちのあいだでは。

結衣は、近所で、虚ろ舟乗りを出した家というのを見たことがあった。

結衣の郷里では唯一の家で、近隣の羨望の的だった。高台の巨大な屋敷は、国からの報奨金で建てられたそうで、一族にはさまざまな特典が与えられ、手厚い年金までつくという。

大人たちがその家について語る時、その表情は複雑だった。単純にそのステイタスを羨むだけでなく、妬みや蔑みといったマイナスの感情がたぶんに含まれていて、それが大人たちの顔を卑しく、あるいは暗く見せるのである。

うちらとは違う、あそこは特別だから、と言いながら、うちの子もあんなふうになれれば、もしかするとうちだって、という欲望が透けて見えた。

結衣がキャンプに行くということが決まった時、ふだんは折り合いのよくない親戚が次々と「お祝」に駆けつけ、結衣のことなどそっちのけでうるさい宴会をしたものだ。

結衣の家はあまり裕福ではないし、父方の祖母に母方の祖父母もいる。結衣の下には三人もきょうだいがいる。両親は「お祝」に押しかけた親戚に困惑していたが、大きな寿司桶を幾つも取ったので、結衣は思わず「そんな高いもの頼んで大丈夫なん？」と母に聞いてしまったくらいだ。

が、「で、幾らだった？」と父に聞く大人が何人もいたので、どうやらキャンプに行くことが決まると支度金が貰えるらしいと気づいた。宴会に押しかけた大人たちは、それを目当てにしていたのだ。

しかも、素質ありということで変質が進むと、更に支度金が支給されるのだということが分かってきた。恐らく結衣の家にとっては少なからぬ金額で、家計の助けになることは明らかである。「虚ろ舟長者」なる言葉があることも知った。もちろん、非難や揶揄(やゆ)が込められたものだ。それでも、これでうちが楽になり、弟たちが学校に行けるのなら、と結衣は勇んでここにやってきたのだ。

そのいっぽうで、虚ろ舟乗りは選ばれた存在であるのと同時に、忌避される存在であるということに、結衣は薄々気が付いていた。

いくら立派な職業いうても、しょせんはバケモンなんやろ。

誰かがそんな陰口を叩くのを聞いたことがある。キャンプに選ばれなかった子供が、やはり自分の子が選ばれなかった大人が言っているのをそのまま口にしたらしい。

バケモン？　虚ろ舟乗りが？

結衣は当惑した。どうしてそういうことになるんだろう。

子供に調べられることは限られていた。大人も子供も虚ろ舟乗りについていろいろな噂をしていたけれど、どれも伝聞で、正しい情報がどれなのか分からないのだ。

キャンプに行ったことのある人に話を聞いたこともあるが、キャンプのやり方はその年によって異なるらしく、しかもその人は適性がなく、早々に帰されてしまったそうで、何の役にも立たなかった。

結局、キャンプに来て他の子の話を聞くのが、いちばん正確な情報を得られた。誰もが皆、必死に情報を集めていたからだ。もっとも、最初に変質が始まった高田奈智だけは、最初のうち話す機会がなく、親しくなってみると全く何も知らない様子なのに驚いたけれど。

血切りは、変質の次の段階で、初めて他人の血を飲むことをそう呼ぶようだ。

血を飲む？　まさか、そんな。

結衣はそう聞いた時はびっくりしたし、にわかには信じられなかった。

転んで膝をひどくすりむき、泣きながら舐めた血の味が口の中いっぱいに広がる。

あんなものを飲むというのか？　それが虚ろ舟乗りの条件？

鼻血を出した時に、喉に温かい血が流れ込んでいって苦しかったことも思い出した。正直、全く理解できなかった。

猛烈に飲みたくなるんやと。で、飲んでる時は凄く気持ちいいんだって。

そう話したのは女の子で、最後のほうは口に手を当て、意味ありげにそっと声を低めた。

気持ちいい？　他人の血を飲んで？

結衣はますます首をかしげた。誰かが質問する。

素朴な疑問やけど、他人の血なんか飲んで大丈夫なんか？　輸血だって、血が合わないと拒絶反応っていうのがあるんやろ？

賢そうな子で、もっともな質問だった。

大丈夫らしいわ、と先の女の子が答えた。

それで、血液を食糧にするように身体が少しずつ変わっていくんよ。外海に出る頃には、ほとんど普通の食糧を食べんで済むようになって、すごく長生きになるんやと。

他人の血、いうんは、僕らが互いに互いの血を飲んでもいいってこと？

また誰かが質問した。

少女は首を振った。

あたしらどうしでは駄目みたい。変質してる途中やし、血をもらうんは、普通の人で、十六歳以上でないと駄目やと。

そんな気味悪いこと、誰がさせてくれるん？　しかも、血い取られたら、死んでしまうがな。

懐疑的な口調でさっきの子が言う。

それがな、普通の人も、血い飲まれると、身体にええんやて。なんでも、変質する過程の細胞が体内に入ると、その人も長生きできるようになる、いうんや。だから、取られるほうも喜ぶらしいえ。

なんでそんな詳しいこと知ってるの？

結衣は彼女に聞いてみた。

天知君に聞いたわ。あの子、ツクバ出身やし、お父さんが研究者やて。

少女は、どこか誇らしげに言い放った。

天知かあ、とみんなから納得の声が上がった。彼が元からの変質体であるということはみんななんとなく知っていたし、あの超然とした態度に、みんな一目置いていたのである。

でも、その相手、どうやって捜すん？　いくら身体にいいからって、道歩いてる人にいきなり血いください、ゆうわけにはいかんやろ。

なんとなく、決まってるらしいよ。あたしらが来た時から、それとなく提供してくれる人を選んどるんやと。で、その人のところに毎晩通うんやと。

毎晩通う？　一回で済まんのか。

結衣は驚いた。

らしいわ。

少女はその辺りは詳しく知らないらしく、かすかに口ごもった。

同じ人でないとあかんの？　いろんな人からもらったほうがいいような気もするけど。

結衣は更に尋ねた。少女は首をかしげる。

同じ人が多い、とは聞いたわ。でも、いろんな人からもらう人もいるって。

ふうん、とみんなが頷き、同時に考え込んだ。自分が他人の血を飲むところを想像しているのだろう。なかなかリアルに想像できず、皆戸惑ったような表情をしている。

昔、西洋の吸血鬼、いうの本で読んだわ。あんなふうに首根っこに齧りつくのかな？

誰かが困惑した顔で呟いた。

違うわ、腕から飲むんよ。

別の誰かが言った。

腕から？　みんながその子を一斉に見る。

通い路、いうんは缶切りみたいなんや。缶詰のてっぺんに、二箇所穴開けて出すみたいにして、腕の血管に刺して血が出やすいようにするんだって。

へえー。また一斉に声が上がる。

あたしも聞いたことある、と誰かが言った。

磐座の家には、炉が切ってある部屋が必ずあるんやと。お茶室なんだけど、お茶室になったのは後からなんや。ほんとは、通い路を煮沸消毒するための釜を置くんが目的で、それで炉が他にも使えるからって茶道が広まったんだって。

またしても感心する声が上がり、結衣も、徐々に虚ろ舟乗りになるというのがどういうことなのかおぼろげながら分かってきたような気がした。同時に、なぜ虚ろ舟長者に対する大人たちの視線に、蔑みが混じっていたのかもうっすらと理解できた。

他人の血を飲み、身体を変えていく。確かにそれは、人間ではない生き物になっていくということではないか。ある意味、同胞を喰らい、共食いをするに近いのだから、人類のタブーであるそれが忌避されるのも当然である。

いくら立派な職業いうても、しょせんはバケモンなんやろ。

そう言い放つ少年の声が脳裡に響く。

結衣はすっかり目を覚まして、暗がりの中で座りこんでいた。これまでのことが頭に浮かんでは消えた。

あたしたちは、何か違うものになっていくんだな。

ぼんやりとそんなことを考える。

漠然とした不安はあったものの、不思議と乾いたあきらめが勝っていた。

両親が、結衣が出かける時に手を握りあい、悲壮な面持(おもも)ちで見送ってくれたことが忘れられない。新しい服を用意し、見送る母は青ざめていた。言葉少なに「気をつけて」「がんばるんだぞ」と声を掛け、いつまでも見送っていた両親。

もう後戻りはできない。こうなったら、立派な虚ろ舟乗りになって、うちを楽にしてあげるんだ。みんながゆったり眠れるような、おっきな家を建てよう。

結衣は決心した。疎外感と同時に、あたしは選ばれたんだという誇りも新たに感じていた。

血切り。あたしの相手ももう先生方が決めてるんだろうか。

ふと、深志の顔が浮かんだ。奈智のいとこ。

結衣は暗がりで一人顔を赤らめていた。

誰でもいいんだったら、深志さんがいいなあ。

胸の奥がざわめいて、浮き立つ。

なんて素敵な人なんだろう。あたしが知ってる高校生で、あんな人おらん。すらっとした姿や、優しく穏やかな笑み。いとこだなんて、奈智が羨ましい。

結衣は、祭りで隣を歩いていた深志の気配をうっとりと反芻する。

その時、ふーっと、冷たいひとすじの風が吹き抜け、結衣はハッとした。

息を止め、周囲の様子を窺う。

辺りはしんと静まりかえっていた。

誰か、出入りした？　トイレ？

結衣はそっと立ち上がり、衝立から出ると、宿坊の様子を窺った。

暗がりに目が慣れてきたものの、衝立が並んでいるので誰が何をしているのかは分からない。

が、結衣は、ほんの少しだけ戸が開いているのに気付いた。隙間が青白く光っている。

あそこから風が吹き込んでいるのだ。

結衣はそろそろとそちらに向かって歩きだした。風の来るほうの足が冷たい。

さっきまで風を感じなかったから、やはりちょっと前に誰かがここを開けて、閉めきらなかったのだろう。

結衣は恐る恐る引き戸に手を掛け、そっと外を覗き込んだ。

その瞬間に吹きこんできた風に、結衣は思わず顔をしかめた。


なんだろ、この臭い。生臭い。


再び、口の中に血の味が広がった。昔の記憶。すりむいた膝。喉に流れ込む鼻血。

結衣は戸を開け、その臭いの正体を見た。


奈智は薄暗い川べりを走っていた。

必死に走る。時々振り返ると、黒い影が見える。

誰かが追いかけてくるのだ。怖くて心臓がばくばくいっている。

助けを呼ぼうと周囲を見るが、がらんとして誰もいない。お祭りの期間なのに、みんなどこへ行ってしまったのだろう。

久緒さん。深志兄さん。おじさん、おばさん。そう叫んでいるのだが、声にならない。

かなりのスピードで走っているのに、不思議と疲れない。

しかし、振り返る度、影は着実に奈智の背中に近付いてきているのだ。

突然、足元の土が崩れ始め、身体がふらついた。

危ない！

怒ったような声が聞こえ、誰かが奈智の手をつかむ。

奈智は崖っぷちにいて、ぶらさがっていた。下は深い奈落であり、底が見えない。

俺が泣かせたみたいじゃないか。

城田英子の弟が、ぶっきらぼうにこちらを見下ろしている。

ああ、ハンカチを返さなくちゃ。

力強い手が奈智を崖の上に引っ張り上げる。

また助けてもらっちゃった。

見上げると、そこにいるのは城田英子の弟ではなく、父だった。

目を血走らせ、銀の杭を両手で握った、恐ろしい形相（ぎょうそう）の父。

奈智を追いかけていたのは、父だったのだ。

父は、奈智の心臓に杭を打ち込むために追ってきたのだ。

おまえも殺さなくちゃいけない。おまえは生きていてはいけないんだ。

父は奈智を見据えたまま、ぶつぶつと呟いていた。

母親と同じように、俺のこの手で始末をつける。

知らない、何も知らないわ。奈智は必死に首を振る。

あたしは何も知らなかった、キャンプのことも、変質のことも、美影家の血筋のことも、血切りのことも、なんにも。だから助けてください、虚ろ舟乗りになんかなりませんから。

奈智は手を合わせて命乞いをする。

しかし、父は目をぎらぎらさせてこちらにじりじりと迫ってくる。

手に握られた銀の杭も、鈍く光っていて、先は尖っている。

お願い、お父さん、助けて、お父さん。

奈智は震えながら手を合わせる。しかし、父は杭を振り上げ、先端がきらりと光った。その光った部分が奈智に向かって振り下ろされる——

闇の中で目を覚ました奈智は、一瞬、自分がどこにいるのか、誰なのか分からなかった。

が、美影旅館の一室で、夜中に嫌な夢を見ていて目を覚ましたのだと気付く。

夢の中で感じた動悸が治まらず、奈智は暗闇で目を開けたままじっと心臓の音を感じていた。

全身に汗を掻いていた。首の後ろが濡れて冷たい。

気持ちが悪くて、奈智は布団の上に起き上がった。首筋を手で拭い、ふうっと溜息をつく。

次の瞬間、目を覚ましたのは悪夢のせいだけでないことに気付いた。

この異様な焦燥感。肌がむずむずするような、内臓が鍋の中で沸騰しているような、不快で叫びだしたくなるようなこの感覚は——

渇き。

その言葉が頭に浮かんだ。

喉が渇いた。カラカラだ。そうよ、こんなに汗を掻いたんだもの。水が飲みたい。水分を補給しなきゃ。怖い夢を見たせいもあって、余計に喉が渇いて目が覚めたんだ。

奈智は自分を納得させようとそう自分に説明した。

しかし、皮膚の下を何かが這い回るようなこの激しい衝動、この耐え難い渇きは。

喉が渇いた。水。水が欲しい。

嘘だ、と誰かが囁いた。

欲しいのは血だ。血切りをした血だ。

違う。違うの。水が欲しい。

奈智は暗闇の中で激しく首を振った。掛け布団の上に突っ伏す。布団をつかんだ手が震えているのが分かる。震えを止めようとするのだが、止められない。冷や汗が噴き出してくる。

いや！　あたしが欲しいのは血なんかじゃない。助けておじさん！　やっぱりキャンプなんて来るんじゃなかった。おじさんの言うとおり、磐座に近寄らなければよかった——

しかし、凶暴な衝動は強まるばかりである。その衝動を抑えようとするのだが、経験したことのない苦痛が波のように寄せてきた。「ううう・ううう」という獣のような声にびっくりするが、それが自分が発したものだと理解するまでにしばらくかかった。

水を。水を飲めば治まるに違いない。

奈智はよろよろと布団から這い出て、部屋を出ようとした。

引き戸に手を掛けたが、硬い手ごたえにびくっとする。

心張り棒が。

ガタガタと揺すったが、外から押さえてある心張り棒はビクともしない。出られない。閉じ込められている。

奈智はパニックに陥りそうになった。

直感で、木霊を封じ込めるためだと悟る。門に結わえられた赤い糸の意味も。

キャンプに参加している子供のいる家。木霊の可能性がある子供が住んでいる家。あれはその目印なのだ。

奈智は唸（うな）り声を上げ、更に引き戸を揺すったが、手が痛くなっただけだった。が、その痛みがわずかに渇きへの衝動を和らげてくれたような気がする。

奈智は再び布団の上に倒れ込み、じっとうつぶせになって衝動に耐えた。

どうしよう。どうしよう。こんな苦しさがずっと続くの？

頭の中が赤くなった。

ぷくりと膨らむ血の玉。

深志が自分の腕に通い路を突き刺し、美しい血を奈智に向かって差し出してくれたあの瞬間。あ、なんて綺麗な血。なんて甘美な、なんて——

いや！　なんでこんなことを考えるの。

なんておいしそうな——

違う！　違うってば。

奈智は泣いていた。情けなくて、苦しくて、歯を食いしばり、涙を流していた。

少しずつ闇の中で目が馴れてきて、ふと黒光りしている電話が目に入った。

もし苦しくなったら、俺を呼ぶんやぞ。そうだ、電話を掛ければいい。二十二番。内線で、深志兄さんを呼べば、深志の声が響く。夜中でも、いつでも。

そろそろと電話に向かって手を伸ばしていた。

が心張り棒を外してここに来てくれる。そうすれば、あの――

あの、美しくておいしそうな血を味わうことができるのだ。

そう考えて、たちまち後悔した。なんて情けない。あたしはバケモノになってしまう。あたしはもうバケモノなのか。

奈智は手を引っ込め、布団に頭を打ち付けた。考えちゃいけない。深志兄さんの血のことなど。きれいでおいしそうな血のことなど、決して。

しかし、目の前には深志の差し出した腕が何度も何度も浮かんでくる。

ぷくりと膨らんだ血の玉。

あの血の玉を舐めるところを想像する。唇を付けて吸うところも。

ああ、なんて――その感覚を想像し、うっとりしている自分を思い浮かべる。

いつのまにか奈智の唇は微笑んでいる。さぞかし、深志兄さんの血はおいしいに違いない――

が、次の瞬間、身も凍るような自己嫌悪に震えた。

あたしったら、なんておぞましいことを考えているんだろう！

奈智は声を殺して泣いた。

助けて！　このままでは気が変になってしまう！

いったいどのくらい、布団にしがみついて震えていただろうか。

やがて疲労が押し寄せてきて、ようやく眠りと混じりあい始めた。

障子の向こうの窓の外が明るくなってきたのをぼんやりと感じながら、奈智はとろとろと眠りの中に落ちていった。


眠りは一瞬で、気がつくと朝だった。全身が泥のように重い。

あの焦燥と衝動は去っていたが、奈智は疲れ切っていた。太陽の光が目に痛い。

「奈智ちゃん、大丈夫？　目の下に隈つくって」

久緒がぎょっとしたように奈智の顔を見た。

「大丈夫。ちょっと眠れなかったん――汗掻いて、その――喉が渇いて。あのね、今夜から水差し置いといてええ？」

奈智は必死に笑顔を作り、「喉が渇いて」の一言をさりげなく言おうと努力した。

「ええよ。あとで部屋に持っていっとくわ。さあ、朝ごはんお上がり。え？　はい、今行きます」

久緒はそう頷き、誰かに呼ばれてあたふたと廊下に出ていった。

奈智は味噌汁をよそおうとお椀に手を伸ばし、ハッとした。

深志が台所の入口のところに立って、じっとこちらを見ていたのだ。

「――夜中に喉が渇いたって？」

静かにそう言う。久緒との話を聞いていたのだ。

「兄さんのも入れるな」

奈智は笑って、深志の分のお椀を手に取った。

「ご飯もよそってええか？」

「呼んでくれればよかったのに」

深志はごまかされなかった。そっと奈智のそばに立つ。

「なんで。水差しがあれば、それでええんよ」

「嘘や」

奈智は深志に背を向けておひつからご飯をよそった。

「奈智。血切りは悪いことでも恥ずかしいことでもないんやで。外海に出るためには当然のことや」

「あたしはバケモノじゃない」

奈智は叫んだ。

「兄さんはあたしをバケモノにしたいんか」

そう深志をなじろうとして、その腕が目に入った。

どうしても、肘の内側の静脈に目が吸い寄せられてしまう。

昨夜の恥ずかしさとおぞましさがこみ上げてきて、奈智はみるみるうちに真っ赤になった。味噌汁とご飯をほったらかして、その場を逃げ出す。

「奈智」

深志の声を背中に聞きつつ、奈智は廊下を足早に駆けた。

この場面に覚えがあると思ったのは、ゆうべの夢の中でのことだと気付いたのは、家を出てからだった。

「すごい力だ」

「人間業とは思えません」

お堂の隅で、校長たちはボソボソと顔を突き合わせて話し合っていた。

三上結衣が発見したのは、四肢を引きちぎられた老犬の死体だった。それが、お堂の外にばらまかれていたのだ。

結衣は血相を変えて大人を捜し、報告したあとで気分が悪くなって倒れこんだ。

午前中いっぱい寝ているように言って、鎮静剤を与えたので、今は落ち着いて眠っている。

「木霊。いったい誰の木霊なんだ」

「かなり狡猾ですね。一切証拠を残していない」

皆が声に恐怖を滲ませる。

「どうしましょう、先生」

富沢先生が校長の顔を見た。

「微妙な時期です。そろそろ、みんな血切りを始める頃ですし、ずっと心張り棒で部屋に閉じ込めておくわけにはいきません。しかし、今度の木霊は凶暴です。血切りを危険にさらすのは避けなければ」

「うむ。血切りは大事だ。ここでちゃんとやっておかないとのちのちまで響く。心配は心配だが」

校長は他の先生の顔を見回した。

「血切りを優先する。あと三日したら、心張り棒はやめてもらおう」

校長はきっぱりとそう言った。

先生方は一瞬息を呑んだが、「はい」と頷いた。

「では、また回覧を回してもらいます」

「そうしてくれ。ただし、夜はみんなで見回りをしよう。祭りの期間だから、みんなも抵抗なく見回りに協力してくれるはずだ」

「そうですね」

「血切りが優先だ」

校長はもう一度そう念を押した。その目は無表情で、何の感情も顕れていないように見えた。


重い足取りでお城にやってきた奈智は、結衣の姿が見えないのに気付き、他の生徒にどうしたんだろうと尋ねた。

具合が悪くて寝てるらしいよ、と答えた生徒も、結衣が夜中に見たものについては知らなかったようである。

あとで見舞いに行ってみようと決心し、奈智は小さく欠伸(あくび)をした。明け方数時間まどろんだものの、ロクに眠れなかったのだから無理もない。

真鍋先生が段ボール箱を抱えて入ってきた。

みんながざわざわする。

「通い路や」「通い路かあ」と、口々に呟くのが聞こえた。

奈智は反射的に背筋を伸ばす。

あれが。

全身から血が引いていくような気がした。

真鍋先生が、小さな巾着に入った硬いものを配り始める。みんなのあいだに静かな興奮が広がっていった。

思えば、キャンプにやってきた時、雅樹が落としたのを拾い上げたっけ。

あの時は、まだ何も知らなかった。自分を待ち受けているものも、昨夜の耐え難い苦痛も。

奈智は絶望的な気分でその巾着を受け取った。

小さいけれど、ずしりと重い。その重みが、この道具の役割の重さを表しているかのようだった。

奈智はまた涙がこみ上げてくるのを必死に我慢した。

やっぱり、あたしはバケモノなんだ。バケモノになってしまうんだ。

全員に行き渡ったことを確かめ、真鍋先生が前に立った。

「みんなもう知っているみたいね」

ぐるりとみんなを見回すと、あちこちで頷くのが分かった。

「これは、『通い路』と呼ばれるものです。みんなが血を貰うために使う道具です。大事なものなので、きちんと扱うこと。何度も使うものなので、くれぐれも消毒には気をつけて。一回使うごとに、必ず煮沸消毒しなければなりません。沸騰したお湯で、最低十分は消毒すること。これは絶対に守ってください」

真鍋先生は淡々と使い方を説明した。更に、絆創膏とビタミン剤も配られ、セットで使うよう説明を受ける。

「誰から血を貰っても構いませんが、一応、慣れるまでの目安に担当してくれる人を選んでありま す。あとで一人ずつ、地図と担当者の名前を書いたものを渡しますので、最初はそこを訪ねるように。担当者のことをブドウ、と呼びます」

果物の葡萄を意味するのだろうか。奈智はふとそんなことが気になった。

こんなグロテスクなことをさも当然のことのように説明されているのがなんとも奇妙だった。

「観光客からは血を貰ってはいけません。観光客でもこの習慣を知っている人もいますが、ほとんどの人は知らないと考えてください。トラブルになりますので、地元の人から血を貰うように」

こまごまとした注意が続いた。当然ながら、なるべく健康な人を選ぶように。同性からでも、異性からでもよいが、異性から貰うほうが効果が出ることが経験的に分かっているので、異性からの血が望ましい。同じ人にずっと通ってもよいが、その場合は一回の量を少なめにすること。変質しかけている者が血を貰うと、相手に麻酔のような作用をする。従って、血を貰っているあいだは相手は動けないが、それが終わると元に戻るので、相手の様子を常に用心して観察していること――

真鍋先生は、今度は小さな封筒の束を取り出した。

またみんながざわざわする。

あの封筒の中に、それぞれの「ブドウ」の名が書かれているのだ。

先生は、封筒の表側に書かれた宛名を見ながら、みんなに封筒を配り始めた。

受け取った生徒は恐る恐る封筒を開け、中身を確かめている。

奈智も封筒を受け取ったが、しばらく開けることができなかった。

キャンプ生をリラックスさせるために、なるべく知り合いを選ぶという話を誰かがしていたっけ。

ならば、やはり深志兄さんだろうか――

奈智は息を吸い込み、思い切って封筒を開けた。

が、中の紙片を開いた瞬間、頭の中が真っ白になった。

え？　これってまさか——

しばらく凍り付いていたが、奈智は改めてしげしげと紙片に書かれた名前を見た。
そこに書かれた、「城田浩司」の名を。

通ってくる、という話は聞いていたが、具体的にそれがどんなものなのかは城田浩司も知らなかった。

5

なにしろ、城田家では代々「虚(うつ)ろ舟乗り」になることになんの栄誉も感じてこなかったし、そのための過程についても「あんなおぞましい風習、うちはようやらん」とはっきり言っていたからだ。ましてや、城田家の子供たちは大切な跡取りなのだから、地元の子が参加するキャンプにもわざと東京の予備校にやったりして行かせなかったほどである。

しかし、地元や国への体面としては、そう思っていることを表明していいのは家の中だけで、よそでは決して口に出さない、という暗黙の了解があった。もっとも、城田家には国家事業たる「虚ろ舟乗り」を出す気などさらさらない、というのは周囲でもじゅうじゅう承知していたのだが。

幼い頃から「ええか、あんな野蛮な因習、関わるんやないぞ。おまえはうちを継ぐんやから、バケモンになぞならんでよろしい」と言い聞かされていたせいか、浩司も子供たちが舟に憧れ「虚ろ舟乗り」に憧れるのを内心冷笑していたのだった。

姉の英子などは、美影深志がキャンプに参加した時はずっとやきもきしていたほどだ。もし深志が虚ろ舟乗りになってしまったらどうしよう、美影家は多くの虚ろ舟乗りを出しているのだから、とキャンプのあいだじゅう泣いたりわめいたりしてたいへんだったことを覚えている。そのことでうんざりさせられたことが記憶にあるので、浩司は余計に「虚ろ舟乗り」が嫌になった。

だが、キャンプ生の変質が進んだ段階で一般人のもとへ「通ってくる」話については少なからず興味を持っていた。それが変質の過程で必要な血を提供することだと聞いたからだ。そうすることで変質体の因子を身体（からだ）の中に入れ、将来その提供者の子供に変質体になる可能性が高まるというのだ。しかも、提供した者はしない者より平均余命が長いという結果が出ており、「通われると健康になる」と言われていた。

だから、提供者になりたいという希望者は多く、いつも抽選で選ばれるらしい。ほとんどは磐座の地元の者が提供者になるのだが、このごろでは「長生きできて、将来家から虚ろ舟乗りを出せるのなら」と、陰で大枚を払って磐座に滞在し、提供者の権利を得る、ということが行われているらしい。噂によると、最近はよそ者枠というのがあって、せいぜい一人か二人のその枠を入札制にして、自治体が値段をつりあげているという。

もちろん、大事な「虚ろ舟乗り」になるための血の提供だから、健康体の人間でなければならず、提供者になる者は入念に健康がチェックされる。おのずと、提供者は若い人間が多くなるのだ。が、長命だの因子だのという以外に、皆が提供者になりたがる大きな理由があることに薄々気付いていた。

提供者の経験がある大人たちが言葉のはしばしに見せる優越感。ふと交わされる恍惚とした目くばせ。みんなはっきりと口には出さないけれど、血を提供するのは気持ちがいいらしいのだ。彼らは口には出せない快楽の記憶を共有しており、提供したことがない者に対して優越感を抱いていることを、浩司はずっと察知していた。

ならば、体験してみたいと思うのは人情ではないか？

そんな気になったのは、ごく最近のことだった。提供者の体調を見極めるため、ぎりぎりまで提供者は決定されない。浩司は滑り込みで健康診断を受け、提供者の資格を得た。

体験してみるだけだ。

浩司はそう思っていた。この先もここ磐座で商売をしていくのだから、体験してみて損することはあるまい。そう自分に言い聞かせていた。

ふと、その可能性について思いついたのはつい先日の晩だった。

友人と繰り出した祭りの雑踏の中で、あの少女を見かけたのだ。

美影深志の家に滞在している、キャンプ生の少女。彼が川べりで助けた、あの少女。

もしかしたら、彼女に提供することができるかもしれない。

そう閃いた時、浩司は気持ちが高揚するのを感じた。

できないはずはない。俺は城田家の長男なのだ。これまで、城田家という家に生まれたことを鬱陶しく思ったことはあっても感謝したことはなかったが、今回だけはそのことを幸運に思った。健康診断書を書いてくれたのも、城田家のかかりつけの医師だった。

祖母の薬を取りに行くついでに、彼はさりげなくその医師に「提供する相手を選べるのか」と尋ねてみた。

長年城田家に多くを負ってきた医師は、彼の言いたいことを即座に理解し、「誰がいいのか」と端的に聞いてきた。

そして、浩司は正式に高田奈智のブドウになったのだった。

彼も端的にその名を告げると、医師は短く頷いただけだった。

ふうん、こんなところを使うのか。

浩司は、その小さな茶室を見回した。

これまで、城田家ではその茶室を使ったことはないに違いない。

なにしろ、敷地の外れの目につきにくい場所にぽつんとある離れだし、ちゃんとした茶室が母屋(おもや)のほうにある。

昔から、磐座の家にある茶室は「通ってくる」者のためにあるが、たぶん造った時から城田家では、この茶室を本来の目的で使う気はなかったのだろう。

だが、提供者になった以上、提供が始まる三日後の晩にあわせて、ここを片付けておかなければならない。最低限の掃除はしてあったが、部屋には饐(す)えた空気がこもっていた。

家人に見つからないようにして、部屋に風を通しておかなければ。

浩司はこっそり障子を開け、外の空気が入ってくるようにした。

茶釜を沸かして茶室で待つのが提供者の合図だと聞いている。お茶は子供の頃から習わされているので、炉に火を熾(おこ)してお湯を沸かすのには慣れていた。

提供者にはいろいろな決まりがあって、守秘義務もそのひとつだった。提供した相手のことは口をつぐんでいなければならない。

浩司は、にじり口からあの少女が入ってくるところを想像した。

思わず、頬(ほお)が熱くなるのを感じる。

相手の顔を見てはいけない。明かりは茶釜のそばに燭台(しょくだい)をひとつだけ。

小さな明かりだけだったら、夜中に俺がここに来ていることは、よもや家人に気付かれることはあるまい。

浩司はそう確信して小さく頷いた。

ごろりと畳に寝転んでみる。

ここで湯を沸かして毎晩待つだけだ。そう考えると、動悸が速くなる。

もっとも、最後の選択権は、キャンプ生のほうにある。

浩司はそう自分に言い聞かせた。

必ずしも、あの子がここに通い続けるかは分からないのだ。期待しちゃ駄目だぞ。馬鹿だな、何を期待しているというんだ。

浩司は目を閉じて深呼吸した。

一応、それぞれの提供者は決められているが、その血を気に入るかどうかは分からない。人によっては、複数の提供者を渡り歩く場合もあるし、中には提供者でない者の血を求める者もいるという。たまに、何も知らない観光客の血を飲もうとして騒ぎになったこともあるそうだ。

おぞましい因習。迷信じみた風習。おまえは関わるんじゃない。

父親の、吐き捨てるような声が浮かんでくる。

もうじき、あの子がそのにじり口からここに入ってくる。

体験してみるだけだ、と浩司はもう一度自分に言い聞かせた。


ブドウについては守秘義務がある。

そう言い渡されたのは奈智も同じだった。誰から血を貰(もら)うのかは、家族にも話していけないとされている。

城田浩司の名前を見た時から、奈智は混乱していた。

どうすればいい。どうすれば。

通い路を入れた巾着に、名前と住所の書かれた紙が入っている。

それをずっと身に着けていなければならないのだが、その巾着はずっしりと重く感じた。

一応、提供者は決まっているが、必ずしもその相手でなければならないということではない。ただ、提供者は健康であることが保証されているので、健康な血を受けることが望ましい、と念を押された。

通わない、という選択肢はあるのだろうか。

奈智はそのことばかり考えていた。このまま、外から心張り棒で押さえていてもらえれば、通わずに済むのではないか。

だが、三日後から木霊を押さえこんでいる心張り棒を外すらしい、と誰かが聞いてきた。木霊よりも、血切りを優先するらしい。そのことから、先生たちはどうしてもあたしたちの中から虚ろ舟乗りを出したいのだ、という強い意志を実感した。

久緒さんか深志兄さんに、心張り棒を付けたままにしておいてほしい、と頼むのはどうだろう。

そう思いついたが、二人が承知するとは思えなかった。特に、深志兄さんは、そんなことをするのなら自分の血を飲めと言うに決まっている。そして、自由に出入りできるようになったら、きっとまた血を飲みたくなってしまう。きっとふらふらと外に出ていってしまう。

奈智はぞっとした。

どうすればいい。どうすれば。

奈智は食事も喉を通らなかった。

今日も旅館は忙しく、お勝手の隅で一人夕飯に箸をつけたが、ご飯も飲み込めない。早々に部屋に引き揚げようとしたが、なんだか廊下が騒がしいことに気付く。

いつになく、てんてこまいのようである。

そうか、あのせいだ。思い当たることがあった。

通いで来ていた仲居さんの一人が、急な虫垂炎で入院してしまったのだ。ベテランの人だったので、その人が一人欠けるとかなりの戦力減らしい。今夜は宴会も入っているといったっけ。

青い顔をして駆け回っている久緒さんを目にして、奈智は「手伝おう」と決心した。これまでも、何度か手伝ったことはあるし、お膳の置く順序くらいは分かっている。

奈智は調理場に向かうと、ずらりと積み上げられたお膳のひとつを手に取った。

「あれ、なっちゃん」

別の通いの仲居さんが何気なく振り返り、後ろをついてくる奈智を見てぎょっとした。

「手伝います。今日、勝田さんいないんでしょう」

「そうなん。ああ、困るわ、なっちゃんにこんなことさせたら」

ほとほと困り果てた声である。

「ええんです」

奈智はそう言い切ると、一緒にお膳を運び始めた。みんなも奈智が手伝っていることに気付いたものの、時間が押しているのか殺気立っていて、向こうに行ってなさいとは言わない。久緒ですら、奈智に気付いて驚いた顔をしたが、次々にやってくるお客に挨拶しているので奈智に声を掛ける暇がない。

お酒を運んだり、コップを運んだり、たちまち目の回るような騒ぎに巻き込まれた。

だが、その忙しさに気が紛れて、さっきまでの混乱などどこかへ行ってしまったので奈智は手伝ってよかった、と思った。身体を動かしているほうが楽だ。

行かない。あたしは、絶対、血を飲みになんか行かないんだ。

奈智はそう強く念じながら、お座敷と調理場のあいだを慌しく往復していた。


「ただいまあ」

玄関に入ってきた深志は、誰にともなく声を掛けた。

どうせ、今夜も旅館は戦場のような騒ぎだろうから、さっさと中に入る。

「奈智？　一緒にご飯食べよう。あれ」

まだ夕飯に手を着けていないだろうと思ってお勝手を覗いてみたが、もう片したあとがある。

あいつ、どこに行ったんだろう。部屋に戻るには早いし。

きょろきょろと周囲を見回してみる。

旅館のほうの通路をひょいと覗いてみると、廊下を小走りに戻ってくる奈智が見えた。

何やってんだ、あいつ。

「菊の間さん、お銚子二本お願いします」

奈智の澄んだ声が廊下の奥で響く。

深志はあきれた。なんで奈智が手伝ってるんや。

と、彼もベテランの仲居が急病で病院に運び込まれて、母が嘆いていたことを思い出した。

なるほど、手伝ってくれとるんか。

どちらかと言えば引っ込み思案でおとなしい奈智が、意外にきびきび動いているのを見て、深志は感心した。

深志はにやにやしながら、廊下の奥に行って奈智に声を掛けた。

「奈智、さまになっとるわ」

「ああ、兄さん、ごめんね、ご飯の準備」

奈智がお盆を手に慌てた顔で振り向いた。深志はひらひらと手を振ってみせる。

「ええ、ええ。勝手に食べるわ」

そう言って廊下を引き返そうとした時、深志はふと小さな巾着が落ちているのに気付いた。

どきっとして、足を止める。

まだ新しい、赤い巾着だ。

目が吸い寄せられた。

奈智の通い路だ。もう配られたのだ。

深志はほんの一瞬迷ったが、サッとそれを拾い上げた。

ポケットに突っ込んで廊下を引き返す。

心臓がどきんどきんと鳴っているのが分かった。

お運びをしているうちに、落としたのだろう。誰かにぶつかったりして、ポケットから飛び出したのだ。

ぎゅっと巾着を握り締める。

この中に奈智のブドウの名前がある。

深志は、提供者の申込みをしていなかった。奈智のいちばん近くにいるのは自分だから、奈智が自分を選べば大丈夫だと思っていたのだ。

最後の選択権はキャンプ生にある。それに、もし提供者の資格を得て、他の子の担当になればそちらを優先しなければならない。

だから、大丈夫だ。奈智の血切りをするのは俺だ。

全身に冷や汗が噴き出してきた。

これを、奈智に渡さなければ。

おまえ、大事なもの落としてるぞ。肌身離さず持ってろって言われただろ。そう奈智にがみがみ言ってやらなければならないのだ。

もし、誰かが拾って、中を見たらどうする？　ブドウのことは誰にも知られたらならんのやぞ。

深志はズボンのポケットの中で、更に巾着をギュッと握った。巾着が汗に濡れて温かくなっている。

深志は足早に自分の部屋に戻り、戸を閉めた。

小さく溜息をつき、恐る恐る赤い巾着を取り出すと、じっとそれを見つめた。

奈智の血切りをするのは俺だ。

深志は、そろそろと自分の指が巾着を開くのを見た。

中に、折りたたまれた紙が入っている。

提供者のことは誰にも知られたらならん。

指は、勝手に動いていた。小さな紙が広げられ、そこに文字が見える。

深志は、そこに書かれた名前を読んだ。


翌朝目を覚まして起き出した時、奈智が真っ先に感じたのは安堵だった。

久しぶりにぐっすり眠ったという満足感があり、すっきりと目覚めたからだ。

反射的に両手を見る。もちろん、汚れなどなく綺麗だ。

大丈夫。思わず胸を撫で下ろす。

これなら、夜中に抜け出したりすることも無かっただろう。これからずっと手伝わせてもらおう。

昼間じゅうぶんに活動すれば、夜眠れる。

ずっと背中に張り付いていた不安が小さくなって、希望が湧いてくるのを感じる。

が、制服に着替えている時に、通い路がポケットに入っていないことに気付いた。

全身が凍りつき、動けなくなる。

落とした？　いつ？　いつから無かったんだろう？

真っ青になって、まず部屋の中を探したが、どこにもない。鮮やかな赤い巾着だ。見落とすはずもない。

どうしよう。

全身がどくどくと波打つようだった。

頭が真っ白になり、畳に手を当てたまま呆然とする。

待って、よく考えてみよう。逆に、いつまで持っていただろうか。

必死に記憶を辿る。

帰ってきた時はあった。それは確かだ。だから、外で落としたんじゃない。昨日は帰宅してから外には出ていないし、落としたのなら、家の中にあるはず。

少し落ち着いてきた。家の中なら、動き回った範囲は限られる。通学路を探し回る必要はない。

ゆうべお運びをしていた時に違いない。そう思い当たった。

あれだけバタバタと慌しくしていたし、しゃがんだり立ったりということを繰り返していたのだから、旅館のどこかに落としたのだ。

どうしよう、お座敷に落としたのだとしたら？　お客様が拾っていたら？

奈智はゾッとした。

通い路そのものより、一緒に入っていた提供者の名前を誰かに見られることのほうが問題だと気付いた。しかも、奈智の相手はあの城田観光の息子なのだ。

奈智はますます青ざめた。たいへんなことになった、という恐怖がじわじわと全身を浸していく。

とにかく探そう。家の中にあることは確かなのだ。

なんとか自分を励まし、部屋を出た。

きょろきょろしながら母屋の台所に向かう。その辺に落ちているのではないかと目を凝らすが、どこもきちんと掃除されていて埃すら落ちていない。

「奈智ちゃん、おはよう。朝ご飯食べてちょうだい。ゆうべは堪忍な。でも、正直いって助かったわ。ありがとう」

奥にいた久緒が奈智に気付いて、拝む仕草をした。

「ええんです。あたしのほうこそ、これまでなんのお手伝いもせんと、すみませんでした」

奈智は慌てて手を振った。

「よかったら、これからも使うてください。そのほうが気が楽だし、身体の調子もええみたいなんです」

ぺこんと頭を下げると、久緒は困った顔になった。

「でもなあ——キャンプに来とるのをええことに、うちが奈智ちゃん便利に使ってるみたいでいややわ。高田に知られたら、叱られるよし」

「じゃあ、勝田さんがいないあいだだけでも」

久緒はいよいよ迷っているようだった。ベテランの仲居が欠けて困っているのは事実だし、奈智が意外な働きをみせて役に立ったことも念頭にあり、高田や奈智への遠慮とはかりにかけているのだろう。

「久緒さん、お願い。手伝いたいんです。嘘じゃありません」

奈智も必死だ。

バケモノになんかなるもんか。頭の中で、そう叫ぶ自分の声が聞こえる。

久緒はふうっ、と溜息をついた。渋々口を開く。

「やれやれ、背に腹は代えられないってことね。それじゃあ、お願いするわ」

「ありがとう、久緒さん」

奈智はもう一度ぺこんと頭を下げた。

「あ、そうそう奈智ちゃん」

久緒が思い出したように声を上げ、着物の袂に手を入れた。

「これ、落としたでしょう。駄目よ、大事なものなんだから」

声を潜めて、そっと奈智に手渡したのは、赤い巾着である。

「あっ」

奈智は思わず声を上げた。

「よかった、探してたんです。今朝落としたことに気がついて。よかった、やっぱりうちの中で落としたんだ」

久緒から受け取り、ちらっと中を見る。通い路と一緒に、紙もちゃんと入っていた。安堵のあまり、どっと疲労感が押し寄せてきた。巾着の紐を締め、ぎゅっと握り締める。

「久緒さん、これどこにありました？」

「廊下の隅に落ちてたって」

奈智は顔を上げた。

「え」

落ちてたって。伝聞の口調。不安になる。

「誰が拾うてくれたんです？」

「深志がゆうべ拾うたゆうて、持ってきたわ」

奈智はぎくりとした。

「深志兄さんが？　何時頃ですか」

深志が。じっと深志が自分を見つめているところが目に浮かんだ。その目はどこか不審げで、奈智を責めているように感じる。

「今朝、出がけに渡していったんよ」

「え、兄さん、もう出かけたんですか」

「うん。なんや、学校に用があるって」

「そうですか」

奈智は、ぼんやりと台所に目をやり、台所の流しにお椀が片付けてあるのに目を留めた。

深志に知られた。

その片付けられた食器を見て、奈智はそう直感した。

深志があの巾着を拾って、きっと中の名前を見たに違いない。深志は城田家のきょうだいを嫌っている。奈智への提供者が彼だと知って、腹を立てているに違いないのだ。

「これ、つけてるといいわ。ポケットに入れてるより、首に提げてたほうがなくさないから。分かってると思うけど、なくしたりしたら大変」

奈智は弱々しい目で久緒を見た。

彼女の目には、励ますような色が浮かんでいる。

久緒も中を見ただろうか。いや、この人は見ていない。この人は、そんなことをする人ではない。

久緒はそっと細い組紐を取り出し、奈智の手から巾着を取ると、巾着の袋を締める紐に結わえてペンダントにしてくれた。

「はい、気をつけます」

奈智はしゅんとして、それを首にかけた。確かに、このほうが安全だろう。

「じゃあ、あたしは打ち合わせがあるから、しっかり朝ご飯食べてね」

久緒は笑いかけ、足早に旅館のほうに去っていった。

深志に知られた。誰にも知られてはならんのに。

そのことが心に重くのしかかり、奈智はのろのろとお櫃(ひつ)に向かうと、蓋を開けた。

確かに深志は腹を立てていたが、それは奈智が考えているのとは違う理由からだった。

いつもより早足に川沿いの通学路を歩いていると、頭の中にはさまざまな感情が押し寄せてきて、叫び出したくなる。

なんで、城田が？

あの紙を見た時、一瞬、見間違いかと思った。同姓同名の別人かと思ったほどだ。

しかし、この辺りで城田といえば城田観光の一族しかいない。どう考えても、あのいけすかない弟の名前だった。

次に感じたのは困惑だった。

城田家の連中が、「虚ろ舟乗り」やそれにまつわるものを「野蛮で、気味悪いもの」と忌み嫌っていることは、磐座では誰もが知っている。跡取りである子供たちは、一切関わるなと代々言い聞かされていることも。

それがなんだってまた、よりによってあいつが提供者になるんだ？

深志は首をひねった。

提供者は、自ら希望しなければなることができない。健康な血液を提供するのが大前提だから、何度も検査が行われる。これまで、城田家で誰かが提供者になったという話は聞いたことがない。

城田浩司はもちろんキャンプに参加したことはないし、むしろ「虚ろ舟乗り」に対する偏見と侮蔑を隠さなかった。姉のほうも、はっきりと口にしたことはないが、気味悪がっているのが窺えた。なにしろ、深志がキャンプに参加する前に、「やめてくれ」とこっそり言ってきたほどなのだ。

なんであんな危ないものに参加するん？　あたしと一緒に東京の予備校に行けば、参加せずに済むんよ。

彼女の声が今も耳から離れない。まるで、自分が深志を救ってやるのだといわんばかりの口調だった。思い出すと、腹が立ってくる。適性がなかったと落胆している深志をよそに、彼女が喜んでいるという噂も伝わってきて、激しい怒りを感じたことも。

次に思いついたのは、これが自分に対する嫌がらせではないかということだった。浩司は、姉とのこともあって、深志に敵意を抱いている。何かにつけ、からんだりつっかかったりしてくるのだ。深志が姉を手玉に取っていると思い込んでいるらしい。

誰が好きこのんでおまえの姉貴なんかと。迷惑してるのはこっちや。しつこく言い寄ってくる姉も鬱陶しいが、勝手な思い込みでからんでくる弟もうとましい。ほんに迷惑なきょうだいじゃ。

また腹が立ってきた。

だから、これもまた浩司の手のこんだ嫌がらせだと思ったのだ。あの硝子(ガラス)が割れた晩、深志が奈智をかばって怒ったから、その奈智の提供者になることで深志にあてつけるつもりなのだろう。城田家ならば、特定の相手のブドウになることなど簡単だ。経済的に磐座を牛耳っている城田観光は、政治的にも力がある。

なんてやつだ。

深志は新たな怒りがじわじわと腹の底から込み上げてくるのを感じた。

が、そのうちに、ふと新たな疑問が湧いてきたのだ。

ブドウになった。あの城田浩司が。きっと、親父には内緒に違いない。あの親父が、息子が提供者になることを許すはずがない。なのに、一人で誰かに手を回してわざわざ奈智へのブドウになったのだ。

なぜ?

深志は思わず足を止め、川に目をやった。

今日も、深くえぐれた川底を、白いしぶきを上げて水が流れている。

ふと、嫌な感じがした。

まさか、あいつ、ほんとに奈智のこと――

そのあとの言葉は、忌まわしくて口にすることができなかった。

胃の中に、もやもやとどす黒いものが広がっていく。

許さん。

深志は思わず首を振っていた。

あいつ、さんざん虚ろ舟乗りを馬鹿にしていたくせに、今更、こんな。しかも、奈智に手ぇなんか出させるものか。そんなことは絶対に許さん。どんなことをしてでも。

深志は、目に暗い光を宿して再び歩き出した。


木立の中を、静かに横切っていく影がある。

長い髪をなびかせて進む横顔を陽射しが柔らかに包むさまは、どこかこの世ならぬ気配を漂わせている。

山の中である。影はするすると山道を登っていく。かなりの急斜面なのに、息切れする様子もない。

夏の山はにぎやかだ。

そこここで鳥の声が響き、ごそごそと木の根元を小動物が通り抜ける。むっとするような植物の草いきれと共に、生命の気配が満ち満ちているのだ。

トワ、と呼ばれている女である。淡い青と緑の混ざった色の着物を着ている彼女は、山の色に紛れてしまいそうだ。

と、彼女の姿が見えなくなった。

薄暗い、狭い隧道に入ったのだ。暗がりの中は、どこかで水の落ちる音がする。

隧道は、自然にできたものと人工的に造られたものと両方あるが、造られたものもかなりの歳月が経っているため、どちらかを見分けるのは難しい。分かりにくく自然の造形に隠れている隧道は、迷路のように山じゅうに張りめぐらされている。そのすべてを把握している者は数えるほどしかいないと言われている。

トワは慣れた足取りで隧道を抜け、少し開けた場所に出た。

目の前にそそりたつ巨大な岩。太い注連縄が掛けられた異様な彫り物。

虚ろ舟様。

そう言われている壁画である。

トワは、じっとその壁画を見上げていた。

その目には、なんの感慨も感情も表れていない。

が、トワはおもむろに手を伸ばし、うずくまる人体に見えるレリーフをそっと撫でた。

「やあ、トワ」

不意に木陰から声を掛けられ、彼女はハッとしたように指を引っ込めた。

茂みががさりと揺れ、姿を現わしたのは天知雅樹である。

「あら」

トワは意外そうな顔になり、雅樹をじっと見つめた。

「こんなところで何をしているの」

「僕のほうが聞きたいよ。トワはここで何をしているの」

雅樹は真正面からトワを見つめ、聞き返した。その目は鋭くトワを見据えている。

「教えてよ。どうしてトワは、磐座に戻ってきたの。貴重な『虚ろ舟乗り』が、なぜ今ここにいるの。トワと一緒に帰ってきた船団は、もう次の航海に出ているはず。なぜトワだけが残っているの」

雅樹の目には、生半可な答えは許さないという怒りにも似たものが浮かんでいた。

トワはそんな雅樹に微笑(ほほえ)んでみせた。

「そうね。どうしてかしら。理由のひとつは、みんなを助けるため」

「みんなって、僕たちのこと？」

「ええ」

トワは大きく頷いた。

「変質体になることを助ける？」

「たぶんそう。それだけじゃないけど」

「どうやって助けてくれるの」

「それは今模索中よ。今年のみんながうんと期待されていることは確かかね」

そこで雅樹はかすかに口ごもった。

「ひょっとして——木霊が出るのを予想して？」

トワの顔が、少し険しくなったように見えた。

「木霊」

トワは吐き捨てるように呟いた。

つと雅樹に背を向け、木立のほうに近付いていき、葉っぱに触れる。

「あれは予想していなかったわ」

ぱきん、と指先で小枝を折る。

「だけど、危険になったことは確かだわ。それと同時に、みんなへの期待が高まったこともね」

「木霊が出る年は、適性のある子が多いと聞いたことがあるけど」

雅樹が独り言のように言うと、トワはハッとしたように彼を振り向いた。

二人の目が合う。

「あなたがツクバの出身だということを忘れていたわ。あなた、小さい頃からいろいろなことを聞いているのよね」

「たいしたことは知らないよ。このキャンプで虚ろ舟乗りを育成するという方法が行き詰まっているってことくらいしか」

トワは苦笑した。

「それって、とっても『たいしたこと』じゃなくて？」

「まあ――それはそうだろうけど」

雅樹は認めた。

トワは不意に空を見上げた。

「そうなの。遠征隊は必死に頑張ってきたけれど、なかなか必要なだけの虚ろ舟乗りを確保するのは難しくなってきているわ」

トワの目は、どこか遠いところを見ている。遥か彼方、彼女が旅してきた昏い虚空を。

雅樹はなんとなくゾッとして、思わずトワが見ているところに目をやった。

そこには、明るい木洩(こも)れ日が見えるだけである。

「じきに、船団が帰ってくるわ」

トワは、空を見上げたまま続けた。

「遠い星から、久しぶりにこの星に帰ってくる。たぶん、あたしたちにとって重要な知らせを持って」

「重要な知らせ？」

「ええ。大事な知らせ。あるいは、決断かも」

トワの目は、不思議な輝きを帯びた。見ている者を不安にさせる、熱っぽく不吉な輝きを。

「それは、何？」

雅樹は青ざめた顔で尋ねた。その目には、知りたいという気持ちと知りたくないという気持ちが混在している。

「さあ。いいことかもしれないし、悪いことかもしれない」

トワは歌うように言った。

「でも、実際のところ、いいことと悪いことの違いはほんのちょっとしかないわ。そうは思わない？　虚ろ舟乗りになること自体、素晴らしいことでもあり恐ろしいことでもある。あなたはもう知っているでしょ？」

「そうだね」

雅樹はこっくりと頷いた。

「この星が太陽に呑み込まれることも運命だし、僕がこんなふうに生まれついたことも運命なんだろうね」

つかのま沈黙が降りて、鳥の声がその隙間を埋めた。

「そういえば、高田奈智が面白いことを言っていた」

しばらくして、雅樹が話題を変える。

トワが彼の顔を見た。

「高田奈智――」

「美影旅館の子だよ。ずっと磐座を離れていて、キャンプに参加した子」

トワの目が泳いだ。

「ああ、あの子ね。あの子――」

何かを思い出す表情になる。

「蝶の谷の上の、船着場に行った時だよ」

雅樹の目に、鋭い光が戻ってきている。

「そもそも、船着場があるというのがおかしいんじゃないかって。偶然不時着した虚ろ舟から航海の技術を学んだといわれているけれど、船着場がある以上、昔から何度も虚ろ舟はやってきていたんじゃないかって」

トワの目も、鋭くなる。

再び、二人の視線が絡み合った。

「そうだよ。かつて何度も虚ろ舟がやってきていたのだとしたら、そこに乗っていた人たちはどこに行ったんだろう？　どうして今はもう虚ろ舟はやってこないんだろう？　そう思うのが普通だよね」

雅樹はほんの少し、トワに向かって身を乗り出した。

トワは落ち着いた表情でじっとしている。

「何が言いたいのかしら、あなたは」

雅樹はじっとトワの目を見つめた。

「僕は考えたんだ。その理由を」

「聞かせて」

トワはたじろがずに雅樹の視線を受け止めている。

「簡単さ。彼らは今もここにいるんだ」

雅樹は地面を指差した。

「ここに？」

トワは肩をすくめる。

「そう。ずっとここにいる。僕たちの中に」

雅樹の声が大きくなった。

「変質体は、よそから虚ろ舟に乗ってやってきた彼らの名残なんだ。彼らは、僕たちの先祖のなかにいて、僕たちはその末裔。僕らにその遺伝子を伝えているのさ」


二人のあいだに沈黙が降りた。

「ここに」

雅樹の指は、いつしか自分の心臓を指差している。

「いるんだ。最初にやってきた彼らの末裔が」

相変わらずトワは表情を変えない。うっすらと笑みに近いものを浮かべ、遠いところにいるように雅樹の顔を眺めている。

雅樹はしばらくトワと顔を見合わせていたが、ふっと表情を緩め、肩をすくめた。

「もっと早く気付いてもよかった。逆だったんだ」

「逆？」

トワが聞きとがめる。

「そう。外海を旅するにはとてつもない時間がかかる。だから、歳(とし)を取らず多くの栄養を必要としない者たちだけが旅できる。そうだよね？　だけど、元々地球に長命種がいたから外海に出ようと考えたわけじゃなくて、外海からやってきた者が長命種だったから、そういう理屈になったんだ」

雅樹は言葉を選んで続けた。

「彼らは長命種だったから、地球にやってこられた。確かに最初は事故で不時着したんだろう。多数の死者が出ただろう。でも、生き残った者もいたはずなんだ。彼らに教わり、彼らを見習って、外海に出るために彼らのようになろうとした」

雅樹は、岩に彫られた絵を見上げた。

「故郷に戻ろうとした彼らが、地球人に助けを求めたと考えるのは自然だ。あれだけの大きさの虚ろ舟で航海するには、ある程度の人員を必要としただろうからね。生き残りのメンバーだけではとても足りなかった」

舟に彫られた乗組員たち。地蔵に観音、牛に馬。小さく描かれた人間。

「これって、ずっとおとぎばなしみたいな絵だと思ってたし、そう受け取られてきたけど、実は『異なる生き物たち』が舟に乗り込んだことを指してたんじゃないかな。文字通り、異星人と地球人と。そういう意味では、本当はとてもリアルな描写だったわけだ。牛や馬を連れていったのも、地球人の食糧だったのかもしれないね」

木漏れ日と風が、二人をそっと撫でる。

こんなに長閑な風景の中で交わすにしては、およそスケール感の伴わない話題だな、と雅樹は思った。

妖精のように立っているトワの姿も、こうして目の前にいるのを見ているのに現実感がない。

「だけど、問題があった。地球人の寿命の短さだ。彼らは、地球人のあまりの短命さに愕然としたんじゃないかな。とてもじゃないが、故郷に帰るには寿命が足りない」

そう知った時のショックを想像する。

ウスバカゲロウはたった一日。ゾウの時間、ネズミの時間。雅樹は、動物たちの寿命や、生物によって感じている時間の違いを初めて知った時の衝撃を思い出そうと試みた。

遠い星に不時着した異星人たちも同じように感じたに違いない。

どうすればいいのか。どうすれば故郷に帰れるのか。

「きっと、いろいろ考えたんだろうなあ。結果として、彼らは地球人とのあいだに子孫を生し、自分たちと同じような長命種を育てようとした。長期計画さ。えらく時間がかかったと思うけど」

ようやく、トワはこっくりと頷いた。

「なるほどね。面白いわね。うまくできた話だわ」

「違うかな？」

雅樹は首をかしげた。

「説明できないことはいっぱいあるわ。ここ磐座にいると、どうして変質が起きるのか。土地の力とは何なのか。木霊だって」

トワはそっと樹を撫で、寄りかかった。

その視線は、木立を通り越して山並みに向けられている。

「うん、確かに。分からないことはいっぱいある。僕が今話したことだって、ふと思いついただけなんだ。どのような過程を経て、このキャンプとか血切りなんかのシステムが出来上がったのかは見当もつかない」

雅樹も青く連なる山の稜線に目をやった。

「きっと、長い歳月をかけて、自分たちの風土や習慣とすり合わせていったんだとしか考えられないよ。虚ろ舟に乗るということと、虚ろ舟乗りになるということを、自分たちの使命にしていったんだとしか」

「使命」

トワが繰り返す。

「いい言葉ね。つらい言葉でもあるけど」

雅樹はその意味を尋ねることはしなかった。

「次の船団はいつごろ還(かえ)ってくるの？　その、重大な知らせを持ってくるという船団は」

雅樹はトワの顔を覗き込んだ。

「この夏——徹夜踊りの頃じゃないかしら、きっと」

トワは他人事(ひとごと)のように呟いた。

「徹夜踊りか。僕も踊ってみようかな、今年は」

「踊ったことないの？」

「まさか。踊らないよ、僕は。血切りもしないし」

雅樹は何を今更、という表情で呟いた。が、何か思いついたようにトワを見る。

「ねえ、ひょっとして、トワは木霊が誰なのか分かってるんじゃないの？」

「どうしてそう思うの？」

トワはからかうように首をかしげて笑う。

「なんとなく。トワはなんでも知っているように見える」

「ううん、何も知らない。本当は何の役にも立たないのよ」

トワはゆっくりと首を振った。が、表情が険しくなる。

「捜してはいるのよ、木霊を。久しぶりだわ、木霊に会うのは」

雅樹はトワの暗い目にぎょっとした。

「見つけ出したいのよ、木霊を。だけど、いつも木霊は狡猾なの。特に、今年の木霊はものすごく利口だわ。なかなか尻尾を出さない上に、こちらの裏を掻こうとしているような気がする」

「そんなことができるものなのかな」

雅樹は懐疑的だ。

「みんなを見てごらんよ。子供に毛が生えたような、あんな連中なのに」

「木霊というのは、それとは関係ないのよ。ううん、だからこそあんなにひどいことを」

トワは吐き捨てるように言った。

「そうね、さっきのあなたの説と関係あるわけじゃないと思うけど、もしかしてあれは一種の先祖返りなのかもしれない」

「先祖返り？」

「あ、もちろん分からないけれど」

トワは慌てて言い添えたが、雅樹はその言葉がなぜか気に掛かった。意味もなく不安な気持ちが込み上げてくる。

「大丈夫なのかな。もう血切りが始まる。始めてる人もいるんじゃないかな。夜中にひどいことが起きなければいいけど」

木霊は残虐だ。身体能力も高い。

城田家の門柱に置かれていたものを思い浮かべる。

まさか、人間に対してあんなことはしないとは思うけれど、木霊自体が得体の知れない、あまり情報のない存在なのだ。何が起こるか分からない。

「木霊——」

そう呟いたトワの目に、小さく光が灯った。

「そうだわ、あなたも協力してくれない？」

トワが雅樹の腕にそっと触れた。雅樹は目を丸くする。

「僕に？　木霊探しを？」

「ええ。あなたなら探せるわ。お願い。ぜひ、あなたに手伝ってほしいの」

トワにじっと近くから見つめられては、さすがに雅樹も目を逸(そ)らすことができなくなった。

奈智が暗い気持ちでとぼとぼとお城に向かって歩いていくと、何やら前方が騒がしかった。

なんだろう。お祭りのざわめきとは違う感じだ。なんだか殺伐として、ざらざら不穏な感じ――見ると、橋の辺りに人だかりがある。みんなが河原を見下ろしているようだ。

不意に、あの時河原で踏んだ髪の毛の感触を思い出し、奈智は反射的に飛びのくような仕草をしていた。

まさか、あんなふうに誰かが。

思わず地面を見下ろしていた。靴の裏にあの感触が残っているような気がする。むろん、そこには何もなかったけれど。

ホッとするのと同時に、心臓がどきどきしてくる。近寄りたくないのに、足はいつのまにかソロソロと人だかりに向かって引き寄せられていた。

野次馬の隙間から、そっと橋の下を覗きこむ。

うん?

パッと目に入ったのは、白い塊だった。

一瞬何か分らず、奈智は目をぱちくりさせた。

あれは――

少なくとも、誰かが怪我したとか墜落したとかいうわけではなさそうだった。

提灯だ。

お城の絵を思いだす。トワに似た女の人が持っていた提灯。金平糖に似た形の、特徴ある形。

確か、あの提灯は、広場の真ん中になるように、空中に吊るしてあった。あそこが祭りの中心の場所で、お囃子も踊りもあそこから始まるのだ。

「どうしてあんなところに」

「ゆうべはちゃんとあったがね、役所前んところに」

「なんとまあ、バチ当たりなことをするもんだ」

「したって、運ぶんだってたいへんやろうが」

周囲でボソボソと話す声が聞こえる。

提灯は壊れてはいないようだが、水に浸かって濡れてしまったようだ。

数人の大人たちが川の中に入って提灯を引き揚げようとしているのを、野次馬が眺めているところだった。しかし、場所が場所なのと、提灯が大きくて重いため、作業は難航しているようだった。

そういえば、ここに来たばかりの頃に、提灯を吊るしているのを見たけれど、小型ながらクレーンを使って吊り下げていたっけ。見た目は和紙で中が空っぽだから軽そうに見えるけれど、実際のところはかなり重いものらしい。しかも、下を山車がくぐれるように、相当な高さのところに吊り下げてあった。

確かに、変だ。ちょっとした思いつきや悪戯程度でできることではない。あの提灯を夜のあいだに取り外して下ろし、河原まで運んでくるのはたいへんな作業だし、一人では難しいだろう。

命綱をつけて水の流れに入っていた男性が、ようやく提灯をつかまえることに成功した。

ゆっくりと提灯を手繰り寄せながら、じりじりと川岸に運んでいく。

河原では、命綱を支えていた男たちが掛け声を上げつつ、綱を引っ張っている。

提灯を回収するめどが立ってなんとなくホッとしたのか、野次馬も少しずつほどけて、めいめい引き揚げ始めた。

奈智もしばらく提灯が運ばれていくところを眺めていたが、やっと欄干を離れた。

が、その瞬間閃いた。

ひょっとしてあれも、木霊がやったの？

不意に肌寒さを覚えた。

脳裏に、何か超人的な力を持った生き物が、夜中に尋常ならざる速さで提灯を抱えて空を飛んでいるところが浮かんだのだ。

木霊は狡猾で、力もある。木霊ならば、一夜のうちに、空中高く吊り下げてある提灯を河原まで運ぶことができたのではないか？

その想像はやけに生々しく、橋の袂（たもと）を走っていく音が聞こえた気がしたほどだ。

なんだか気味が悪かった。祭りの中心である場所からその象徴である提灯を持っていくという行為に、強い悪意を感じたのだ。

むろん、木霊の仕業（しわざ）と決まったわけではないけれど。

奈智はお城への坂道を歩きながら考えた。

ひとつ言えるのは、もしあれが木霊の仕業だとしたら、木霊は絶対にあたしではないということだ。

奈智はそのことに密（ひそ）かに安堵（あんど）していた。あんな大きな提灯を運んだら、いくら無意識のうちの行為だったとしても、全身に疲労感が残らないわけがない。ゆうべは旅館を手伝っていたし、とてもじゃないけれどそんな体力は残っていなかった。

第一、今朝はぐっすり眠れた。あれだけの作業をするには相当時間も掛かったろうし、この熟睡感からいっても、久しぶりにまとまった時間眠れたことは間違いない。

そう自分に言い聞かせながらも、つい自分の両手を見てしまうのがすっかり癖になっていた。もちろん、痛みとか怪我とか、激しい作業をした様子はない。

お城に着くと、こちらもやはりザワザワしていた。

河原に落ちていた提灯のことは、もう町じゅうに知れ渡っているらしい。

先生たちが、ややせわしなく出入りしているのもそのせいだろう。

「ねえ、やっぱり木霊の仕業だと思う？」

いつのまにか結衣がそばに来ていて、そっと奈智に囁いた。

「どうなんだろう」

奈智は首をひねってみせた。できれば、そうではないと思いたかったのだ。

「先生たちは、あれが木霊の仕業だと思ってるの？」

「そうみたいだよ。しかも、あれひとつだけじゃなかったんだって」

「ええ？」

奈智は思わず結衣の顔を見た。

が、結衣の顔を見た瞬間、何か違和感を覚えた。


変わった。結衣が変わった。


違和感の方が大きかったためか、奈智は一瞬自分たちが何を話していたのか忘れてしまったほどだ。

「ええと、あの提灯だけじゃなかったって？　広場にあった、大きな提灯だけど」

奈智はほんの少し遅れて、慌てて聞き返した。

「うん」

結衣は奈智が逡巡したことには気付いていないようだった。どこか熱に浮かされたような顔でこっくりと頷く。

「他の小さな提灯も、ごっそり外して持っていったらしいよ。誰かの家の庭にバラバラに投げ込んであったって」

「そうなんだ」

「町の広い範囲にまいてあったみたい。そんなの、ひと晩でするなんて、木霊の仕業だろうって」

奈智は暗い気分になった。

やはり、あれは木霊。自分ではないという確信はあるものの、やはり夜中に木霊が徘徊していたのだと考えると嫌な気持ちになる。

この中にいるのだ。あたしたちの中に——

つい、恐る恐る生徒たちを見回してしまう。心なしか、みんなも同じように居心地の悪さを覚えているようだった。誰かを疑うのは気持ちのいいものではないし、ましてや自分かもしれないと考えるのは不安で不快だろう。

それにしても。

奈智は、再びそっと結衣の顔を見た。

やはり違う。昨日までの結衣の顔ではない。どことなくぼうっとして、なんとなく顔全体に靄がかかったかのようだ。

ううん、そんな表現では足りない。内側から、結衣の中身自体が別のものになってしまったような感じ。

結衣は、ぼんやりと正面を見ていたが、それでいて何も見ていないようだった。

彼女は何かに気を取られている。たった今、超人的な力を持った木霊の話をしていたというのに、彼女はあまり不安そうではなかった。

大人っぽくなった。

奈智はそう思い当たった。

あの気さくで開けっぴろげな結衣ではなく、なんだか「女の人」になったような感じなのだ。うまく言えないけれど、目元の睫毛（まつげ）の辺りといい、どことなく気（け）だるげで、煙っているような。

色っぽい、というのはこういう感じのことなのだろうか。

奈智は知らず知らずのうちに結衣のことを観察している自分に、自己嫌悪と好奇心を同時に感じていた。

「ねえ、結衣ちゃん、何かあったの？」

とうとう、奈智はそう口に出して聞いてみた。

「え？」

結衣はハッとしたように奈智を見た。

が、やはりその目は奈智ではなく、どこか遠いものを見ているように思えた。

「結衣ちゃん、なんだか違うよ、いつもと」

奈智はもう一度そう言った。それでも結衣はきょとんとしていて、何を聞かれているのか理解していないようだ。

「結衣ちゃん？」

奈智は恐る恐るもう一度呼んでみる。

そこでようやく、結衣は「ああ」と言って、きょろきょろと周囲を見回した。

「どうしたの?」

結衣の目が、いきなりギラリと光ったような気がして、奈智は気味が悪くなった。

もしかして、また熱でも出したのだろうか?

「あたしだけ?　ううん、あたしだけじゃないはず」

結衣はそう呟きながら、まだ辺りを見回すのをやめない。

「何が?」

結衣は、思い出したように奈智の顔を正面から見た。

今度の目は、さっきとは打って変わって、大きく見開かれ、奈智を射抜くようにじろじろと見つめている。

その視線に思わずたじろいで、奈智は背中を反らしてしまった。

「奈智は?　奈智はまだなのね?」

結衣の目には、異様とも言える感情が浮かんでいた。

興奮、優越感、もどかしさ、じれったさ、説明しても分からないという無力感。そういったものが混ざり合った、大人の女のような目。

奈智は気圧(けお)されて、背中を反らしたまま結衣をおずおずと見た。

やはり昨日までの結衣ではない。昨日までの彼女は、こんな複雑な表情をする子ではなかった。

「何が?」

口ごもりながら尋ねる。

「――血切り」

結衣はぽつんと呟いた。奈智はギクリとする。

分かっていたはずなのに、その言葉を結衣の口から聞くと、「取り返しのつかない」という言葉が頭に浮かんだ。

「昨日、提供してもらった」

今度は結衣が、おずおずとして目を逸らした。

「そうなの」

奈智は、衝撃を受けたまま、呟いていた。

で、どうだった？　という質問が喉元まで出かかっていたが、何かがそう聞くのを押しとどめた。

結衣は、両手で顔を挟んだ。再び、目元がふっと煙って、視線が遠くなる。

「恐ろしかった――でも」

唇がほんの少し震えた。

「でも？」

奈智は聞き返さずにはいられなかった。

血切り。提供者。深志の腕にぷくりと膨らんだ真っ赤な球体。

背中を何かが逆流するように感じた。それは、全身を一瞬にして電流のように駆け抜け、頭の中がカッと真っ白になる。

いけない。せっかく、忘れていたのに。

奈智は必死に自分に言い聞かせる。忘れるんだ。働いて、眠るんだ。

「でも、もうやめられないと思う」

結衣は、そう言って、奈智をまじまじと見つめた。

その瞳は、恐怖と歓び（よろこび）の入り混じった、不思議と熱っぽく、惹き（ひ）つけられるものに満ちていて、奈智は目を離すことができなかった。

——もうやめられないと思う。

そう言った結衣の目が、その日ずっと奈智の中から消えなかった。

あの引き込まれるような瞳と、心なしか妖(あや)しく光っているように感じた唇からしばらく目が離せなかったのだ。

町のあちこちで提灯が外され、川や人家に投げ込まれていた今朝の事件は、先生たちや大人たちを動揺させたようだった。

午前中は、キャンプ生一人一人に先生が面談した。キャンプ生たちには気付かせないようにしていたようだが、先生たちのところに警察官が来ていたようだ。みんな気にしないふりをしていたけれど、やはり内心は不安でいっぱいだった。

この中に木霊がいるのだ。

誰もがチラチラと自分の手に目をやっていた。自分は大丈夫、と確信していた奈智でさえ、無意識のうちに手を見ていたくらいである。

なんとも気まずい空気の中、全員の面談が終わったが、先生たちの表情も冴えず、皆で顔を突き合わせて首をひねっていたところをみると、やはり木霊は特定できなかったようである。

あれだけの重労働をして、証拠を残さないなんて。

奈智は気味が悪くなった。

まだ見ぬ木霊がのっそりと後ろに立っているような心地がして、無気味だった。

顔は見えない。のっぺらぼうで、影になっている。

しかし、口はかすかに開いていて、にやにやと笑っている。

奈智は身震いした。

いったいどれくらい狡猾なんだろう。そして、どれほどの力を持っているんだろう。あれほど行動範囲が広かったのに痕跡を残さないということは、誰も自分がしたことだとは気付かないということだ。ならば、まだあたしだという可能性もあるのではないか。

そう思いついてゾッとする。

小説で読んだ、ジキル博士とハイド氏という二重人格の男の話を思い浮かべる。残虐な人格を隠し持っていても気付かない――

だけど、本当にあたしたちの中に木霊がいるのだろうか？

ふとそんな疑問も湧いた。

みんな、あたしたちの変質の過程で現われた木霊だと思っているけれど、あたしたち以外の人がやった可能性はないのだろうか。

奈智はぐるりと周囲を見回した。

正直いって、学校の周りなど誰でも入り込める。町なかだって条件は同じだ。状況だけを見れば、屈強な大人がやったと考えるほうが自然ではないか。

そう思いついたものの、それを口に出すつもりはなかった。そんなことを言ったら、非難されそうな気がしたからだ。

それに、別のことも気にかかっていた。

結衣が漏らした「あたしだけじゃないはず」という言葉が引っかかっていたのだ。

つまり、この中にはもう「血切り」をした者が何人かいるはずだという意味だ。

なぜか心がざわめく。

身近にいた結衣の変化が劇的だったので、他にもいたら見つけられるのではないかと思ったが、なかなか傍目には分からなかった。なんとなく大人っぽくなった気がしても、木霊の件で沈みこんでいるのかもしれないし、はっきり「そうだ」と言えるところは見つからなかった。それでも、奈智はしつこくみんなの顔を見ていた。

あの子はどうなんだろう？　こっちの子は？

もうやめられないと思う。

帰り道も、結衣の声が耳から離れなかった。

イヤだな、どうしちゃったの、変わっちゃったな、という嫌悪の気持ちを感じたのと同時に、どこかで「羨ましい」という気持ちを感じたことが驚きであり、おぞましかった。

それほどまでに――おいしいのだろうか。

いつのまにかそう考えている自分がいて、奈智は慌てて首を振り、そんな考えを振り払おうとする。

しかし、少し経つとまた同じことを考え始めているのだった。

結衣の提供者は誰だったのだろうか。たぶん知らない人だと思うが、どんな人だったんだろう。

深志の血の味はどんなだろう？

くすぐったいような、おののくような、奇妙な震えを背中に感じる。

さっき結衣の表情に感じたような、頭の中が真っ白になって、自分が自分でないような感覚が足元から這い上がってくる。

奈智は混乱しながらも、のろのろと橋を渡っていた。

まっすぐ美影旅館に帰らなかったのは、今久緒さんや誰かに顔を見られたら、こんなおぞましいことを考えていることを見抜かれてしまいそうだったからだ。

ましてや、深志と顔を合わせることなどできそうにない。

ふと、今朝の提灯が無事に元の場所に戻っているか確かめてみようと思いつく。

あの大きな提灯。絵の中で見たのとそっくりな提灯。広場の中央に吊り下げられていた不思議な形の提灯。

川の真ん中にどっぷり浸かっていたのに、大丈夫だろうか。新たに作るのはたいへんそうだ。

だらだらと続くお祭りなので、このところ観光客の数は多すぎもせず、少なくもない、という感じだったが、町の中心をぞろぞろと歩くグループが目についた。少しまた増えてきている。三日間続く、祭りのクライマックスとも言うべきお盆が近いのだ。

よそから来たと思(おぼ)しき、綺麗に浴衣(ゆかた)を着飾った女たちともすれ違う。下駄も、帯も、皆新調したもののようだった。華やいだ笑い声。

ええなあ、と奈智は素直に彼女たちを羨ましく思った。

あんなおぞましいことのためにここに来ているのではなく、無邪気に祭りに参加するためにここに来ていたのならよかったのに。

ただの夏休みやったら、深志兄さんとも何も余計なことを考えずに祭りを楽しめたはずなのに、すっかり気まずくなってしもうた。

奈智は暗い気分で広場に向かった。

見ると、提灯は元の位置に掲げてあり、すっかり元通りだった。

取り替えたわけではなく、川の中に落ちていたものを戻したようである。

さすが、和紙は水に強い。そういえば、商家では火事の時に帳簿類を井戸に投げ込んだと聞いたことがある。火には弱いけれど、和紙に墨で手書きというのが最も長持ちすると誰かが言っていたっけ。

広場には、観光客や町の人たちがそこここにのんびりたむろしていた。

町役場の前が広場になっていて、そこにお囃子を載せた山車がずっと祭りのあいだじゅう出ている。臨時の飲食店も並ぶ。

奈智は、町役場の駐車場の隅っこに立って、広場を一望した。

広場は石畳になっているのだが、四角い石を敷き詰めてあるのではなく、中心があってそこから渦を巻くように石が敷いてあるのだ。広場全体を眺めると、同心円状の大きな渦が埋めているのが分かる。

そして、提灯は、その渦の中心の真上に提げられているのだった。

これまできちんと見たことがなかったけれど、これはかなり珍しい形ではないだろうか。

奈智はしげしげと広場の石畳を眺め、吊り下げられた提灯を見上げた。

金平糖の棘(とげ)を、それぞれもっと伸ばしたような形。

これは、どう見ても星を模しているとしか思えない。しかも、夜空に輝く星を、具体的に表したものだとしか。

それも、かなりリアルだ。実際に、一等星くらいの明るい星は、光が放射線状に伸びて、こんな形に見える。

誰がデザインしたのだろう。いつ頃からあるのかしら?

改めて細部を見て、奈智は感嘆した。

それに、この石畳は？　あの中心の下には何があるんだろう。

じっと渦巻きの中心を見つめる。

その一点は、広場の中心ではなかった。広場は長方形に近い形をしているのだが、渦巻きの中心は、町役場の前に立って見た場合、左上のほうにあるのだ。広場の中心が、その中心として定められたわけではなさそうだった。

それに、踊りもあそこから始まる。

奈智は、夜ごと繰り返される踊りを思い浮かべた。

ここにお囃子の山車があるから当然かもしれないが、踊りはいつもこの広場から始まる。しかも、記憶の中でも、あの渦巻きの中心の辺りをぐるりと囲むように円になって踊るのだ。

ちょうど、あの提灯の下に集うようにして。

そう思い当たると、なんだか不思議な気がした。

踊りの輪はあそこを中心に広がり、波のように町の中をうねっていく。やがて、外側の輪から徐々に「流し」始め、踊りながら進んでいく。

磐座の町には、踊りにもいろいろある。何かを掘っているようなポーズのもの、空を見上げて手を振るようなもの、一日の最後にしか踊らないもの。中には、何を模したものなのか分からない奇妙な動作の踊りもある。

奈智は、広場の隅で棒立ちになった。

一千年以上続くと言われている祭り。

ひょっとして、これは、虚ろ舟との関わりを表しているのではないだろうか――遠い星と、ここ磐座との関係を祭りと踊りのなかにとどめているのではないか――


ふと、奈智は幻影を見た。

広場の渦巻きが遠い星ぼしの渦になり、遥かな星雲となってゆっくりと回っているところを――

その星雲の上で、無数の人々が両手を上げて、ゆるゆると踊っている――

後ろでガサッ、という草を踏む足音がしたのでハッとして夢想から目覚めた。

振り返ると、白いシャツの胸があったのでぎょっとする。

「あ」

奈智は絶句してしまった。

城田浩司。

まさか、いきなりこんなところで出くわすとは。

彼は何も言わず、じっとこちらを見ている。

その目は、怒っているようでもあり、悲しんでいるようでもあった。

「あの」

どうしていいか分からず、奈智は思わず手でスカートをさすった。と、ポケットに入っているハンカチに気付く。

このあいだのハンカチ。

「あ、このあいだはありがとうございました。あの、これを」

奈智はおろおろしながらハンカチを取り出し、浩司に差し出す。

浩司は驚いた顔になった。

「もういらん言うたのに」

「ありがとうございました、すみませんでした」

奈智はぺこりとお辞儀をして、ひたすらハンカチを差し出したままである。

全身が熱い。顔が真っ赤になっているのが分かるので、ますます顔を上げられない。

「どうして、来ん？」

浩司の静かな声が頭上に降ってきた。彼は、奈智の差し出したハンカチを手に取ろうとはしない。

「提供者は俺だと知ってるだろ？」

声は硬かった。奈智は顔を上げない。

「それ、うちに持ってきて。そしたら、受け取るわ」

差し出したままの手が痛くなってきた。

「待ってる」

踵（きびす）を返して、浩司が立ち去るのが分かった。

待ってる。

全身がわなわなと震えだした。

顔を上げたらそこには誰もいないと分かっているのに、奈智はハンカチを差し出したまま、ずっと地面を見つめていた。

6

男は、ゆっくりと川沿いの道を歩いていた。

天知雅樹の父親だという男である。

蒸し暑い午後だというのに、きちんとスーツを着ている。しかし、きちんとしているはずなのに、それがどこか不吉な印象を与える。

なんとなく異様な雰囲気を漂わせているためか、観光客や地元の住民もすれちがう彼に注目してから、やがて何気なく視線を外して、はじめから見なかったような表情になる。

男のほうも、まるで周囲に誰もおらず、この世に一人きりで町を歩いているかのようにひんやりとした孤独感を滲ませていた。

実際、彼の頭の中には周囲をそぞろ歩く観光客たちなど、まるで目に入っていなかった。

少し色の入った眼鏡を掛け、長身の身体をどこか大儀そうに動かし、じっと河原の砂利や流れを見ている彼の目に浮かんでいるのは、かつてそこで横たわっていた一人の女の姿である。

古城忠之が妻を殺して失踪。

あの知らせを聞いた時の衝撃は、今でもまざまざと身体の中に蘇る。

もっとも、第一報ではそう聞いたが、正確には、殺された美影奈津の死体が河原に残されており、同じ日に古城忠之が姿を消したという事実だった。

直接現場を見たわけではない。しかし、現場を見た複数の証言を聞くうちに、すっかりその現場が映像記憶として頭の中に焼きついてしまっている。

胸に銀の杭を打たれ、真っ青な顔で水の中に横たわっていた美影奈津。

その姿は、死してなお非常に美しかったという。

彼女と結婚していた、古城忠之は、非常に優秀な助手であり、将来を嘱望された研究者だった。「虚ろ舟乗り」の誕生とその歴史については、我々の将来にあまりにも重要な影響を及ぼすというのに、それと同じくらいあまりにも謎が多く、必死の研究が重ねられていたものの、まだまだ重要な部分は何も解明されていないといってもよいほどだった。

その成立については伝説と冒しがたい禁忌に覆い隠され、誰もが口をつぐんできたからである。そもそも、近・現代まで伝承してきたこと自体奇跡に近いような状態だったのだ。

変質体という肉体が、一般の身体とどこが異なるのか本格的な研究が始まったのも、せいぜい五十年前に過ぎない。ツクバなど国立の総合的な研究所ができた時は、「たたり」や「バチあたり」を恐れる人々から凄まじい非難と苦情が殺到したという。

男は突如、立ち止まった。

見覚えのある大きな岩。

当時、大騒ぎになった新聞や週刊誌のモノクロの写真でもこの岩を見た。

なぜ古城は姿を消したのか。本当に、彼が美影奈津を殺したのか。

それはこんにちに至るまで、彼の頭を離れない謎だった。

このあいだ、美影奈津の娘には「きっと生きている」と言ったものの、正直なところ自信はなかった。これまで家族にも彼にも古城から一度も連絡はなく、目撃したり接触したりした者がいるという話も聞いていない。

だから、もう死んでいると考えるのが自然なのだが、かといって、彼は古城が死んでいるという確信を持つこともできないのだった。

もし生きているとしたら、彼はいったいどこにいるのか。なぜ出てこないのか。娘に会いたいとは思わないのか。

奈津と面差しがよく似ていた娘の顔を思い出す。

思わず、この世に存在しないことを失念して声を掛けてしまったほどだ。古城が見たら、奈津が蘇ったのではないかと思うに違いない。

そして、あの娘もまた、変質体を目指してキャンプに参加している――

そのことが、男の胸に不吉な胸騒ぎを感じさせる。

変質体は死なない。歳も取らない。だからいつまでも生殖は可能である（らしい）。

食物は摂取しようと思えばできるが、摂取しなくとも生きていける。他人の血液を大量に必要とするのは、主に変質の過程でのことであり、その後はごく少量で構わないし、現代では代替物でも大丈夫だ。

彼らを殺すには、肉体を大きく破壊するしかない。多少の破壊ではすぐに再生されてしまうことが確認されている。確実にしとめるには、心臓に銀の杭を打ち込み、紫外線にさらすこと、というのが伝承で伝えられていたのだが、図らずも、美影奈津は、この言い伝えが正しいことを自らの肉体で実証してみせたわけだ。これまで研究者たちも話には聞いていたが、さすがに試してみることは不可能だったからだ。

誰かが美影奈津を殺した。彼女が変質体だと知っていて、それに見合った方法で、ためらいのない一撃で彼女を殺害したのだ。

そもそも、なぜ美影奈津を殺したのか。動機は何なのか。

世間では古城忠之が妻を殺したという見方が定着してしまい、その動機についてはあまり深く検討されていなかったように思う。事件そのものがあまりにも衝撃的で、事件について語ることが特にここ地元ではタブー視されてきたためだ。

奈津は、子供を産んだので猶予はされていたが、ゆくゆくは「虚ろ舟乗り」になることを望まれていた。

変質体はたいへん貴重なので、遠征隊には一人でも多くの変質体を揃えたい。変質体のほとんどは、常に遠征に参加していて、地球には研究対象者以外残っていないのだ。

同情的な見方としては、やがて妻と引き離されて、外海に出てしまうのを悲観し、いつまでも自分のところにいてほしいと思ったからではないか、というのがあった。

確かにその可能性はある、と男は思った。

本当に、絵に描いたような似合いのカップルであり、互いが深く愛し合っていることが傍目にも分かるような、妬(ねた)ましいほどの美しいカップルだった。

古城忠之は結婚してから研究者として独り立ちし、さまざまなアプローチから「虚ろ舟乗り」成立の仮説を立て、注目を浴びていたところでもあった。少々意地悪くいえば、研究対象としても、パートナーとしても、この上ない女性を失うことは損失以外の何物でもない。

——だけど、ひとつだけ言えるのは、彼がそうしたのであれば、それには必ず理由があるし、彼は奈津さんを深く愛していたから、奈津さんのためにそうせざるを得なかったことは間違いない。

男が高田奈智にそう言ったのは、この考えが頭にあったせいだろう。

しかし、研究者としての古城を古くから知っていた男には、古城の愛情がそういう衝動的な形で発露するというのは信じがたかった。

彼ならば、もしこの先に別離が待ち受けているにせよ、研究に打ち込みつつ、娘を育てながらじっと妻を待ち、そのつらさに耐えるという方向で愛情を表現するのではないか。あの彼が、貴重な研究材料でもあり、愛しい女でもある奈津の身体をこの世から消してしまいたいなどという衝動を抱くようには思えないのだが。

考えれば考えるほど理解しがたい事件であった。

男は、自分が、いや研究者たちが何か根本的な勘違いをしているのではないかという気がしてならなかった。

フェローとして、科学的なアプローチから「虚ろ舟乗り」の研究をしているものの、自分が本質的なことを何も理解していないのではないかという焦燥を、ここ磐座に来る度に強く感じるのだ。

祭囃子がどこか遠くから流れてきて、男はぎくりとした。

彼にとって、あのお囃子はどこか空恐ろしい音色だ。

いつここに来てもあのお囃子は流れている。いつも全く同じ旋律、同じ踊り。彼らが研究などしなくても、数百年に亘り、彼らはこの場所で笛を吹き、踊り、舟が来るのを待っていた。彼はこの場所に来るたび、自分が部外者であるような気がして居心地が悪くなるのだ。

そして、彼の息子。

常に落ち着き払った、至極冷静な雅樹を目にするたび、彼は動揺してしまう。誰のものでもない息子。ツクバの研究の結晶。まさに、科学の粋を集めた作品と言ってもいい。

だが、なぜか日に日に成長していく雅樹を見るたびに胸が痛む。その背負うものの大きさに胸が詰まる。そして、言いようのない、取り返しのつかない罪悪感が胸に込み上げてくる——研究者の、罪の象徴。そんなことを考えてしまう。

それでいて、彼は雅樹の顔を見ずにはいられない。うっとうしがられても、すげなくされても、彼は自分の息子に会いたくてたまらなくなる。もしかすると彼よりもずっと大人である少年を、痛々しい小動物のように愛玩したいという欲望を感じてしまう。

やはり、そういう意味では、間違いなく雅樹は彼の息子なのだ。

男は、自嘲の笑みを浮かべた。

ふと、ずっと先に橋の欄干にもたれて川面を見ている少年が目に入った。

その顔に見覚えがある。

美影旅館のところの男の子だ。

男が目を留めたのは、その少年がひどく暗い表情をしていたからだった。彼もまた、男と同じように、周囲を行き交う観光客らの顔など、全く彼の世界には存在しないように見えた。

男はハッとした。

まるで歳月がいっぺんに巻き戻されたような、奇妙な眩暈(めまい)を感じたのだ。

見たことがある、この光景。

男は、必死に記憶を辿った。

そう、俺はそっくりの場面を見たことがある。ずっと昔、あんなふうに欄干にもたれ、この上なく暗い表情をした若者を。

パッとその顔が蘇った。

古城忠之。そうだ、彼がもっと若い頃、俺と一緒に助手としてやってきた時。いや、違う、もっとあと。あれは、もう彼が研究者として独立してからのことだったか。

すっかり忘れていた。彼もあんな鬱屈を見せた時があった。その理由を聞いたことがあったはずだ——たった一度だけ。あの時、彼はなんと言っただろう？

男は更に記憶を辿った。

今も、目の前の欄干のところにいる、憂い顔の少年を見ながら。

そうだ、確かあの時古城はこう言った——

そんなはずはないんです。

古城は思いつめた目で言った。自分が上司の質問に答えているということすら気付いていないようだった。

そんなはずはない。そんな恐ろしいことが、許されるはずは。


川面をじっと見つめていた深志は、彼を見て過去の事件のことを思い出している男がいることなど思いもよらず、周囲を流れる祭囃子も耳に入らなかった。

もっとも、子供の頃から何か考え事をする時は、こうして橋の欄干にもたれかかって川を見下ろすことが習慣になっている。流れに目を落としていれば考えを中断されることはないし、好きなだけぼんやりしていられるからだ。

川のせせらぎに身を任せ、かすかに熱を帯びた欄干の感触を感じながら立っていると、風景の一部になってしまったような気分になる。空っぽで透明な存在になれるのは、この狭い町で暮らす少年にとって、時にとても心地よかった。

しかし、今はぼんやりするというよりも、いろいろ急いで考えなければならないことがあり、深志は険しい表情を崩さなかった。

川の流れを見ていてもあの赤い巾着が繰り返し目に浮かんでくる。

中の紙切れを開いてみた時の衝撃も、なかなか抜けていかない。

考えれば考えるほど、城田浩司のことが腹立たしかった。ふつふつと怒りが湧いてきて、身体が熱くなる。

あいつに提供者をやらせるわけにはいかない。ましてや、奈智を相手になど。なんとか阻止しなければ。

その方法は、既に思いついていた。

そう、分かってる。

もっとも単純で、いちばん効果的な方法である。

だが、そのためには、いちばんしたくないことをしなければならなかった。そのことを思うと、拭いがたい嫌悪感が込み上げてくる。

ああ、くそっ。なんで俺がこんなことせなあかんのや。

深志は左右に首を振った。

こっちから会いに行ったなんてみんなにバレたら、どんなことを言われるか分かったものではない。

しかし、どう考えてもこれしか方法はなかった。

城田家に、息子が提供者になっていることを知らせる。

それがベストな方法だった。

浩司がそのことを家人に言っていないことは確かだ。もしあの親父が知っていれば、大騒ぎするに決まっている。浩司が家族に黙ってこっそり提供者になっているのは明らかである。

大騒ぎするのは英子も一緒だ。あれだけ「虚ろ舟乗りなんて」と言っていたのだから、弟が提供者になるなんて耐えられないだろう。

英子に接触して、弟が提供者になっていることを教えれば——たちまちあの親父の耳に入ることになるはずだ。

問題は、どうして自分がそのことを知ったかだ。

それを考えると頭が痛かった。

なぜ深志が、浩司が提供者になっていることを知っているのか？

ちょっと考えれば、英子だって不思議に思うだろう。提供者の情報には守秘義務があるし、そう簡単に分かるようなものではない。納得できて、信じてもらえる理由を説明しなければならないだろう。

深志は考えこんだ。

いや、別に直接言わなくてもいいじゃないか。手紙か何か書いて、城田家の郵便受けに放り込んでおくというのはどうだろう？　匿名で手紙が来れば、それが本当かどうか本人に確認するのではないか？

だが、すぐに考え直した。

それはダメだ。

城田家の門柱に禍々(まがまが)しいモノが載せられていたという話は磐座じゅうに広がっていた。誰も表立っては言わないが、みんなが知っている話である。

そのため、城田家では、犯人が分かるまで屋敷の周りに警備を置いているという話だった。きっと、郵便物なども厳しく見張っているに違いない。こそこそ匿名の手紙なんぞ届けに行ったら、たちまちつかまってしまう。そうしたら、別の意味で大騒ぎになって、禍々しいモノを載せた疑いまで掛けられたら目も当てられない。

やはり、英子に接触するしかないのか。

深志は長い溜息をついた。

それだけは避けたいと思っていたが、もうあちこちで血切りは始まっているという噂だし、いつ奈智が提供者と接触するか分からないのだ。

提供者と接触。城田浩司と、奈智が。

そう考えただけで、おぞましさと怒りで身震いしたくなるほどだ。一刻も早く城田家にこのことを知らせて、あいつが提供者になるのを阻止しなければならない。

直接、家を訪ねるのは最も気が進まないことだった。英子の帰り道をつかまえるしかないだろう。

やるしかない。

深志は決心を重ねると、欄干を突き放すようにして身体を伸ばした。

しかし、結論から言えば、この日、深志は英子に会うことはできなかった。

深志は家族が全く気付いていないだろうと考えていたが、実は英子は英子で、最近の弟の行動がおかしいとなんとなく気付いていたのである。

最初、彼女にはその理由が分からなかった。

お互い高校生だし、このくらいの年頃になると、弟とはいえ男子学生とはどことなくつきあいが疎遠になる。浩司がなんとなく自分を避けていることは気付いていたが、子供の頃のようにはいかないだろう、この歳だから仕方がないと思っていた。

そのくせ、英子が深志にぞっこんなのが面白くないらしい。何かと深志に絡み、このあいだも何かトラブルがあったらしいのも気付いていた。迷惑に思うのと同時に、姉のことを心配しているのだとも感じている。

しかし、このところの弟の行動は、疎遠というよりは隠密行動という感じだった。家の中であまり姿を見ないし、かといって部活に専念しているという感じでもない。こそこそ何かやっているような気がする。

両親は忙しいから「最近、浩司ヘンじゃない？」と言ってもとりあってくれない。

あたしの気のせいかしら？

英子は首をひねった。

それに気がついたのは、前の晩だった。

蒸し暑い夜が続き、眠りが浅くなっていた。

むろん、あの忌まわしい出来事のせいもある。夜中に誰かがまた忍び込んできてあんなものを載せていったらと思うと、夜の闇が恐ろしくてたまらない。窓の鍵を何度も確かめ、庭の暗がりに何かいるのではないかと耳を澄まし、じっと目を凝らすことが増えた。

あまりに繰り返し庭を見るので、自分でもおかしいと思うくらいだ。

何か動いている、と大騒ぎをしたら、いつも庭を通り道にしている近所の野良猫だったりして、両親が英子を狼少年呼ばわりするのが気に入らない。

ところが、昨夜は違った。

日付が変わった頃。

足音がする。

布団の中でそう気付いたのだが、「きっと錯覚だ」と自分に言い聞かせ、布団の中で身体を丸めていた。

だが、やはり足音は消えない。続いて、どこかで戸の開く音がする。

英子は凍りついたように耳を澄ませていた。

心臓の鼓動が大きくなり、喉から飛び出しそうだった。

錯覚なんかじゃない。気のせいで、あんな音がするはずがない。しかも、足音は家の中から外に出ていったではないか。

どうしよう、どうしよう。お母さんを起こすべきだろうか。お父さんはすぐに怒るから、お母さんなら。

じっとりと冷たい汗を感じながら、英子はぐずぐずしていた。

音の主を確かめたかったが、恐ろしくて身体が動かない。

どうしよう、どうしよう――

やがて英子はうつらうつらとし、緊張しているのにも疲れていつしか眠りこんでしまっていた。

が、やはり眠りが浅かったのか、数時間後、何かの気配を感じてふっと目が覚めた。

寝ぼけ眼（まなこ）で頭を上げると、窓の外はもううっすらと明るみ、夜が明けかかっている。

なんで目が覚めたんだろう？

目をこすり、寝返りを打つ。

そうだ、誰かが家から出ていくのを聞いたんだ。

とたんに目が覚め、英子は反射的に身体を起こしていた。

で、今目が覚めたのはなぜ？

無意識のうちに辺りを見回していた。

なんとなく、カーテンをそっと上げて庭に目をやる。

誰かが動いている。

英子はギョッとして凍りついた。

庭を素早く移動してくる影。あれは。

それが弟であると、彼女はほんの短い時間で気付いていた。弟が、身体をかがめてどこかから戻ってきて、家に入るところだったのだと。

じゃあ、ゆうべ出ていったのも浩司だったの？

英子はそう思い当たった。ゆうべ聞いたのは、裏口から彼が出ていく音だったのだ。そして、彼は夜中のあいだどこかに行っていた。その用事が済んだ夜明け前になって、再び戻ってきたのだ。

あの子はいったいどこに行っていたんだろう？

英子は訝（いぶか）しく思った。夜遊びするといったって、この町ではそんな場所もない。友達の家？　誰のところだろう？

英子の知っている弟の交友関係の中に、夜通し一緒に遊ぶような仲間は思いつかない。あの子は意外に人づきあいがドライなのだ。

英子は混乱した。

翌朝になってみると、弟はふだんどおりに起きてきた。密かに顔色を観察していたが、疲れた表情も見せず、変わった様子もない。

英子は迷った。

ここで、ゆうべどこに行っていたのかと聞きただすべきだろうか？

しかし、彼女はそうしなかった。なんだか聞くのが怖かったのだ。浩司は完璧に普段通りを装っていた——つまり、彼の意志で隠れて出かけているのだと悟ったからである。

更に、英子はもっと重要なことに気付いていた。

ゆうべが初めてではない。

そう直感したのだ。ここ数日、庭に誰かがいるとか怖いとか感じていたのも、あんなふうに以前にも弟が家を空けていたからだとしか思えない。

ならば、今夜も出かけるのではないか？

その時、後を追ってみれば、彼がどこに行くのか分かるのではないか？　それをつきとめてからでも、本人を問い詰めるのは決して遅くはない。

英子は自分にそう言い聞かせた。

英子がそう自分に言い聞かせた前の晩。

彼女の弟は初めての体験をしていた。城田一族が誰ひとりとして経験したことのない、初めての体験を。

夜半、世界は静まりかえっていた。

夏の夜。どろりと濃い、磐座の夜の底で、少年は待っていた。

ちりん、という鈴の音がした。

うとうとと畳の上でまどろんでいたが、ハッとして飛び起きる。

気のせいだろうか？　いや、確かに聞いた。

その音は、誰かが訪れた印だった。裏木戸につけておいた鈴。それが、誰かが木戸を押し開いたために動いたのだ。

猪の首が門柱に載せられたあの騒ぎのせいで、屋敷の周りに警備が付き、面倒なことになったと思っていたが、警備は専ら母屋のほうだけで、打ち捨てられたような離れになっている茶室には誰も気を留めていないのは助かった。

浩司は心がざわめくのを感じた。

来た。来たんだ、本当に。

何日も待ちぼうけを食わされただけに、まだ信じられなかった。

そっと窓の障子を少しだけ開けてみる。

遠くにチラリと影が見えた。小柄な人影。

どきんとする。来た。本当に、来た。

慌てて障子を閉め、元いた場所に座り、ごろりと横たわった。

しきたりは、いろいろある。

浩司は、提供者に渡されたマニュアルの内容を頭の中で繰り返してみる。毎晩、飽きるほど繰り返した内容だ。

茶室の真ん中を切った炉に火を熾し、たっぷり水を入れた茶釜を置く。そして、お湯を沸かす。火箸をそばに添えておく。

茶室の真ん中に、仕切りを置く。

すだれやカーテンなどでもいい。要は、やってきた相手の顔を見てはいけないのだ。にじり口から入ってくるところも見てはならない。相手も同様で、提供者の顔を見てはいけないことになっている。会話も厳禁。提供者は、仕切りの向こう側に腕だけを出して、ひたすら待つ。文字通り、提供するだけ。一切文句は言えないのだ。

胸がどきどきしてきた。

これから何が起きるのか。これは城田一族が初めて体験することなのだ。

庭の片隅にある、小さな茶室。こぢんまりしたにじり口。そこから入ってくる人間は、一人しかいない。

彼が提供する、あの少女。

しゅん、しゅん、と音がする。茶釜のお湯はとっくに沸いていて、リズミカルな音を立てていた。

仕切りのカーテンの向こうに出した腕が、自分のものとは思えない。むきだしの、無防備な肉体。

浩司は小さく深呼吸した。

今はいったい何時だろう？

今日なのか明日なのか？　この祭りの時期、確かに昼も夜もなくなるが、はたして今が何時なのか、すっかり分からなくなっていた。

かすかな足音が聞こえた。

ゆっくりと草を踏んで近付いてくる。

動悸が激しくなるのを感じた。

誰かが入ってくる。狭いにじり口から身体をかがめて、この部屋に入ってくる。俺が腕を差し出した、すだれで区切ったこの狭い部屋に。

改めて考えてみると、とても間抜けな状況ではある。こんな夜中に馬鹿みたいに腕を差し出して献血。

やっぱり親父たちの言うことは正しかったのか？

浩司は興奮している。不安でもある。

が、そこにすうっと風を感じた。

誰かが入ってきた。

雰囲気からいって、小柄な若い女の子だ。それは気配で分かる。たちまち、狭い茶室の空気の密度が上がり、緊張する。

そこに誰かがいる。あの子がいる。

浩司は胸がどきどきするのを感じた。なにが起きたわけでもなく、ただ誰かが入ってきたというだけで。

深志の後ろに隠れた少女。河原で助けた少女。泣いていた少女。ハンカチを返すと言った少女。泣き顔と戸惑った顔、困った顔しか見たことがない。笑ってくれればいいのに。俺に向かって、笑いかけてくれればどんなに——

誰かが呼吸している。静かな息。

どうすればいいのだろう。

彼は、小さなカーテンの向こうに差し出した腕を、ほんの少しだけ動かしてみる。動いている。

まだ自分の腕だ。俺のものだ。

が、今はそこに誰かがいて、何かの準備をしている。しゅんしゅんとお湯は沸いている。大きな茶釜のなかで、沸騰したお湯が沸いている。

思わず、浩司は喉の奥でゴクリと唾を飲み込んでしまった。少女に聞こえたのではないかとどぎまぎする。が、すだれの向こうの影は身動ぎもしなかった。

ぴんと張った空気。深夜の茶室に緊張感が漂っている。

儀式。はるか昔から続いている儀式。

からん、と音がして、何かが茶釜の熱湯に沈む音がした。たぶん、「通い路」だろう。消毒のために、沸騰したお湯に落としたのだ。

マニュアルで読んだ。消毒のためには、十分以上、煮沸する必要があります。

ふつ、ふつ、と沸騰した泡が弾ける音がする。

じっと座っているすだれの向こうの影。

それにしても、なんだろう、このただならぬ雰囲気は。昼間のあの子の雰囲気とは似ても似つかぬ、どこか人間ばなれした気配。あの子はこんな感じだったろうか？

浩司はいつしか、とろんとまどろみ始めていた。

それは突然だった。

いきなり腕をつかまれ、ぶすり、と何かが肘の内側に突き刺さったのだ。

痛みよりも、不意を突かれたことのほうがショックで、頭の中に閃光が走ったような気がした。

反射的に全身がびくんとしなり、腕を引っ込めようとしていた。

が、思いのほか腕をつかんでいる力は強く、腕を引っ込められない。

一瞬、パニックに陥った。殺される！　なんて愚かだったのだろう！　やはりあいつらはバケモノだったのだ！　腕を切られて、俺は死んでしまう！

動転し、逃げ出したくなった。しかし、なぜか身体は動かなかった。畳に縫い付けられたようになって、動けない。あるいは、それこそハチやクモのように、刺した瞬間に麻酔のようなものを入れているのか？

浩司は天井に向かってぱくぱくと口を動かし、喘いだ。

と、冷たくて柔らかいものが腕に押し付けられる。

「通い路」を突き立てられた時とは異なる衝撃で、全身が再び大きくしなった。

なんて柔らかい――甘やかで冷たい――心地よい感触。

それが、少女の唇だと気付いて、全身の血が沸騰したような心地になった。

吸っている――飲んでいる――俺の血を、今まさに、すぐそこで――あの小さな柔らかい唇をつけて。

浩司は再びパニックに陥っていた。

しかし、今度のパニックは歓喜と言い換えてもよいものだった。

それからの数分間、全身から徐々に血が失われているはずなのに、感じていたのは正反対のイメージだった。

何かが流れ込んでくる――

浩司の頭の中では、きらきらと光りながら次々と色彩を変えていく、極彩色の刺激的なものが次々と全身に流れ込んでくるイメージが浮かんでいた。

うわっ、なんだ、これ。

浩司は目を見開き、震えるように喘いだ。

雨上がりの水溜りに油膜が張っているように、ねっとりと動き、玉虫色に少しずつ色を変えていくエネジー。

浩司の目には、暗い茶室の天井に、それらが渦を巻き、ちらちらと眩い光を放ちながら広がり、茶室を満たしていくところが見えるような気がした。

色彩だけではない。この刺激——笑い出してしまいたくなるような高揚感——目の覚めるような心地よさ——快楽。

快楽、という言葉がぽつんと頭に浮かんだとたん、その字は大きく膨らんで、彼の中に焼印のごとく押し付けられた。

彼は直感していた。これが、大人たちが声を潜め、目配せしあってきたこの世の快楽の、しかも最上のもののひとつであるということを。性交や麻薬で得てきた快楽にも劣らない、肉体と精神が感じる至上の喜びであるということを。だからこそ、提供者たちは進んでおのれの血を差し出し、綿々とこの儀式を続けてきたのだということを。この快楽を得るために、財産を惜しまぬ人がいる理由も理解できた。

そして、浩司は心の片隅で別のことも考えていた。

城田家がこの快楽を避けてきたのは、この快楽に人間がいともたやすく屈し、おのれを投げ出してしまう危険を知っていたからだ。つまり、かつては城田家も血を差し出していたのだろう。誰もがこの快楽を知っていたのだろう。そして、そのために先祖の誰かが城田家を傾かせてしまったことがあったに違いない。だからこそ、経済活動を優先するために、「おぞましいこと」とレッテルを貼り、子孫にこの行為を禁じてきたのだ。

それほどまでに凄まじい——それこそ浩司の短い人生観を変えてしまうような——「めくるめく」としか言いようのない数分間だった。

そして、それはたぶん、「提供」されている側のほうにも抗いがたい快楽であることを浩司は感じとっていた。

腕につけられた一点で繫がっているあいだ、両者は同じ快楽を共有していた。少女が血をすする音が、次第に熱心に、夢中になっていくのが伝わってきた。「貪る」という表現がまさにぴったりだった。

しかし、それは不意に終わった。

少女がハッとしたように、顔を上げたのだ。

それにつられて浩司もびくっとして、目が覚めたような気分になった。

夢から覚めた二人。

しばらくのあいだ、そのままの姿勢で二人はすだれを挟んでじっとしていた。

潮が引くように、快楽と興奮も引いていく。

極彩色のエネジーに満ちていたはずの茶室は、ただの薄暗い部屋に戻りつつあった。

代わりに疲労感が部屋に満ちていく。

少女がのろのろと起き上がり、再び茶釜に「通い路」を落とす音がした。使ったあとの消毒をしているのだ。

沸騰したお湯の中で踊る「通い路」のカタカタという音を聞きながら、浩司は全身がぐったりしているのに驚いた。どれだけ時間が経ったのだろう？

茶釜から火箸で「通い路」を拾い上げているのが分かった。

影が動き、ゆっくりとにじり口から外に出ていく。

気配が消え、すだれの向こう側が空っぽになったことが分かっても、浩司はしばらく動けなかった。

だらりと身体を投げ出したまま、じっと天井を見つめ、今起きたことを懸命に反芻しようと試みるのだが、あれだけの快楽を味わったはずなのに、その感覚はどんどん指のあいだから滑り落ちていくように、どこかへ消え去ってしまった。

「ふう」

浩司はそう声に出して溜息をついてみた。

恐る恐る腕を引っ込めてみる。

肘の内側にぽつんとついた小さな切り傷。何か薬でも塗ったのか、すっかり血は止まっており、既に傷口は乾いていた。

ごそごそと起き上がり、胡坐をかいて座る。なんとなく頭が重いような気がしたが、別になんともない。ただ、深い疲労感があったし、全身が緊張していたせいか、筋肉痛のようなものも感じた。

そっとすだれをよけてみた。

そこには、誰かがいた気配などみじんもない。茶釜の中のお湯はすっかり減ってしまっている。

なんとなく、茶釜の中を覗いてみた。「通い路」を消毒した時の血が残っているだろうか？

しかし、見た目には全くお湯にも変化はなく、何もなかったかのようだった。

浩司は大きく溜息をついた。

なんという——なんてすごい——いや、すごいという言葉だけでは言い足りない、ものすごい体験だったんだろう。

何気なく首筋に手をやると、じっとりと冷たい汗を掻いていた。

静かに茶室を出ると、月に雲がかかっている。

まるで、この一時間で別の人間になってしまったかのようだった。

いや、本当に、俺は別人になったのだ。今の城田家の誰も体験していないことを体験したのだから。

そして、自分は明日もまたここに来て待ち続けるだろう、と確信していた。

もはや、あの快楽を一度味わってしまったら、やめることなどできない。

既に、彼はあの危険な喜びに——先祖が封印し、子孫に禁じてきたタブーにすっかり屈してしまっていた。


広場で城田浩司に会い、とぼとぼと家に帰った奈智は、駐車場に並んだ黒塗りの車に圧倒された。

どうやら、町の偉い人達が集まっているらしい。

目つきの悪い男の人が数人、周囲をきょろきょろ見回していた。

なんだか異様な雰囲気だ。奈智はそそくさと家に入った。

あの様子ではきっと忙しいはずだし、今日も旅館の手伝いをしようとお勝手に行くと、何やらピリピリした緊張感が漂い、従業員の表情が硬い。

「今日はええよ」

奈智の姿を認めて、久緒が慌てたようにやってきた。

「でも、忙しいんやないですか」

「ええの、今日は」

久緒がきっぱりと首を振ったので、奈智は「わかりました」と引き揚げた。何か秘密の会合か何かなのだろう。

戻りしな、奥の離れになった座敷に見覚えのある姿が入っていくのに気付く。

校長先生だ。

どきんとして不安な気持ちになった。その集まりが、自分たちキャンプ生に関係することだと直感したからだ。

何の集まりなんだろう。

なぜか気になってたまらない。

そっと陰から廊下を通る人達を見ていたが、警察の人もいる。みんなが頭を下げているところや制服を見ると、きっと署長さんだ。その座敷に入っていく人は、皆一様に厳しい顔をしていた。全部で七、八人というところか。

奈智は着替えてからもそわそわしていた。

なんだろう、この胸騒ぎ。何か重要なことがあそこで今話されているという確信がある。

急いでご飯を食べ、そっと玄関を出て裏庭に回った。裏庭からなら離れに近づけるはずだ。

むっとする草いきれ。夏の夜に、生き物の気配が匂う。

離れは池の上に張り出すようになっていたので、すぐそばまでは行けなかったが、池側の障子は大きく開いていて、中から光が漏れていた。

虫の声が響く中、そっと近寄っていくと、声が聞こえてくる。

これなら、なんとか話が聞き取れそうだ。

奈智は離れと別棟のあいだの暗がりにしゃがみこむと、耳を澄ました。

「——何か勘違いなさってやしませんか」

耳に飛び込んできたのは、腹に据えかねる、という調子の校長先生の声である。

気まずい沈黙。

「町の財政が厳しいことはじゅうぶん承知しとります。しかし、近年、不当に金額を吊り上げおるゆう話も聞いてます。ここ数年は『入札』しとる、ゆうのは本当ですか。いくらなんでもそれはやりすぎやないですか」

まあまあ、と誰かが宥める声がした。知らない声だ。

校長先生は憤りを隠せない声で続けた。

「それも、かなりの額になっとるゆうやないですか。そのお金はどこに入ってるんですか。キャンプ生の補償金に遣われとるゆう話は聞きませんが」

「先生、お言葉ですが」

ムッとした声が上がる。

「入札いう形になったのは、むしろ向こうの要望です。ずっと断ってきましたが、入札させてほしい、ゆうたのは向こうです。こっちから提案したわけやありません」

鼻を鳴らす音がした。

「キャンプキャンプ言いよりますけど、ここしばらく、磐座から虚ろ舟乗りは出てよりませんな。年々政府の補助金も減らされてます。ツクバでは、遺伝子操作で変質体を造り出してるそうで、そっちがもう主流やとか」

やんわりと、しかしどこか恫喝を思わせる口調。

校長先生がぐっと詰まるのが分かる。

が、少し置いてまた話し始めた。

「それはそうかもしれません。しかし、それは世界的な傾向です。何が原因か分からんが、こういった場所の力で変質させるゆうのはもしかすると時代遅れなのかもしらん。だからといって、血切りするんを売るゆうのは納得できません。聞けば、血切りすれば、不老不死になるみたいな噂が流れてるらしいやありませんか」

「まさか、そんな」

失笑が沸いた。

「いや、ほんとです」

今度は別の声がした。

声の感じから、警察署長ではないかという気がした。笑い声が止む。

「困ったことに、みんなそう信じとるようです。そんな事実はない、ゆうても、いや、隠してるんだろうとか、ぜひさせてほしいゆう頼みはしょっちゅうです。しかも、偉い人が目の色変えて幾ら出してもいいからとねじこんでくる。ほとほと困っておる。これまで政府も、虚ろ舟乗りに関する情報をほとんど出してこなかったので、いろいろな憶測が憶測を呼んで、いわば伝説みたいになっとるんですな」

穏やかな声が続けた。

「実際、免疫力が上がるゆうデータはあるらしい。だから、全くのデタラメというわけでもない。

それで余計にややこしくなる。磐座の連中はずるをしている、自分たちだけ長生きしてる、と疑われておるわけです」

一座は黙り込んだ。

「問題は、大臣にどう対応するかでしょう」

また別の声が淡々と言った。少し若い人のようだ。

場が緊張するのが分かる。

大臣?

奈智は耳を疑った。

大臣て、国の? それ以外には考えられない。

「もう大臣は早々に全額用意しておられる。明後日磐座入りして、一週間滞在される予定です」

唸(うな)り声のようなものが上がった。面倒なことになった、という雰囲気である。

「強制はできませんよ」

校長先生の暗い声がした。

「選択権は、子供たちのほうにあります」

「でも、話はそうでは済みませんよ」

この若い人は、磐座の人ではない気がした。東京の人。政府の人。そんな感じだ。

「お金は用意した。磐座まで来た。しかし、誰も通ってこない。これでは、大臣は納得されないでしょう」

沈黙。気まずい雰囲気だ。

「正直に申し上げます」

校長先生の声。

「大臣は健康状態に問題があります。しかもかなり。なのに、子供たちに血切りさせるゆうのは、むごい話です。磐座の提供者の条件がどんなに厳しいかはご存知でしょう。ぎりぎりまで何度も検査をして、少しでも調子が悪ければすぐに失格になります。それなのに、そんな条件の悪い血ぃ提供するゆうのは、単なるわがままやないですか」

「――分かっています」

若い人がぽつんと言った。

「しかし、大臣はこれに懸けておられるんです。まだやりたいことがたくさんある。どうしても長生きしたいと」

今度はどことなく哀しげな沈黙が降りた。

「ですが」

用心深そうな声が上がった。

「なんの保証もありませんよ。血切りしたからというて、絶対長生きできるゆう保証はありません。実際のところ、相関関係は立証されてないわけですから」あとで何か言われたりしませんよね」

「はい、それは大丈夫です。そこのところは何度も話し合いました。お支払いするし、これ以降一切責任は問わない。この件については一筆入れさせていただきます」

若い人の声は、穏やかではあったが有無を言わせぬ調子だった。

一座は気圧された様子で、また黙り込む。

「誰が行くかは決まっとるんですか?」

不安そうな声が尋ねる。

「まだ決めとりません」

校長先生の逡巡する声。

「五日間同じ子に通わせるわけにはいかないでしょう。その——健康でない血を入れるのはなるべく少なくしたい」

「いや、それは逆に、一人にしたほうがええんやないですか」

誰かが冷たい声で言った。

「大臣にもし何かがあったとき、五人相手がいたら、どの子が原因か分からないでしょう」

「何かというのは？」

若い人が鋭く聞きとがめた。

「さあ、分かりません」

冷たい声の人は開き直ったように言い捨てた。

「子供たちのほうかて、被害が五人になるより、一人で済んだほうがええでしょう。そんな不健康な血い飲まされるんやったら」

その声には、挑戦するような響きがあった。

「こちらは、そちらの申し出に従ったまでです」

若い人は明らかに気分を害したようだった。

「途方もない額を提示して引き受けて、そのお金を受け取るのであれば、それなりに手配していただかなくては」

険悪な雰囲気。

奈智は思わず唾を飲み込んでいた。向こうに聞こえるはずはないのだれど、反射的に口を押さえてしまう。

「――了解しました。大臣のお越しをお待ちしとります。連絡先や場所なんかはもうお渡ししとりますよって、よろしくお願いいたします」

誰かがとりなすようにそう言い、なんとなくその場はまとまったようだ。

ごそごそと人が動き出す音がして、誰かが部屋を出て行く気配がした。廊下で話す声がして、ほっとしたように緊張が緩む。

「面倒なことになりましたな」

警察署長の声がする。

どうやら、何人かは引き揚げ、部屋には数人が残ったらしい。

「木霊の話はしてあるんですか？」

校長先生の囁くような声。

「してあるわけがないでしょう。あの助役が、そんな話、するはずがない。したら、大臣も少しは考え直してくれたかもしれんのに」

警察署長は侮蔑を隠さなかった。

「警備はもちろんつくんでしょうね」

「最小限つくでしょうが、なにしろ血切りですからね――むずかしいところはあります。うちからもつけないとなりませんでしょうね」

二人はボソボソと暗い口調で話し合っていた。

「いったいあの金はどこに入ってるんです？　祭りの費用ですか？」

「積み立ててる、いうてますが分かりません。助役はかなり入札額をあおってる節がある。入札してるんがかなり偉い人たちやから、向こうも決してよう突っ込みよらん。それが分かっててやっとる」

「いい迷惑や。子供たちになんとゆうたらええか」

校長先生の溜息が聞こえた。

奈智は、だんだん身体が冷たくなってくるのを感じた。

心臓がどきどきしてくる。

大臣の血を。

誰がその血を飲むというのか？　校長先生は、本当にあたしたちの誰かにそれをさせるつもりなのだろうか？

奈智は立ち上がろうとしたが、足が痺（しび）れてよろけ、地面に手をついてしまった。

まさか、そんな。血を飲ませる権利を売っているなんて。

動揺したまま、奈智はその場を離れた。

あまりの衝撃に、どうやって部屋に戻ったのか分からなかったほどだった。


同じ頃。

祭囃子を遠くに聞きながら、天知雅樹は湿った木々のあいだを歩いていた。

もっとも、彼の中では祭囃子も祭りも全く念頭になかった。

あれは自分とは一切関係のないもの。普通の人たちが楽しむもの。

何度磐座に来ても、それは変わらない。いわば、ここには表と裏のふたつの世界があって、自分が所属しているのはもちろん裏のほう。自分が生まれ落ちた瞬間から、裏の世界を生きることはもう決まっていたのだと、ずいぶん前に彼は諦観していた。

だが、今回ここに来て、キャンプに参加しているうちに、徐々に考えが変わってきていた。

もしかして——もしかして、表だと思っていた世界は、裏だったのではないか？

雅樹はそんなことを考え始めていた。

この素朴で無邪気にも見える、日々踊り歌い続ける風習。磐座の最も重要な行事であり、大きな観光資源でもあるこの二ヶ月にも亘る祭りは、自分たち裏の世界と密接に関わっているのではないか。いや、もっとはっきりいえば、この祭りは裏が持つ幾つかの顔のひとつ。たまたま表を向いているだけであって、見た目通りのものではないとしたら。この行事そのものに何か大きな意味があるのだとしたら。

考え始めると、さまざまなことが気になってきた。

城に飾られた絵や、掲げられる提灯、踊りの内容や動き。

そして、何よりも雅樹が気にしているのは、あのトワが今ここにいることだった。

なぜ彼女はここにいるのだろう。


今年、今、この時期にこの磐座に？

トワは虚ろ舟乗りである。とても貴重な、集落も国家も、一人でも多く得たいと願っている資質を持つ、ベテランの虚ろ舟乗り。

そんな貴重な人材が、どうしてこんなところをフラフラしているのだ？　すぐに次の船団に加わる準備をし、あるいは後進の育成をすべきでは？　ある意味、後進の指導をしているといえないこともないが、とてもじゃないが積極的とは思えない。

雅樹は、彼女と交わした謎めいた会話の意味を繰り返し考えていた。

彼の質問に、彼女ははっきりと答えることはなかったけれど、あの目は彼の考えを肯定も否定もしていなかった。いや、あれは肯定だったのだろうか？

あの不思議な目。すべてを見透かしているような、すべてを諦めているような、静かで冷徹な目。

広い外海を見ながら長い歳月を過ごすというのは、どういうものなのだろう。

しばしばそんなことを想像してみることもある。

自分は虚ろ舟乗りになることを運命づけられている。いつかは自分もあの暗い外海に漕ぎ出していくのだ。

そうしたら、自分もあんな目をするようになるのだろうか？

足元でぱきん、と折れた枝が音を立てた。

雅樹はハッとして周囲を見回す。

遠い祭囃子。身体を包む、たくさんの虫の声。

慌てて前方を見ると、チラチラとした光は先へ先へと移動していた。

雅樹は急いで歩き出す。見失ってはいけない。

うねうねと続く山道は、うっすらと光って見えた。

そこだけ草がないので、夜でもなんとか辿っていくことができる。

上っていく光。なるほど、先は上りなのだ。いったいどこに向かっているのだろう。

雅樹は光を見失うまいと足を速めた。

なぜトワが今ここにいるのか。

そう考えた末に、彼が得たのはごくシンプルな答えだった。

彼女が今ここにいる必要があるから。彼女でなければできない何か、彼女がここにいなければならない何かが今のここにあるからだ。

雅樹は、それから彼女の姿を捜した。

彼女を見つけると、可能な限り、彼女のあとをつけ、その行動を見張った。

彼女が寝起きしているのは、城のどこかであることは間違いない。丸一日全く出てこないこともあれば、朝早く出かけていくこともある。そして、どういうわけか、しばしば見失う。

こんなふうに山道をつけていって、曲がったとたんに消えてしまうこともあったし、茂みの陰に入ってしまったと思ったら、次の瞬間はもういなくなっていたりした。

彼女が姿を消した辺りをさんざん捜してみたが、何か秘密の入口があるというわけでもない。

雅樹は首をひねったが、まるで掻き消すように、いつも彼女は姿を消してしまうのだった。

今日は、偶然彼女の姿を見かけた。

宿に帰る途中、たまたま川べりを行く彼女の後ろ姿を見つけたのだ。

彼女が城に帰るところを何度か見かけたことはあるが、こんなに暗くなってからどこかに出かけていくのを見つけたのは初めてだった。

既に辺りは暗く、チラリと姿を見ただけだが、何日も彼女のあとをつけているので、彼女を見間違えることはなかった。

どこか、重要なところに向かうに違いない。

雅樹はそう直感した。

トワはするすると山道の中に入っていった。木々のあいだにポツンと小さな明かりが灯るのが見え、彼女が懐中電灯か何かを点けたのが分かった。

これは、行き先を見届けなければ。

雅樹はそう決心し、すぐに後を追い始めた。

彼女とのあいだにかなりの距離があったが、急ぎ足で追いかけ、どうにかあの明かりを見失わぬところまで追いついた。

次第に上り坂は急になり、雅樹は呼吸が荒くなるのを感じた。

ずいぶん登るんだなあ。この道は今までに通ったことがない。

ねっとりとした闇が濃くなり、緑の匂いも強くなる。

頭上も木々の茂みが覆い、植物のトンネルの中を歩いているようだった。四方八方から聞こえる虫の声。

いつも冷静でドライな雅樹であるが、どこか原始的な恐怖が込み上げてくるのを認めざるを得ない。

人間の太古の記憶。闇への畏れ。夜の恐怖。

雅樹は、息を切らしつつ登り続けた。

あの明かりだけに集中するんだ。余計なことは考えるな。

チラチラと光る明かりは、坂をものともせずに、かなりの速さで上がっていく。

なんてタフなんだ。変質してしまうと、運動能力も上がるんだろうか。

そんなことを考えていると、フッと明かりが見えなくなった。

あれ？

雅樹は焦った。

なんとなくぼんやりと見えるものの、辺りは夜の闇である。

消えた？　また、いなくなっちゃったのか？

必死に足元を確認しながら登り続けると、不意にぽっかりと空いた空間が目の前に現われたのが分かった。

アーチ形を描いた、漆黒の闇。

トンネルの入口だ。

雅樹は、その前に立って、じっとその奥に目を凝らしてみる。

乾いた空気。

しばらく目を凝らしていたら、ぼんやりと奥のほうが明るいことに気がついた。

かなり先のほうに、明かりがある。

足元は下り坂になっていた。どうやら、先がカーブしていて、その奥に光があるらしい。

彼女は、ここに入っていったのか。

雅樹は一瞬ためらったのち、思い切って中に入っていった。


自分の部屋に戻っても、奈智は動揺が収まらなかった。

血を飲む権利。入札。大臣は全額を準備――

聞くんじゃなかった。

奈智は心底後悔していた。

ただでさえキャンプは不安なのに、町の財政状態だとか、政治的なことだとか、余計なことは知りたくなかった。

ツクバで変質体を遺伝子操作で造り出すほうが主流――

そちらも気になった。自分たちは無駄な努力をしているのだろうか。「虚ろ舟乗り」になる可能性が低いのに、キャンプをするのは徒労に過ぎないのだろうか。

先生たちはあらゆる手段を講じていて、今夜も結衣たちは「血切り」をしているというのに？

そう考えたとたん、強烈な衝動が込み上げてきた。


飲みたい。あれを／飲みたい。あの／赤いものを。


しまった、と奈智は思った。ますます話を聞いたことを後悔した。

あの強烈な話を聞いてしまったせいで、血を飲むイメージが一瞬たりとも頭から離れないのだ。

大臣の血、不健康な血、同じ子が飲むのか、別々に飲むのか――

結衣のうっとりした目が脳裏に蘇る。真っ赤な血のイメージと共に、何度も何度もあの恍惚とした表情が繰り返し、脳裏に――

全身にざわっと鳥肌が立った。

それは、眩暈がするほど暴力的な衝動だった。

身体じゅうに熱いものが駆け巡り、おぞましい感情が身体の底からどっとあふれ出したように感じた。身体が倍くらいに膨らんだような気がする。

まずい。

奈智はパニックに陥った。

机の前に座っていても、頭を誰かにつかまれ、引っ張られ、起き上がらせようとされているようだった。

目の前が暗くなり、明るくなり、真っ赤になる。

飲みたい／欲しい。

奈智は必死でまばたきをした。首筋に汗が流れ出す。

通い路を突き立てて、ぷくりと丸い血が白い肌に盛り上がるところを／

やめて。考えちゃだめ。

汗は冷たいのか、温かいのかよく分からなかった。寒いのか暑いのかもよく分からない。

しかし、胃袋が熱く感じられるのは確かだった。まるで、身体の中に火を飲み込んだみたいに。

熱い。

奈智はおなかに手を当てた。本当に、中から熱を放っているかのように熱い。

たちまち汗が噴き出し、手は濡れた。

頭がクラクラする。こんな凄まじい衝動が自分の中に潜んでいたのだと思うと恐ろしくなった。

誰かが立ち上がらせようとしている。

奈智はのろのろと天井を見上げた。

もちろん、誰もいない。だが、天井がやけに暗く、誰かが見下ろしているような気がした。

あそこにいる誰かはあたしをあやつり人形のように天井から引っ張り上げ、どこかに行かせようとしている。

奈智は座布団に座って正座をしつつ、身体を抱くようにしてぶるぶると震えていた。

どうしよう。

奈智は涙を浮かべた。恐ろしく、おぞましく、情けない涙。鼻水も垂れてきた。いや、これは汗だろうか？

衝動は繰り返し、小さな爆発のように身体の中で弾ける。さあ立ち上がれ、夜の中に出て行けと執拗（しつよう）に誘ってくる。

宿の手伝いをして気を紛らわし、身体を疲れさせて眠るという方法を、今日は使えなかった。まだ体力はじゅうぶん残っている。今にも両手を広げて全速力で駆け出してしまいたいくらいに。

結衣のうっとりした目。美しく、どこか淫靡（いんび）な、潤んだまなざし。

やめられないわ／やめられないの。

魅入（みい）られたような声が何度も頭の中に響く。

奈智は必死に身体を抱え込み、机の上に突っ伏した。

あたしが必死にここで耐えているあいだも、結衣は嬉々（きき）として宿坊を飛び出しているのだろうか。

衝動に身を任せ、夜の中に駆け出していっているのだろうか。

結衣だけでなく、他の少年や少女たちも、目をぎらぎらさせて、夜の闇に紛れて血を求め、今もさまよっているのだろうか。

いや、もう既に血をすすっているのだろうか、綺麗な血を、健康な血を、うっとりと、歓喜にまみれながら。

耳元に、血をすする音が重なりあって聞こえてきた。

奈智は、いつしかぼんやりと血をすする結衣の姿を朦朧としつつ眺めている。

結衣が、夢中になって誰かの腕を抱え込んでいる。ぴちゃぴちゃ、ずるずるというくぐもった音が部屋の中に響いている。

部屋は暗くて、結衣の姿はうっすらとしか見えない。

結衣は身体を丸め、まるで獣のような姿勢でいっしんに血を飲んでいる。時々ぶるっと身体を震わし、かがみこんでいるその姿は、一瞬、号泣しているようにも見える。何かをひどく哀しんで、泣き喚いているようにも見える。

しかし、そうではない。結衣は歓喜しているのだ。快感に浸っているのだ。おいしい。ああ、おいしいと、目も眩むような歓びに完全に身を委ねているのだ。

そして、血を吸われているほうも――

暗がりの中で、横たわり腕を結衣に預けている誰かも、闇の中で微笑んでるのが分かる。

ああ、なんて素晴らしいんだ。なんて心地よいんだ。腕から流れ出した血が、結衣の唇を通して結衣に流れ込んでいく感触は――

奈智はハッとした。

その顔は、深志だった。深志は目を閉じ、喜悦に満ちた顔で、闇の中で笑っている。

「ひっ」

奈智は悲鳴を上げ、頭を抱えて机に打ち付けた。

ゴツッ、という鈍い音がする。痛みに一瞬息が止まった。

何度も頭を打ち付ける。痛みが弾けた。

どうして拒絶する？

誰かの声が響いた。これは誰の声だろう。男の人の声。先生の声じゃない。どこか哀しそうな声。あの人だ。お父さんの話をしてくれた人。天知雅樹の家族。どこか哀しそうな顔。傷ついた顔。これはあの人の声だ。

なぜ拒む？

あの吸い込まれそうな暗い瞳が迫ってくる。

なぜ衝動に従わない？　誰もが望んでいるのに。君は望まれているのに。誰も文句は言わない。むしろ、祝福してくれる。待っている。木霊の危険もかえりみず、みんなが君がそうするのを待っているのに。望まれているのに、なぜ？

やめて。

奈智は頭を抱えて叫んだ。机が汗で濡れている。息が苦しい。

熱い。全身が熱い。誰かがあたしを机から引き剝がそうとしている。

どうしてだろう？

奈智は心の中で叫んでいた。

どうして、あたしはこんなに必死に拒んでいるんだろう？　なぜこんなに嫌なんだろう？　キャンプ生になったからには、こうなって当然で、こうなってほしいと先生たちも考えているのに。みんながこうなれば、誰もが喜ぶ。こうなるためにあたしたちはここにいるのだから。誰も止めはしない。みんながそれを望んでいる——

だけど、本当だろうか？

別の声もした。これはあたしの声。あたしの中にいる、もう一人のあたしの声だ。

みんな、本当に望んでいるんだろうか？　みんな、本当にバケモノになりたいのだろうか。城田家を見なさいよ。あのうちは、キャンプを嫌がっている。子供たちをバケモノになどさせないと言っている。むしろ、あれが本当の姿なんじゃないだろうか。みんな、本当は気味悪がっているんじゃないだろうか。子供を「虚ろ舟乗り」になど、誰がしたいだろうか。おじさんたちは嫌がっていた。ここにあたしを来させたくないと言っていた。

そうだ、ここに来るということは、子供たちを失う可能性があるということなのだ。そんなことを誰が望むだろう？

おカネ、という声がした。

それはなぜか結衣の声だった。

キャンプに来ればおカネがもらえるの。家族にも、町にも。補助金が出るのよ。大臣は全額準備している。

奈智は何かを理解したような気がした。

ひょっとして、お母さんが殺されたのも、お母さんを外海に出したくなかったからなんじゃないだろうか？　そうすればずっと地球にいられる。あたしはバケモノになりたくない。血をするバケモノになど。そうすれば、ずっと地球にいられる——

そうすれば。

奈智は歯を食いしばった。

そうすれば、深志兄さんのそばにいられる。ずっといられる。

奈智はハッとした。

全身が重く、激しい疲労感を覚えた。

今、あたしは何を考えていたんだろう？　朦朧とした、混乱した頭で、今何を考えたのだろうか？

いったいどれくらい頭を抱えていたのだろう。

あちこちが痛かった。

不自然な姿勢でずっと身体を押さえつけていたせいだ。

のろのろと頭を上げると、机の上に汗の池ができていた。

いつのまにか、衝動は去っていた。全身が汗びっしょりで、すっかり身体は冷えていた。鈍い疲れと筋肉痛だけが身体に沈んでいて、奈智は十も歳を取ったような気がした。

あたしはバケモノになりたくない。

奈智はもう一度そう考え、ひどくゆっくりと座布団の上に座り直した。


夜明けよりも少し前。

夏の夜は、濃密であるが短い。それでもまだ、朝の気配は遠く、夜の領域が世界を支配している午前四時過ぎ。

虫の声もなく、草木も眠っている。

磐座は深い谷間にある集落ゆえ、もう少し夜が開けるまでは時間があるだろう。

よく目を凝らすと、木立の中を動く影がある。

長い髪、ほっそりとした姿。

周囲にトワと呼ばれる者が、山道を静かに歩いていた。

暗闇の中を、するすると滑るように移動する姿は、ほんの少し地面から浮き上がっているように見える。今の彼女を目にする者がいれば、山で死んだ女の幽霊だと思うかもしれない。

歩く彼女の顔は、まるで彫像のように無表情だ。目を開けているのか、閉じているのか。

ひょっとしたら、目を閉じたまま移動しているのではないかと訝しくなるほど、ぎりぎりまでまぶたは落ちかかっている。半眼、とでも呼ぶのがいちばん近い状態だろうか。

彼女のこめかみがピクリとかすかに動いた。

ちらっと、どこかに目をやるが、すぐにまた正面を向いた。

見える——感じる。
やってくる。惨劇の予兆が。幕を下ろそうとする者が、遠くの道を。

彼女の目は、夜のしじまに、鋭い光を投げかける光を見た。

真っ暗な山道を走る、車のヘッドライト。

黒塗りの大きな車が三台、一定の車間距離を維持したまま、前後して一列にやってくる。ぴかぴかに磨きこまれた同じ車が三台。窓にはスモークが入っていて乗客は見えないし、別々に見たら車の見分けもつかないだろう。

ものものしい車は、一路磐座を目指している。

彼らは悪い血を運んでくる。悪い血で、キャンプの子供たちを汚しにやってくるのだ。それがどんな災厄をもたらすのかも知らずに。

トワは足を止め、目を見開いた。

ここは地球だ――そして、懐かしい磐座だ。

耳を澄まし、ぐるりと辺りを見回す。

本当に？

暗くても、生命の気配だけは濃厚に漂っている――無数の虫たち、あと三十分もすればさえずり始める鳥たち、木々や雑草の深い呼吸――それらはあまねく磐座の夜を埋め尽くしている。

だが、トワは、しばしば自分が地球に帰ってきていることを失念しそうになるのだった。

もしかして、これは虚ろ舟の中で見ている夢なのではないか。

漆黒の闇の中、暗い星ぼしの海の中に漂いながら、磐座にいる夢を見ているだけなのではないか。

ふと目覚めたら、窓の外には吸い込まれそうな暗黒だけが広がっているのではないか――

そんな、眩暈にも似た感覚に襲われるのだ。

虚ろ舟の中では、ほぼ強制的に「眠り」を摂ることになるのだが（身体を休めるためと、生活にリズムを作るためだ）、地球ではそんな必要もなく、眠ろうと思えば眠れるし、ずっと起きていようと思えば起きていられる。

トワは考える。

永遠というのは、一瞬と同じなのだ。

いつまでも生きられるということは、ほんの一瞬ですべてが終わることと同じだ。オール・オア・ナッシング。オールとナッシングは等価である。

彼女にとっては、長い外海での旅も、今こうして磐座の集落を歩いていることも、たいして変わりはなかった。

はっきりとした違いは、大気を通して見る星ぼしは、外海で見るよりも柔らかく愛らしいことだ。

今見える星には、子供の頃の記憶のように、淡い紗が掛かっている。

子供の頃。それはなんという遠い日々なのだろう。もはや伝説や神話のようだ。父と母がいて、兄と姉がいて。

一族の中で、虚ろ舟乗りになったのは彼女だけだった。だから、両親もきょうだいも、とっくの昔にもうこの世を去っている。

誰なのだろう、最初に自分たちを「愚かな薔薇(ばら)」と呼び始めたのは。

トワは、誰かのヒソヒソ声を思い出す。

愚かな薔薇は枯れない。いつまでも咲き続ける。自分の命が尽きていることにも気付かず、愚かさゆえに枯れないのだ。

もちろん、そんなことを、面と向かって口に出して言う者はいない。

しかし、誰もがその呼び名を知っていた。虚ろ舟乗りだけでなく、その家族や周りの人たちも。

枯れない薔薇。永遠の薔薇。

トワの唇に、冷笑が浮かぶ。

枯れない薔薇は美しいのだろうか。枯れるからこそ美しいのではないだろうか。それは紙やプラスチックでできた造花とどこが違うというのだろう。

トワは、音もなく小さな溜息をつき、再び静かに歩き出した。

こうして、昼も夜もなく磐座の中を歩き回っている。磐座を見張っているといってもいいのだが、なぜか木霊を目撃することはできなかった。

おかしい。なぜ木霊は姿を見せない？　私にすら木霊を見ることができないのはどうしてなのだ？

闇の底で、「血切り」をしている気配は感じ取れる。「血切り」を通した交歓のエネルギーは感じ取れる。ならば、木霊の気配も感じられていいはずなのに。

トワは首をかしげた。

そこはかとなく磐座に流れている、悪意。不穏な予兆。それは、今遠い山道を走っている黒塗りの車に繋がっているような気がする。磐座に潜む、通奏低音のような気配が、あの三台の車を呼び込んでいるのだ。

車の中にいる者たちは、そんなことは微塵も予想していないだろう。スケジュールをやりくりし、国民には秘密にして、おのれが生き延びることしか考えていない者たち。

キャンプの子供たちが、どれだけのものを犠牲にし、引き換えにして遥かな外海を目指しているのか考えたこともない者どもだ。

そのキャンプの目的ですら、今や大きな危険に晒されているというのに。

身体の底で、しばらく忘れていた「怒り」や「憤り」といった感覚に近いものが蠢くのを感じ、トワはそのことを意外に思った。

まだこんな感覚が残っていたなんて。

奇妙な懐かしさに襲われる。

虚ろ舟乗りになると、徐々に感情の起伏が失われていく。すべてが意味のないことに、あるいはすべてが記号のように感じられるようになる。愛情も、歓びも、なだらかに、より普遍的なものに変化していく。個々に対する愛情はより拡散されて人類愛とでも呼ぶべきものへと均されていくのだ。

特定の人を愛したのは、いったいいつが最後だったか。

トワはそんなことをちらりと考えた。

ぼんやりとした背の高い誰かの姿が脳裏を過ぎったが、それもすぐに消えてしまった。

どうしたのだろう、今夜は昔のことばかり頭に浮かんでくる。

ゆっくりと首を振り、トワは歩き続けた。

今年のキャンプはどうしても成功させなければならない。

トワは遠い空の一点を見据えた。

もうすぐ船団が帰ってくる。決断と選択を迫る船団が帰ってくる。よい知らせとよくない知らせを持って、船団が帰ってくる――

もしかして、私はもう幽霊になってしまっているのかもしれない。

トワは自分の手を見下ろした。

真っ白な、細い指。

私はまだ外海を漂っているか、遠いあの星で船外活動中に倒れたかして、魂だけが故郷に戻ってきているのだ。第一、幽霊と虚ろ舟乗りに大きな違いはない。言葉を交わせるか、交わせないか。

もしかすると、幽霊のほうが、人々に何かの強いメッセージを伝えられるかもしれない。

何かの気配を感じたような気がして、顔を上げると、トワは山の向こうが明るくなる予感を覚えた。

まだ辺りは闇に包まれているようだが、夜明けはすぐそばまでやってきている。

塒(ねぐら)に帰ろう。木霊の気配はない。

そう考えながら、自分の棲みかは、まさに動物たちのような「塒」と呼ぶのがぴったりだ、と思った。

しかし、身体にまとわりつく不穏な気配だけは拭い去ることができない。

遠くを走っている車のヘッドライトも、どこかでぴかぴか光り続けている。

すべては引き寄せられてくる。私にそれを止めることはできない。

トワは疲労感を覚えた。

それすらも、ひどく懐かしく思える。

過去が呼んでいる――それも、そんなに遠い過去ではない。

トワは、何気なく後ろを振り向いた。

それは、私の過去ですらないのかもしれない――磐座の記憶？

むろん、辺りは静まり返り、一点の光もなく、獣の姿もない。

それでも、トワはしばらくのあいだ、じっと背後を振り向いたままでその場に立ち尽くしていた。

7

すっかり、目覚めた瞬間に自分の手を見るのが習慣になってしまった。

奈智は薄暗い部屋の中で、そっと自分の両手をかざしてみた。

青白い、小さなてのひら。

汚れはなく、いつも通りの手だ。大丈夫。

しかし、身体を起こそうとして、全身にはずっしりと疲労感が残っているのに気付いてぎょっとした。

どうしてだろう?

それは、昨夜、あの衝動を我慢したせいだと思い出し、かすかに安堵する。

そのせい。そのせいね。

奈智はのろのろと起き上がり、周囲を観察した。何か異変はないか、夜中に一人で出かけた形跡がないか調べる。

特に異状はなく、ほっとしつつ身支度を整えた。

あまり天気はよくないようだ。空気が重く、蒸し暑い。

窓の外に目をやると、案の定、どんよりとした曇り空が広がっている。ただでさえ山間(やまあい)の谷の集落なので、天気が悪いと雲がすぐそこに垂れ込めて、閉塞感(へいそくかん)を強く感じるのである。

奈智は自分が囚われの身であることを強く感じた。

磐座を出たい。ここから離れたい。でも、キャンプから逃げることはできない。

不意に息苦しくなり、深呼吸する。

あたしはどうなるのだろう。このまま、いつまで持ちこたえられるのか。キャンプの終盤まで、あの衝動に耐えられるのだろうか。

そう考えると不安になり、すうっと足元が沈みこんでいきそうになる。

昨夜、身体の底から湧きあがってきた凶暴な衝動を思い出しそうになり、慌てて目を閉じ、首を振って振り払おうとした。

忘れよう。忘れるんだ。

奈智は部屋を出て、下に降りようとして、ハッとした。


廊下の隅に置いてあった心張り棒が折れている。


奈智はゾッとした。

どうして？　ゆうべ見た時はなんともなかったのに。

奈智はそっと心張り棒に手を伸ばした。

心張り棒は、直径四センチくらいの角棒である。心張り棒にするくらいだから、しっかりした硬い木だ。それが、まっぷたつに折られているのである。折れてはいるが、一部の木は繋がったままだった。かなりの力が要ることは確かである。

よく見ると、周りに細かい木屑が落ちていた。

誰かがここで折ったのだ。

奈智は気味が悪くなった。

いったい誰が？　このところ、心張り棒は掛かっていなかったはず。なぜわざわざ折らなければならなかったのだろうか。

奈智は心張り棒を戻して、ゆっくりと下に降りていく。

洗面所に行き、顔を洗おうとして顔に触れた時、はっとした。

思わず、鏡の中の自分の顔を見た。

青ざめ、やつれた少女が鏡の向こうからこちらを見返している。ひどく怯（おび）えた、驚いた表情。

奈智は震える手で、そっと顔に触れた。

ざらざらした感触。

そっとその細かいものを手に取り、じっと近くから見てみる。

細かい木屑。

冷たいものが背中をさあっと駆け上がってきた。

違う、ただの埃だ。木屑とは限らない。

しかし、自分にそう言い聞かせているあいだも、彼女の直感は、これは木屑だと告げていた。

ふっと目の前に映像が浮かぶ。

のっそりと起きだし、部屋の外に出た自分が、半ば目を閉じた状態で、心張り棒に八つ当たりをするかのように、両手で力まかせに折るところを。

まさか。

違う。あたしにそんな力はない。あんな硬い棒を折ったのなら、身体にその形跡が残っているはずだ。

そう思った瞬間、足に違和感を覚えた。

何、これ。

布団で横になっている時は気付かなかったが、歩き始めて、血の巡りがよくなったせいか、左の膝の上のところがかすかに痛い。

気のせい。きっと気のせいよ。

奈智は、半ばパニックに陥っていた。

震える手でそっとスカートをめくる。

膝の上に、何かを強く押し付けたような赤っぽい痕があった。まっすぐな線がふたつ。

そう、ちょうど、あの心張り棒の幅と一緒のあざだ。

膝の上に棒を押し付けて、二つに折った時にできるあざ。

奈智は呆然（ぼうぜん）と鏡を見た。

混乱した、見知らぬ少女の顔がある。

これは本当にあたしが？　あたしがやったことなのだろうか？　でも、あざがついている。棒は折れていた。あれはあたしが？

奈智は思わず鏡に手を当てていた。

そうやって自分の顔を見つめていれば、返事をしてくれるとでもいうように。

あとは？　そのあとは？

どこかに出かけていったのだろうか？

必死に記憶を辿るが、全く何も覚えていない。あの衝動と戦い、眠りに就いた瞬間が何度も蘇るだけだ。

いや、出かけていない。きっと、心張り棒を折っただけで、部屋に戻ったんだ。

奈智は顔を洗うのもそこそこに、急いで玄関に向かった。

お勝手のほうでは、いつものように誰かが忙しく働いている気配がしたが、それどころではなかった。誰も来ないことを確かめてから、そっと、隅に置いてある自分の革靴を取り上げる。

思い切って裏返す。

靴の裏は綺麗だった。

玄関の前は、毎日夕方になると広く打ち水をする。昨夜も打ち水をしていたから、もし夜中に外に出たら、靴の裏は汚れているはずだ。

奈智は大きく安堵の溜息をついた。

よかった。心張り棒を折ったのがあたしだったとしても、外には出ていない。

だけど、明日は？

安堵の次に、強い不安が込み上げてきた。

この次は、自分を抑えきれずに出て行ってしまうのではないか。

「——奈智、そんなとこで何してるん？」

突然、声を掛けられて奈智は飛び上がった。

見ると、深志が不思議そうな顔で廊下の奥からこちらを見ている。

玄関から三和土（たたき）のところにかがみこんでいたのだから、確かにとんでもないポーズに見えるだろう。

「あ、なんでもない」

奈智は慌てて靴を戻し、身体を起こした。

「おはよう、深志兄さん」

「おはよう。びっくりしたなあ、玄関に飛び込むのか思うたわ」

「違う違う。靴ずれしちゃって、直そうか思って」

「何。見せてみ。直してやろうか」

深志が玄関のところから靴を覗きこもうとしたので、奈智は慌てて手を振った。

「だいじょうぶ、その必要はなさそうや。ありがとう」

立ち上がって、靴を隠すようにする。

「朝ごはん、急いで食べたほうがよかよ。今日も忙しそうや」

深志は気に留める様子もなく、前に立ってお勝手のほうに歩き出したのでホッとする。

「なんや、今日はいつにもまして、えらくものものしいんよ。どうやら、東京から偉い人が来るらしい」

「偉い人って？」

「さあ、よう知らん。役所の人やら警察署長やら、ひっきりなしに電話してきとるからそう思ったんや」

奈智はどきんとした。

大臣だ。

大臣が来るのだ。

あたしたちに血を飲んでもらうために。

どうするんだろう。誰がその役目を務めるのか。先生はどうするつもりなんだろう。

「――なあ、奈智」

背中を向けたまま深志が呟いた。

「なあに？」

そういえば、深志と言葉を交わすのは久しぶりのような気がした。なんとなく気まずくて、互いに避けていたように思う。

「行くこと、ないからな」

「え」

「あそこには、行かんでええ。決めるのは奈智や」

奈智はぐっと詰まった。

やはり、深志は奈智の相手が誰か知っているのだ。

「あいつ、許せん。俺がなんとかする」

深志の背中は強張(こわば)っていた。よりによって、城田浩司だとは思わなかったのだろう。浩司に対してなのか、奈智に対してなのか、それとも別のものに対してなのか、深志が腹を立てているのが分かった。

「行かんよ」

奈智はぼそりと答えた。

「あたしは、どこにも行かん。ずっとここにおる」

それは、深志にではなく、自分に言い聞かせているのだと感じた。

「おる」

奈智はもう一度、痛いような気持ちで呟いた。

本当に、ずっとここにいられるのだろうか。

膝の上が鈍く痛み、赤い痕が存在を主張する。

二人は無言で、互いの顔を見ずにお勝手に入っていった。


奈智はどんよりした気分でお城への坂道を登っていた。

日に日にキャンプに向かう足取りが重くなっているのが自分でも分かる。

もはや、キャンプといってもほとんど自習のようなものだ。

むしろ、昼間はみんなで集まって夜に備えて休んでいるという雰囲気が漂っていて、先生たちもキャンプ生たちの体調をじっと窺っている様子だった。

実際、ぐったりしていてほとんど動かない者もいる。それこそ、夜は戦場に出かけていく兵士たちが、キャンプ地に戻って休憩している、というような一種殺伐とした雰囲気が漂っているのだ。

奈智は、遠巻きに見ている先生たちが恐ろしかった。

あたしたちは期待されている。あたしたちは期待に応えなければならない。あたしたちは、結果を出さなければならない。

ひしひしとプレッシャーが身に染みてきて、ますます足が重く感じられる。

先生たちが、毎日あたしたちの姿を見ているのは、ひとえに確認したいがためなのだ——つまり——みんなが順調に「通って」いるのかを。

あたしはどんなふうに見えるのだろう？

鏡を見れば、ここに来た時よりも目が落ち窪み、やつれていることに気付く。

あたしの場合は、必死に「通う」ことを避けているためなのだが、先生たちは「通って」いるからだと思うのだろうか？

いや、今朝のあたしには、明らかに夜中に心張り棒を折った打撲と疲労が残っているのだが。

そう考えた時、ひざの痛みがうずいた。

「おはよう」

後ろから声を掛けられて、奈智はのろのろと振り向き、振り向きざまハッとする。

そこには、結衣が立っていた。

声で結衣だと気付いていたものの、こうして朝の光の中、間近で彼女の顔を見て彼女の変化を目の当たりにすると、言いようのない不安と焦りが身体の中に込み上げてくるのである。

結衣はすっかり遠くへ行ってしまった。あたしは置いていかれてしまった。

奈智には、自分の感情をうまく自分に説明できなかった。

淋しいようでもあり、羨ましいようでもある。どこかで妬む気持ちもあるし、傷ましく感じてもいる。

高田の近所で、親しくしていた和菓子屋のおねえさんがある日いなくなった。誰にでも優しく声を掛けてくれ、子供たちがなついていたおねえさんだった。

どうしてと尋ねたら、遠いところにお嫁に行ったのだと聞かされた。

あの時の気持ちに少しだけ似ている。あの時感じたのは、置いていかれたという淋しさと、置き去りにされたという怒りだったが、大人に近付いている今は、当時も自分では気付かない複雑な感情があったのだと気付かされる。

綺麗だな、結衣ちゃん。

奈智は素直にそう思った。

パッと見にはやつれた、という印象が強いかもしれない。

「通う」のにはそれなりのエネルギーがいるし、夜中に活動しているのだから、朝この時間に再び起き出してキャンプに向かう時はふらふらになっているのだろう。

「通った」わけではない奈智にも、そのことは理解できた。

しかし、少し頰がこけてやつれてはいるものの、それとは裏腹に、結衣の全身からは充実感とでも呼べそうなものが静かに溢(あふ)れ出していた。

何かに打ち込んでいて、満足しているという自信のようなものに、奈智は気圧されていたのだ。

その充足感が、結衣に不思議な美しさを与えていた。

このあいだ「やめられない」と言った時に奈智を気後れさせ、忌避させた生々しい美しさではなく、一皮むけたとでも言うような、更に大人っぽい美しさである。

奈智は、半ば感嘆の目で友人の顔を見つめていた。

「通う」ことの意味、「通う」ことが与える影響を、結衣の中に見出(みいだ)していたのだ。

そして、結衣はもっと遠くへ行く。運命づけられた道を、迷うことなく進んでいく。

どうしようもないのだ。

奈智は、不意にそんな無力感を覚えた。

あたしたちは大きな流れの中にいて、流される小さな木の葉の一枚でしかない。たった一枚の木の葉が、流れの片隅の土手に引っかかって流れに逆らったからといって、どうなるというのだろう。

「ねえ、奈智んとこ、偉い人が来てるんだって?」

並んで歩き出した時、結衣がそっと囁いた。

「どうしてそんなこと知ってるの?」

奈智は驚いて結衣の顔を見る。

「みんな知ってるよ。あちこちその噂で持ちきり」

結衣は当然、という顔で答える。

なんだ、そうか。

奈智は拍子抜けするのを感じた。てっきり、東京から大臣がやってくるという話は絶対に秘密だと思っていたのに。

が、偉い人が来るからといって、その目的が何なのかは知らないのかもしれない。

「何しに来るんやろ」

奈智がそう水を向けると、結衣はこれまたあっさりと答えた。

「当然、おカネ払って、『通って』もらうんでしょ」

今度こそびっくりする。そんなことまで噂になっているのか。

「まさか」

と言ってみせるが、結衣は「当たり前でしょ」という目で奈智を見た。

「だって——だって、そんなこと。提供者は検査も条件も厳しいって、先生だって言ってたし」

奈智は口ごもった。

もちろん、大臣の件に限ってはそうではないことを知っていたが、まさか結衣が平然とその事実を口にするとは思っていなかったのだ。

「みんな知ってるよ。その偉い人は、あんまり健康じゃないから、先生たちは嫌がってるけど、町としては、おカネが欲しいから、金額を吊り上げて引き受けたって。ちょくちょくそういうことがあるみたいだよ」

「そんな」

奈智は絶句した。

と同時に、磐座という土地、聖地というイメージの底に蠢く、どろどろしたものの気配を強く感じ取った。

町のネットワークは半端ではない。誰がどこからなんのために来ているか、誰も隠しておけない。考えてみれば、狭い土地だし、見たことがない人が来ればすぐに分かる。大臣クラスともなれば、いくらお忍びといっても、いろいろ準備があるだろう。事実、深志だって宿の様子から気が付いていた。ましてや、ここで暮らしている大人たちには、すぐにニュースは伝わるのだろう。

「あたしたち、すごくお金が掛かってるんだよ」

結衣は独り言のように呟いた。

「必ずしもみんなが虚ろ舟乗りになれるわけじゃないのに、キャンプに掛かる費用はおんなじだもの。奈智んところだって、支度金を受け取ってるはず」

「え？」

奈智は思わず聞き返した。

結衣は冷静な目で頷く。

「親にしてみれば、本音じゃやっぱり子供を遠くにやりたくないよ。みんな、虚ろ舟乗りになることをすごい栄誉だと思ってるし、なりたい人もいっぱいいることも確かだけど、子供は手放したくない。だけど、経済的な理由で虚ろ舟乗りを出したいと思っている人も少なくないと思う。うちはそうだった」

結衣は歩きながら淡々と呟いた。

支度金。そんな話は全然知らなかった。本当に、おじさんはそんなものを受け取ったのだろうか？

奈智はなんともいえない嫌な心地になった。

あんなに嫌がっていたのに。いかんでええと言っていたのに、最終的にはお金を受け取ったから奈智を送り出してくれたのだろうか。

「奈智はまだなの？」

突然、結衣が奈智の目を覗きこんでくる。

「え」

不意を突かれて、返事に詰まってしまった。彼女が何を尋ねているのかはすぐに分かったし、同時に彼女がその答えを悟ったことも分かった。

「どうして？」

結衣のその一言に、素朴な疑問と、ほんの少しの非難とが含まれていることが、奈智をぐさりと刺した。

「奈智が嫌がってるのはなんとなく知ってた。『通い』たくないって。変わりたくないって。奈智、虚ろ舟乗りのことも全然知らなかったし、どうしてキャンプに来てるんだろうって思ってた」

結衣は静かに話を続けた。

「だけど、それっておかしいと思う」

足を止め、奈智の顔を見る。

奈智は結衣の視線を受け止められず、うなだれて足元に目をやった。

「奈智、あたしたちはとても幸運なんだよ。ここにいられるってことは、すごいことなんだよ。うちはこれで、弟たちを学校にやれる。あたしが虚ろ舟乗りになれれば、みんなもっと助かる。みんながお金をかけて、あたしたちを応援してくれてる」

結衣の声は徐々に熱を帯びてきた。

「嫌ならキャンプに来なければよかったんだよ。きっと、そんなことはできなかったかもしれないけど、現になんのかんの理由をつけて来なかった人もいる。だけど、キャンプに来ちゃったんだから、もうやるしかないよ」

キャンプに来なければよかったんだよ。

奈智の頭の中では、結衣の言葉に同意する気持ちと、そうでない気持ちとが戦っていた。

ここに来なければ、それで済んだのだろうか？　本当に？

いろいろな気持ちがごちゃごちゃ入り乱れて、返事をすることができない。

「奈智が苦しんでることは、その顔を見れば分かる。だけど、本当は『通い』たいのに、我慢してるんでしょう？　興味あるでしょ？　味わってみたいでしょ？　奈智、『通い』たい気持ちと戦って、疲れて、げっそりした顔してるもん」

図星だった。ここまで見抜かれているなんて。

奈智は顔が熱くなるのを感じた。

結衣は見透かすように、どこか勝ち誇った声で言った。

「あたし、別に奈智を責めてるんじゃないよ。ただ、もったいないと思うだけ。だって、あたしは『通って』て、とっても幸せなんだもん。こんな体験、初めてだもん。この幸せを、奈智にも味わってもらって、一緒に話したいんだ」

結衣の声は更に熱を帯びた。

いけない。この声を聞いてはいけない。今、結衣の顔を見てはいけない。

奈智はそう直感していた。

今、彼女の顔を見たら、向こう側に引きずりこまれてしまう。

しかし、奈智はいつのまにかそっと顔を上げ、結衣の顔を盗み見ていた。

熱っぽい光を放つ結衣の二つの瞳が、たちまち奈智をがっちりと捕らえる。

「奈智のブドウが誰かは知らないけど、そんなの、誰だっていいんだよ。奈智は誰でも選べるんだよ。お願い、あたしを信じて。騙(だま)されたと思って」

結衣は、そっと優しく奈智の手を取った。

ひんやりした、白くて細い結衣の指を見下ろす。

振りほどきたいと思ったが、奈智はそうすることができなかった。

あそこには、行かんでええ。決めるのは奈智や。

今朝の、深志の声が聞こえてきた。

俺がなんとかする。

その声にこたえる自分の声も。

あたしは、どこにも行かん。ずっとここにおる。

どうすればいい。どうすれば。

奈智の目には、流れに逆らい、土手に引っかかっている小さな木の葉が映っていた。

くるくると回り、かろうじて隅っこに踏みとどまっている、弱々しい木の葉。

流れに身を委ねてしまいたい。それでも踏みとどまっていたい。

結衣は奈智の手を握ったまま、ゆっくり歩き出した。

並んで歩きながらも、奈智の目から木の葉は消えない。

ピカピカに磨かれた、大きな黒塗りの車が二台、ゆっくりと道路をやってきた。

それはこの長閑(のどか)な谷間の町には明らかに不似合いで、異様な気配が漂っている。

車を目にした観光客や町民は、誰もが怪訝(けげん)そうな顔で車を見送り、中に誰が乗っているのかと覗きこむようにした。

しかし、車の窓には暗褐色のスモークガラスが入っており、中を見ることはできなかった。

車はのろのろと川べりの細い道を進み、やがて曲がって見えなくなった。


美影旅館の敷地にその車が回りこんできたのを見て、久緒はなぜかひどく落ち着かない気持ちにさせられた。

広いボンネットに、木々の葉っぱが鏡のように映りこんでいる。その葉っぱが、少しずつ鏡面の上を移動していくのを眺めながら、どうしてあたしはこんなに嫌な感じがするのだろう、と考えていたのである。

美影旅館の一室を大臣の側近と護衛に提供するようにと半ば強制的に告げられたのは、ほんの二日ほど前のことだった。

それはまさに寝耳に水で、こんなハイシーズンの、徹夜踊りの頃まで予約が埋まっている時にそんなことを言われても困る、と婉曲に断ったのだが、町側は譲らなかった。

結局、客室ではなく、久緒たちの居宅のほうの、物置代わりにしていた一室を掃除して提供することになった。急な話で、掃除には手間がかかり、通いの女性たちと片付けをしながら久緒は面倒なことにならなければいいが、と思った。

旅館の前に入ってきた車は一台だけ。

予定通り、中にいるのは側近と護衛だけのようだ。

大臣本人が、どこに宿泊し、どこに滞在して「通う」のを待つのかは、久緒は知らされていないし、知りたくもなかった。恐らく、知っているのは警察署長と助役辺りの、ごく一部だろう。

先日の離れで行われた会議を、隠れて聞いていた奈智と同じく久緒も彼らの世話をしつつ漏れ聞いていた。

久緒は何もコメントを挟むことはなかったが、やはりなんとも割り切れない気持ちになった。ここ数年、大枚払ってやってくるお偉方を見て見ぬふりをしていたが、限りなく病気に近い高齢者に「通え」とは、いくらなんでも無理すぎる。

それにしても、助役は判で押したように磐座の財政の危機を訴えるのだが、毎年かなりの額が入っているはずなのに、いったいどこに消えているのだろうか。確かに期間の長い祭りにはそれなりに費用を計上しているが、町民もそれなりの費用を負担しているし、観光客の落とすお金も少しずつ増えている。あの言葉をそのまま鵜呑(うの)みにはできない。誰かが指摘してやればいいのに。

だが、長年のつきあいから、町の幹部のあいだに馴(な)れ合いが生じているのは明らかだった。警察署長ですら、そのつきあいを抜きにことを進めるのは難しい。

久緒は溜息をついた。ただでさえ繁忙期なのに、このところ、ほとんど眠っていない。

いったい、子供たちの誰が大臣のところに通わされるのか。まさか奈智がその一人に選ばれたりしないだろうか。木霊の事実はどうするのか。彼女の不安は膨らむばかりだった。

更に、今朝になって、久緒が懇意にしている出入りの業者から聞いたことも、彼女の不安を募らせていた。

どうやら、大臣は城田観光のほうで面倒を見るらしい、というのである。

なんでまた、と驚いたが、城田観光の社長はいちはやく大臣がここ磐座にやってくることを聞きつけ、彼らとパイプを作っておこうと考えたようだった。

久緒は開いた口が塞がらなかった。

城田家はこの件に関しては、全くタッチしてこなかった。それどころか、あからさまに軽蔑し、忌避してきた歴史がある。キャンプに関連するもろもろの行事や世話に、彼らは決して関わろうとはしなかった。「それは美影さんとこの領分ですな」が社長の口癖で、それを言う時の表情もすっかりお馴染みになってしまっているくらいである。

なのに政府高官が関わるとなったとたん、面倒を見るとねじこんできたことにもあきれるが、これまで何もタッチしてこなかった彼らが、本当に大臣の面倒を見られるのかどうかも疑問である。

業者の話によると、自宅の一部を提供するか、彼らの持つホテルや料亭で大臣を待たせるのではないかということだった。たいそうな待遇で迎えるようで、滞在費の一部を負担するとまで言ったとも聞いていた。

久緒は胸騒ぎを覚えていた。

城田家は、何か決定的な間違いをしでかすのではないか。彼らはこれまで培われてきた習慣を何も知らない。かつては熱心に協力していた時期もあったらしいが、もはや今の代、少なくとも先の当主の代ではそんな記憶も廃れていただろう。

大臣に何かあったら。

決して言葉にしたくはなかったが、繰り返しそんな不安が胸に浮かんでくる。

もしそんなことにでもなったら、ことは城田家だけでは済まない。町全体の責任になる。

それに、城田家の性格からいって、何かトラブルがあったら、誰かに責任を転嫁してくるのは容易に想像できた。下手をすると、本来は美影旅館が世話するはずだったのだが、無理にうちに押し付けられたのだ、うちも被害者なのだ、くらいは言ってきても驚かない。あの家の人たちは、昔からすべて悪いことは人のせい、なのだ。

「それは美影さんとこの領分ですな」。社長の顔が目に浮かぶ。

いちばんの老舗旅館である美影旅館と、どちらかといえば新興でのしてきた城田観光とは、古い因縁のせいかどうも折り合いが悪い。なるべくことを荒立てないようにしているつもりだが、城田観光のほうが対抗意識をむきだしにしてくるし、暗に美影旅館を中傷しているのも事実である。

深志が城田家の息子と娘とのあいだに面倒を抱えていることも知っていた。娘が横恋慕してくるのはともかく、息子と小競り合いしたことも耳に入っていて、なんとかごく内々に収めたものの、久緒は頭が痛かった。

そして、奈智。

高田のほうで、磐座を避けていることはいたし方ないとあきらめていた。

しかし、やってきた奈智を見れば、彼女が全く何も知らされておらず、キャンプに対して複雑な葛藤を抱えているのは明らかである。奈智は、このキャンプに激しい抵抗と重圧を感じていた。深志がそのことに憤りを覚えているのも理解できるが、久緒としては、高田にも同情しているだけに、どちらに味方するわけにもいかなかった。

奈津ちゃん、あたしはどうすればええんや。

久緒は深く溜息をついた。

キャンプそのものに口出しするわけにはいかないし、こうして奈智の様子を見守っていることしかできない。

久緒さんも、キャンプに行っとられたんですか。

奈智の声が脳裏に蘇った。

久緒さんは、虚ろ舟乗りになりたかったたん？

さあね。今となればよう分からん。

そう彼女に答えた時、胸の奥が鈍く痛んだのを思い出す。

木々の木漏れ日。

奈津の笑い声。

あたしにも、あんな眩しい季節があったのだ。無邪気に虚ろ舟乗りを目指していた夏があったのだ。

久緒はぼんやりと空を見上げた。

今日は曇っている。木漏れ日は見えない。

磐座の子は全員キャンプに行く。それは、いわばオリンピックの「開催国枠」のようなもので、磐座で生まれ育った者にとってはごく当たり前の行事だった。よそでは宝くじに当たるようなものでも、磐座では年中行事のひとつに過ぎない。実際、磐座で生まれ育った子供には、よその子よりも適性があったのだ。

当時はまだ、今よりも変質率は高かったように思える。自分の身体の変質には戸惑いがあったが、興奮も覚えていた。苦しかったけれど、あの「血切り」の快楽を味わってしまえば、今となってはうっとりするような陶酔しか記憶に残っていない。

だが、それ以上の変質は進まなかった。

キャンプが終わっても、久緒の名が呼ばれることはなかったのだ。

あの時の落胆。実は、かなりの安堵が含まれていたと分かったのはずいぶん後になってからだ。子供の頃は無我夢中に虚ろ舟乗りに憧れていたけれど、実際なるとなればあまりにも代償は大きい。それを心のどこかではちゃんと分かっていたのだろう。

同じことは、深志のキャンプの時にも繰り返された。

まるで、自分の昔の姿のフィルムを巻き戻してみているかのようだった。

憧れ、興奮、混乱、陶酔、落胆。

ただ、男の子だったせいもあるのか、深志の落胆は久緒のものよりもずっと大きかったようだ。今も昔も、男の子がなりたい職業の上位に虚ろ舟乗りは入っている。

虚ろ舟乗りになれなかったという挫折感は、キャンプ以降、彼の一部になってしまったように見える。上空を通り過ぎる舟を、時折淋しそうに見上げているところを目にすると、久緒も少しだけ胸が締め付けられるような気がした。

それは、かつて久緒も味わったことのある感情だった。

自分が虚ろ舟乗りへのコースから脱落して、それでも磐座に暮らし続け、毎年やってくる新たなキャンプ生を見続けるのがつらいと思った時期があったのだ。

特に、きょうだいのように仲良くしていた奈津が、虚ろ舟乗りへのコースを歩んでいた頃は。

木洩れ日の山道。奈津の笑い声。

やがて、婚約したと古城忠之と一緒に挨拶に来た時は、びっくりしたのと同時に、あまりの妬ましさに目の前が真っ白になったことも覚えている。あの頃が、いちばん磐座にいるのがつらかったかもしれない。

しかし、奈智が生まれ、奈津が外海に向かう時期が迫る頃には、そんな感情があったことも忘れかかっていた。

更に、あの惨劇が起こった時は、思いのほか奈津を失ったことがショックで、彼女を妬んだことを後悔したほどだ。

あんなに完璧なカップルだったのに。あんなに幸せそうだったのに。

だが、事件の現場を通りかかるたびに、久緒の心には疑問が湧いてきた。

奈津ちゃん、あなた本当に幸せだったの?

日一日と近付いてくる、地球を離れる時。

最愛の夫と娘を置いて、出かけることは、奈津にとって幸せだったのだろうか。

あたしだったら耐えられない。深志を置いて、はるかに遠い、真っ暗な空間を漂い続けるなんて、できない。

だが、虚ろ舟乗りになると、性格が変わってしまうことは事実だ。少しずつ、感情がフラットになっていく。ものの考え方が長期間を前提としたものになり、自分を突き放して見るようになっていくのだという。

それは、奈津と言葉を交わした最後の日々にちらっと感じたことだ。

奈津は心も身体も虚ろ舟乗りになってしまったのだと、淋しく思ったのを覚えている。

そして、今になって思うのは、あの古城忠之という青年のことだ。美しく、素敵な人だと密かに憧れたこともあったが、こうして思い出してみると、不思議な人だったという思いが年々強くなってくるのだ。

ツクバの研究者だったというあの青年の素性は、驚くほど分からなかった。結婚当時、奈津よりも八歳ほど年上だったはず。奈津が殺され、行方不明になってしまったあとも、彼の家族だという者は一人も名乗り出ていないという。文字通り、どこの誰だか分からないまま、今日まで行方知れずなのだ。非常に優秀な研究者だったというが、同僚でさえ、彼の頭脳や人柄を誉めるだけで、実は彼のことを何も知らないのに気づいたくらいだという。

久緒は、今年奈智がやってきた時に、奈津にそっくりでびっくりしたが、古城の面影も宿していることにも気付き、初めて二人が挨拶に来た時のことが鮮明に蘇るのを感じたのだった。

そして、その記憶に違和感を覚えている自分にも気付いた。

なんだろう、この違和感は？

それは、これまでに感じたことのない違和感だった。

その正体に気付く糸口になったのは、深志から、奈智が落とした通い路の入った袋を渡された時だった。

これって、あの違和感に通じている。

久緒は考えた。

奈智に久しぶりに会った時に感じた違和感と同じものを、今深志に渡された時にも感じた。なぜだろう？

仕事をしながらも考え続けていたが、やがてそれを忘れていた。

しかし、今、旅館の敷地に入ってくる車のボンネットを見ながら、彼女は不意にその理由に気付いたのだった。

古城忠之。

あたしは、ずっと以前にあの青年に会っている。

初めて奈津に紹介された時に驚いたのは、この青年を知っていると心のどこかで気付いていたからだった。

そう、あの青年は、あたしの提供者だった。

あたしがキャンプに通っていた時、通い路と共に渡された紙の名前は、確かに古城忠之だった。

久緒は混乱し、戸惑った。

このことは、何か重要な意味を持つのだろうか？

その時の久緒には、その回答を思いつくことはできなかった。

車がすぐ近くまでやってきて、音もなく停まった。


「――なあ、浩司、知っとる？」

城田浩司が朝、補習のために家を出ようとした時、姉の英子が廊下の奥から駆けてきて、背中に話しかけてきた。

「何を？」

そっけなく返事をし、構わず外に出る。

英子はそのまま彼についてきて、浩司の隣に並んだ。

「大臣がうちのホテルの貴賓室に泊まるんやて」

「え？」

浩司は姉を鬱陶しく感じていたが、さすがにその話の内容にはびっくりさせられ、思わず振り向いてしまった。

「いつ？」

「今日の夕方に着くらしいわ」

誰もいないのに、英子は声を潜め、周囲をちらちらと見た。

「道理で、親父たちがそわそわしとったんか」

言われてみれば、思い当たる節があった。大事なお客さんが来るらしいというのはなんとなく感じていたが、まさかそれが大臣だとは。

「そ。お父さん、えらい神経質になってはるわ。失礼のないようにって、あたしたちにまでしつこいったら」

英子は肩をすくめた。

「なんだってまた、磐座なんかに。徹夜踊りでも見に来るんか？」

浩司は首をかしげた。

「違う違う」

英子は忌まわしげに首を振った。

「あの気味悪い行事に来るんやて」

「え？」

浩司は耳を疑った。

「ほら、血を吸われると、身体が丈夫になるって噂があるやろ。それで、わざわざ血を吸われに来るんやて」

英子はひそひそと囁いた。

浩司が無関心だったのと対照的に、彼女は昔からキャンプの習慣について嫌悪感を隠さない。両親がそう言い聞かせてきたからだろう。今も、いかにも「おぞましい」と思っていることがみえみえだった。

「へえー」

浩司はいろいろな意味で驚いた。

「よく親父が引き受けたな」

「浩司もそう思うやろ？　お父さん、日頃からあんなに、キャンプに近寄るな、関わるなって言ってた癖に、ようあんな気色悪いこと。来るほうも来るほうや」

「でも、大臣ゆうたら年寄りやろ？　ＴＶで見た感じだと、どうみてもみんな具合も悪そうや。そんなジジイの血、吸う奴おるんか」

提供者の条件の厳しさは、身をもって体験しているのでよく分かっている。

「なんでも、大枚はたいて、その権利を買ったんやて」

「カネで？」

「そう。これまでにも、町がお金もらって、こっそり血ぃ吸わせてたみたいや。まったく、あんなんにお金払う人がいるなんて、信じられない」

英子は腹立たしそうに呟いた。

浩司も腹が立ったが、英子の怒りとは異なり、自分はさんざん健康状態に気をつけるように言われたのに、カネでずるをして提供者になったということにだった。

そいつもあの体験をするのか。

ふと、そう思いつくと、強い憤りを感じた。

カネにあかせてずるをしたそのジジイも、あの体験をするのか。

許せない、と思った。本来ならば、そいつにそんな資格はない。提供者は四十歳以下と決められているからだ。あの快楽をカネで買うなんて、ずるい。

ふつふつと怒りが込み上げてくる。

「そういえば」

ふと思いついて英子に尋ねる。

「貴賓室て、城田観光ホテルの、離れになった貴賓室か?」

「そうや」

「あそこ、茶室がないやないか」

英子は不思議そうに浩司を見た。

「浩司、よう知っとるな。血ぃ吸うんは茶室でないとあかんて」

「いや、知り合いに提供者になった奴がいて、聞いたんや」

内心、「しまった」と思い、浩司はごまかした。しかし、英子はそれを素直に信じたようである。

「そう、茶室がいるんやて。だから、お父さん、大急ぎで改修工事させたらしいわ。隅っこにわざわざ茶室のスペース、作ったんやと」

「そこまでしたんか」

浩司は苦笑した。

親父が職人たちを急き立てて、無理なスケジュールで工事を進めているところが目に見えるようだった。

「お母さんが、茶室ならうちの離れにもあるやろ、そっちを使ってもらえばって言ったのに、いや、うちじゃろくなもてなしができないし、警備もあるからって、お父さん譲らんかったんやて。お母さん、こぼしてはった。急な工事だったから、なかなか職人さんが集まらなくて、日当えらい高くしなきゃならなかったんやて。余計な出費やゆうて」

浩司はひやりとした。

離れの茶室。

あそこは今、毎晩俺が使っている。もしかして、おふくろに俺があそこを使っていることがバレているのだろうか？

最近の母親の様子を思い浮かべる。

食事の時くらいしか顔を合わせないが、専ら「大事なお客さん」のほうに気を取られているようだったし、浩司のことなどほったらかしだった。

たぶん、バレてないな、と見当をつける。

「ふうん——そんなジジイの血ぃ吸わされるほうも大変やな。ほんとにそいつんところに通ってくるんかな」

ふと、そちらのほうが気に掛かった。

最終的な決定権——誰の血を吸うかは、キャンプ生のほうにある。

「だけど、大金もらっちゃったら、吸わないわけにはいかんやろ。誰かに無理やり行かせるみたい」

浩司はなぜかぎくりとした。

まさかあの子が行かされるなんてことはないよな。

腕に感じた唇の感触を思い出し、全身の血が逆流するような感じがした。

あの子が年寄りのシミだらけの腕から血をすすっているところを想像するのは、ひどくおぞましい心地がした。グロテスクとしかいいようがない。

浩司は身震いした。

不健康な血を吸わせるなんて、町の連中もひどい。

改めて、怒りが湧いてくる。

汚された、と感じた。

神聖なる行事、神聖なる血が、年寄りのカネで汚された。

「どうしたん？　浩司、そんなおっかない顔して」

英子が恐る恐る、といった様子で顔を覗き込んでいたのでハッとした。

「いや、なんでもない」

慌てて表情を繕う。

英子はまだじっと浩司の表情を窺っていたが、やがて不安そうに呟いた。

「浩司、なんかあった？」

「え？」

浩司は、英子の質問の意味が分からず、反射的に彼女の顔を見た。

「何かって何が？」

「ううん――最近、ちょっと疲れてるみたいやし」

英子は目を逸らし、口ごもった。

「疲れてる？　俺が？」

「うん。顔色悪いよ――なんだか、寝不足みたい」

浩司はギョッとした。

ひょっとして、姉は気付いているのだろうか？　俺が毎晩茶室に行っていることを。

「いや。そんなことないよ。ぐっすり眠ってる。こんところ、夜遅くまで勉強してるせいかな」

浩司はきっぱりと否定した。

「そうか？」

英子は弱々しく呟いた。

「そうさ。すっかり夜型になっちゃってさ。夜中、ちょっと気分転換に散歩したりしてるよ」

「散歩？」

英子が顔を上げた。

「うん。煮詰まると、庭うろうろしたりしてな」

「そうやったんか。なら、ええんや」

目に見えて英子の顔が明るくなるのを見ながら、浩司は「やっぱり、俺が茶室のほうに出かけるところを見てたんだな」と思った。

危ないところだったな。

浩司は内心、冷や汗を掻いていた。

恐らく、英子は薄々弟が提供者になっているのではないかと疑っていたのだろう。

いつ気付いたのだろうか？　今にして思えば、ここ数日、浩司に話しかけようと、俺を捜してうろうろしていたようだった。今朝話しかけてきたのは、大臣の話をきっかけに本当は俺が夜中に何をしているのか問い質(ただ)したかったからなのだ。

彼女は彼女で、さぞかし不安だったことだろう。キャンプに関わる一連の風習をひどく忌避している英子は、まさか弟がそんなものに関わっているとは元々信じたくなかった。だから、浩司が投げた「散歩だよ」という回答にまんまと食いついたというわけだ。

当分、英子はそう信じていてくれるだろう。

「夜中も、ちゃんと警備の人、おったか？」

英子は思いついたように尋ねた。

「分からないなあ。最近は、車で見回りしているだけなんとちゃう？」

「そう。あんたも、夜中の散歩もいいけど、まだあの犯人つかまってないんやから、用心しないと」

「だな」

そうだった。門柱にあのおぞましいものを載せた犯人は、未だに見つかっていない。捜査が進んでいるという話も聞かない。

血切りの体験に浮かれていたけど、あんなことをする奴が野放しになっているのだと思うと気味が悪い。

こうしてみると、提供者というのは無用心だな。夜中に、それぞれの家に自由に出入りさせているのだから。

「早くつかまえてほしいわ。家にいても落ち着かないし」

英子はしきりに周囲を見回す。

なるほど、そのせいで姉は弟の行動に気付いたのだ。

浩司は密かに姉の様子を盗み見た。

「大臣の秘書とか、スタッフなんかはもう着いてて、美影旅館に泊まってるんやて」

美影旅館。

英子はその名前を口にする時、恥じらいの笑みを浮かべた。

きっと、深志のことを考えたのだろう。まったく、あんなやつ、よせばいいのに。

浩司の頭の中には、あの少女の姿が浮かんでいた。

「ずいぶん大勢で来るんやな」

「警備の人は別やて」

確かに、母屋に大臣を泊めず、離れになった貴賓室に泊まらせるという親父の判断は正しいな。離れになっているほうが警備もしやすいだろう。警備の人にはどう説明してあるんだろう？　夜中にふらふら子供がやってきたら中に入れろと？　血切りのあいだも、ずっとそばに控えているのだろうか？

自分が、血切りのあいだに誰かに見張られているところを想像すると、いたたまれなかった。互いに気が散って仕方がないのではないか。

そう考えると、大枚払ってお付きの者を引き連れ、遠路はるばるやってくる大臣の存在自体がひどくグロテスクで、滑稽（こっけい）にすら思えてくる。

「じゃ、あたし、家に戻るわ。気ぃつけてな」

「ああ」

英子は足を止め、家のほうに引き返した。

一人になると、浩司は自分が不穏なことを考えていることに気付いた。

なあ、あんた。まだ野放しなら、貴賓室の、そいつのところに行けよ。

彼の頭の中には、自宅の門で見た、猪の頭が浮かんでいる。

どこの誰かは知らないが、この行事を、この聖地を、よそからやってきて札びらをはたいて汚す奴のところにこそ、血まみれのケダモノの頭を投げ込んでやれ。

大臣が城田観光ホテルに滞在するという噂は、今や磐座の集落じゅうに広まっていた。朝早く美影旅館に着いた先遣隊のことも知れ渡っていたし、その日の夕暮れどきになって、ものものしい黒塗りの車が宵闇(よいやみ)に紛れるように磐座に滑り込んできた頃には、そこに乗っているのが誰で何をしにきたのか、町じゅうの誰もが知っていたのである。

住民たちのあいだに、戸惑いと動揺が広がっていた。

何かが違う。

誰もがそう感じていた。

これまでとは、何かが違う。

誰もが顔を見合わせ、互いの顔に中に不安と猜疑心(さいぎしん)を見つけていた。

これまでにも、疑惑はあった。常に噂はあったし、実際本当にそれが行われていたことはあったらしい。しかし、それはあくまでもひっそりと、秘密裏に、たいそう後ろめたい、不名誉なこととして行われていたはずだ。

だが、これはいったい何なのだ。

白昼堂々と車で乗りつけ、お付きの者をはべらせて、侵入してきた者たち。

何かが決定的に違う。磐座は、越えてはいけない一線を越えてしまった――そんな動揺が、楽しげに祭りに繰り出し、踊る観光客とは対照的に、ひんやりとした張り詰めた雰囲気となって集落全体に漂っていたのだ。

助役や警察署長のところには、住民からの不満が寄せられ始めていた。

あれはいったい何なのだ、祭りの最中にあんなものものしい連中がなぜいるのだ、と詰問してくる住民たちに、いつもの「財政が厳しい」の説明で済まそうとした助役は密かに面喰らっていた。「あんたはいったい幾ら貰ったんだ」と面と向かって聞いてくる者も少なからずいて、これまでの様子とは明らかに違っていた。彼らの怒りと不満が想像以上に大きく、これまでは単に表面化しなかっただけで、長いあいだふつふつと溜め込まれていたのだということに気付き、彼は青くなった。

助役は「大臣は避暑に来ただけだ」という説明に変え、決してカネで例の権利を買ったりしたわけではない、あれは古くからあるデマだ、とひたすらつっぱね続けたが、当分このような目立つ真似はすべきでない、と肝に銘じたことは確かである。そう気付くのが、少々遅かったのではあるが。

警察署長のほうには、更に弁解の言葉がなかった。中央から要人が来ていることを認めたものの、しかるべき警備が必要であることを訴えるしかなかった。「何をしに来たのか」という質問には「警備上、教えることはできない」と答えたが、誰もが承知している事実を無視するのは腹立たしく、不愉快な行為だった。

それよりも、彼がもっと応えたのは、「木霊は見つかったのか」という質問だった。

殺戮した獣を門柱に載せていった人間がいたのは確かだし、恐らくそれが木霊であることも確かだが、未だになんの手がかりも見つかっていない。自分たちの中にいる木霊を見つけられないのに、要人の警備もへったくれもない、と言われれば返す言葉がない。

木霊。

それは、彼もずっと気に掛かっていたし、今も必死に捜索を続けていた。

話には聞いていたが、実際に体験するのは初めてのことだ。年寄りの話でたいへん狡猾だとは聞かされていたが、現に、あれだけのことをしでかしているのに全く何の痕跡も残していない。正直、人間わざとは思えないようなとても不気味なところがあって、今までに感じたことのない不安を覚えていた。

確かに、やつはいる。この磐座の中に存在している。

その気配を感じる。とてつもなく利口で、残虐なもの。

こちらが追っている立場、見張っている立場なのに、逆のような心地がするのだ。やつはどこからか我々を見ている。じっとこちらを窺っている。そんな気配を感じる。

頭が痛い。どうにも嫌な予感がする。

警察署長は、窓の外に目をやった。

大臣お付きのSPを信じるしかないが、彼らとて自分たちが相手にするのがどんなものなのか知っているとは思えない。

なんとか恙無く滞在を終えてくれればいいのだが。

助役や警察署長以上に、深く苦悩していたのは、先生たちだった。

大臣来訪の話を聞いてから、彼らはずっとその件について検討を続けていた。話は堂々巡りだった。常に、やはり無理だ、やはり子供たちを守らなければならない、断ろう、というところに落ち着くのだが、それでは済まされないことも痛いほど分かっていた。

彼らは何度も憤り、黙り込み、苦悶した。

提供者は既に全員に割り当てられている。誰かを選んで大臣のところに行かせない限り、絶対に大臣は「血切り」はできない。

大臣はもう到着してしまっている。

一日や二日は通ってこなくてもごまかせるだろうが、三日、四日と待たせるわけにはいかない。町は金を受け取ってしまっている。何もありませんでしたでは許されない。

いや、ならば、いっそのこと、誰も行かせず、助役に恥を掻いてもらうのはどうか、という意見も出た。さぞ大臣は立腹するだろうし、金を返せというかもしれない。助役も激怒し、今後キャンプへの協力を得られないかもしれないが、その時はその時だ。私利私欲が通じる世界ではないということをここで示しておけば、今後、似たような申し出があった時の抑止効果にも繋がるのではないか。そもそも、我々教師が生徒の側に立たなくて、誰が立ってやれるというのか。

夜は更けたが、いっこうに解決策は見つからなかった。

人身御供だと分かっているのに、生徒の誰かを指名するのは、彼らにとって耐え難い行為だった。

どうすればいい。

彼らは追い詰められていた。いけにえの選択は彼らに委ねられており、その期限はすぐそこに迫っている。彼らの顔には深い疲労と懊悩が刻まれていた。

いっそくじ引きでも、とまで考えていた時である。

かたん、と音がして、先生たちはハッとした。

「誰だ？」

校長が鋭く叫んだ。

廊下の暗がりに、誰かが立っているのが分かる。

「入っておいで。怒らないから」

真鍋が声を掛けると、おずおずと入ってきた小さな影がある。

「結衣」

みんなが驚いた声を上げた。

三上結衣が、思いつめたような表情で静かに部屋に入ってきた。

「どうした、結衣。何かあったか。具合でも悪いんか?」

真鍋は青ざめた顔の結衣のところに行き、しげしげと顔を見た。

「ううん。なんともないです」

結衣は小さく首を振り、もじもじした。

「なんだ、結衣。言いたいことがあるなら言ってみなさい」

校長先生が励ますように声を掛けても、彼女はしばし躊躇(ちゅうちょ)していたが、やがて思いきったように顔を上げた。

「あたし、行ってもいいです」

「え?」

「偉い人のところ」

先生たちはギョッとして、顔を見合わせた。

「先生、そのことでずっと相談してたんでしょう?」

結衣は冷めた顔で彼らを見回した。

教師たちは思わず目を逸らしていた。

「あたしが行きますよ。偉い人のところ。何日か通えば、それでいいんでしょう?」

結衣はきっぱりと言った。

教師たちは戸惑った。願ってもない申し出であるが、それを彼女に言わせてしまったところに、彼らは忸怩たる思いを感じていたのである。

「結衣、自分の言ってること、分かってるのか」

校長が、静かな口調で言った。

「提供者になるんは、たいへんなんや。何度も何度も検査して、完全な健康体の人だけがなれる。ちょっとでも風邪引いたり、熱があったりしたらダメ。みんなできちんと選んだ人だけがなれる。だけど、結衣が行こう言ってくれてる人は、そうじゃない。むしろ、結衣たちみたいな子には毒になるかもしれない。そういう人んところに通うのは、はっきりいって、よくないことだ」

噛んで含めるように話す校長に、結衣はじれったそうな顔をして、何度も頷いた。

「そんなん、分かってます。先生たちが、あたしたちのこと、行かせたくないって思ってることも、よく分かってます。だけど、誰か行かなきゃならないんでしょ？　誰かが行かなきゃ、みんなが困るんでしょ？」

結衣は必死だった。

教師たちは気圧されて、黙り込む。内容が図星なだけに、誰も返事はできなかった。

「あたしだって、ただで行くとは言いません」

結衣は一瞬黙り込んだ。

顔がみるみるうちに赤くなる。

「あたしが行くから——だから、その、もう少し、支度金を」

支度金、という言葉を口に出した瞬間、彼女の顔が羞恥の色に染まった。

「支度金、出してくれませんか？　そうすれば、下の弟も、学校に行ける」

そう言い切って、安堵の表情になった。

今度は、教師たちの顔が羞恥の色に染まった。

お金。ここで顔を突き合わせているのも、夜更けまで悩んでいるのも、つまりは町がお金を受け取ってしまったからだ。お金のために、ここで顔を赤くしていなければならないのだ。

我々は、生徒を金で買おうとしている。そう突きつけられたような気がして、教師たちは少女の顔が見られなかった。

「結衣」

真鍋先生が声を掛けると、結衣はその言葉に思いとどまらせようという懐柔の響きを嗅ぎ取ったのか、キッと振り返った。

「いいんです。あたしは、お金がほしい。だから、進んでこの役目を引き受けた。あたしが無理いってお願いした。それでいいでしょう？　これで、あたしも、先生も、みんなも幸せになる。だから、先生、後悔したり、あたしのことかわいそうだなんて思わないでください」

結衣の声には、威厳があった。

表情には、少女のプライドが漲っていた。

真鍋先生は、懐柔しようとした自分を恥じるように目を伏せる。

「――それに」

「それに？」

校長が聞き返す。

結衣は、ふと思いついたようにそう漏らした。

結衣は、今度ははにかむような表情になった。

「あたし、『血切り』好きなんです。そう。『血切り』、すごく楽しい。毎晩、『血切り』から戻ってくると、とっても強くなったような気がする。なんでもできそうな気がする。だから、何人でも、いくらでも『血切り』がしたい。だから、本当に、やらせてほしいんです。誓って言いますけど、あたし、ちっともかわいそうじゃない」

その時、校長は一抹の不安を覚えた。

暗く妖しく輝く結衣の瞳に、何か不吉なものを感じたのだ。

「お願いします。やらせてください。町にお金が入ったのなら、そのうちの一部を、あたしのうちに送ってください。お願いします」

結衣はぺこんと頭を下げた。深々と頭を下げたまま、上げない。承知したと言わない限り、頭を上げることはないだろう。

教師たちは、ますます困惑して顔を見合わせていた。

自分たちがこの少女の申し出を受け入れるであろうことは知っていた。それ以外に彼らに選択肢はない。だが、果たしてそれがどんな結果を迎えることになるのか、誰にも分からなかったからである。


結衣が先生たちに直談判(じか)しようと、出かけていく決心を固めていた頃。

この日、午後が深くなるにつれ、空が暗くなり、蒸し暑くなった。

どうやら、低気圧が近付いているようである。空気がじっとりとして、生暖かい風が吹き始めた。

湿度が高く、少し動いただけで肌が汗ばみ、身体が重くなる。

奈智はぼんやりと橋のたもとに佇(たたず)んでいた。

もうじきお盆がやってくる。

この長期間行われる祭りのクライマックスである、三日間の徹夜踊りが近付いていることもあって、観光客は一段と増えているようだった。

しかし、奈智たちキャンプ生にとっては、祭りはどこか他人事だった。

すぐそこに大勢の人がいて、流し踊りを楽しんでいるのに、まるでガラス越しに影絵でも見ているかのよう。

最初のうちこそ、何度か踊りに行ったものの、今ではもうそんな気はすっかりなくなっていた。

奈智はとぼとぼと川べりに近付き、木陰の小さい崖になったところに腰を下ろした。

磐座のお祭りを、こうして対岸から眺めているのが、なんとなく習慣になってしまった。

それにしても、ものすごく蒸し暑い。いつもだったら、どんなに暑い日でも川べりに来れば風が吹いていて、涼を取ることができたのに。

景色が目に入ってこない。

奈智は不安でたまらなかった。

また夜が来る。

またあの時間帯が近付く。

そう思うと、足が痛んだ。無意識のうちに、心張り棒を押し付け、へし折っていたはずのところが。

じわりと不安が込み上げてくる。

この不快な蒸し暑さ。

そして——自分が何をしていたか分からない時間。自分が自分ではない時間。

どうしよう。またあんなことがおきてしまったら、正気でいられる自信がない。

それに、美影旅館に停まっている、あの黒塗りの車が目の奥に焼きついてしまっていて、しきりに何かを訴えてくる。

嫌なことが起きそうだ。とてつもなく嫌なことが。

それが何なのかは分からなかったが、そう感じているのは自分だけではないような気がした。

先生たち。久緒をはじめとした、旅館の人々。そして、集落の人たち。

何より、集落全体に、息を潜めて何かを待っているような気配が漂っていた。決してあからさまにはしないけれど、彼らの視線があの黒塗りの車を盗み見、あの車と車を使っている人たちの存在感を意識していることを感じるのだ。

みんなが知っている。感じている。

あの車がなんのためにやってきたのかを。

そして、先生たちの顔に浮かんでいる懊悩を、子供たちも感じ取っていた。

誰かが選ばれる。そうしないわけにはいかない。

むろん、先生たちがそれを望んでいないことはよく分かっていたが、かといって断れるものではないことも知っていた。

どうするんだろう。誰が行くんだろう。

どうしよう、まさか指名されたら？

奈智はそう思いついてゾッとした。

積極的に「血切り」をしていないのは、たぶん奈智だけなのではないか。先生たちも、そのことを知っているのでは？　ならば、やる気のないあたしに割り当てたりして？

そんなことはない、と思おうとしても、その考えはなかなか消えなかった。「血切り」に対する負い目があるだけに、きっとそうなるに違いない、という気がしてくるのである。

いやだ。いやだ、病気の大臣と「血切り」をするなんて。

そんなことをするくらいなら、いっそ深志兄さんと――

「ここにいたんだ」

突然、すぐ後ろから声を掛けられ、奈智は二重の意味でギョッとした。急に声を掛けられたことと、その声に胸の内を読まれたように感じたのと。

思わず、跳ね起きるようにして立ち上がってしまったほどだ。

「おおっと。ごめんね、驚かせて」

振り向くと、天知雅樹が両手を広げて宥めるような仕草をしながら立っていた。

「ああ、びっくりした」

奈智は胸を撫でおろした。

どっと全身に汗が噴き出してくる。冷たい汗と、蒸し暑さのための汗と、両方が混ざっていて気持ちが悪い。

「あなた、いつもどこにいるの。このところ、見かけなかったみたいだけど」

奈智はのろのろと腰を下ろした。

雅樹も隣にひょいと座る。

「んー。いろいろ、調べものをね」

「うん。どうせ僕には『血切り』の必要もないし、ヒマだからさ」

奈智はそう言う雅樹の顔を見た。

もう変質体である彼。そう運命付けられていた彼。

彼は最初に会った時から、全く印象が変わらない。他の子たちは、どんどん表情が変わっていき、見知らぬ人のようになってしまうのに——そう、結衣のように。

胸の奥がうずいた。

結衣の顔、結衣の声を思い出すと、つらく感じるのはなぜだろう。

奈智はその感情を無理に搔き消す。

そういう意味では、ずっと変わらず淡々とした雅樹の存在は、今となっては不思議とホッとさせられる。

「何を調べているの?」

「磐座の歴史とか、虚ろ舟乗りの歴史とか。知っときたいことはいっぱいあるからね」

「ツクバ育ちのあなたでも、そんなものがあるの?」

「あるよ。やっぱり磐座は虚ろ舟乗りの聖地だからね。現地でないと分からないことはいくらでもある」

「そうなの」

奈智はそっと膝に目を落とした。こんなふうに、割り切って「研究」できる彼が羨ましく、同時に遠く感じられた。

「ねえ、知ってる? 偉い人が『血切り』に来たって」

「ああ、そうらしいね。救いがたい馬鹿だな。時間と資源の無駄だ」

雅樹はふんと鼻を鳴らした。心底軽蔑している声である。

奈智は堂々とそう言い切る雅樹に感心した。ほんの少しだけ胸がすっとする。

「――それより、君のお父さんて、古城忠之だよね？」

突然、そう切り出されてハッとする。

「どうしてそれを」

「ちょっと調べさせてもらった」

雅樹は相変わらずそっけなく、至極ナイーブな事情に触れているという自覚もないらしい。

「君は、お父さんの記憶があるの？」

「ううん、全然。小さい頃、磐座にいたという記憶もないくらいだし」

「そうか」

雅樹は考え込む。

どうやら、奈智を捜しに来たのは古城忠之について聞きたかったからだと気付く。

「それがどうしたの？」

「うーん。古城忠之って、僕の父親も研究仲間で知っていたらしいんだけど、なんだか謎の多い人なんだよね」

雅樹の父親。法律上の父親とはいえ、本当に雅樹のことを心配しているように見えた。

そして、奈智の顔を見て母の名前を口走った男。

自分の父親を知っているのだ、と思うと奇妙な感じがする。奈智の父親に対するイメージは、会ったことはないけれど、人から聞いた限りでは、若い男性というものだ。

雅樹の父親はもうかなりの歳に見えるし、あんな歳の人が父親と時間を共にしていたというのがしっくり来ない。

「謎って？」

奈智は尋ねた。

「彼って、ツクバの研究員なんだけど、ほとんどデータがないんだよね。出身地も、本籍地も、ツクバになってて、実質不明なんだ」

「不明？」

ざわっとする感覚。

「そんなことってあるの？」

「通常、有り得ない。だから不思議に思ってる。僕の父親にも聞いてみたけど、口をつぐんでる。何か訳ありなのかも」

「訳ありって――」

「それで、彼は、何度もここを訪れて、変質体に関する研究を続けていた」

それは知っていた。それで、奈智の母親と知り合ったのだ。

「どうやら、彼はここで提供者も務めてたみたいだ」

「お父さんが？」

奈智は思わず聞き返した。

「地元の人じゃないのに？」

「うん。まあ、彼の場合、純然たる研究みたいだったけど。何度も務めて、ものすごく詳細な血液データを数年に亘って取ってるらしいんだ」

研究。そうと知っていても、お金を払って「血切り」に来た大臣のことを連想してしまう。

「で、彼の研究が、どういうものだったか知ってる？」

雅樹が奈智の父親のことを「彼」と呼んだので、なぜかどきりとした。

「彼」という言葉と、「お父さん」という言葉と、古城忠之という言葉がどうしても重ならない。

「知らない。それより、あたしのお父さんがあたしのお母さんを殺したかもしれないっていうのも知ってるよね？」

奈智が思い切って聞くと、雅樹は初めて意表を突かれたような顔をした。

「ああ、知ってる。だけど、証拠があるわけじゃないだろ。そんな話、信じるなよ」

雅樹は肩をすくめ、あっさりと答えたので奈智は気抜けした。

そんな話、信じるなよ。

それは、思いがけず奈智の気持ちを楽にしてくれた。

そうだ。お父さんがやったという証拠はない。

「で、彼の研究なんだけど、ちょっと変わった研究なんだよね。変質体の研究ではあるんだけど、彼が調べていたのは、意識のほうなんだ」

「意識？」

奈智が聞き返すと、雅樹は頷いた。

「話には聞いたことがあるでしょう。完全な変質体になると、だんだん感情が失われていって、一見、フラットで、ちょっと人間ばなれした感じになるって」

「ああ。長期間の航海に耐えられるよう、身体も心も変わるんだって聞いた」

ふと、奈智は雅樹の顔を見た。

変質体。

雅樹が淡々として見えるのは、そのせいなのか。

雅樹は、いつもながら奈智が考えていることなどお見通しだったようで、苦笑して首を振った。

「違う、違う。僕のは、単にこういう性格なの」

「違うの？」

奈智はつられて苦笑した。人間ばなれした感じに見えているということを、雅樹自身自覚していたことがおかしかった。

「違うよ。僕はツクバの研究所育ちだから、フラットな環境のせいでこうなったの。完全な変質体の意識の変化は、こんなもんじゃないから。トワを見たでしょ？」

「ああ、あの人」

「彼女みたいな感じ。それでも、彼女はかなり僕たちに近い部分が残ってるけど」

「そうなの？」

「うん」

木漏れ日を浴びて立っている、あの不思議な人の姿が目に浮かぶ。

最初に会った時、なんて言われたっけ？

あの涼やかな声を思い出そうとするが、思い出せない。

「それでね、彼が言うには、変質体の意識というのは、ひとつなんじゃないかっていうんだ」

「ひとつ？」

奈智はきょとんとした。

言っている意味が分からない。意識がひとつというのは、どういうことなのだろう。

「僕も、自分が正確に把握してるかどうかは分からないんだけど」

雅樹は考え考え、ゆっくりと言った。

「完全な変質体になると、変質体どうしで、意識を共有するようになっているんじゃないか。そういう話なんだ」

「共有するっていうのは、その」

雅樹は小さく頷いた。

「そう。完全な変質体になると、大きな意識の一部になる。つまり、皆、同じひとつの意識を共有しているんじゃないか。彼はそういってるんだ」

8

深夜。

蒸し暑い、空気がまとわりついてくるような晩だった。

空は曇っていて、星も見えない。黒々とした山なみがあるという気配は濃厚だが、湿った雲の圧力が磐座の集落に負荷を加えているような、奇妙な圧迫感がある。

集落の外れにある、渓流沿いのホテル。更に、ホテルの敷地の中でも、離れになった、独立の戸建てになった貴賓室。

ひっそりと静まり返った闇の底で、黒っぽい背広姿の男たちが数名、佇んでいた。

「蒸すな、今夜は」

角刈りで、がっちりした体型の男が低く呟いた。

「風がないのがつらいですね」

細身で若い男が低く応える。

沈黙。

彼らは黙っているのには慣れていたが、この奇妙な任務には戸惑っていた。これまで全く無縁だった、磐座の風習などというものに、自分たちが関わっていることが不思議だった。誰も口には出さないが、こんなことをして何になるのか、という疑問もわだかまっている。しかし、むろん、自分たちはいつもどおり大臣の護衛をするだけだと割り切ってはいるのだが。

警備はしやすい場所だ、と角刈りの男は思った。

崖の上の離れで、出入り口は一箇所のみ。今彼らが見張っている場所以外に出入りできるところはない。中にも数名控えているし、護衛としては比較的気が楽である。

それにしても、本当にやってくるのだろうか？

腕時計にチラリと目をやる。

もう深夜三時近くになっていた。

大臣が藁にもすがる気持ちなのは分かるが、やはり迷信としか思えなかった。話には聞いていたが、本当に連綿とこんなことが行われているとは。

と、イヤホンに雑音が入った。

ホテルの入口付近にいる警備からの連絡だった。

「若い女の子が一人来ます」

「――それなのか？」

「恐らくそうだと思われます。手ぶらですし、ちょっとその――夢遊状態といいましょうか」

見分け方はそう聞いていた。

「血切り」にやってくる者は、半ば夢うつつの状態であり、中には自分の行為を覚えていない者もいるくらいだと。

「よし、通せ。声は掛けるな」

手ぶらの少女なら、何かあってもすぐに取り押さえられる。こちらには屈強な男たちが六人いる。

男は隣の細身の男に頷いてみせ、貴賓室内部にいる者に連絡をした。

やがて、彼らが控えている玄関近くの路地の奥に、ぽつんと白い影が現われた。

ふらふらとやってくる小柄な影。

男が最初に感じた印象は「幽霊みたいだ」ということだった。

白いブラウスに紺のスカート。

左右に微妙に身体を揺らしながら、こちらに進んでくる。

風のない蒸し暑い夜中。しかも、こんな山奥に、せいぜい十三、四歳の娘が一人で歩き回っていること自体、異様なことである。

男は、なんとも薄気味悪いものを感じた。

しかも、少女はずっと俯いたままで、顔が見えない。

なんだか、宙に浮かんでいるみたいだ。

突然、白い影が大きくなった。

少女はいつのまにか、すぐそばまでやってきていた。

男は少なからずギョッとさせられた。まるで、すーっと空中を横切ってきたように感じられたのである。

まさかね。

男は動かなかった。

若手の男も、緊張しているのが伝わってきた。ちらりとこちらを見る。その目には、強い警戒心と——恐らくは、恐怖心とがあった。

純然たる恐怖。それを彼らの目に見ることは珍しい。そして、男は、この若手の男が自分の目にも似たようなものを発見しているだろうということに気付いていた。

二人は頷きあった。

仕方がない。この気味悪い娘を通さないわけにはいかないのだ。むしろ、大臣にとっては、初日からやってきてくれてありがたいことに違いないのである。

それに、「血切り」にやってきた者には、声を掛けたり、触れたりしてはいけないときつく言われていた。彼らの行為の邪魔をしてはならない。

男たちはじっとしていた。

娘がふらふらと貴賓室の敷地に入っていくのを見送る。

脇を通りすぎた娘は、まるで存在感がなかった。それこそ「幽霊」のように、影だけが通っていったようで、呼吸すらしていないように感じられた。

男たちは、娘の姿を見送る。

娘は、敷地に入り、一瞬立ち止まった。

俯き加減のまま、ゆっくりと周囲の様子を探っている。

茶室を探しているのだ、と気付く。

彼らの目的地は、茶室。裏口が開いていて、にじり口が存在すれば、それが提供者のいる目印なのだ。

ここの茶室は配置が分かりにくい。辿り着けるだろうか。

男は逡巡した。まさか「あっちだよ」と指示するわけにもいかないし。

が、娘は本能的に配置を察知したのか、唐突に歩き出した。きちんと茶室のほうに向かっている。

とりあえず、よかった。

男はホッとした。しかし、離れて娘の後ろについていく。

白い後ろ姿は、植え込みのあいだの飛び石の上をするすると進んでゆき、真新しい茶室の前に立った。

こちらからは見えないが、茶室の周りにも仲間たちが控えていて、入ってきた娘の姿を捉えているはずだ。

娘はしばらくそこに佇んでいたが、おもむろににじり口に近付くと、障子を開けてするりと中に入り込んだ。

男たちは、離れたところで立ち止まる。

これから、あの娘が大臣の血をすするのだと思うと、なにやらおぞましい心地になる。

少しして、かちゃんという音がした。

「通い路」を茶釜の湯で煮沸しているのだと分かった。

自分が血を吸われるわけではないのに、脈拍が速くなるのに気付く。

本当に、こんな行事をやっているんだ。

男は、自分が異世界にやってきたような気がした。まるで、千年も昔の、中世の世界にいるみたいだ。

静寂。

耳を澄ますと、沸騰したお湯がしゅんしゅんと音を立てているのが分かる。しかし、それ以外は全くの無音だった。

辺りも、不思議なくらいに音がなかった。風の音はもちろん、虫の声すらしない。

男は、異様なストレスを感じた。

まるで、山全体が、耳を澄まして、これから茶室で何が行われるのか窺っているかのようである。

これから何が起きるのか知っているみたいだ――

ふと、そんなことを考えた。

何が起きる？

やがて、動きが感じられた。

ごそごそする気配。

「アッ」という低い声が上がったような気がした。あれは大臣の声か？

少しして、ずるずる、ぴちゃぴちゃという音が聞こえていた。

水溜りで雨だれが跳ねているような音。何かおぞましい、生々しいことが行われていることを示す音。

すすっている。

男はそう直感した。

血をすする音なのだ。

おぞましさに、首の後ろに鳥肌が立った。

想像するだに、凄まじい光景である。

が、少しして静かになった。

誰かが立ち上がる気配がして、次に、奇妙な野太い声がした。いや、声なのか、何なのか分からない音。強いていえば、獣の咆哮（ほうこう）のように聞こえた。

男たちはびくっとして、顔を見合わせた。

もう一度、その咆哮が聞こえる。

「なんだ？」

男たちは茶室に駆け寄った。

更に、叫び声がした。


「――不浄！」


ふじょう。そう聞き取れたような気がした。あの娘が発しているとは到底思えないような、ひびわれた低い声である。その声には、深い怒りが感じられた。

突然、くぐもった悲鳴が上がり、茶室が大きくぐずしんと揺れた。

ばたん、どしん、と何かがぶつかるような音がし、複数の悲鳴が混ざり合う。

誰かが飛び込んでくる気配。

「大臣？」

角刈りの男も、にじり口に駆け寄り、障子を開いた。

と、黒い頭が飛び出してぶつかってきた。

あの娘だった。

その勢いに、男は思わずよろけてしまう。

と、男は冷たいものを感じてぎょっとした。

鮮血。

やはり俯いているので顔は見えなかったが、口元が血だらけなのが見えた。

ほんの一瞬、ひるんだところを、影はするりと抜け出す。

「つかまえろ！」

男が叫ぶと、後ろに控えていた若手の男が飛び出した。

が、娘は素早かった。

まるで獣のように、ぱっと飛び跳ねて、男の腕から逃れると、たたたと外へ駆け出していった。

「待て」

追いかける若手の背中を見つつ、男はチラリと茶室の中を覗きこむ。

思わず、うっと口を押さえる。

むっとする鮮血の匂い。

パッと茶室の明かりがついた。

別の入口から茶室に飛び込んできた警備員が言葉を失い、部屋の中を見ていた。

まず目に入ったのは、大臣のカッと見開かれたままの黄色い目玉だった。

凄まじい形相（ぎょうそう）のまま、ぴくりとも動かない。

首をへし折られたのか、奇妙な角度に頭が曲がり、赤黒い舌が飛び出している。その腕はだらりと投げ出され、まだ肘の内側の部分から血が流れていた。それが「血切り」の痕らしい。

そして、次に目に入ったのは、床の間の乱れた軸に飛び散った大量の血だった。

壁にもたれかかるようにして、茶室の中に控えていた警備の男が倒れている。

畳の上にも、壁にも、飛び散ったばかりの血がぶちまけられていた。

男は、喉を一気に掻き切られていた。

凄まじい光景。

入口にいた男が、大臣のところに近寄り、首に手を当てた。

絶望的な目で首を左右に振る。もう絶命しているらしい。

「そっちは？」

喉を掻き切られたほうは、まだ息があるようだった。

「救急車を！」

「娘を捜せ！」

角刈りの男は、指示を出して外に駆けだした。

漆黒の闇。重くまとわりつく空気。

空が重い。誰かがこの様子を闇の中から見ている。そんな気がした。

玄関のところまで来ると、娘を追いかけた若手の男が戻ってくるのが見えた。

「取り逃がしたのか？」

若手の男は顔をしかめ、頷いた。

「まるで、獣みたいです。凄い速さで駆けていって、山の斜面に飛び込んでしまいました。こう真っ暗では、お手上げです」

「くそう」

二人は唸った。

宿の明かりが煌々と灯るのが見えた。

ホテルの中が、騒然としているのが伝わってくる。

「大変なことになった」

男は低く呟いた。

しかし、彼は別のところに気を取られていた。

さっき、娘が叫んだ「不浄！」という言葉が頭から消えなかったのだ。

大臣は、罰を受けたのだ――

なぜかそんな気がしてならなかったのである。


明け方の夢は、いつもどことなく淋しく、指のあいだをするりとすり抜けていってしまう。

夢にははっきりと視覚的に記憶に残るものと、夢の中で体験した感情の名残だけとに分かれる。

奈智の今朝の夢は、後者だった。

何かもやもやとした人影がぼんやりと動いていたことは覚えている。それが、背の高い、男性のものと思しき影であったことも。

しかし、顔や着ているものなど、具体的なものは何一つ見えず、はっきりと形を取らぬその影は、どこかへ遠ざかっていこうとしていた。

奈智はその影を追いかけた。離れていくその影に、彼女はひどく執着していた。

行かないで。あたしを置いていかないで。

必死にそう訴えかけているのだが、影には全然届かない。しかも、奈智はその場を動けず、おろおろ手を振るだけで、追いかけることができないのだった。

胸をしめつけられるような思いだけが強く、いつしか奈智は夢の中で泣いていた。

「行かないで」

そう自分が口に出したことに驚いて、奈智はハッと目を覚ました。

薄暗い部屋の天井が見える。

耳が冷たい、と思ったのは、泣きながら眠っていたせいで、涙が耳のところに溜まっていたからだと気付く。

誰を追いかけていたんだろう。

奈智は目を拭いながら、まだ夢の中の感情を引きずっていた。

苦しく、切なく、やるせない。

その名残を感じつつ、ぐったりと寝床の中で過ごす。

もう一度眠れそうにない。

奈智は溜息をつき、そっと身体を起こそうとした。しかし、疲労感が大きく、なかなか起き上がれない。

この疲れは、なんの疲れだろう。

反射的に指を見る。

うん、なんともない。綺麗だ。

そっと足を動かしてみるが、特に痛みはない。

どこかに行ったわけではないよね？

自分に問いかけてみるが、分からない。

起き上がった時、何かがひらりと落ちた。

ハッとして、拾い上げる。

小さな笹の葉っぱ。

どきんとして、奈智はその葉っぱをしげしげと見つめた。ざらざらした感触。裏側はやけに白っぽい。

いつ付いたんだろう？

震える手で、葉っぱを裏返したりしてみるが、どこでくっつけてきたのか記憶にない。

まさか。まさかね。

奈智は頭に触れてみた。

もし外に出ていたのなら、他にも葉っぱがくっついているかも。

しかし、葉っぱはその小さな一枚だけで、他に外出の証拠になるようなものは見つからない。

やや落ち着いてきた。

もしかすると、あたしにくっついてきたのではなく、窓を開けていて部屋の中に入ったものかもしれない。すぐ近くには、竹林がある。それとも、昨日、外でどこかからくっつけてきて、ここに落ちたのかもしれない。

そう自分に言い聞かせるが、じっとりとまとわりつく不安は消えなかった。外に出ていたのかもしれないと考えるだけで、全身がふわっと粟立つような恐怖を感じる。

じゃあ、さっきの夢は？

ぼんやりした影を思い出そうと試みる。

まさか、本当に誰かを追いかけていたのかしら？

奈智はのろのろと寝巻きを着替えた。

窓を開けようと手を伸ばした瞬間、いつもと違う雰囲気に気付いた。

こんな早い時間なのに、外でせわしなく人が動き回る気配がある。

異様。

パッと頭に浮かんだのはその言葉だった。さっきとは別の不安に胸が締め付けられる。

きっと何かが起きたに違いない。

お城に着くと、そこにも異様な——というよりは、はっきり緊迫した空気が漂っていた。

奈智たちキャンプ生は、いつもより早い時間、お城に集まるようにという連絡が回ってきたのである。

何かが起きたことは間違いなかった。

一目で、異常な事態であることは知れた。黒いスーツを着た男性たちがそこここを歩き回っているからである。

磐座に来た、大臣のお付きの人たちであることは明らかだった。

子供たちは戸惑ったようにもぞもぞし、きょろきょろ周囲を見回している。

男たちの目つきは険しかった。

心なしか、キャンプ生を見る目が厳しい。

先生たちの顔は、見るからに真っ青だった。

何が起きたのだろう。なぜ、あの人たちがここに来ているのだろう。

「早く集まるように連絡があったわ」と言った久緒さんも、事情は知らないようだった。

何かがあったらしいのだが、何も知らされていないらしい。それが、東京からやってきた大臣に関係することは確かなのだが。

結衣ちゃんがまだ来てない。

奈智はちらちらと周りを見た。

あの子はいつも早く来るのに。

男たちは、ちらちらとキャンプ生を見ていた。角刈りの、ひときわいかめしい雰囲気の男がいて、奈智をじっと見ていたような気がして、落ち着かなかった。

その男と、校長先生がボソボソと話をしている。

話をしつつもキャンプ生を眺めるその様子は、子供たちを不安にさせた。

「えらい騒ぎだね」

そう声を掛けられて、奈智は飛び上がった。

見ると、天知雅樹がすぐ後ろにいて、胸を撫で下ろす。

「あなたも来たのね」

「うん。面倒なことになったらしい」

彼は奈智の隣に腰を下ろした。

「いったい何があったの？　あの人たちは何？」

「僕もはっきり聞いたわけじゃない」

雅樹は男たちに目を走らせた。

いつものように落ち着いている彼の表情には、どこか安堵させられるものがある。

「だけど、明け方、音を消して救急車が来てた。あれは、きっと大臣を乗せていったんだと思う」

「大臣が？」

「でなきゃ、お付きの連中があんな右往左往してるわけないだろ」

「具合が悪くなったのかしら」

「元々具合はよくなかったらしいしね」

雅樹はドライに肩をすくめた。

明け方。雅樹はずっと起きていたのだろうか。

そんなことを考えた。なんとなく、彼はあまり眠らないような気がした。不眠症、というのではないけれど、彼がぐっすり眠っているところを想像できない。

「誰か、通ったのかしら」

奈智はふと呟いた。

誰かが大臣のところに行かなければならないことは知っていたが、ゆうべ誰かが行ったのだろうか。それとも、まだ誰も来ないうちに具合が悪くなったのだろうか。

「その可能性はあるね。なまじ、血を吸われてショック症状を起こしちゃったりしてたら、皮肉だな」

「だから、あたしたちのことを見てるのかしら」

「まさかあ。せっかくお望み通り通ってあげたのに、僕らが責められるわけはないだろう。むしろ、こっちのほうが害になるかもしれないんだぜ」

「でも、さっきからやけにジロジロこっちを見てない？」

「確かに」

不意に、雅樹はハッと何かに思い当たったような表情になった。

用心深く、ゆっくりと周囲を見回す。

「まさか。ひょっとして」

「まさか、なに？」

「もしかして——木霊が出たのかも」

奈智はゾッとした。

木霊。こんなタイミングで、大臣のところに木霊が？

その時、頭の中に、今朝見た笹の葉っぱがはっきりと浮かんだ。

まさか。

子供たちは、不安げにお喋り（しゃべ）りをしていた。徐々に声が高くなる。先生たちは、いつもお喋りをやめさせるのに、今朝に限って何も言わなかった。それどころではないというか、わざとそうさせているようにも見える。

校長先生と、角刈りの男が、パッと同じ方向を見た。

なんとなく、つられてそちらに目をやる。

ちょうど、結衣が入ってきたところだった。

「おはよう、奈智」

ひどく疲れた顔をしている。

「おはよう、結衣ちゃん」

目の下に、うっすらと隈ができているのが気になった。

「どうして集合時間が早くなったの？　あたし、なかなか起きられなくって」

どんよりとした顔で、結衣はふわあ、と欠伸（あくび）をした。

そのまま、彼女が奈智の近くに腰を下ろそうとした時だった。

「結衣、ちょっと来てくれるか？」

校長先生が、結衣に手招きをした。

その口調はいつもと変わりなくのんびりしているが、隣に立っている角刈りの男は、そうではなかった。

男は、明らかに顔色が変わっていた。

張り詰めたような緊張感。

小さな鋭い目が、結衣を見据えている。

「あ、はい」

見慣れぬ男の姿に戸惑ったように結衣は返事をした。

いったん座ろうとしていたのを中断されたせいか、ほんの少しよろけた。

「だいじょうぶ？　結衣ちゃん」

奈智が慌てて支えると、「ごめん」と力なく笑う。なんとか立ち上がったものの、その仕草も、ひどく大儀そうである。

いつのまにか、辺りは静まり返っていた。

結衣は不思議そうな顔で校長先生のところに近付いていく。

角刈りの男が、校長先生に小さく頷いてみせるのが分かった。

校長先生は結衣に小声でぼそぼそと何か話しかけている。みんなが耳を澄ましているが、何を言っているのかはよく聞き取れなかった。

結衣はいよいよ戸惑った表情で、小さく頷いたものの、きょとんとした目でぐるりと周囲を見回した。

奈智と目が合う。

結衣の目には「？」という疑問符しか浮かんでいないように見えた。

校長先生は、ひらひらと手を振った。

「みんなは、もうしばらくここにいてくれんか。話したいことがあるんで、すぐ戻ってくるから。

ね。頼んだぞ」

校長先生と、男で挟むようにして結衣を連れて出て行く。見ると、さりげなく他の黒いスーツの男たちが寄ってくるのが見えた。

結衣は、ぎょっとしたように立ち止まる。

が、校長先生に促され、男たちに囲まれるようにして見えなくなった。

まさか。

奈智は雅樹と目を見合わせた。

結衣が木霊だというのか？

雅樹も奈智と同じことを考えているのはすぐに分かった。でなければ、あの男たちが彼女を連れて行く理由が思い当たらない。

結衣が通ったの？

やめられない、とうっとり微笑んだ彼女の顔を思い出す。

結衣が、あの大臣のところに。

そう考えると、なぜかひどく後ろめたいものを感じた。

そのいっぽうで、混乱しつつも、奈智は心のどこかで安堵する自分に気付いていた。

チガウ。アタシジャナカッタ。アノハッパハカンケイナイ――

奈智たちが、校長先生から、今朝、結衣の通った相手が急死したという話を聞かされたのは、それから三十分ほどして、一人で戻ってきてからだった。

それが大臣であることは誰もが知っていたが、誰もそう口に出す者はいなかった。

大臣は、心不全による病死ということになっていたし、公式にはそう発表された。

しかし、その死が木霊による無残なものであったことは、どこからともなく噂が漏れ出して、住民たちのあいだにじわじわと広まっていったのである。

天罰だ、という声がどこからともなく囁かれ始めていた。

大臣が心不全で死亡した、という発表が出てから丸一日が経ってからのことだった。

病死であると公式に発表されたのはその日の夕方であり、お付きの者の大部分はその日のうちに引き揚げたが、何名かのスタッフ——恐らくは、警備関係の者——即ち、警察関係の者だけが、目立たぬように数名残っていた。

彼らは、険しい表情で密かに捜査らしきものを行っていた。

大臣のみならず、自分たちの同僚も搬送中に亡くなったのだ。犯人を挙げていきたかっただろうが、未成年であり、何があっても責任を問わないと約束したこの特殊な状況下で、それを「犯人」と呼べるのか。そして、その「犯人」をどう扱うかが大問題であることは、彼らも重々承知していた。

むろん、中央のほうでは、今回の大臣の死を事件にするつもりはなく、あくまでも自然死として片付ける意志であるのは明らかであった。

大臣がなんのために磐座に滞在していたか、そしてなぜ死に至ったか。

それは、この先も公になることはないだろう。

磐座に滞在していた、事情を知らない観光客たちやよそから来ていた人たちは、何やら騒がしく、事件があったことには気付いたものの、避暑に来ていた「えらい人」が磐座で急死した、という発表を疑うことはなかった。

たちまち彼らは黒塗りの車や、警察官の群れに興味を失い、「観光地の日常」に戻っていった。

むろん、表向きは観光客と同じ態度をとっていたものの、集落の人々は何が起きたのかを薄々察していた。

大臣の死が決して自然死などではなく、むごたらしく、この世のものならぬ力でもたらされたのだということ。

更に、もっと正確に言えば、木霊が現れ、私利私欲のために磐座の伝統を利用しようとした者に罰を与えたのだ、という認識を共有していたのだった。

現職の大臣が殺害されるという非常に衝撃的な事件であったにもかかわらず、自然死だという発表が出てからは、奇妙な落ち着きが集落に漂いつつあった。

集落の人々が懸念していたのは、この不幸な事件のために祭りが中止になったり、キャンプが中止になってしまうのではないかということだった。

キャンプ生の変質を止めることはできない。

ましてや、祭りを中止することなどできない。

これが集落の人々の共通認識だった。

大臣の自然死という発表は、祭りとキャンプの続行を意味した。

誰もが深い安堵を感じ、ようやくこの事件について落ち着いて考える機会を得た。

その結果、これまで長年に亘り、口に出せずにもやもやと感じていたことが、露（あらわ）になったのである。

カネで「血切り」の権利を買っていた。しかも、その報酬を、町の一部の者が少なからず自分の懐に入れていた。そんな疑惑がはっきり目に見える形で露見し、しかも凄まじいしっぺ返しを喰らったことに、溜飲を下げる人々が少なからず存在していたのは間違いない。

「天罰」という言葉にはそういう背景があった。

誰が聞いてきたのか、大臣を殺害する時に「不浄な血だ」と叫んだ、という噂も流れてきて、大臣は報いを受けたのだという思いはいよいよ強くなった。

これまで財政難を理由にしてきた人々は、この件について一切口にすることはなく、その後も沈黙を守った。

この先、当分のあいだ、財政難を理由に「血切り」の権利を売るようなことはないであろう。また、この事件のことが権利を買おうとしていた人のあいだに広まれば、金に飽かせて権利を買おうとする者も減るに違いない。

事件の第一報を聞いた時はどうなるかと思ったけど、ひょっとしてこれは災い転じてなんとやら、になるかもしれんね。

そう不謹慎にも頷きあう人もいた。

これでやっと、昔通りの普通のおれらのお祭りになる、と言う者もいた。

確かにそういう一面もあったのかもしれない。

だが、彼らはひとつのことに目をつむってしまっていた——この事件の本質、とでも呼ぶべき部分に。

今年のキャンプ生の中には、極めて嗜虐性(しぎゃくせい)の強い「木霊」を持っている者がいるということ。

そして、それが誰なのか未だに判明していないこと、である。

問題にすべきはこちらのほうだった——殺人に至るほどの嗜虐性を発揮する木霊はまれである。

最悪の結果であるが、まだこれで終わったと宣言できるわけではない。これからもっと悲惨な事件が起きるかもしれないのだ。

校長や警察署長らを悩ませていたのも、その点だった。

大臣の事件が起きた時、校長らは、木霊の正体は結衣だと確信した。悲惨な事件ではあったが、唯一の救いは木霊を特定できたことだ、と思ったほどである。

なにしろ、結衣自身の強い希望で大臣のところに通うことになったのだ。他にわざわざ好きこのんで大臣のところを訪ねていく者が現われるとも思えない。

第一大臣がどこに滞在するのか知っていたのは集落の中でもごく少数の人物である。ましてや「通う」対象になるキャンプ生で、大臣の居場所を知っていたのは結衣ひとりのみ。ならば、彼女が「木霊」であると断定したのも無理はない。

事件には誰もがショックを受けていたが、問題のひとつは解決したと心のどこかで安堵していたのだ。

大臣の警備をしていて、大臣を殺した少女を目撃していた者たちも、当初、結衣がそうだとこぞって証言した。

しかし、それを立証する段になり、人々は困惑した。

彼女がそうだと裏付ける証拠が出てこないのである。

大臣が死亡した茶室からは、全く指紋が出なかった。不明瞭なものが幾つかあったが、どれも大臣自身や警備スタッフ、あるいは宿のスタッフのものばかりで、肝心の犯人のものと思しきものはひとつも見つからなかったのだ。まるで余計なものに触れないようにしていたとしか思えないほどである。

また、現場で使用したと思しき「通い路」が見つからなかった。

どこをどう探しても見つからず、結衣の持っていた「通い路」を調べても、綺麗に洗ってあって大臣の血は確認できなかった。他のところにも通ったためなのか、ルミノール反応はあっても、誰の血かまでは識別できなかったのだ。

結衣がそうだという物的証拠が出ないとなると、結衣を目撃したと主張していた警備の者も、だんだん確証が持てなくなってきたらしい。

犯人は、真っ暗な道を前かがみでふらふらしながらやってきたため、はっきり顔を見た者がいないということが分かってきたのである。そのため、顔はおろか、身長がどれくらいだったのかもあやふやだった。

キャンプ生たちを見て、似たような背格好の者は大勢いたから、必ずしも結衣だとはいえないのではないかという結論になってしまった。

果たして「木霊」は結衣だったのか？

校長らは夜遅くまで話し合ったが、結局結論は出なかった。

これまでの例からいっても、「木霊」は恐ろしく冷静で頭がいいことは間違いない。

あれだけの大立ち回りをしておきながら、全く証拠を残さず、捜査の圏外に姿をくらましてしまったのだ。

もちろん、結衣自身にも事件当時の記憶が全くないので、「木霊」探しは振り出しに戻ってしまった。

「――ということらしいよ」

天知雅樹はそう言って、小さく肩をすくめた。

翌日も、登校はしたものの、出席を取っただけで自習になっていた。

雅樹が例によって淡々と知っていることを教えてくれるのを、奈智は信じがたい面持ちで聞いていた。

「そんなことって」

奈智は口ごもった。

確かに、実際にそういう話をするところを聞いているし、そんな磐座の裏事情があることに気付いてはいたが、こうも生々しく聞かされてしまうと動揺は隠しきれない。それにしても、雅樹はこんな内部事情をどこから仕入れてくるのだろう。

「結衣ちゃんが」

奈智はそっと周囲を見回した。

結衣は、今日は来ていない。昨日、先生と一緒に出ていったあと、誰も彼女を見ていないようである。

「結衣ちゃん、まだ調べられてるの？　もう疑いは晴れたんでしょう？」

「まあ、そうらしいけど、まだ警察の人は見かけたし、しつこく調べられてるのかもしれない。向こうにしてみれば、犯人を見つけ出したいだろうしね。もう立件できないにせよ」

雅樹は冷ややかな口調で言った。

「しかし、本当に逆襲するとは思わなかったな――いくら木霊が冷徹だとは知ってても、実際実力行使に出るなんて聞いたことがない」

「だけど、いくら変化の過程で出現する可能性があるものだとしても」

奈智は低い声で囁いた。

「こんなに残酷だなんて。二重人格の一種だって聞いたけど、そんなに元の性格と違っちゃうものなん？」

そう口にすると、肌寒さを覚えた。

二重人格。

見知らぬ自分、身体についていた葉っぱ。

「さあね。異常心理については僕もたいして知らないよ」

雅樹はさらりと答えたが、「異常心理」という言葉に奈智はピクリと反応してしまう。

「だけど、『木霊』を持つ者は、虚ろ舟乗りとしては高い適性と知性を持つというよ――『木霊』の意味を考えたことある？」

雅樹は質問で返してよこした。

「『木霊』の意味？」

「うん」

「木の霊という言葉をあててるけど、やっぱりあれよね？　ヤッホー、って叫ぶとヤッホー、って返ってくるっていう」

そう答えながらも、奈智は自分の子供っぽい答えに恥ずかしくなった。

「うん、そう。まあ、オリジナルによく似たもの――影だよね。つまり、とても似ているけれど、オリジナルじゃない。だけど、オリジナルがなければ絶対に出現しない。だから、オリジナルとは完全にイコールじゃないけど、全くイコールではないかというとそうでもない」

「つまり？」

「やっぱりオリジナルの一部であり、意識していない部分を強く反映しているんだと思う。それがどんなふうに抽出されるにせよ、影が高い知性を持っているのなら、オリジナルもそれに匹敵する知性を持ってるんじゃないかな」

「じゃあ、やっぱり今度の『木霊』のオリジナルのほうもひどく残酷だっていうことになるの？」

「うーん。それはよく分からないなあ。だけど、ある意味で傑出した存在なのは確かなんじゃないかな」

雅樹は宙に目をやった。

傑出した存在。

奈智はそれが、誉め言葉なのかどうかよく分からなかった。

大臣と警備の人を殺した「木霊」は、凄まじい運動能力を持っていたという。それを傑出した存在、と呼んでいいのだろうか。

「それより、ラッキーだったね」

「え？」

ぼんやりしていたところに話しかけられ、奈智は慌てて雅樹を見た。

「ラッキー？　何が？」

「美影旅館さ」

雅樹はあっさりと答えた。

「うちが？　どうして？」

「大臣本人を泊めなくてよかったね」

雅樹は笑みすら浮かべていた。

奈智はハッとした。

確かにそうだった。ゆうべ、深志が話していたことを思い出す。

城田観光では極秘で進めたつもりらしいが、わざわざ茶室を増築して大臣を泊まらせたという話は、磐座じゅうに広まっていたのだ。

結局、せっかく造った茶室、また取り壊すらしいわ。

深志があきれた声で話していたっけ。

そんで、金輪際、こんな野蛮な風習、かかわらん、ていうて、怒りまくってたらしいで。よくいうわ。これまで全くかかわってこんかったくせに。

どうやら、英子から聞いたらしい。

深志兄さん、なんのかんのいって、英子につきあってやってるんだな、と思った。

あんなに毛嫌いしてたくせに。

もやもやした感情を抱いたことまで思い出してしまった。

「でも、急いで茶室造って、とってもお金がかかったんでしょう？」

奈智は心配そうな声を出した。

「あれ、商売敵の懐まで心配してやるなんて、優しいね」

雅樹は意外そうに、同時にからかうような口調で目を丸くした。

あの子はどうしているだろう。

ふと英子の弟の顔が目に浮かんだ。

あたしが通うはずの——

慌ててそのイメージを振り払う。

しかし、いったん思い浮かべてしまうと繰り返しあの顔が浮かんできてしまう。

「血切り」を馬鹿にしていた城田家から、提供者になったあの少年。あたしが通わなくて、腹を立てているだろうか。それとも――

なぜか胸の奥に鈍い痛みを感じ、奈智は混乱した。


結衣は、白いがらんとした部屋の中で一人横たわっていた。

自分がなぜこんなところにいるのか、どうにもよく分からなかった。

先生たちや、黒い服を着た怖い顔の男の人たちが、繰り返しあの夜のことを尋ねてきたが、結衣には全く記憶がない。

自分が、何かとんでもないことをあの夜にしでかしたらしい、ということは薄々気付いていたが、とにかく結衣は非常に疲れ切っていて、頭はどんよりとして霧が掛かったようだったし、全身がだるくてたまらなかったので、彼らの声もどこか遠いところから聞こえてくるようにしか感じなかったのだ。

ここが警察署の中の、留置場だということも、結衣は理解していなかった。連れてこられるままにやってきただけで、がらんとした殺風景な部屋だなと思っただけだった。

結衣、本当に済まないんやが、ちょっとのあいだ、ここにいてもらえるか。すぐにもっといいところを探すから。

校長先生が、結衣の手を取って、噛んで含めるように言ったのを覚えている。

先生の目には、傷ましさと深い悔恨が刻まれていたので、結衣はびっくりした。

先生、ぜんぜん構いませんよ、どうしてそんな目をするんですか。大臣のことだって、あたしからお願いしたことですし。

そう言うと、先生の顔が歪(ゆが)んだ。

済まない、結衣、本当に済まない。先生たちが悪かった、結衣に甘えてしまって、申し訳なかった。

先生の声が震えていた。

結衣はきょとんとしていたが、やがて先生がのろのろと立ち去り、彼女は一人この部屋に残された。

たちまち眠気が襲ってきて、いつのまにか横になって眠りこんでいた。

どうしたんだろう。

あたし、きっと、大臣の血を吸ったんだ。健康状態の良くない人だって言ってたから、だからこんなに具合が悪いんだ。先生が謝っていたのは、たぶんそのことなんだ。

そんなことをぼんやりと考えていると、うっすらと何かのイメージが、あぶくのようにぷかり、ぷかりと、時折浮かんでくる。

最初に浮かんだのは、幾何学的な形をした四角いものだった。

そう、四角い石――

その上を歩いていた。

リズミカルな、細長い石が互い違いに並んでいて、その上をあたし、歩いていた。

次にふっと浮かんだのはお軸だった。

暗い黄色の壁に、細長いお軸が掛かっていた——何か、墨でのたくったような字が書かれていたっけ——なんて書いてあるのかは全然読めなかったけど、長い線が伸びて、隅っこがかすれていた——

そこに、何か飛沫が飛び散った。


結衣は、不意に全身をびくんと引きつらせた。

そのイメージが、身体の底から急速に恐怖を喚び起こしたのだ。

顔を歪め、結衣はかすかに唸った。

なんだろう、あれ。お軸に、何かが飛び散った。ねっとりした液体——

どんよりしたイメージ。が、そのイメージは不快感を伴っていた。いや、不快感というよりも、怒り——そう、激しい怒りだ。

お腹の中が熱くなる。

そうだ、腹を立てていた。あの夜、あたしはとても怒っていた——

不意に、結衣は、自分がこの白い部屋に一人きりではないことに気付いた。

誰かが部屋の隅に立っている。

それまでうとうとしていたのに、結衣はぱっちりと目を開き、弾かれたように起き上がった。

そこには、彼女がいた。

トワと呼ばれている、あの不思議な人が。

初めて目にした、現実に存在する虚ろ舟乗り。

結衣は、まじまじと彼女を見つめた。

トワは、いつものように、静かな微笑みを浮かべて、そこに立っている。

結衣は思わず後ろを振り返った。

檻（おり）のような鉄格子。扉は閉まったまま。開く音は聞かなかった。鍵が掛かってるはずなのに。さっき、鍵をかける音を聞いてから、誰も扉に近寄っていない。なのに、トワはそこに立っている。

この部屋の中に。

結衣は恐る恐る彼女の顔を見上げた。

綺麗な人——彼女は歳を取らない。本当は何歳なのか？

ふと、結衣は、トワが幽霊なのではないかと思った。

彼女が立っているところに目をやる。

しかし、そこにはちゃんと影があり、「そこにいる」という存在感が伝わってくる。

だけど、どうやってここに入ってきたの？

「こんにちは、結衣ちゃん」

トワは静かに声を掛けた。

確かに、聞こえる。とても柔らかい、聞いているだけで心が落ち着いてくるような声だ。

「あなたは幽霊なの？」

結衣はいつのまにかそう尋ねていた。

「虚ろ舟乗りって、幽霊なの？　どうやって、ここに入ったの？」

トワは微笑んだ。

「あなたは鋭いわ。幽霊というのは当たっているかもしれない」

「ええっ？」

トワはゆっくりと手を広げてみせた。

「あなたが目にしているのは、変質体の完成形なの」

「変質体の完成形？」

結衣には、その言葉の意味が分からなかった。

「変質体って――虚ろ舟乗りのことですよね？」

「ええ。ここではそう呼ばれている」

トワは、顔に掛かった髪の毛を払った。

パサ、という静かな音。やはり、彼女はそこにいる。ちゃんと存在している。

「あなたには教えてあげましょう。あなたは、もう私たちのような存在にかなり近付いてきているから」

「虚ろ舟乗りに？」

結衣はパッと顔を輝かせた。

「あたし、虚ろ舟乗りになれるの？」

「ええ。あなたの木霊はとても強いから」

結衣は、今度はギョッとした顔になった。

「木霊？　あたしが？」

「そうよ。先生たちは言わなかったけれど、あの晩、あなたの木霊は大臣を殺してしまった」

結衣は衝撃のあまり、動けなかった。

頭が真っ白になり、フラッシュのようなものがあちこちで弾けた。

あたしが？　大臣を？

口をぱくぱくさせる。

先生の歪んだ顔。お軸に飛んだ飛沫。

「あたしが」

結衣はぶるぶると震えだした。

トワが近付いて、そっと彼女を抱きしめる。

「あなたは悪くない。あなたは正しかった。ああなるしかなかった。あなたはとても虚ろ舟乗りに向いているから、仕方なかった」

「あたしが、あたしが、やったんですか？」

「聞いてちょうだい、結衣ちゃん」

トワはそっと結衣の顔を覗き込んだ。

結衣は、自分がたちまちその目に吸い込まれそうになるのを感じた。

「あたしの身体は、意識で出来ているの」

「意識？」

結衣は、自分の身体に回されているトワの腕を見た。

ちゃんとそこにある。体温も感じる。筋肉の動きだって。

「ええ。ここには実体があるけれど、これもあたしが意識で具体化させているのよ」

「具体化？」

「ええ。ここ数年、ようやく分かってきたの――結衣ちゃんは、ダークエネルギーという言葉を聞いたことがあるかしら。宇宙空間の大部分を占める、暗黒エネルギーと呼ばれるもののことを」

結衣はきょとんとした。

突然、ダークエネルギーだなんて、話が飛びすぎる。

「ええと、名前は聞いたことがあるけど。それがあたしたちとどう関係するの？」

「暗黒エネルギーが何なのか、なんのためにあるのか、人類は長年研究してきたわ。で、最近になって、だんだん分かってきたことがあるのよ」

トワは一瞬黙り込んだ。

「それはなあに？」

結衣が尋ねる。

それでもまだトワは少しの間黙っていたが、やがて、思いきった様子で口を開いた。

「それはね、ダークエネルギーが星間移動のためのツールであることなの」

「せいかんいどう？」

「ええ。星と星との間を移動することよ。まさに、あたしたち虚ろ舟乗りの仕事。役目」

「虚ろ舟乗りの」

「分かる？　あたしたち変質体というのは、意識で出来ている。身体が徐々に、有機体から変貌して、意識に置き換わっていくの。そして、その意識は、宇宙を移動できることが分かったのよ――暗黒エネルギーという海を伝わって、ね」

結衣には、トワの話していることが分からなかった。

しかし、トワは語り続けた。

「これは画期的な発見だったの。これまでは、わざわざ舟を造り、そこに乗り込んで、長い長い年月を旅して、宇宙を移動していたのだから」

その目は、結衣を通り越して、どこか遠くを見ていた。

「あたしたちは、歳を取らない。そのことが長いあいだ虚ろ舟乗りの条件だった。それが、実は、あたしたちそのものが虚ろ舟であることが分かった、ということなの」

トワは静かに微笑んだ。

「分かる？」

結衣は混乱したように周囲を見回した。

「つまりね、変質体になれば、あたしたちは、わざわざ宇宙船を建造してそれに乗っていくことなく、別の星に移動できるということなのよ」

結衣は、トワの語る話のあまりの大きさに、ついていけなかった。

「ええと、もう宇宙船はいらなくなるってこと？」

「そう」

結衣はトワの話を理解しようと必死に考えた。トワはその様子をじっと辛抱強く見守っている。

「でも――でも、あたしたちは行けても、他の人たちは？」

結衣は顔を上げた。

「お母さんや、弟たちや、他の人は？　舟がなきゃ、やっぱり移動できないよね？」

「その通り」

トワはゆっくりと頷いた。

「普通の人たちは、やはり生身の身体を運ばなければ、移動できない。そして、今地球上にいる人たちを、地球が太陽に呑み込まれるまでに移動させることは難しいということが分かってきたの。だけど、あたしたちが舟そのものだということが分かってきたことで、人類を移動させる新たな方法が発見されたの」

「そうなの？」

結衣は勢いこんで言った。

「ええ」

トワは小さく頷いた。

「だけど、それはまだ当分発表されないでしょうね――それが本当に有効だということをみんなに納得してもらえるまでは」

トワの声には、どこか不気味な響きがあって、結衣はそれがどんな方法なのか聞くことができなかった。

「だからね、木霊というのは、大きな進化だということなのよ。昔から、木霊が出現するのは、虚ろ舟乗りに適性があるという証拠だと言われてきたんだけど、それには別の意味があったんだわ――木霊は、意識を遠く飛ばして、宇宙の暗黒エネルギーに乗せるための、第一歩ということ」

木霊、という言葉に結衣の顔が曇り、彼女は俯いた。

「あたしが、ほんとに、あんなことを？　猪の首を載せたり――ええと、そんな、ひどいことを？」

結衣は青ざめ、震えだした。

トワは励ますように、もう一度結衣を抱きしめた。

「いいえ」

「え？」

結衣は、トワがきっぱり否定したことに反応して、またトワの顔を覗き込んだ。

トワの表情はあくまでも静かだ。

「大臣の件は、残念ながら結衣ちゃんの木霊がしたことだけど、それも、別の木霊に触発されてのこと」

「別の？」

「ええ」

トワはそっと結衣の頭を撫でた。

「木霊はもう一人いるのよ――とても強力な、とても大きな潜在能力を持った、変質体になりつつある子がもう一人、ね」


「見てよ、これ。もうすっかり日常だ」

天知雅樹は、川べりの木陰でくいっと顎を上げ、目の前に広がる長閑な風景を見回してみせた。

同意を迫るように、「ね」と隣に立つ男を見上げる。

「うむ」

男は鈍く頷いただけだった。

雅樹の法律上の父親である、あの男である。

二人のあいだには、奇妙なよそよそしさと、それでいてどこかじめっとした親密さが漂っていた。

いつものことだ、と雅樹は思った。

自分たちのあいだには、決して埋まることのない大きな隔たりがある。生涯口に出すことのない会話が、黒い凝った塊となって、立ちはだかっている。

その癖、どこか共犯者めいたものも感じている。まるで、二人で過去に犯した犯罪を葬り去ったけれども、忘れたくても忘れられないその一点で繋がり、決して離れることができない、とでもいうような。

雅樹はその連想に心の中で苦笑した。

あんたが悪いんだ。

隣の男をちらりと見る。

あんたは僕を見る度に、後ろめたそうな顔をする。羞恥と後悔に縁取られた、傷ましそうな顔をする。どうせならいっそ、僕を研究対象としてしかみない、冷徹なマッドサイエンティストであってくれたほうがお互い楽だったものを。なまじあんたには、情がありすぎる。

観光客の歓声や笑い声が、風に乗って流れてくる。

ほんの二日前に、凄惨な殺人事件があったことなど、微塵も気配がない。

「凄いもんだね、習慣の力っていうのは」

雅樹が呟くと、「父」は怪訝そうに彼を見た。

「何が言いたいんだ？」

「磐座って、不思議だね。いや、磐座だけじゃないのかな——この国、あるいは人間そのものが不思議だ」

「父」は困惑の表情になる。

「この、昔ながらの野蛮といってもいいような風習が残った、何の変哲もない田舎町に、世界最先端の科学技術が投入されているなんて。こうして目の前で見ていても信じられない。ここは魔法と科学が奇跡的なバランスでより合わさってる場所。そうは思わない？」

「父」は答えなかった。

どっ、どっ、どっ、とドリルを使う音が川を伝ってくる。

見ると、対岸で、河原に降りる古い石段を崩しているのだった。もともと壊れかかっていた石段をすっかり崩して、新たに石段を造るつもりらしい。

近くには、巨大な岩があった。

あそこが、美影奈津の死んだところだった。

「あんな事件が起きたのに、もうすっかり忘れられたみたいだ。それでもやっぱり、何もなかったような顔をして続いていくんだね。木霊も見つかってないのに。これは誰の意志なんだろう？　虚ろ舟乗りの出る可能性は年々低くなっていくというのに」

雅樹は独り言のように呟いた。

「もしかすると、この先何十年、何百年も経つと、キャンプはなくなってしまって、形骸化(けいがいか)したお祭りになっているのかもしれないね。メインの観光行事である徹夜踊りは普通に残るだろうけど、その裏の奇習として、血を吸う行事が残るのかもしれない——その目的がなんだったのかも忘れられ、その頃には、ただの男女の血切りとして、全く意味の異なる行事になっているかも」

ふと、雅樹はそう自分で口にしながらも、その光景が見えるような気がした。

歴史や風習は、分かり易(やす)く口当たりのいいものに置き換えられていく傾向がある。

磐座のように、決して表立って現われることのない歴史を持つ場所では、特にそういう運命を辿るのではなかろうか。もっとも、その頃には、地球は太陽に呑み込まれようとしているのかもしれないし、とっくにそんな風習も廃れているのかもしれないが。

「珍しく君のほうから呼び出したと思ったら、そんな話をしたかったのかな？」

「父」が探るような声を出した。

確かに、雅樹のほうから「父」に会いたいと言うことはめったにない。

「ううん。もちろん違うよ。聞きたいことがあったんだ」

雅樹はしらっとした顔で首を振ると、改めて隣の男を見上げた。

二人の目が合う。「父」は、彼と目が合うと、必ずほんの少し動揺する。記憶の中にある、いつもの「後ろめたい」顔になる。

「お父さんは、古城忠之と一緒に仕事をしていたんだよね？」

今度こそ、「父」ははっきりと動揺の色を示した。

「ああ」

ほんの少し遅れてから、「父」は頷いた。

「ずいぶん昔のことだ」

牽制（けんせい）するような口ぶり。

「どうしてそんなことを聞く？　なぜ彼の名を？」

「古城忠之の娘が、今年のキャンプにいることは知ってるでしょ？　彼女、なんにも知らないみたいなんだよね。自分の親のことも、磐座のことも。それが不自然に思えてさ。ちょっと気になったんで、調べてみたんだ。どうせ僕はヒマだし」

「父」は警戒するような目で彼を見る。

「彼、もう死んでるよね。どう考えても。恐らく、妻が死んだ時と前後して亡くなってるはずだ」

雅樹がそういうと、「父」は珍しく不快感を露にした。

「いや、そんなことは分からない。彼は今もどこかで生きている」

「本気でそんなこと考えてるの？」

雅樹は苦笑した。

「じゃあ、どうして現われないの？　妻を殺したから？　今もどこかに身を潜めてるっていうの？」

「彼は妻を殺してなんかいない」

「父」は頑(かたく)なに首を振った。

雅樹は川に目を落とし、考え込んだ。

「そうだね――彼は殺してない――彼は、妻を解放したのかもしれない」

「父」はハッとしたように雅樹を見た。

「僕は、彼の研究について知りたいんだ。彼は、変質体の意識について研究していたよね。変質体の完成形に近付くにつれ、極端に感情はフラットになり、個人の『我』が消えていく」

「何を聞きたい？」

相変わらず、「父」の口調には警戒心があった。

「今ね、トワって人が、キャンプに来てるんだ。磐座に滞在してる。虚ろ舟乗りだよ」

雅樹は話題を変えた。

いきなり正面からぶつかっても「父」は白状しない。

そう気付いていたからだ。

「誰だね、それは」

「だから、虚ろ舟乗りだよ。不思議でしょ？」

雅樹は無邪気に「父」を見上げた。

「彼女はいつ戻ってきたんだろう。このあいだ船団が戻ってきたのは二年前だ。その時に舟に乗ってたんだろうか？　じゃあ、この二年間、どこで何をしていたの？　外海体験のある貴重な虚ろ舟乗りが。そんな希少な人材に、人類の地球での残り時間を考えたら、遊んでる暇はないはずなのに」

どっ、どっ、どっ。

ドリルの音が、雅樹の声にかぶさる。

「問題は、『いつ』じゃなくて『どうやって』なんだ」

雅樹は自問自答した。

「彼女はどうやって戻ってきた？　それが重要だと思うんだ」

「おまえは何を言いたいんだ」

「父」は焦れたような声を出した。

彼がその答えを聞きたいようでもあり、聞きたくないようでもあるのを、雅樹は感じ取る。

「変質体が虚ろ舟乗りに適している、というのは、単に長命だからなんだろうか」

雅樹はまた話題を変える。

「変質体が意識を変容させていくのも、長命になることに伴う副産物だと思われてきたけれど、別の理由があるんじゃないかなあ」

「——その理由とは？」

「父」の好奇心が勝ったのが分かった。

「蝶の谷」

雅樹は呟いた。

「え？」

「あの山の向こうに、蝶の谷があるでしょう。最初の舟が墜落したと言われている」

「それがどうした？」

「お父さんも知ってるでしょ。その舟の中は空っぽだったたって。一説によると、『虚ろ舟』の語源はそれが理由だって」

「ああ。もちろん知ってる」

「乗組員はどこに行ったんだろう？」

「父」は「そんなことか」という顔をした。

「有機物であれば、長年のあいだに消滅してしまうことは有り得る。宇宙人の身体構成はまだ分かっていないし」

「最初から乗っていなかったとしたら？」

「自動操縦だったというのか」

「ううん。そういう意味じゃない。いわゆる有機体としての人間は乗っていなかったとしたら」

「そうでなかったとすれば？」

「意識だよ。意識だけが乗っていたんだ」

「父」はぽかんと口を開け、しばらくしてから笑い出した。

「これは驚いた。凄い新説だ」

「どうして？」

今度は雅樹がぽかんとする。

「有機体は破損しやすいし、不安定で維持が難しい。だったら、意識だけのほうが宇宙航海には適してると思うけど」

「父」は笑い止んで、真顔になった。

「うむ。笑って済まなかったな。確かに、君のいうことにも一理ある。それに、古城が変質体の意識について調べていたのは事実だよ。彼は、そもそも人類の共有意識について研究していた。人類の精神の古層の部分は共有で、個々の意識が発達していくうちに、共有部分が忘れられていったのではないかと。かつては本当に文字通りの『共有』で、人類そのものがひとつの意志を持ち感覚を共有していたのに、それがバラバラになり失われてしまったのだという仮説を立てていた」

「父」は懐かしむような表情になった。

さすが、科学者である時はしゃんとして、生来の冷静さが浮かぶ。

「そして、変質体もそうなのではないかと考えていた」

「意識の共有を？」

「そうだ」

「父」はこっくりと頷いた。

「古城いわく、変質体というのは、むしろ『先祖がえり』のような存在なのではないかというんだ。かつての人類のように、ばらけて切り離されていた個々の意識が、ひとつの生命体として集まり、融合していく過程を目にしているのではないかと」

「ふうん。それは面白いね」

「それを、妻を観察することで検証しようとしていた」

「父」はそこで暗い顔になった。

「だが、いきなりあんなことに」

沈黙。

風に乗って、再び観光客の歓声が流れてきた。

どっ、どっ、どっ。

ドリルのリズムも続いている。

「もしかして」

雅樹は口を開いた。

「彼は、何かを発見したんじゃないかな」

「何を？」

「よく分からない。でも、変質体の意識の変容について、何か大事なことを発見したんじゃないかと思う。だから、彼は消えたんじゃないかな」

「君の話は、どこに向かおうとしているんだ？」

「父」は困惑の色を隠せない。

「さあ。それが僕にも分からないんだ。すぐそこまで出かかってるんだけど。お父さんと話せば、それが分かるかと思ったのに」


突然、悲鳴が上がった。


二人はハッとして同時に顔を上げた。

わーっ、ぎゃーっ、という叫び声。

「なんだろう？」

見ると、それは、向かい岸の工事現場から上がったらしかった。石段を崩しているところで、作業員があたふたとし、駆け出す者も見えた。

作業が中断し、誰もが崩れた石段の下を覗きこんでいる。

「どうしたんだ」

二人は、身を乗り出し、向こう岸を見つめた。

誰かが叫んでいるのが聞こえてくる。

「骨が出た！」

えっ、と息を呑み、二人は顔を見合わせる。

「石段の下から、人骨が出たぞ！　誰か警察を呼んでくれ！」

9

川べりの石段の下から白骨死体が出たという話は、すぐに磐座じゅうに広がった。

大臣の事件の衝撃から、集落自体まだ冷めないうちのことだったので、「なんだか不吉なことが続く」と不安がる声も聞かれた。

出入りの業者からその話を聞かされたた久緒はどきりとした。

川。遺体。

何年も前の映像が、不意に脳裏に蘇る。

担架にかぶせられた布から覗いていた青白い腕。

あの日。

肌寒い日だったことをなぜか覚えている。

奈津が川で死んでいる。

そう最初に知らせてくれたのは誰だったろう。今となっては思い出せないが、誰かが真っ先にここに伝えに来てくれたのは確かだ。

頭が真っ白になった。

どうやって？

最初に浮かんだ疑問がそれだったことを覚えている。

死なないのに。虚ろ舟乗りは死なないはずでは？

そう尋ねたことも覚えている。

そうしたら、その誰かは顔を背けて、声を低めた。

心臓に杭が打ち込んであったらしい。

そう聞いて、再び久緒は頭が真っ白になった。

誰がそんな恐ろしいことを。

ゾッとして身体が冷たくなり、眩暈がした。

確かに聞いたことはあった。虚ろ舟乗りになった者を殺すには、心臓に銀の杭を打ち込み、紫外線にさらすしかないのだと。それしか虚ろ舟乗りの命を絶つ方法はないと。

そんな知識を、どこから得たのだろう、とそう聞いた時に思ったこともあの時思い出した。

実際にこれまでに誰かが試したことがあったから、そう判明したとしか思えない。つまり、虚ろ舟乗りを殺そうとした人たちがいて、それを実行に移した人がいたということだ。

それはいったいどういうことだろう？　かつては、虚ろ舟乗りは疎まれていたのだろうか？　それとも、虚ろ舟乗りになった者の中に凶悪な犯罪者でもいたのだろうか？

だが、虚ろ舟乗りは感情がフラットになる。憎悪も、悲しみも、どんどん失われていく。そんな彼らの中から犯罪者が生まれるとは思えないのだけれど。

当時は、木霊の存在を知らなかったのでそう思ったのだが、あとから、もしかすると、邪悪な木霊を退治しようとしたことがあったのかもしれないと思いついた。

だが、本当にそんなことをするなんて。そうまでして、奈津を殺したいと思った者がいたなんて。

あの日、気がつくと、久緒は家を飛び出し、駆け出していた。

周囲が止める声も聞かず、川に向かって走っていった。

信じられない。信じられない。

そう繰り返し呟いていたことに、ずっと気付かなかった。

走って、走って、走って、川が見えるところまで行ったら、河川敷のところに人だかりがしていた。

青いビニールシートがパッと目に飛び込んできた。

橋の上や、川岸の上にも人だかりがしていて、みんなが川を覗き込んでいた。

久緒は更に走っていき、現場に近付いた。

すると、担架に乗せられて人の形をしたものが運び出されていくのが見えた。

ぱたっ、と担架の布の下から青白い腕が落ちて、ゆらゆらと揺れていた——

あの真っ白な腕。

目に焼きついて離れなかったあの腕——

「——大丈夫ですか？」

久緒はハッと我に返った。

業者が心配そうにこちらを見ているので「ああ、大丈夫です」と答える。

「真っ青ですよ」

「ああ、ちょっと昔のことを思い出して」

額に手をやり、そっと顔を背ける。

「なんでも、結構前に埋められたものらしいですわ。しかも、ちゃんと胸の前で指を組むような形で埋められとったとか」

業者は荷物を運びこみながら話し続けた。

「指を組んで？」

思わず聞き返す。

「はあ。なんでそんなんしたのか、不思議やという話でした」

遺体への敬意を払っていたということか。

「殺されて、埋められたんですか？」

「さあ。それは調べてみんと分からんようです。もしかすると、ゆきだおれかなんかの人を誰かが埋めたんやないかという人もおるようで」

「へえ」

「じゃあ、これで失礼します。今度は三日後に」

「ありがとうございました。またよろしゅうお頼もうします」

会釈して帰っていく業者を見送る。

久緒はしばらくその場に立ち尽くしていたが、「ちょっと出てくるわ」と奥に声を掛けて外に出た。

歳月が巻き戻されたかのようだった。

あの日のように、いつのまにか川に向かっていたのだ。

さすがに駆けてはいかなかったものの、何かにせかされるように早足になっていた。

川岸に近付くと、デジャ・ビュを見ているような気がした。

橋の上や、岸の上から下を見下ろしている人々。

崩れた石段のところに、警察官が集まっている。

担架があるのではないかとひやりとしたが、それらしきものは見当たらなかった。

なぜか滑稽なくらい安堵している自分に気付く。

まさか、同じ光景のはずはない。白骨遺体だと言っていたではないか。

久緒は、足をゆるめ、ゆっくりと川岸に近付いていった。

だが、警察官のいる場所を見て、どきりとする。

あの時の現場に近い。ほとんど同じ場所といってもいい。

これって偶然なんだろうか。

胸がどきどきしてきた。

まさか。

突然、その考えが降ってきた。


あの遺体は、古城忠之ではないか？


そう思いつくと、次の瞬間、それは確信になっていた。

あれ以来、行方不明のままの彼。誰も消息を知らず、こんにちまで見つかっていない彼。奈津の最愛の夫。奈智の父親。

当時は、彼が奈津を殺したという説が有力だった。「まさか」と思ったものの、でなければなぜ姿を消すんだ、と言われると答えられなかった——

きっとそうだ。久緒は一人、頷いた。

古城忠之は、奈津と前後して死んでいたのだ。誰かが二人を殺したのだ。

やっぱり、古城は犯人じゃなかった。彼が奈津を殺すはずがない。

いったい誰が？

そう考えて、いや、それはおかしい、と考え直す。

古城忠之は、きちんと指を組んで埋められていたというのに、なぜ奈津のほうは放っておかれたのだろう？

久緒は首をかしげた。

川べりを歩き回る警察官。

工事をしていた作業員が、現場を指差し、何事か説明している。

誰かに見つかりそうだったから、逃げたのだろうか？　時間が足りなかったとか？　しかし、だとしても何かおかしい。遺体に敬意を払うような人物が、そもそもなぜ二人を殺すのだ？

久緒はじっと警察官を見つめた。

崩れた石段。

あそこは、ずいぶん前から崩れかけていて危なかった。そう、奈津が死んだ頃には既にあちこち崩れかけていたっけ。

ぼんやりと当時の姿を思い浮かべる。

ふと、奇妙なイメージが浮かんだ。

女の後ろ姿。かがみこんでいる。女は、石段の下を掘り返している。

誰だ、この女は？

女が、誰かに呼ばれたようにふと振り向く。

思いつめた顔。奈津だ。

思いつめてはいるが、彼女は冷静だ。落ち着いた表情で、黙々と地面を掘り返し続ける。

石垣の石を取り出しては、穴を広げる。淡々と作業を続ける奈津。

彼女がスコップ代わりに使っているのは——

銀の杭。

久緒はぎょっとして背筋を伸ばした。

なんだろう、今のイメージは。

思わず、辺りをきょろきょろと見回してしまった。

誰も久緒を見ている者はおらず、皆川岸の作業を見守っている。特に目新しいものが見られるわけではないと思ったのか、興味を失って離れていく者も多い。

久緒は一人、唐突に浮かんだイメージを反芻していた。

再び、イメージがぽっと浮かんだ。

奈津は、そっと後ろを振り返る。

そこには、一人の男が横たわっている。目を閉じて胸のところで指を組んでいる。血の気はない。

もはや、冷たくなっている男。

彼女の夫である、古城忠之である。

奈津は夫に近付いていく。

穏やかな表情で目を閉じている夫。

奈津はその頰をそっと撫で、立ち上がると、彼の足を持ち上げ、ずるずると掘った穴に向かって引きずっていく。

どういうこと？

久緒は混乱する。

なぜこんなにも、はっきりとしたイメージが浮かぶのだろう。

だが、今目にしているイメージが、真実であり、あの事件の真相であったという確信だけが、彼女の中に強まってくるのである。


古城忠之を殺したのは奈津だ。彼女が夫を殺し、そして——


パッと新たなイメージが浮かんだ。

奈津は、銀の杭を手にしている。

彼女は、川の水でその杭を洗っている。

掘った時の土を洗い流しているのだ。

綺麗になった杭を置き、彼女は自分の手も洗う。泥だらけだった手も、綺麗になる。

鈍い光を放つ杭。

奈津はそれを手に取り、立ち上がる。

彼女は杭を静かに振り上げて——

久緒は慌てて目を閉じて首を振り、今浮かんだイメージを追い払おうとする。

嘘だ。嘘だ。

今見てしまったイメージは嘘だ。

久緒はよろよろと歩き出した。

青ざめた表情で、川から離れていく。

ただの妄想だ。あたしの勝手な。

そう自分に言い聞かせるが、それが真実だという確信は消えない。

全身が冷たくなっていた。あの日のように。

嘘だ。嘘だ。そんなはずは。

久緒は首を振りながら、歩き続ける。

だけど、今のイメージは。


奈津は夫を殺し、そして自ら命を絶った。


久緒の努力を嘲笑うかのように、その考えが降ってきた。

それがあの事件の真相だ。そう気付いているだろう？

誰かの声がそう囁きかける。

久緒は激しく動揺していた。

じゃあ、なぜ？

誰かにそう尋ねる。

もしそれが真実だとしたら、奈津はなぜそんなことをしたんです？　どうして最愛の夫を殺し、自殺しなければならなかったんですか？　可愛い娘を残し、なぜ心中をしたんです？

なぜそんなことを？　どうして？

久緒はそう繰り返して尋ねたが、その問いに対する答えはなかった。

その事実を知らされた時、奈智はどう反応したらいいのか分からなかった。

お父さんの白骨死体が見つかった。

人はそんな時、いったいどんなふうに反応すべきなのだろう？

ろくに顔も覚えておらず、物心ついた時には不在だった肉親が、ずっと前に死んでいたということを知った時に？

そもそも、父親が行方不明であり、母を殺したかもしれないという話を聞かされたのもこの磐座に来てからのことなのだ。その衝撃の事実すらまだ消化できていなかったのに、そこにまた、父親の遺体が発見されたというニュースである。

奈智は、感情が麻痺（まひ）してしまって、ぽかんとしているだけだった。

しかも、見つかったのは、先日奈智が危険な目に遭った、あの川べりの石段の下からだというではないか。

ずっとあそこにいた。

毎日通りかかって、何度も目にしていたあそこに、ずっといたのだ。

そう考えると、奇妙な心地になってくる。

誰にも知られず、ずっとあの場所で眠っていた――

そんなことが。

久緒は奈智がショックを受けていると思ったらしく、気の毒なくらいに狼狽（ろうばい）し、気を遣っていた。

「いえ、違うんです」

奈智は慌てて首を振った。

「なんの感情も湧いてこなくて——そっちのほうに驚いてます」

久緒は、しばらく奈智の表情を探るように見ていたが、嘘を言っているわけではないと見定めたのか、少しだけ安堵を見せた。

「そうね——そういうものかもしれないわね。一緒に暮らした記憶もほとんどないんだものね」

「ええ。それより、なんでまた、あんなところに埋められてたんでしょうか。というより、どうしてお母さんは埋められてなかったの？」

久緒は渋い表情になる。

「それも、そのうち奈智ちゃんの耳に入るだろうから、話しておくけど」

久緒は、遺体がきちんと指を組んで整えられていたことから、当時噂されたのとは逆のことが起きたと考えられていることを説明した。

つまり、奈津が先に忠之を殺してから、自殺したのではないかという説である。

奈智はその説明に愕然とした。

「お母さんが？　お父さんを殺してから？」

遺体が見つかったと聞いた時には何も感じなかったのに、今度はがつんと殴られたような気がして、思わず背筋が伸びてしまう。

心中。

そんな言葉が頭に浮かぶ。

お父さんとお母さんは一緒に死んだ。

「でも、なぜ？」

久緒は「分からない」とゆるゆると首を振った。

「仲がとてもよかったんですよね？」

「ええ。本当にお似合いの夫婦だったわ。当時、奈津ちゃんは、もう舟に乗る日が近かった」

「離れたくないから？　家族は舟には一緒に乗れないんですよね？」

「ええ。結婚はできるけど、家族は連れていけないわ」

久緒は頷いた。

「でも、奈津ちゃんはもう変質体になって長いこと経つから、かなり感情を失っていたはず。人に対する執着は薄れていた」

「そうですよね」

虚ろ舟乗りが、変質が進むにつれて徐々に感情がフラットになっていくという話は聞いていた。キャンプで変質体と認められると、その後は数年に亘って研修が続くが、その間にも緩やかに変化は続くのだ。

「じゃあ、お父さんが頼んだんでしょうか。お母さんに、自分と一緒に死んでほしいと」

「その可能性はあるけれど、果たしてそれを奈津ちゃんが同意したかどうか。虚ろ舟乗りは、舟に乗るのが至上命令なの。研修でもそうしつけられていくから、舟に乗りたかったはず」

しかも、奈智のことは置いていっているのだ。妻と一緒にいたいというのなら、娘はどうだったのだろう？　どうにも、ちぐはぐな感じである。

「それに――」

次々と疑問が湧いてくる。

「どうして、外で？」

「え？」

久緒が奈智を見る。

「その——もし心中するんだったら、なんでわざわざ、あんな川べりまで来て、死んだんでしょうか？　橋から飛び降りたとかなら分かるけど——外だったら、誰かに見られたり、邪魔される可能性もあったわけでしょう。どうして外で？」

「確かに、そうね」

久緒も首をかしげた。

「何か、あの場所でなきゃいけない理由があったんでしょうか。しかも、どうしてお父さんの遺体を隠したんでしょう？　心中だと知られとうなかったから？」

疑問があふれ出してきて止まらない。

「なんだか、おかしなことばかり。石段の下に隠したのだって、よく考えるとヘンやありませんか？　たまたま長いこと見つからなかったけど、例えば、川が増水したりしたら、すぐに見つかってたかもしれない」

「どういうこと？」

「もしかしたら、もっと早く見つかると思っていたのかもしれません」

「うーん」

考えれば考えるほど、分からなくなる。

虚ろ舟乗り。

そう思うと、真っ先に浮かぶのはあのトワのイメージだ。ふわっとしていて、とても冷静で落ち着いている。確かに、少し人間離れした、自分たちとは別の生き物なのだ、と感じた。

お母さんもあんなふうになっていたのだとすれば、感情に流されることもなかっただろう。それでもお母さんは、お父さんと一緒に死んだ。ならば、必ずや、そこに何か明確な、論理的な理由があったに違いないのだ。

いったいなぜ？

二人で黙り込む。

が、久緒がぽつりと口を開いた。

「だけど、奈智ちゃんがキャンプに来たこの夏に見つかるなんて、不思議やわ。まるで、忠之さんが奈智ちゃんが来るのを待ってたみたい。たいへんなことだけど、考えようによっては、よかったのかもしれない」

待っていた。お父さんが。

確かに、久緒にそう言われるとそんな気がしてくる。

だが、疑問ばかりが膨れ上がり、奈智の頭は「なぜ？」でいっぱいだった。

いったいあの場所で何が起きたのか、なぜそんなことをしたのか。

どうして？　どうしてなの？　あたしを置いて、どうして二人で死んでしまったの？

知りたくて知りたくてたまらなくなる。

「ちょっと出かけてきます」

奈智はじっとしていられず、立ち上がった。

現場にはブルーシートが掛かったままだが、もう現場検証が済んだのか、工事再開の準備が始まっていた。

もはや人だかりもなく、誰も現場に目を留める者もない。

あそこに眠っていた。ずっとあそこにいた。

あたしの両親は、二人ともあそこにいたのだ。

そんな文章が何度も頭の中で繰り返されている。

過去に何が起きたか、決して知ることはできない。もはや、あそこには何もなく、二人の痕跡も残っていない。

どうすれば分かるの？

奈智は橋の上に立ち、欄干をぎゅっとつかんだ。

あたし、何も知らなかった。

不意に、そんな悔しさが込み上げてくる。

あたし、何も知らされてなかった。お父さんとお母さんのこと、キャンプのこと、虚ろ舟乗りのこと。なんにも、なんにも、教えてもらえなかった。

それは、怒りにも似た感情だった。

あたし一人を置き去りにして、死んでしまったお父さんとお母さん。どうしてなの？　どうしてそんなことができたの？　あたしは大事じゃなかったの？

これまで、そんなふうに考えたことはなかった。

両親をほとんど知らずに育ってきて、うっすらと欠落感はあったけれど、決して恨んだり憎んだりしたことはなかったのに。

ひどい。ひどいよ。どうして残されるあたしのことを考えてくれなかったの？

奈智は、自分が涙ぐんでいるのに気付いて、驚いた。

それが悔し涙だったからだ。

「――奈智、大丈夫か？」

その時、すとんとその声が飛び込んできた。

振り向くと、少し離れたところで、深志が心配そうにこちらを見ている。

久しぶりに、深志を正面から見たような気がした。

「深志兄さん」

「お母さんが、奈智が血相変えて出てったから、様子を見てきてくれって。きっとここに来てるだろうからって」

深志は、あえて近寄らないようにしているようだった。

親子で気を遣ってくれているのが身に染みる。

「血相なんか変えてないよ」

奈智は苦笑してみせた。

「ただ、あの場所を見てみたかっただけで」

「びっくりしたよな」

深志はゆっくりと近付いてきて、奈智の隣に立った。

「まさか、ずっとあんなところに埋まってたなんてなあ」

「うん。こんな近くにいたなんて」

「いったい、何がどうなってるんやろうな」

深志は首をひねった。

「でも、何か大きな理由があったんだよ、きっと。ただの心中だったら、奈智を置いていくはずないもの」

優しいな、深志兄さんは。

奈智が一人残されて傷ついていることに気付いている。そして、奈智と同じことを考えているのだ。

「なんやったんやろう。舟に乗るのをやめてまでして、一緒に死ぬような理由って」

奈智は川面を見ながら呟いた。

「うーん。もしかすると、磐座とか、虚ろ舟乗りそのものに関係することなのかもしらん」

深志が考え考え言った。

「磐座と?」

「いや、単なる勘やけど。だけど、古城さんは虚ろ舟乗りの研究をしてたというし——あの事件のあと、いろいろ調べたけど、奈津さんたち夫婦が何かトラブルを抱えてるとか、様子がおかしかったという話はちっとも出てこなかったそうや」

「そうなん?」

「そう、お母さんが言っとった」

研究。

ふと、その言葉が耳に残った。

二人は、何かを調べていたのだろうか? そして、それを、ひょっとして自分たちで試していたのだとか?

そんなことを考えたが、すぐに打ち消した。

だけど、研究のために二人して死んでしまうなんて、有り得ない。いくら研究とはいえ、死んでしまったら、なんにもならないではないか。

だが、「研究」という言葉はなかなか消えなかった。

久緒の話によると、二人は淡々と死んでいったように思える。発作的に、とか、衝動的に、という雰囲気は全くない。

しかも、外で。あの場所で。

改めて、なぜあそこで死んだのか、という疑問が湧く。

次の瞬間、奈智は、思わぬ考えが降ってきたことに驚いた。

思わずハッとして顔を上げる。

「どうしたん？」

つられてハッとしたのか、深志がぎょっとしたように奈智を見た。

奈智も、驚いたように深志を見る。

「ううん——なんでもない。なんでも」

「ほんまに？」

「うん、ほんまに」

奈智は慌てて目を逸らす。

だが、その時頭の中に降ってきた考えに、彼女は打ちのめされていた。


虚ろ舟乗りになれば。

あたしが虚ろ舟乗りになれば、お母さんが何を考えていたか、あそこで何が起きたか分かるのではないか？

まさか。そんなことはない。あたしが虚ろ舟乗りになったからといって、謎が解けるわけじゃない。

奈智は必死にその考えを否定し続けたが、いったん彼女の中に住み着いたその考えは、なかなか消えてくれそうになかった。


再び、美影旅館に人々が集まっていた。

かなりの人数なのに、重苦しい空気が漂い、座敷はとても静かだった。

教師たち、警察署長、町の人たち。

結衣をこの先どうすればよいのか。

誰もが無言で、頭を抱えていた。

気まずい沈黙が続いていて、誰も顔を合わせようとしない。

なぜ、あの時もっときっぱり断らなかったのか。どうして、提案を受け入れてしまったのか。

教師たちはあまりにも苦い後悔で、歪(ゆが)んだ表情を浮かべていた。

大臣は殺されてしまった。結衣に殺させてしまった。

悔やんでも悔やみきれない。もはや取り返しのつかない状況に、みすみす磐座の人たちが彼女を追い込んでしまったのだから。

「――あの子の様子はどうです？」

恐る恐る、といった口調で町の人が尋ねた。

「落ち着いてます。最初は自分がどうしてここにいるのか分からなかったようですが、少しずつ受け入れてるようです」

警察署長が静かに答えた。

「自分が何をしたか理解してるんですか？」

「トワが話したようです。ショックを受けていましたが、今は落ち着いてます」

「その――彼女はどうなるんや？　罪に問われるんですか？」

警察署長は、つかのま黙りこんでいたが、やがて渋々口を開いた。

「何が起きても責任を追及することはない、という契約になっていましたし、本人が自覚していたわけではありませんから、たぶん事件にはならないと思います」

「でも、側近の人たち、いろいろ捜査みたいなことをしてたようやが」

不安そうな顔の助役が呟いた。

前回の、強気でふてぶてしい態度から一転、げっそりとやつれて、どこか怯えた表情である。

「事件にしないとはいえ、彼らとしても、何が起きたか検証しないわけにはいかないでしょう。向こうにしてみれば、警備の面子は丸潰れだし、仲間も一緒に殺されてしまった。きっと、はらわたは煮えくりかえっとると思いますが、何より大臣の意志で来て、大臣自ら責任は問わないと念を押していたわけですし」

警察所長は抑えた怒りを滲ませ、助役をジロリと見た。

助役はびくっとした様子で反射的に身体を縮める。

「――お金は返すんでしょうね？」

校長が念を押すように助役の顔を覗き込む。

助役はぐっと詰まった表情になり、小さく咳払いをした。

「いや、その。何が起きても返還は無用、とそれこそ契約書に書いてあるし」

「返さないんですか？」

咎めるような声が上がる。

「いや、返したほうがいいかもしれないとは思っとる」

「思っとる？　返さないつもりなんですか？」

あきれたような声が上がる。

「まさかもう――遣っちゃったとか？」

探るような声が上がり、助役は鼻白んだ。

「どうして遣うんだ。まるで、俺が自分のために流用してるみたいやないか。もう、積立金に入れてしまったから、引き出すのに手間が掛かるというだけや」

「前から気になってたんですけど」

助役の言葉にかぶせるように誰かが言った。

「今回だけじゃなくて、ずいぶん前からカネ取って血を吸わせてたらしいやないですか。結構なカネが入ってるみたいなのに、あまり磐座にもキャンプにも還元されてないように思うのは私だけですか」

ねっとりとした口調は、周囲に同意を求めるようだった。

テーブルを囲む冷ややかな沈黙が、無言の同意を示している。

助役はキッと周りをねめつけた。

「何を言う。キャンプそのものに、かなりの費用がかかるんや。家族に払う支度金だってあるし」

「あれは、国が負担してるんじゃないですか。キャンプ自体、そもそも国が開催してるんですから」

「だが、実際、受け入れるのはうちだ。キャンプ生の面倒みたり、提供者の選別やらなにやら、かなりの人件費がかかる」

「そもそも、いったいどのくらいのカネが入ってきてたんです？　その辺り、全く公開されてませんよね」

徐々に声が高くなってきた。

「何を今さら。みんな知らんぷりしてたくせに、なんや。今まで誰もそんなこと聞いてこなかったやないか。町にカネ入るんならいい、と思ってたゆうことやろ」

「まあまあ」

険悪な雰囲気になるのを、警察署長が押しとどめた。

みんな、気まずい顔になり、そっと顔を背ける。

署長はいまいましげに口を開いた。

「今は、はっきりいって、そんなことはどうでもいい。今、我々は、あの子をどうするか決めなきゃならんのです。我々が無理を言って、本来彼女がすべきではない役目を引き受けてくれた彼女の、この先を」

誰もがそのことを改めて考えたらしく、ますます重い沈黙が降りた。

「いつまでも留置場に入れておくわけにはいきません。既にふた晩過ごしているが、事情が事情とはいえ」

「だけど、今の宿泊場所に戻すわけにはいかないでしょう。なにしろ、彼女は木霊を持っている。またぞろ出かけていって、また何かしでかしたら」

怯えたような声が上がる。

「私は彼女の夜中の様子を、観察しました」

校長が低い声で言った。

みんなが校長に注目する。

「彼女はこれまで毎晩、かなり広範囲で『通って』いたようです。やはり夜中になると、起き上がって出かけようとする。しかし、出られないので、イライラしたようにぐるぐると留置場の中を歩き回っていた。それを二時間近く繰り返し、やがてあきらめるのと疲労とでバッタリベッドに倒れこむ。このふた晩、同じでした」

唸(うな)り声が上がった。

「しょうがないです。まだキャンプの途中で、彼女の変質は続いている。彼女は血を必要としている。虚ろ舟乗りになるには、この時期、大量の血を摂取しないとあかんのです。既にふた晩、無駄にした」

「まさかあなたは」

誰かがぎょっとしたように顔を上げた。

「彼女を外に出して、また『通わせ』ようというんじゃないでしょうね？」

「はい、そうです」

校長はゆっくりと頷いた。

一斉に非難の声が上がる。

「まさか、そんな」

「野放しにして大丈夫なんか」

「また誰か襲ったら」

口々に懸念の声が続いた。

「そもそも、我々はなんのためにキャンプをするか、ちゅう話です」

校長は苦い表情でそう呟いた。

ぴたりと声は止んだ。

「虚ろ舟乗りを出すため、虚ろ舟乗りを増やすため。これは、国家の計画です。それこそ、多大な費用を掛けて、ここまでするのは、一人でも多く、一刻も早く、虚ろ舟乗りを生み出さねばならない。そのために、彼女はここに来とるんです。いや、わざわざカネを出して来てもらっとるんです。その意味をよう考えてください」

校長に気圧され、皆がまた黙り込んだ。

「不幸中の幸い、とでも言いましょうか。この件は、外部には漏れていません。観光客にも、世間にも」

警察署長が口を挟んだ。

「署長も、賛成なんですか。あんなのを野放しにしてええんですか」

非難の色が滲んだ声。

警察署長は、肩をすくめる。

「今回の事件で、木霊が特定できた。唯一のよかった点です。皆さんの不安もよう分かります。私も心配ですんで、彼女には夜間に見張りを付けます。外に出ても、彼女の行動を常に把握できるように」

「そんなん、できるんですか」

「なら、なんとか」

かすかに安堵の気配が辺りに漂った。

「ですから、明朝、彼女を帰します。このことは公表しません。ですので、皆さんも騒ぎたてないように。余計な心配を町民にさせたくないですから」

警察署長はジロリと周囲を見回した。

皆が署長と目を合わせない。

漏れるな、と校長は思った。

町の人のあいだには、たちまち彼女が出てきたことが知れ渡るだろう。

署長もそのことは承知している。それでもあえて釘を刺しているのだ。

「今まで通り、さりげなく見守ってやってください。我々が平常心を保っておれば、きっと木霊も悪さをすることはないと信じております」

校長は、深々と頭を下げた。

誰もが決まり悪そうに身体をもぞもぞさせた。

「今日は以上です。また、追って経過をご報告する会を設けますので」

警察署長がそうまとめると、腰を浮かせた。他の参加者も一斉に腰を上げ、ぞろぞろと座敷を出ていった。


今回の会議も、奈智は裏庭にしゃがみこんで、じっと耳を澄ませていた。

沈黙ばかりが続いていて、このまま何も話し合われないのかと思っていたのだが。

結衣が出てくる。

よかった、という気持ちと、大丈夫なんだろうか、という気持ちが同時に湧いてきたので驚く。

でも、見張りを付けてくれるんだから、大丈夫だろう。

今回の事件でお咎めなしというのは本当によかった。あれで、殺人罪になってしまったらあまりにもショックだ。今後のキャンプにも影響を与えるだろう。

それにしても——木霊が、結衣だったとは。

その事実が、奈智にはショックであるのと同時に、やはりかすかに安堵している自分に気付く。

あたしじゃなかった。あたしじゃなかったんだ。

そう自分に言い聞かせると、心の底からほっとした。

これで、安心して眠ることができる。

安心して眠れて、そして——

その後は?

奈智は無意識のうちに、自分が通い路を持って出かけるところを何度もイメージしていた。

そのことに気付き、動揺する。

なんで? 今までそんなイメージはなかったのに。

だけど、虚ろ舟乗りになれば——

校長先生の強い口調が脳裏に蘇った。

虚ろ舟乗りを出すため。虚ろ舟乗りを増やすため。

一人でも多く、一刻も早く、虚ろ舟乗りを生み出さなければならない。

あたしはこれまで、その意味をきちんと考えたことがあるだろうか。国家の計画で、地球から脱出するために、あたしたちはみんなを救うために、虚ろ舟乗りにならなきゃならないんだと。

大事なキャンプ。大事な——

川べりのブルーシートがパッと目に浮かんだ。

そして、お父さんとお母さんは死んだ。ここ磐座で。川べりで、自分たちの意志で。

奈智は知らず知らずのうちに顔を覆っていた。

分かるのだろうか。虚ろ舟乗りになれば、その理由が。あたし一人を置いて逝ってしまった二人の目的が。

なれるのだろうか。あたしは虚ろ舟乗りに。

変質は続いている——この時期、大量の血を摂取せなあかんのです。

喉（のど）の奥がごくり、と鳴った。

大量の血を摂取せなあかんのです。

校長先生の声が、ぐるぐると頭の中で鳴り響いている。

奈智は、不意に眩暈のような、悪寒（おかん）のようなものが全身を走り抜けるのを感じた。

ぞくっとして、思わず自分の両腕を撫でる。

あたしも変質している——あたしも、必要としている——大量のあれ——考えないようにしてきたあれ、決してバケモノにはならんと自分に言い聞かせてきたはずのあれを。

どうすればいい。

奈智は、叫びだしたいような心地で、夜の裏庭で一人で震えていた。

10

結衣が帰ってきた。

そのことを、皆が静かに受け入れた。

ほとんどのキャンプ生たちは、異様なことが起きたことは知っていたし、それが結衣に関わることだと気付いてはいたものの、深く追及しようとする者はいなかった。第一、正直なところ、皆自分のことで精一杯だったので、彼女が現われた時こそ「あっ」という表情になったものの、すぐにそのことも忘れた。

先生方も、至って平静に、当たり前に結衣を受け入れたので、学校では全く何も変わらなかったと言っていい。

警察署長や町役場の人たちの会話を盗み聞きしていた奈智も、結衣が現われるまでは少し緊張していたのだが、そもそも結衣本人がとても落ち着いていて、動揺している様子を見せなかったので、内心とてもホッとしていた。

それに、なんというのだろう――

奈智は、町の人たちが、むしろ結衣に感謝しているのではないか、という雰囲気を感じたのである。

この共同体の中に恐らくは近年もやもやとくすぶっていた不安や疑念、怒りといったものが、大臣の殺害というとてもショッキングかつむごたらしい事件ではあったものの、みんなの溜飲を下げたというか、改めてキャンプ生たちとキャンプに対する誇りを呼び覚ましてくれたとでもいうような——

それは奈智の気のせいかもしれないし、町の人たちの不満を表明するところを耳にしていたからかもしれないが、普段空気のようにキャンプとキャンプ生を受け入れてくれていた町の人々からの、励ますような空気を感じたのだ。

それに、結衣には悪いとは思ったが、「木霊」が特定できたというのは大きい。この点では、先生方もさぞかしホッとしていることだろう。

確かに「木霊」は危険であり、注意と監視が必要だろうが、いったいどこに、いったい誰が、と気を揉み疑っているのと、誰なのか分かっているのとでは雲泥の違いがある。

今回の悲惨な事件の中でも、唯一不幸中の幸いという感じだろうか。

先生方も、きっと注意深く結衣を見守っているのだろうが、落ち着きを取り戻している感があった。

「奈智」

結衣が奈智に目を留め、小さく手を振ったので振り返す。

「一緒に帰ろ」

「うん」

その口調も、以前と変わりなく、奈智は嬉しく思った。

「具合悪くないんか?」

奈智は恐る恐る聞いてみた。

「うん、大丈夫」

結衣は静かに頷く。

「何も覚えとらんで——はしばしに、景色みたいなんが少しだけあるんやけど」

その目が少し泳いだので、奈智はハッとした。

覚えていない。

それがどんなに恐ろしいことなのかは、奈智にも身に覚えがある。

痛む足。棒を押し付けた痕。

太ももの痛みが蘇り、奈智はヒヤリとして慌てて首を振った。

いや、違う。あたしは木霊じゃない。それはもう分かっていることではないか。

「あのトワっていう人が、あたしのところに来てくれた。いろいろ説明してくれた。あたしが何やったんかも分かっとる」

結衣は淡々と続ける。

「奈智も、あたしがやったこと、知っとんのやろ？」

ふと、結衣は奈智の顔を正面から見た。

不意のことだったので、奈智も目を逸らすことができず、思わず頷き返してしまう。

結衣は、落ち着いていた。怯えるでもなく、恥じるでもなく、ただただ落ち着いている。

フラット化。

奈智はその言葉を思い浮かべていた。

結衣は、変質が進んでいる。とても早い。

もしかすると、彼女の感情も「虚ろ舟乗り」としての変化が進んでいるのかもしれない。この落ち着き方は、かつてのものとは少し異質だ。あんな事件を起こしてしまったにしては、混乱もなく、平静に受け止めているように見える。

「なあ――虚ろ舟乗りっていうんは、これまでにあたしが考えてたのとはずいぶん違うものなんやなあ」

結衣は、再び前を見て、少し宙を見上げるようにした。

「違う？　どんなふうに？」

思わず聞き返す。

改めて、自分が「虚ろ舟乗り」について何も知らないことに気付く。舟に乗って、外海に出て、人類の移住計画を助けるのだということ以外。それがどういうことを指すのか、具体的にどんな仕事なのか。どんな格好で出かけるのか、何をするのかすらも。

「トワさんの話は、えらい不思議な話だった――今もようは分からん」

結衣は考え込む表情になり、俯いた。

「聞かせて」

奈智はせがんだ。

あの不思議なトワという人。正面に立った時の、どこか浮き世離れした感じ。幽霊のような、妖精のような。

「それがな、あたし、警察におったやろ。檻みたいなところに入っとった」

結衣は訝しげな顔で奈智を見る。

「留置場？」

「そうそう、そんなところやった。でな、夜、気がついたらトワさんがあたしの隣に立っとった。

だけど、誰も鍵を開けてないんよ。なのに、あたしのすぐそばに立ってたんだ。不思議でしょ?」

「結衣ちゃんが眠ってるあいだに入ってきたんやないの?」

「違う、違う」

結衣は首を左右に振る。

「ホントに、ふうっと檻を越えて入ってきたんや。だって、出て行く時も、檻を抜けていったんだもの。あたし、ちゃんと見た」

「抜けてくって、どんなふうに?」

「そうやなあ。雪の上に網を押し付けたみたいに、そのまんま向こうに突き抜けた、みたいな感じ」

「ええ?」

想像してみるが、あまりにも信じがたい話である。

「まさかあ。夢見てたんやないの?」

奈智は思わず声を上げた。

「いや、夢やない。だって、トワさんも自分で言ってたもの。自分は『意識』でできてるんだって」

「意識? 意識って、どの意識?」

「無意識のうちに、とか言うやんか。その意識」

奈智は頭が混乱してくるのを感じた。

結衣はいったい何の話をしているのだろう?

「それがな、意識って目に見えないものやし、なんだか分からないものでしょう。なのに、トワさんにはちゃんと触れるし、触ると全然普通の人間なん。なのに、意識やて。なんてったかな、意識を具体化できる、ってゆうてたな」

意識を具体化できる。

その瞬間、奈智は身体のどこかがざわっとするのを感じた。

なぜかは分からない。だが、結衣の言ったこと——すなわち、トワの言ったことが真実であると直感したのである。

そして、そのことが、両親の死と関係しているのではないかということも。

なぜだろう。なぜこんなにも胸騒ぎがして、それが重要なことだという気がするんだろう。

「あたしが、あんなことをしてしまったのも、それが関係してるってトワさんは言ってた。虚ろ舟乗りは、ええと、意識を飛ばして——なんだっけ、忘れてしまったけど宇宙のなんとかエネルギーに乗せる、とかなんとか」

結衣は、話しながら自分で混乱してきたようである。

「意識を飛ばして、乗せる？」

奈智も聞き返してみるものの、全く具体的にイメージできない。

「それでなあ、ゆくゆくは舟がいらなくなるんやて」

結衣はボソリと呟いた。

「え？」

奈智は思わず結衣の顔を覗き込んでしまった。

「舟って、虚ろ舟のこと？」

「そう。みんなが、舟を使わんでも、宇宙に飛び出して、飛んでいけるようになるんやて。で、そのなんとかエネルギーを使えば、舟で行ったった時よりもずっとずっと短い時間で遠くに行けるようになるって」

奈智は、またしても奇妙なデジャ・ビュを覚えた。

舟を使わなくても、宇宙に飛び出して——

なんだろう、この感覚は。頭がぐらぐらするような感じは。

その時、奈智は、自分の声を聞いた。

そう、少し前に、久緒に向かって尋ねた声だ。

なんでわざわざ、あんな川べりまで来て、死んだんでしょうか——外だったら、誰かに見られたり、邪魔される可能性もあったわけでしょう——どうして外で？——何かあの場所でなきゃいけない理由があったんでしょうか——

自分の声が、頭の中でぐるぐると繰り返し渦巻いている。

胸騒ぎはいよいよ強くなった。

どうしてだろう、あの時自分で言っていたあの疑問の答えがすぐそこまで来ているような気がする。結衣の話、いや、トワの話は、何か大事なことをあたしに伝えようとしている。

「でも、そんなん、おかしいよね」

結衣はあきたような声を出した。

「だって、あたしらは虚ろ舟乗り目指してるのに、舟がいらないだなんてさ。いったいどうやって宇宙に飛び出すの？　じゃあ、毎度大騒ぎして、空をやってくる船団はどうなるの？　さっぱり分からない」

しきりに左右に首を振る結衣よりも、奈智は自分のほうが混乱しているのを感じていた。

「あたし、トワさんの言ってる意味、何か間違えてるのかなあ。それとも、トワさん、遠いところに行ってるあいだに、言葉の意味がずれてきちゃって、ほんとは違う話だったりして？」

そんなことはない、と言いそうになって、奈智は慌ててそれを我慢した。

何がそんなことはない、なのか。

どうしてそんなことが言えるのか。

自分でも全然分かっていないのに、結衣に大それたことを言えるはずがない。

「なんか、思ってたよりも、すごーく不思議な仕事なんやね。想像してたのと、全然違う」

結衣はそれでも話し続けている。

「でも、先生は、そんな話ちっとも」

奈智はのろのろと呟いた。

「うん。なんでも、これはまだいちばん新しい話で、知ってる人はあんまりいないんだって」

「そうなの？」

「うん。たぶん、トワさん、あたしがあんなことをして、そのことを教えてもらって、すごくショックを受けてたから、特別に教えてくれたんだと思う」

そうか。

奈智はちらっと結衣を見た。

やはり、結衣だってショックだったんだ。それはそうだ。もし自分が結衣の立場だったら。

冷たいものが胃の底のほうから込み上げてくる。

確かに、結衣を落ち着かせるために、トワはもっと「大きな」話をしたのかもしれない。

自分の使命についての話。人類のために奉仕する話。

しばらく、二人は無言でのろのろと坂道を歩き続けた。

「あたしも、あんなことできるようになるんかな」

結衣はじっと自分の両手を見下ろした。

「確かに、トワさんはあそこにいた。あたしのこと抱きしめてくれたし、ちゃんと温かくて、呼吸も感じた。なのに、鉄格子をすうっと抜けて、いなくなった」

「うーん」

奈智は唸る。それは、いくらなんでも信じられない。

「信じられんやろ？　あたしだってそう。今となっては、やっぱり夢だったのかもって思う。なあ、夢だったと思うか？」

結衣が真顔で尋ねたので、奈智は一瞬黙り込み、それから笑い出してしまった。

「そんなん、分かるわけない」

「そうやな」

結衣もつられて笑い出す。

「トワさん、もうひとつ、気になること言ってた」

「何？」

「木霊はあたしだけじゃないって」

「え？」

「あたし以外にも、木霊を持ってる子がおるって。しかも、すごく強い木霊だって」

奈智は、今度こそ、足元がぐらりと揺らぐような衝撃を感じた。

結衣だけじゃない？

他にも？　すごく強い木霊が？

なぜそのことがそんなにショックなのか、自分でもよく分からなかった。だが、さっきから感じている薄ら寒い直感が、何か恐ろしくも重要な真実のすぐそばまで来ているという確信に変わり、奈智は冷たい汗を全身に感じたのだった。


木漏れ日がちらちらと揺れていた。

立ち上る草の匂い。あちこちから降り注ぐ蝉の声。

奈智はふらふらと山道を歩いていた。

結衣とどこでどう別れたのかもよく分からなかった。

頭の中では、結衣の言葉だけがぐるぐると繰り返されていて、得体の知れない不安でいっぱいだったのだ。

いったいなぜ、自分はこんなに不安なのだろう。結衣の言葉の何に衝撃を受けたのだろう。

そう自分に問いかけることすらできないほど、奈智は混乱し、怯えていた。

そこに真実がある。結衣の言葉——いや、それはつまりトワの言葉であるのだが——そこに、知るべきではない、何か恐ろしい「ほんとう」のことがある。

奈智の直感はそう告げていた。

父と母は、きっとその「ほんとう」に関わっていたのだ。

足の下でぱきん、と枝が折れた。

なぜかその音にハッとさせられ、奈智は立ち止まった。

生ぬるい風が頬を撫でる。

この道は。

辺りをゆっくりと見回す。

ああ、そうだ。これは「蝶の谷」に向かう道だ。ゆるやかな一本道だったから、このままずっと行けばあの開けたところに出るはずだ。

再び、足が動いていた。

草いきれ。

ふと、奈智は奇妙な感覚に襲われた。

あたしはどうしてあそこに行こうとしているのだろう。

足はするすると道を進んでいる。

何かを連想したのだろうか。結衣の言葉から、何かを——

あの不思議な場所。かつて虚ろ舟が不時着していたという場所。恐らくは、現在に繋(つな)がる、今あたしたちがこうしてここにいる理由の、すべての始まりの場所——

奈智はぼんやりと歩き続けた。

あの谷までは結構距離があったはずなのに、奈智はゆるぎない足取りで、どんどん道を進んでいく。

なんだか誰かに呼ばれているような気がした。

誰？　そこに誰かいるの？

奈智は心の中でそう呼びかけた。

あそこには誰もいない。虚ろ舟の中にも、誰もいなかったというではないか。

がらんとした空間が目に浮かぶ。

射し込む光の中に、ひらひらと蝶が舞っていた。

本当に？

何かの拍子に、その疑問が降ってきた。

本当に、舟の中には誰もいなかったのだろうか。誰も乗っていなかったのだろうか。そこは空(から)っぽだったのだろうか。

ふと、頭の中に、ひっそりとした真っ暗な空間が浮かんできた。

それは奇妙な体験だった。

明るい昼間、山の中を歩いているのに、目の前には暗闇が広がっている。

これはどこ？

奈智は闇の奥を見つめる。

——舟の中だ。

そう気付く。

ああ、これが虚ろ舟の中なんだ。

奈智には、それが見えていた。暗闇の中に、うっすらとシンプルな計器類が見えてくる。鈍く光る金属が、二人がけの座席が、浮かび上がってくる。

楕円形の、大きな窓。

その向こうに、更に闇が広がっている。

外海。

奈智は身震いした。

どこまでも続く、真の闇。そのあまりの大きさに、対する自分のあまりの小ささに、足元が心許なく、闇の中に向かって落ち込んでいくような心地になった。

あんなところに漕ぎだしていくなんて。

圧倒的な孤独。圧倒的な無。

そう、まともな神経では、あそこでは耐えられない。人間の精神そのものが、その巨大な虚無に耐えられないのだ。だから、彼らはフラットになる。虚無に耐えうるだけの「こころ」を手に入れなければ、あそこには行けないのだ。

ふと、座席がぼんやりと光っているのに気付いた。

深海魚が放つ光のような、とても弱いもので、うっすらと座席が暗闇の中で光を放っている。

奈智は目を凝らした。

いや、座席が光っているのではなく、そこに何かがいる——何かが乗っている。座っている。

よく見ると、それは人間のような形をしていた。

ちらちらと揺れる光の粒がゆるやかな形を描き、そこに何かの生命体が座っているのが分かった。

生命体——意識？

そう思ったとたん、それはより一層くっきりとした形になった。

ひと組の男女が、二人がけの席に座っている。

あれは——お父さんとお母さん？

そんな気がしたが、男女はこちらに背を向けていて顔は見えない。しかも、身体が透き通っていて、その向こうに窓が見え、窓の奥に広がる静かな闇が見えた。

どういうことなの？

奈智は、その背中に呼びかけた。

お父さんとお母さんは死んでいるのではなかったの？　どこに行ったの？　あれは何なの？

背中は答えない。やがて、すうっと姿が消えた。

あっ。

奈智は思わず手を伸ばしたが、そこには明るい空間だけがあって、舟の中の景色はどこかに行ってしまった。

奈智は歩き続けた。

行く手に、トンネルが見えた。あそこから谷に下っていくのだ。

相変わらず、足はすたすたと前に進んでいた。

今見たものは、虚ろ舟の中の景色はただの白昼夢だったのだろうか？　それとも、かつてあった本当の景色だったのだろうか。

そんなことをぼんやりと考えながら、奈智は歩き続けた。

歩き続けるうちに、混乱と不安が少しずつどこかに流れていってしまった。奈智は何も感じなくなった。

感情が麻痺している。何も考えず、ただいっしんに歩き続けるのみ。

もうすぐだ。もうすぐあの場所に着く。

トンネルは、むっとする湿気で、どこかで水が落ちる音がした。

生暖かい暗がり。まるで胎内のような——巨大な生き物の身体の中にいるような。

そのうちに、壁に呑み込まれ、消化吸収されて、なくなって消えてしまう。そんな錯覚に陥る。

が、やがて前方が明るくなった。

ずっと先に、柔らかな光が見える。

ああ、あそこが出口だ。

奈智は更に足を速めた。

開けた場所。

天にぽっかりあいた空間から、光が降り注いでいる。

幾つもの光が線となって、まっすぐに落ちてきている。

奈智は反射的に足を止めていた。

その光があまりにも荘厳に見え、畏怖を覚えたからだ。

今日は、蝶はいなかった。

前に来た時はひらひらと凄い数の蝶が舞っていたのに、今日はどこにも姿は見えない。ただ、まっすぐな光だけが射し込んでいる。

何かが奈智の注意を惹いた。

何か、いる？

ちらちらと光の粒が、光線の中に浮かんでいる。

ただの埃だよね？

奈智はじっとそれに見入った。

さっきの、舟の中の光景が脳裏に浮かぶ。

エネルギー？　意識？

分からなかった。しかし、無数の光の粒がそこに満ちていることだけは感じられた。

空っぽではない。

突然、奈智は自分が一人きりではないことに気付いた。

いる。誰かがいる。しかも、一人や二人ではなく、大勢の誰かが。

ぞっとして、全身の血が逆流した。

何も感じない、感情が麻痺していると思っていたのに、恐怖に呑み込まれそうになり、奈智はパニックに陥った。

うぉーん、うぉーん、うぉーん
不意に、振動を感じた。

いや、音波とでも言おうか、何かが共鳴しているような空気の揺れ。

奈智はその音にならない音に、全身がびりびりと打たれるのを感じた。

共鳴——一人ではない——何かがぎっしりと満ちている感じ——

混乱が押し寄せる。あたしは気が変になりかかっているのではないか？　パニックだ、今あたしはパニックになりかかっている。

奇妙な感覚が身体の中に溢れてきた。

腕が、足が、口が、鼻が、どこにあるのか分からない。すべての器官がバラバラになって、異なる方向に引きちぎられていくようだ。

あたし、バラバラになっちゃう。みんな違う方向に引っ張られていて、チューインガムみたいに伸びて、ちぎれて飛んでいっちゃう——

「いいえ、大丈夫よ」

耳元ではっきりとそう言うのが聞こえた。

「えっ？」

奈智は叫んだ。

「落ち着いて。あなたはおかしくなんかない。下を見て」

「下？」

奈智は目を落とした。

すると、そこには自分がいた。

ぽかんと口を開けた奈智が、後退り（あとずさり）するようなポーズで立っている。

「どうして？　あたしが、あそこに」

「ええ。あなたは、飛んだのよ。意識を飛ばしたの」

「あたしが？」

奈智はのろのろと声のするほうを見た。

すると、そこにはトワがいて、宙に浮かんだ奈智を——姿のない、意識だけの奈智を抱きかかえてくれていることに気付いた。

奈智は、自分の身体を見た。

下でぼんやり佇（たたず）んでいる身体ではなく、今トワと会話している自分の身体を。

最初は何もないと思ったが、やがて目を凝らすと、ちらちらとした光の粒が、形になっているのが見えてきた。

トワも、光の粒で出来ている。うっすらと、奈智の知っている、長い髪の彼女がじっとこちらを見ているのが分かった。

奇妙な振動と共鳴は続いていた。

谷全体が、うぉーん、うぉーん、とうねる波が寄せては返すように反響している。

「これは、何？」

奈智はのろのろと尋ねた。

自分が見ているもの、自分が感じているものが理解できない。受け入れられない。

「木霊、よ。これが、本当の木霊なの」

トワは静かに言った。

これはトワの声なのだろうか。頭の中に直接響いている。

「本当の、木霊」

「ええ。あなたは一足飛びにここまで来た。やはり、あなたの木霊は相当に強い」

トワは穏やかに続ける。

「あたしの木霊」

奈智は力なく繰り返した。

「あたし、何かやったんですか？　何か取り返しのつかないようなことを——結衣ちゃんみたいに、誰かを傷つけたりしてるんですか？」

「いいえ、それはないわ」

トワはきっぱりと首を振った。

「これからよ」

「これから？」

トワの目が奈智を見ている。光の粒のかたまりであるトワの目が、同じく光の粒のかたまりである奈智を。

「――あなたがしなければならないことが、これからたくさん待っているの」

「あたしがしなきゃならないこと――？」

そう呟いた時、奈智は、自分が地面に立っていることに気付いた。

口を開いたとたん、「本物の身体」の中に戻っていたのだ。

「あっ」

その感覚が唐突で、奈智は思わずきょろきょろと辺りを見回してしまった。

目の前には、トワが立っていた。

奈智と同じく、「本物の身体」の姿で。

「結衣ちゃんに聞きました。あなたが――その――意識でできていて、鉄格子を通り抜けたって」

無意識のうちに、奈智は手を伸ばしてトワに触れていた。

確かに彼女はそこにいる。服の感触、服を通して伝わる腕の感触。

しかし、ほんの少し前まで、実体はなかった。光の粒みたいなものでできていて、奈智と一緒に宙に浮かんでいたのだ。

そのことに納得できない自分がいる。

「どういうことなんですか？」

奈智は手を引っ込め、その手をじっと見つめていた。

「ダークマター。ダークエネルギー。そういう言葉を聞いたことはない？」

トワは静かに聞き返す。

奈智は戸惑った。

「聞いたことはありますけど——宇宙のほとんどを占めているっていう未知のもの」

「ええ、そうよ。それが、星間移動のためのものだということが最近ようやく分かってきたの。ダークエネルギーを使えば、ダークマターを伝って、これまでよりも遥(はる)かに速く移動できるということも」

話の意味がよく分からない。

「そして、そのきっかけになったのは、あなたの両親の死だった」

奈智はハッとして顔を上げた。

「あたしの両親?」

「ええ。つい最近、あなたのお父さんの骨が見つかったそうね」

トワは穏やかに奈智のことを見つめている。

そのことも知っているのだ。

「なんでも、先に母が父を殺して、母は自殺したんじゃないかということでした」

奈智は、自分の声が震えるのを感じた。「殺して」「自殺した」と口にするのに抵抗を覚えたのだ。

「どうして、父と母はあんなところで死んだんでしょうか。あたし一人を残して」

声が小さくなる。

あたしだけ、置いていかれた。あたしは捨てられた。

恨めしい気持ちが込み上げてくる。

「あなたのお父さんは、お母さんと暮らすうちに気付いたの。変質体というのが、意識の変容であって、しかもその変容した意識が自在に実体化できるということに」

トワは静かに続けた。

「あなたのお母さんは木霊がとても強くて、宇宙まで『飛べた』。それを知って、お父さんは、意識が星間移動できるのではないかと考え始めたの」

トワはじっと奈智を見ている。

「しかも、お母さんは、お父さんを『連れ出す』ことができた。つまり、変質体は変質体でない人間の意識をも『運べる』ことに気がついた」

「運べる？」

「ええ」

トワの視線の強さが気になった。まるで、「ホラ、気付かないの？」と何かを促すかのような視線が。

そして、ハッとした。

トワは、まるで聞いてきたかのように、父母のことを語っている。

「——トワさん」

奈智は胸の動悸が速まるのを感じた。

「まさか。まさか、あなたは」

頭の中で何かが大きく渦を巻いている。

「あなたは、あたしのお父さんとお母さんに」

トワは大きく頷いた。

「会ったわ」

奈智は、頭の中にサッと光が射し込んだように感じた。

会った。あたしの両親に。

「どこで？」

「向こうよ。我々が移住を進めている、向こうの星で会ったの」

トワは励ますような笑みを浮かべた。

「本当に？」

奈智はへなへなとその場に座り込んでしまった。

「そんな。そんなことが、本当に」

「本当よ。あなたのお母さんは既に実体化していた」

「お父さんは？」

「お父さんは、変質体ではなかったので、なかなか実体化できなかった。しばらくのあいだ、さっきみたいな光の粒のような状態だった。けれど、二人は向こうで研究を続けて、変質体でなくとも実体化できる技術を開発したの」

「じゃあ、今は」

「ええ。お父さんも実体化しているわ」

奈智は絶句した。

とうてい信じがたい話だと頭のどこかでは考えているのだが、このトワがそう言うのなら、本当のことなのだとも感じている。

「それでは、お父さんたちが死んだのは――」

「お母さんは、お父さんの意識を連れてどこまで飛べるか何度も試してみたそうよ。お母さんはどこまでも行けるということが分かった。けれど、お父さんは、変質体でない身体から連れ出せる距離に限界があるということも。二人はある結論に達した。肉体が消滅すれば、二人の意識は一緒にどこまでも行けるのだという結論に」

肉体が消滅すれば。

「それで」

奈智は震えた。

「二人は自分たちでそのことを証明しようとしたの。だけど、そんな命を懸けた実験にあなたを巻き込むわけにはいかなかった」

命を懸けた実験。

「だから、あなたは置いていった」

沈黙が降りる。

「そのために、外にいたんですね。外でないと、意識は宇宙まで飛べない」

「ええ、そうよ」

「でも、外ならどこでもよかったのに――どうしてわざわざ目立つところで」

「早く見つけてもらう必要があると考えたからよ。でないと、もし実験が失敗した場合、行方不明だとあなたに保険金が下りない」

「なぜお父さんの身体を隠したんですか？」

それまですぐに返事をしていたトワが、その質問にだけは、首をかしげる仕草をした。

「それはよく分からない、とお母さんは言っていたわ。お父さんの身体を晒しておくのがなんとなく嫌だった、としか」

そんな感情が残っていたのか。

奈智は不思議な気がした。

もはや、すっかりフラットになって、情愛すらも失われているのかと思ったのに。

いや、でも、そもそも一緒に外海に出たいと二人が考えていたのだとすれば、二人は本当に強い絆で結ばれていたのだ。

「二人は離れたくなかったんですね。そこまでして」

「ええ。そうよ。そして、二人のおかげで、我々にも道が開けた。あたしもこうして、ここに戻ってくることができた」

奈智はトワを見た。

「じゃあ、トワさんも、意識だけで」

「そう。こうして地球にやってこられたわ」

不思議な心地がした。

「どのくらいの時間で？」

「そうね——地球の感覚だと、丸一週間ってところかしら」

「そんなに早く」

思わず絶句してしまう。虚ろ舟が長い時間を掛けて出かけていった遠い星ぼしに、そんな早く行けてしまうなんて。

「それって、凄いことですね。だから、舟がいらなくなるって言ったんですね」

奈智は、あまりの話の大きさにぼうっとしていた。

舟がいらなくなる。

ふと、疑問が湧いてきた。

それでは、虚ろ舟乗りはどうなるのだろう？　あたしたちのキャンプは？

奈智はトワを見た。

トワも、奈智が疑問を感じていることを読み取っていた。これまでの事実が、奈智にどれだけ浸透しているか見定めているようにも見える。

不安が首をもたげてきた。

今のトワの話には、何か恐ろしいことが隠れている。

とてつもなく恐ろしいことが。

じわじわと不安が強まり、それはほとんど恐怖に近くなってきた。

「トワさん。では、移住計画はどうなるんです？　変質体が、普通の人の意識を運べるということになったのなら、どうやって移住させるんですか？」

奈智は青ざめた顔でトワを見た。

トワはじっと黙って奈智を見つめている。

「そう。これまでの話で、それが何を意味するかあなたにはもう分かっているはず」

肉体を消滅させる。

奈智の頭の中には、さっきのトワの声が鳴り響いていた。

「まさか、みんな」

トワはゆっくりと頷いた。

「ええ。ゆくゆくは、意識だけを運び出すことになるでしょう。そのためには、肉体を消滅させなければならない」

「そんな」

「あくまでもゆくゆくは、よ。最後の手段として、肉体を消滅させて、意識を『運ぶ』計画を立てておくことになるでしょうね。当分のあいだ、このことは発表されない。研究も秘密裏に進められる」

奈智は黙り込んだ。

肉体を消滅させる――

川べりに倒れていたというお母さん。

奈智の頭の中では、河原に大勢の人々が倒れ、静まり返る磐座の風景が浮かんでいた。

肉体を消滅させる。

「まだまだ先のことよ。あたしたち変質体がどれだけ意識を運べるのか、肉体を消滅させる以外に方法がないのか。分かっていないことはあまりにも多いし、研究しなければならないことはとてもたくさんある」

トワは突き放すように続けた。

「そのためにも、あたしたちにはもっと変質体が必要なの。実際に『飛べ』て、外海に行ける変質体が」

トワはほんの少しだけ身を乗り出すようにした。

奈智は反射的に後ずさる。

「結衣ちゃんの木霊は強い。あの子ももう少しで、外海に『飛べ』るわ」

あたし以外にも、木霊を持ってる子がおるって。しかも、すごく強い木霊だって。

結衣の声が聞こえた。

「あなたは、すぐにでも『飛べ』る」


トワがそう言うのが聞こえた。

あたし。

すごく強い木霊だって。

トワの目があたしを見ている。

「変質して。あなたには大量の血が必要だわ。吸い込まれそうに強くて大きな瞳があたしを見ている。

本当は、飲みたくてたまらないでしょう」あなただって、そのことは分かっているでしょう。

トワの口が動いている。

「変質して。あなたはもう『虚ろ舟乗り』になりかかっている。それはあなたの使命でもあるのよ。

あなたが完成した変質体になれば、あなたのお父さんとお母さんに会うこともできるわ」

お父さんとお母さんに会える。

虚ろ舟乗りになれば。変質体になれれば。

「ああ」

奈智は思わず耳を塞ぎ、叫び声を漏らした。

自分が感じているのが、はたして歓びなのか絶望なのか理解できなかったのだ。

何もかもが、違う景色に見えた。

奈智は来た時と同じようにのろのろと山道を歩いていたが、その目に映るものは来た時とは異なっていた。

頬に触れる風、足元から上がる草いきれ。さやさやと揺れる木々の隙間(すきま)から射し込む光。

奈智は光に手をかざした。

実体？　これはあたしの実体？

手がかすかに透けて赤い。

髪に枝がぴしりと当たって痛い。

奈智は思わず振り返り、揺れている枝をじっと見つめた。

これは本当にあたしが感じていること？　あたしの身体が感じていることなの？

さっき、身体から抜け出て自分を見下ろしていた時の感覚がしきりに蘇ろうとしている。

あの信じがたい体験——自分で自分を宙から見下ろしていたあの時の自分の姿。

心の赴くままになさい。

トワの声が頭の中に響く。

別れ際、彼女が奈智を見据えて射抜くような声で命令する声が。

心の赴くままに。恥じることはない。

恥じることはない——

奈智の心を見透かしているかのような声だった。思わずひれ伏して従ってしまうような、きっぱりとした声。

目の前が開けて、磐座の集落が広がっていた。

川沿いに細長く延びる、山肌に張り付いた小さな集落。

まるで箱庭のよう。

奈智には、その景色が不意に遠く感じられた。

こんな小さな集落に、重なるように、宇宙の景色が見えたような気がしたのだ。

ここには宇宙の秘密が詰まってる。数百年も前からずっと。

河原に横たわっていた両親。

二人の身体はずっとここに残されていた。しかし、二人の魂は遠くへ飛んでいたのだ。はるか彼方、外海の星へと。

こうして思い返していても、やはり俄かには信じがたい。あまりにもスケールが大きすぎて、自分の身の上と関係あることとは実感しきれない。

しかし、その一方で、奈智の身体の奥では、それが真実であると悟っていた。トワは事実を語っている。彼女は嘘をつくことはない、と。

お父さんとお母さんが生きている。生きて、向こうにいる。銀河の彼方、二人で一緒に。

そう考えると不思議な気がした。

ずっと顔も知らなかった、記憶にもない両親。その二人が若いままはるか遠くとはいえ、存在しているという事実は、心の中にポッと小さな灯が灯ったようだった。

会える。虚ろ舟乗りになれば、二人に会える。

胃の中が熱くなった。虚ろ舟乗りになれば、家族に会える。まさかそんなことがあるなんて。

本当に？　本当に。

繰り返し、自問してみる。

あたしは、虚ろ舟乗りになるの？

そう考えて、思わず足を止めた。

虚ろ舟乗りになる。

そもそも自分がここにいるのはそのためなのだ。しかし、不安と拒絶ばかりが先に立って、そのことについてきちんと向き合うことから逃げていたことに気付く。

虚ろ舟乗りになるということは――

心の赴くままになさい。

再びトワの声が響いた。

反射的に喉の奥がゴクリと鳴る。

いつも感じている渇き。必死に押し殺して、見ないふりをしてきた渇き。それはかろうじて成功していた。なんとか、これまでやりすごしてきた（はずだ）。

変質を進める。通って誰かの――血を飲む。

バケモノ、という声もどこかで聞こえた。誰の声だろう？　あたしの声？　それとも誰か別の人の声だろうか。

しかし、その声は以前ほど大きくはなかった。ほんの少し前まで、身体のすみずみまであの忌避感に満たされていたというのに。

かすかな眩暈を覚えた。

あたし、変質している？　もしかして、前みたいに嫌悪感を覚えないのは、感情がフラットになっているから？

うっすらと恐怖が込み上げる。

結衣も、変質していた。感情の起伏がなだらかになりつつあった。

そして、トワ。もはや感情的なものは窺えず、超越者としての、人間に対する憐憫に似たものをかすかに感じる程度だ。

あたしもああなるのか。あんなふうになっていくのか。

そのことが恐ろしいのか、悲しいのかも分からない。目の前に突きつけられた事実を把握するのが精一杯で、自分の気持ちになど構っていられない、というのが正直なところである。

奈智はふらふらと歩き出した。

帰らなければ。

奈智は、考えるのに疲れて、ぼんやりと山を下っていった。集落が近付いてくるにつれ、少しずつ落ち着いてきて、ようやく「現実」に戻ってきたような気がした。

川のせせらぎの音が聞こえてきて、思わずホッと溜息をつく。

河原が目に入ると、どうしても両親のことを思い浮かべてしまう。

この世での肉体を消滅させて、空へ旅立ったお父さんとお母さん。

トワは向こうで実体化した二人に会ったという。そして、トワだけが意識を飛ばして、地球に戻ってきた――

ふと、違和感を覚えた。

トワだけが戻ってきた。二人は向こうで実体化している。

ならば、二人が戻ってきてもよいのに。二人はもう星間移動ができることを証明したし、その方法も確立されつつあるという。二人を目にすれば、奈智だって虚ろ舟乗りになるモチベーションを高めることができるのに。

いや、それはまずいか。

奈智は首を振った。

二人は、地球上では「死んでいる」。そこに戻ってきたら、大騒ぎになるだろうし、肉体が消滅しなければ星間移動ができないという事実が明らかになったら、パニックになる。だから、トワも口止めしていたではないか。まだ公表の時期ではない。もしかすると、他にも移動できる方法があるかもしれないから、と。

そう納得したものの、一瞬感じた違和感はまだどこかに残っていた。

集落の通りに出ると、いつもの喧噪（けんそう）が戻ってきた。

こうして川べりを歩いていれば、ただの中学生だ。

風が心地よかった。

遠くからお囃子（はやし）が聞こえてくる。

もうすっかり耳に馴染（なじ）んでしまった、磐座の音。

そういえば、もうじき徹夜踊りだ。お盆が近付くと、三日三晩、夜を徹して踊り続ける祭りの最高潮となる「徹夜踊り」が行われるのだ。

なんとなく、山車（だし）の出る広場に向かって歩いていった。

前にあそこに行ったのが大昔のような気がする。

観光客は相変わらず多かった。浴衣（ゆかた）を着て歩いている者も多いが、「よそゆき」感が漂っているので、すぐに地元の人でないと分かる。

前は自分がキャンプ生であることに疎外感を覚えたものだが、今はかえってそのことが心地よかった。影のように、群衆に紛れてしまえることに安堵していた。

広場の隅に立って、ぼんやりと周囲を眺める。

笑いさざめく声、買い食いする子供たち。写真を撮る観光客。長閑（のどか）なお囃子の音。

空気は柔らかく、華やかな香りがするのは、出店から漂ってくるものだけではないだろう。観光客の付けている香水だろうか。それとも、化粧品の匂い？

また、奇妙な眩暈が襲ってきた。

前にここに来た時も似たような酩酊感（めいていかん）があったっけ。

奈智は、渦巻き状になった広場の石畳を見下ろし、それからぼんやりと顔を上げ、広場の上に吊り下げられているあの星の形をした奇妙な提灯（ちょうちん）を見た。

なんだろう、この感じ。あの時も感じた――

金平糖の棘（とげ）を更に尖（とが）らせたような形の提灯。まるで、超新星の爆発のような。

そうだ、あの時も似たようなことを考えた。この広場を中心にして、何かが渦巻き状に流れ出しているように感じたっけ。

ふと、不意に「蝶の谷」の風景が蘇った。

上から光が射し込み、蝶が乱舞していた谷。そこに不時着していたという虚ろ舟。

中は無人であったと。誰も乗っていなかった。有機生命体は既に消滅し、塵（ちり）になってしまっていたのだと。

そして、人間たちは、その舟を調べて、自ら「虚ろ舟」を開発した――

またしても、違和感を覚えた。

あれ？　何かおかしくはないか、この話。

奈智は知らず知らずのうちに、首をかしげていた。

トワの話が真実であるならば、「虚ろ舟」に乗っていたのは、必ずしも有機生命体であるとは限らない。

不時着した彼らも、トワのいう「星間移動の方法」を使っていたのだとしたら？

長い旅のために意識だけを乗せ、ここ地球に着いた時に、地上で実体化していたのだとしたら。

この地に降り立った「彼ら」が、磐座で生きていくことを選んだのだとしたら。

奈智は足元が沈み込んでいくような衝撃を覚えた。


もしかして、ここに住む人々は、「彼ら」の子孫なのではないか？


奈智は血の気が引いていくのを感じた。顔が、背中が、冷たくなる。

磐座そのものが、「彼ら」の子孫たちが作った町だとしたら？　だからこそ、磐座に住む人々には、虚ろ舟乗りになる素質があった。むろん、この場所にも何か力があったのかもしれない。磁場めいたものや、何か変質を促す条件が揃っていたのかもしれない。

しかし、本当の理由は、「彼ら」の子孫たちだったからなのではないか。だからこそ、ここに生まれた子供たちは必ずキャンプに入り、よその子よりも「素質」が高かった。そう考えられるのではなかろうか。

近年、キャンプの成功率が下がり、変質していくことがかなわなくなっていったのは、他の土地との交流が進み、どんどん子孫の血が薄まっていったからなのではないか。それなら説明がつく。

それでもたまに、先祖返りのようなことが起きる。今年は適性がある子が多い。

先生たちが、そんなことを言っていなかったか。

もしかして、お母さんもあたしも——

そんな血が、何世代も経て蘇ったのかもしれない。

だとすれば、このお祭りは。

奈智はのろのろと周囲を見回した。

笑いさざめく声。軽妙な、繰り返し流れるお囃子。

広場を中心に円を描いて踊る人々。

宙に吊り下げられた、超新星にも似た提灯。


これは、「彼ら」の記憶のお祭りなのだ。遠い星から地球に流れ着き、土着して生き延びた「彼ら」の子孫が、おのれのルーツを忘れないようにと始まったお祭りなのだ。


眩暈はますます大きくなり、奈智は、周りの景色がぐるぐると回り始めたような気がした。

遠い星の記憶。かつての夢。あたしの身体にも流れる、彼方の血の記憶。

回る。ぐるぐると景色が回る。

広場が、磐座が、世界が、地球が渦を巻いて、ここから何かが広がってゆく。

身体は冷たい。

奈智は、広場と重なる銀河系を見た。暗い星々が、巨大な渦を巻いて、どこまでも広がっていく光景を。
目の前が暗くなり、奈智はもう立っていられなくなった。
なんという場所なのだろう、ここは。
奈智は、くずおれるように、広場の石畳の上にしゃがみこんだ。

11

徹夜踊りを間近に控えて、磐座の町は静かな興奮が高まっていた。

口に出す者はいないが、抑えたエネルギーが、そこここに漲(みなぎ)っているのが分かる。

キャンプ生たちのいる、不穏な雰囲気を共有する磐座の町ではなく、観光地としての町、古く伝統ある町としての、長い期間続いてきたイベントのクライマックスが近付いているという興奮である。

徹夜踊りはお盆を迎える週末、三日三晩に亘って繰り広げられる。夕暮れから明け方まで、わずかな休憩を除いて参加者たちがえんえんと踊り続けるのだ。

観光客の数もピークを迎えようとしている。彼らの目当ても徹夜踊りの見物であり、参加であった。

ひたひたと何かが寄せてくるような興奮と熱狂を、誰もが肌で感じていた。

そして、同時に違和感も覚えていた。

何かが違う。これまでとは違う。去年までとは異なる。

この町に満ちている興奮と熱狂には、何か見たこともないものが含まれている。それが良いものなのか悪いものなのかは分からないが、未知なるものがすぐそこまで近付いてきていることは間違いない、と。

そう感じていたのは、教師たちも同じだった。

「いよいよ徹夜踊りですね」

蒸し暑い夕暮れ。お堂の隅で、麦茶を飲みながら話し合う三人。

いつになく緊張した口調で呟いたのは、真鍋先生である。

「うむ」

校長も、真鍋先生の言いたいことをすぐに察したのか、こっくりと頷いた。

徹夜踊り。

それは、キャンプにとっても重要な時期であった。今年のキャンプの成否は、ここで決まると言ってもいい。

「どうなんでしょうね、今年は」

富沢先生が不安の色を隠し切れない様子で校長を見た。

「何が起きよるのか、全く予想ができませんね——これまでも、分からないことばかりやったし」

「今年は、適性がありそうやいうのは、ほんまのことなんでしょうか」

真鍋先生は、すがるような目つきになった。

「結衣があんなことになってしもうて、いや、あんなふうにさせてしもうたし、私らもいったいどう償えばいいのか。あの子が虚ろ舟乗りになれればいいんですが、もし脱落してしまったら」

その声が震える。

「もう済んだことや」

校長が冷めた声で言った。

「あれは、もうわしらが考えることやない。あの件はもう終わったんや。それに、トワは、結衣はもう確実に虚ろ舟乗りになれるゆうとった」

「そうですか？」

真鍋先生はかすかに安堵を覗かせる。

「本来ならば、毎年この時期に——徹夜踊りの頃に、変質もピークを迎える。ここで変質しきらなければ、あとはもう変わらんことが多い。そうでしたよね」

富沢先生が独り言のように低い声で言う。

「ああ。本来ならば、な」

校長は意味ありげに繰り返した。

真鍋先生も、富沢先生も、校長の表情を窺っている。既に数々のトラブルを経てきた三人には、諦観のような、懺悔（ざんげ）のような、複雑な表情が共有されている。

「不思議なんや、この祭りは」

校長が呟く。

「なんなんやろなあ。きっと、この磐座の地に宿ってる力を記憶しよう、取り戻そう、刻みこもうゆう祭りなんやろな。だらだらと続く踊りが、波が寄せては返すように、毎日少しずつ勢いを高めていって、徹夜踊りのあいだ、最も強いエネルギーを引き寄せる。場の力を高める。ここに棲むみんな、特にキャンプ生のみんなには大きな影響を与える。そんなことが起こる」

淡々と話す校長を、二人の先生はじっと見つめていた。

「本来、祭りというのはそういうもんなんやな。非日常の場をこしらえて、みんなのパワーを集める。そこに異形のものを出現せしめる。それが祭りなんや。特に、この磐座では。ここの祭りでは、特にな」

「祭りと、キャンプの子供たちがシンクロしていると？」

「うむ。汐の満ち干や、月の満ち欠けが自然界に影響するようなもんなのかもしれん」

「今年は観光客の数も、例年より多いゆうとります。そういうのも関係するんでしょうかね？」

「しないとはいわん」

「校長先生は何を心配しとられるんですか？」

ためらいながらも、真鍋先生が尋ねた。

「心配？　わしが心配やて？」

顔を上げ、真鍋先生に目をやった校長の口ぶりは意外そうだった。

真鍋先生は大きく頷く。

「はい。校長先生は、ここんとこずっと何かに気を取られてるように思いました。考えんならんことはいっぱいあるけど、それ以外の何かが気がかりで、なんというかその——上の空いうか、そんな気がして」

「上の空、か」

校長は苦笑した。

「そんなん見えたか。バレバレやな」

「じゃあ、ほんまに」

「確かに気にかかっとることはある。ちょっと、わしには抱えきれんほどの、いや、正直なところどう受け止めたらええんか分からんほど、大きすぎる話や」

「校長先生が抱えきれんほどの？　結衣のことや大臣のことよりも大きな話やと言うんですか？」

富沢が驚いた顔になる。

「うむ。なんちゅうか、次元の違う話でな。わしにもよく分からん。トワから聞いただけでは、今は、な」

「トワさんいうんも、不思議なお方ですね」

真鍋先生がふと、振り返るような仕草をした。まるでそこにトワが立っているとでもいうように。

「神出鬼没、というか、なんとも人間ばなれした、というか。私、現役の虚ろ舟乗りにちゃんと会うのは初めてでしたから——とっても綺麗な方なんですが、女神さまみたいな。でも、浮世離れしすぎてて」

「トワがここにいる意味、分かるか」

「ここにいる意味？」

「うん。それが、わしが悩んでることにも関わっとる」

真鍋先生と富沢先生は、謎かけのような校長の言葉に顔を見合わせた。

「——木霊がどう出るか、も気にかかる」

しばしの沈黙ののち、校長がボソリと呟いた。

もう一度、真鍋先生と富沢先生が顔を見合わせる。

「木霊って、あれはもう結衣だったちゅうことなんやないですか？」

「それこそ、もう終わった話じゃないんですか」

二人はほぼ同時に、校長に話しかけた。

「うん。あれは結衣や」

校長はのろのろと頷いた。

「なら、どうして」

「結衣だけやないんや」

「え？」

「結衣以外にもおる。それも、もしかすると複数かもしらん」

「木霊が？」

二人はまたしても、同時に叫んだ。

「うん。確証はないが、そんな気がする」

「じゃあ、大臣以外のことは、他の木霊が？」

「かもしらんし、結衣がやったのかもしらん。だけど、全部を結衣がやったとは思えん。いくらなんでも、あちこち出没しすぎや」

「それは私も感じてました」

真鍋先生がおずおずと口にした。

「いくら尋常でないパワーを持ってるにしても、おかしいなと」

「もし、他にも木霊がいたら、徹夜踊りの時に何をするというんです？　校長先生のこれまでの経験では、木霊が出た年は、どんなことが起きたんですか？」

富沢が不安そうな声で尋ねた。

校長はハッとしたような顔になり、黙り込むと、左右にゆっくり首を振った。

「それは、思い出したくもないわ——あん時は、集団ヒステリーみたいなことになってな。たいへんやった」

「集団ヒステリー。子供たちがですか？」

「子供たちも、町の人たちも、や」

「そんなことが」

校長は低く溜息をついた。

「高田奈智のこともある」

三人のあいだに沈黙が降りた。

「まさか、忠之さんが、あんなところにいたなんて」

その事実を知らされた時のショックをも、三人は既に共有していた。その事実の重さを改めて噛み締めるように、三人は苦い表情になる。

「逆だったなんて——奈津さんのほうが、忠之さんを」

「奈智ちゃんも、さぞショックだったやろうな」

どことなく後ろめたそうな顔になるのは、三人とも、ずっと忠之が妻を殺して逃げたと思いこんでいたからだろう。

「あの子は、まだ一度も『通って』ないらしい」

校長は呟いた。

「ええ。らしいですね」

「どうも、拒絶してるようです」

彼らは、キャンプ生たちの行動をかなりのところで把握していた。

「あとはほとんど『通って』います。『通った』り、『通わなかった』り、の波がある子は結構いますけど」

「それじゃあ困るんや」

校長は嘆くように首を振った。

「なぜああも頑なに拒絶するんか――両親のこともあるんでしょうか？」

「いろいろやろな。磐座から離して育てられたことも大きいんやろう」

「来た時よりはかなり落ち着いて、状況は把握してると思いますが。ただ、やはり父親の遺体が出てきたんが、どう影響するか」

「変質する過程では、精神的にも不安定になりよるから」

「不安定。そんなもんでは済まない」

校長は呟く。

「あの子が鍵なんや――あの子がどうなるかで、キャンプが決まるかもしらん」

「高田奈智が？」

富沢先生が不思議そうな顔になった。

「それもトワさんがゆうたんですか？」

真鍋先生が尋ねる。

「トワだけやない」

校長は遠くに目をやった。

「わしもそう感じる。徹夜踊りのあいだに、あの子がどこまで変質できるか。そもそも変質しきることができるのか」

嘆息。

「ただでさえ徹夜踊りで眠れんのに、今年の徹夜踊りは、ほんまに寝る暇がなさそうやなあ」

真鍋先生と富沢先生は、校長の視線の先にあるものを確かめようとしたが、そこには壁があるだけで、何を見ているのか分からなかった。

なんだろう、この異様さは。

天知雅樹は、連日、磐座の集落を歩き回っている。

自分がずっと感じている違和感の正体をつきとめようとしている。

それは、勘としかいいようのない、奇妙な感覚だった。

何かが起きつつある。この場所で。何かとてつもない大きなことが。

蒸し暑く、不快な空気の中で、彼は肌寒さすら覚えていた。

ツクバ育ちの彼であるが、小さい頃から父親らに連れられて、何度も磐座を訪れていた。それにはいろいろな理由があったはずだ。研究のためでもあったろうし、彼に自分の境遇に慣れさせるためでもあったろう。

しかし、雅樹はツクバにいる時でも、常にずっとこの「磐座」を感じていたような気がするのだった。

身体の一部は、意識の根っこは、いつもここにあると感じる磐座。

たいして広い場所ではない。山間（やまあい）の、川を囲むこれといって特徴のない集落だ。

今回、キャンプにやってきた時、正直、彼は拍子抜けしていた。

訪れるのは久しぶりだったとはいえ、かつて幼心に感じていた神秘性、聖地性といったものが、ほとんど感じられなかったからである。

こんなところだっただろうか？

ツクバでいつも感じていた、分かちがたく常に自分の一部があると思っていた場所は、こんな何の変哲もないところだったのだろうか？

落胆、いや、幻滅に近いものすら感じていた。

そうは言っても、特別な場所であることは確かなのだ。

壁に彫られた祖先の絵。

祭りの景色に残る、古代の信仰。

それらをじっくりと味わうのは、感慨深いものがあった。彼は他のキャンプ生と異なり、虚ろ舟乗りになるべく、生まれ落ちた瞬間から約束された存在だったのだから。

だが、それも数日で飽きた。

教科書に載っていたものを現地で確認した。あるいは、ガイドブックに載っていた景色をこの目で見た。

そういう感覚に近かった。

これが、本当にあの「磐座」なのだろうか？

雅樹は日々そう自問自答しながら、自分を納得させようとしていたのである。

自分は虚ろ舟乗りになる。それはもはや既定事実で、今更どうこうしようとは思わないけれど、それでも自分を説得したかったたし、自発的に選び取りたかった。

なのに、この幻滅はどうしたことか。

滞在時間が長くなるにつれ、それは強まった。

同じキャンプの参加者たちの、レベルの低さやばらつきにも驚かされたし、事情を全く分かっていない子もいた。

　こんなことで、本当に他の星に移住などできるのだろうか？

　率直にいって、そんな危惧を抱いた。

　おまけに血腥い殺人事件まで起き、木霊という亡霊まで現われた。しかも、その背後には、なんとまあ「血切りをさせる利権」なるものが存在していた、というのだから、雅樹は驚きを通り越して笑い出したくなってしまった。

　いったいいつの時代の話なんだ？

　虚ろ舟乗りを出さねばならぬという切迫した人類の課題のすぐ隣に、田舎政治のカネ勘定が絡んでいようとは！

　もっとも、ある意味感心したのも事実である。

　なるほど、独創的な商売といえないこともない。人は、健康になるためならば、どんな眉唾で怪しげなものにもおカネを払うし、おカネを必要とする人は、いつでもどこにでもいるものだ。それが、たとえ人類の未来がかかる聖地であっても例外ではないのだ。

　だが、あの日転換点がやってきた。

　木霊が結衣であると判明した時だ。

　あの時、なぜか雅樹が目をやったのは高田奈智だった。

　みんなが結衣に注目していた時に、彼は反射的に彼女に視線を向けていたのだ。

　彼女は、どこか上の空だった。

　何かに気を取られていて、みんなが安堵し、好奇心を露にしているのに比べて、ぽつんと一人で別世界にいた。

初めて会った時から、彼女のことはなぜか気にかかっていた。

全くキャンプや磐座についての知識がなく、おどおどと不安そうにしていた彼女。坂道の途中で吐いていた彼女。びっくりしたような目で雅樹を見ていた彼女――磐座でも旧家で通る美影家の末裔でありながら、初めてここにやってきたという彼女。

雅樹は彼女についても考えていた。

彼女はいったい何者なのだ？

そして、木霊騒ぎの次に起きたのが、高田奈智の父親の遺体が発見されたという事件である。このタイミングで、娘がいるその時に見つかったのは、偶然なのだろうか。しかも、殺したのは当時の妻、奈智の母親らしい。当初思われていたのとは全く違う構図の事件だったのだ。

全く違う構図――構図。

雅樹の頭の中では、その単語が何度も鳴り響いている。

雅樹は、美影旅館や、学校をさりげなく観察してみた。

集まってなにやら深刻な顔で話し合っている大人たち、先生たち、集落の人々。

そして、何かが腑に落ちた。


そうか、今年のこのキャンプの中心は高田奈智なのだ。


なぜかそう不意に直感したのだ。

先生方の意識の中心には高田奈智がいる。今年のキャンプでは、彼女が鍵なのだ。みんなが息をつめて、彼女のことを注意深く見守っていることに気付いた。

どうして？　素質があるからか？

今のところ、彼女は目立った変質を見せてはいない。あくまでも表向きだが。いつも不安そうにしているし、顔色もよくないけれど、なんでも「通い路」を使うことを頑なに拒んでいるらしい。

他の子供たちを見ていると、みんな日に日に変質しているのに、彼女だけが明らかに足踏みしていた。

なぜだろう。先生たちが、彼女に注目しているのは、決して虚ろ舟乗りに対する可能性だけではないような気がする。何かもっと別の、何かが彼女に起きることを期待しているように感じる。

いったい何が？

雅樹はじっと考え続ける。

そして、別の変質にも気付く。

磐座の変質。

徹夜踊りに向けて、更に観光客が増えた。

いつも徹夜踊りの時に混み合うのは知っていたけれど、今年はまたずいぶんと多く感じるのは気のせいだろうか。

道ゆく人たちの笑顔を眺めながら、雅樹は賑やかな通りを見渡した。

人が増えただけではない。

どこか、集落の空気が変わったように思えるのだ。

お祭りは、準備の時がある意味いちばん興奮するという。その日に向けて気持ちを盛り上げていくことで、本番で思い切り燃焼できるようにタイミングを合わせていくのだ。

しかし、そういうものとはどこか異なる。

雅樹は、あちこちに鋭く視線を走らせ、人々の底に潜むものを読み取ろうとする。キャンプで初めてやってきた頃の、のんびりした、気抜けしたようなのどかな空気はすっかりどこかに消え失せてしまった。

何かが集まってきている。何かがじわじわと積もっている。溜まっている。そんな気がする。この磐座という場所の底に、周囲からエネルギーが流れこんでいる。それは少しずつではあるけれど、着々と一箇所に集まってきているのだ。

雅樹は胸騒ぎを抑えきれなかった。

何かが起きようとしている。

誰も予想もできない、誰も知らなかった何かがここで。

雅樹は周囲を見回す。

誰に聞けばいい？　この疑問に、誰が答えてくれるのだろう？

校長や、父や、トワの顔が浮かんでは消えていく。

いちばん答えに近いところにいるのはやはりトワだろう。しかし、トワですら、ここで進行していることの全貌は把握していないような気がする。

答えを知りたい。誰かに教えてほしい。

こんなふうに焦燥感を覚えるのは、雅樹にとっても初めての体験だった。

なんでも知っていると思っていた。父よりも、自分のほうが虚ろ舟乗りについて理解していると思い込んでいた。

誰かに教えを請うことなど、これまでほとんどなかったし、切実に願うこともなかった。

だけど、今は。

雅樹は気が付くと橋の袂(たもと)に立っていた。

こんなに何かを知りたいと思うなんて。誰かにしがみついて、安心させてほしいと願っていることに気付くなんて。

人知れず、雅樹は青ざめ、唇を噛み締めていた。

そんな不安な心境で佇んでいる少年がいることなど、今この磐座を行き交う誰一人として、知る者はいなかったのだ。


あれはいったいいつのことだったのだろう。

かつて、まだ自分が彼らと同じような歳(とし)、同じような子供たちで、初めてここに――磐座にやってきたのは？

すっかり、暇さえあれば野山を逍遥(しょうよう)することが彼女の日々の習慣になってしまった。

ここの景色は見飽きない。

新鮮なもののようでもあり、懐かしいもののようでもあり。

むせかえるような緑、眩(まぶ)しい陽射し。頬を撫でる風。

こうして山道を歩いていると、確かにここにいると感じる。

だが、かつては？

そもそも、本当にここにいたのだろうか、というのがここに着いた時の印象だった。

本当にここにいたのか？

ここで生まれて、ここで育ち、親や親戚とここにいたのか？

もちろん、「家族」であった人たちはもはやこの世に存在しない。とっくの昔——地球の時間の数え方も忘れてしまったが、地球でいうところの「遥か昔」にいなくなってしまっている。

地球の時間。時間？

もはや意味がない。外海に出てからというもの、意味がなくなってしまった。

自分にとっての時間とは、あの暗い星ぼしに満たされた暗い空間と同義語である。そして、向こうの空間での滞在——着々と進むテラフォーミング（いや、そもそも、地球によく似た条件の星だったのだ）に費やしたもの、それと同義語である。

こうして帰ってくるまで、もうそんなことは忘れていた。こうして、再びこの場所を目にすることなどないと思っていたし、もはや故郷という概念もなく、自分が何者なのかも、意識することはなくなっていた。

わたし？　あたし？　僕？　俺？

陽射しが目を射る。

実体化した目は、ちゃんと光に反応していた。

戻ってきて、いちばん戸惑ったのは、人々が口々に発する一人称だった。

そして、記憶の底から蘇ってきた——変化が進むにつれて、真っ先に希薄になっていったのが、「一人称」という感覚であったことを。

そんなことを覚えていたことのほうが、むしろ驚きというか、不思議な心地がした。

そして、興味を覚えた。

なるほど、自分の記憶の古層は、確かにここがルーツであったという実感が、地球での時間を過ごすにつれて、少しずつ湧いてきたのだ。

表情豊かな子供たち、校長先生ら、集落の人々。

彼らの顔を見ているうちに、それこそ先祖返りとでも呼ぶのだろうか、精神のコアの部分から、何かがじわじわ染み出してくるような感覚がある。

彼らの「感情」が、「情緒」が、「葛藤（かっとう）」が、蘇りそうな気がする。

身体の深いところが、かすかにざわめき、うずく。

特に、あの少女――奈智――あの限りなくナイーブな、むきだしのままの精神――今にも、外海に意識を飛ばせるほどの力を持っているあの子の表情には、身体のどこかが反応するというか、自分の中の何かが「動く」気配がする。

かくも人間とは、不安定で、揺れていて、不確かで、頼りないものであったことよ。

はじめのうちは戸惑いしかなかったが、やがてそれにも慣れてきたし、むしろ興趣のようなものを覚えているのが不思議だ。

彼らの表情を見ていると、自分の中にも、確かにかつてああいうものがあったのだ、という確信めいたものを感じる。

それにしても、今ここにこうしているということ自体が信じがたい。

一人で歩きながら、世界が人類に――この生命体に準備していたものの奇妙さ、玄妙さに感心する。

ほとんど感情を失った自分にも、驚きとしか呼びようのないものを感じるのだ。

誰が知っていたのだろう？

「神」という概念は、理解はしていても信じてはいないのだが――やはり、それでもこの世界を造った者、この世界を造った意志、あるいはエネルギーとでも呼ぶべきなのかは分からないが、その周到さ、精緻さには空恐ろしいものを感じる。

いったいいつから計画されていたのだろう？　すべてを予想し、用意されていたのだろうか？　宇宙ができた時から宇宙空間に満ちていた暗黒物質や暗黒エネルギーが、生命体が宇宙に飛び出し、移動するためのものであったというのは。

まだまだ未知の部分も多く、研究が始まったばかりとはいえ、まるで、人類のこの時を待っていたかのような周到ぶりは。

そんなことを考え始めると、この世界のあり方、この世界の事象、すべてが誰かの意志によるもののように思え、めまいすら覚える。

そして、そのことに気付いていたあの二人。

奈智の両親であるあの二人。

自ら地球での生命を絶ってまで、そのことを伝えにやってきたあの二人——

彼らがあのタイミングでやってきたことは、やはり何かの意味があったのだと思いたくなってくる。

もはや、人類の移動には間に合わない。テラフォーミングはともかく、すべての人類を運び出し、連れ出すことはできないことが明白になりかかっていたあのタイミングで——突如現われた、あの美しい二人——

それはつまり、やはり人類は生き延びるべきである、移動すべきである、という、何者かの意志の顕れ、人類の運命を示唆されたと取るべきなのかもしれない。

実際、向こうでもそういう意見が活発になっている。

それまでは、悲観論が世論のほとんどを占めており、もはや今いる人々で新たな文明を築くしかないという悲壮な覚悟が蔓延し、地球に残る大部分の人々はゆっくりと滅んでいくだけだという運命に身を委ねようとしていたのだが。

あの二人も用意されていたのだろうか？

いったいいつから？　この時を狙って、人類に差し出されたのだろうか？

ならば、あの少女は。

この磐座は。

彼女は、考えをゆるゆるとめぐらせながら、歩き続ける。

もちろん、これからが大変なのは承知している。人類に納得させられるのか？　彼らの意識のみを連れ出し、宇宙空間に漕ぎいで、外海を飛んでいくのだと説明して、理解できるものがどれくらいいるのだろう。人類が、生命体の次の段階に移行するのだと言って受け入れる者がいったいどのくらい？

この事実は、用心深く、これからかなり長いあいだ、隠されることだろう。今、向こうとこちらとのあいだで、静かに協議が始まったばかりだ。

残るものがどのくらいいるだろうか。選択肢は与えられるのか。まだ何もかもが混沌としていて、行程は見えてきてはいないが。

だが、確実にその日は来る。地球が太陽に飲み込まれ、跡形もなくなる日は。

準備は進めねばならぬ。

ここから順繰りに、彼らを出さねばならぬ。

そう、あの少女には、飛んでもらわなければならぬ——

是が非にも、ここ数日のあいだに。

ぱきん、と足の下で枝が折れ、彼女はハッとした。

ハッとする、というのも何やら懐かしく、奇妙な感じがした。

そして、その瞬間、何か暖かいものがどっと身体の中に溢れ出してきて、彼女は一瞬だけ、久しぶりに「動揺」に似たものを感じた。

けたたましい笑い声。

駆け回る少年、少女。

不意に、口の中に、何かが蘇る。

味覚？　そうだ、これは味覚だ。

何かを食べた味――甘いものもあり、味のないものもあり、苦いものもあり。

あまりにも鮮かに蘇ったので、本当に自分が何かを口にしているのかと思ったほどだった。

あんまりおいしくないよ。

不満そうな少女の声が聞こえる。

まだちょっと早いんじゃないの？

そう答えるのは少年の声だ。

えーっ、でももうこんなに大きいし、すんなり取れるし。

オレにも一つくれ。

どう？

うん、こんなもんなんじゃない？　こんなんに、そんなおいしいもん期待するほうがおかしいわ。

でもさ、うちの子は、おいしそうに食べるもん。

うちの子？

そうだ、「わたし」はリスを飼っていたんだ——

彼女の脳裏には、ちょろちょろと腕の上を走っていくシマリスの感触が蘇った。

そうだ、あのリスはなんという名前だっけ？　そうだ、「チョロ」だ。

そして、「わたし」はヒマワリの種をシマリスにあげていた。いつもおいしそうに食べるチョロを眺めて、自分も食べてみたい、と思っていた。

キャンプに来た「わたし」は、枯れかけたヒマワリを見て、種を取り出した——仲良くなったあの子と——あの子と。

誰だったっけ？

ひょろりとしたのっぽの、真っ黒に日焼けした、少し大人びた声を出す少年。

胸の奥が——本当に、深い深いところで、ほんの一点、ちりり、とうずいた。

そうだ、「わたし」は彼のことを気にしていた。いつも目で追っていた。キャンプのあいだも、彼のことばかり見ていた。

あははは、という豪快な笑い声がした。

そうだ、これは彼の声だ。

「わたし」は彼と一緒にキャンプに来た。自分が変質体になることなどどうでもよかったし、ただ彼と一緒にキャンプに来るというだけで有頂天になっていたのだ。

「わたし」はただの、何も知らない子供だった——

だが、彼の変質は進まなかった。「わたし」だけがどんどんと進み、やがては彼とのあいだに距離ができた。

彼は受かることなく、帰っていったのだ——

なぜこんなことを思い出す？

彼女は、辺りを見回した。

どうして、今日に限ってこんなことを思い出したのだろう。

よもや、自分がキャンプ生だった時のことを、こんなにも生々しく思い出すことになろうとは。

彼女は、やはり明らかに「動揺」していた。

そして、自分の身体が何かの振動に反応していることに気付いた。

何が？

立ち止まり、耳を澄ます。

それはかすかな振動だった。最初は地面なのかと思ったが、地面ではなく、空気が揺れている。

それも、ほんとうに、ごく僅(わず)かな、小刻みなリズムだった。

人工物？

彼女は空を見上げたが、その振動の正体を突き止めることはできなかったし、やがてその振動はぴたりと消えてしまったのだった。


その日、朝は静かに――そして、とても穏やかに明けた。

もちろん、まだまだ夏は盛りであり、太陽が顔を出す前に、既に厳しい暑さを予感させる空気がある。

しかし、それでも夏はゆっくりと移ろっていた。

夏の頂点というものがあるのであれば、もうそこは過ぎたという感じ――いつしかてっぺんを通りすぎてしまって、もはや下り始めている、そんな気配が漂っている。

風はなく、しんとした、それでいてどこか抑えたエネルギーに満ちた朝。

今日から三日間、この磐座の夏祭りのクライマックスである徹夜踊りが催される。

夕暮れどきから翌朝まで、ひたすら踊り続ける三日間が始まるのだ。

静かな集落には、期待があった。

これから長い一日が始まる、非日常の一日がやってくるというかすかな興奮があった。

明けたばかりの磐座の朝。だが、この日、この三日間がどんなものになるのか、まだ誰も知らなかった。

12

城田浩司は、恍惚とした心地よさと、それと同じくらいの不満とを抱えてとろとろと目を覚ましかけていた。

「通われた」あとの、深い眠り。

それはとても充足感に満ちたものだが、なんともいえぬ疲労感も伴う。

けれど、起きた時は、深い穴の底から明るいところに浮き上がってきて、はっきりと覚醒し、身体の底から新たな力が湧いてくるような心地になる。

なるほど、「通われた」者たちが魅入られたようになるのも無理はない。

浩司はそう首肯した。

あの後ろめたさに満ちた共感の目は、これを体験していたからだったのだ。

どうやら浩司の血は「美味しい」らしく、ほぼ毎晩、誰かが「通って」きていた。

「通われて」いるあいだは、いったいどういう作用なのか尋常ではない精神状態にあり（肉体のほうもだが）、冷静さを失っているのだが、それでも、必ずしも同じ者が「通って」きているわけではないことに気付いていた。

ひと晩に同じ者が二度来る時もあれば、複数の者が来る時もある。

おぼろげな意識で気付いた範囲でも、相手は少なくとも三人はいるような気がする。何度も来ている者もいれば、一度しか来ていない者もいる。

文字通り「味を占めて」来ている者もあれば、そうでない者もいるということのようだ。

だが、しかし。

浩司はずっと、「あの子」が来ているのだと思っていた。

自分が名指しされた提供者なのだから、やってきたのは「あの子」に違いないとずっと思い込み、「あの子」の姿を思い描いて、胸躍らせ、よりいっそう恍惚感を味わっていたのだ。

だが、ふと、いつのことだったか、明らかに違う者が来たことに気付き、いけないこととは思いつつも、チラリと相手のほうを覗き見てしまったことがあったのだ。

案の定、違っていた。

しかも、相手は少年だったのだ。

内心、ギョッとしたものの、恍惚感は変わらなかったので、そのままにしていたが、そのあとひと眠りして起きた時、不意にその疑問が湧いてきたのだった。

最初に来た子――明らかに、華奢な感じの女の子だったし、彼女はその後も何度か「通って」きていた――あれは、「あの子」だったのだろうか？　彼が名指しした、高田奈智だったのだろうか？

浩司は、記憶を辿ってみた。

確かに背格好は似ていたし、雰囲気も似ていた。しかし、こうしてしばらく「提供者」を務めていて分かったことは、必ずしも決められた相手が来ているわけではなく、むしろ固定した相手が来るほうが珍しいらしい、ということだった。

それとなく集落で耳を澄ませていれば、それらしき情報は流れてくる。

これまでは聞き流していた世間話の中に、そのヒントはあった。意識していなかったので全く気付かなかったのだが、人々は日常会話の中でそれらについてひんぱんに話題にしていた。

浩司は疑惑を深めた。

「あの子」ではないのか？　キャンプ生であるからには、「あの子」もどこかに「通って」いるはずなのに、いったいどこに「通って」いるのか。

確かめたかったが、最初に来た「あの子」は、その後なかなか現われなかった。もしかして、もう現われないかもしれない。だとすると、あれが「あの子」だったかどうかは永遠に分からないことになる。

浩司は不満だった。

もはや「通われる」快楽は手放せないし、相手が誰でもその快楽は得られる。しかし、せっかく手を尽くして「あの子」の提供者になったというのに、そのことを確かめられないというのはあまりにも――

そんなもやもやした不満を抱えていた昨晩。

誰かがやってきた。

と、浩司の勘は、隣に来ているのが、最初に来た「あの子」であると察したのだ。

胸がどきどきしてくる。

確かめなければ。この機会を逃したら、もう確かめることはできない。

もはや「通い路」は刺し込まれ、あの後ろめたくも狂おしく気持ちのよい時間は始まっていた。

ダメだ、これに流されていては。確かめるんだ。

確かめるんだ。

浩司は、快楽に浸りつつも、心のどこかで必死に自分に言い聞かせた。

確かめるんだ。彼女が出て行く時、ほんの一瞬、首を伸ばして見るだけでいい。ほんの一瞬だ。それだけでいいんだ。

強烈な快楽の中で、そう自分に言い続けるのは難しかった。

終わった時には、全身がぐったりとして、指いっぽんも動かせないような状態になるのである。

かたん、と茶釜の中に「通い路」を入れる音。

こぽこぽこぽ、と沸騰するお湯の音。

やがて、するりと影が出て行く気配がした。

今だ。見ろ、見るんだ。首を伸ばせ。顔を上げろ。

浩司は必死に身体を起こそうとした。

が、文字通り泥のような身体は動かない。なんとか、顔の向きを変え、ほんの少しだけ頭を持ち上げるだけで精一杯だった。

それでも、一瞬、目がその姿を捉えた。

華奢で小柄な影。

茶室から出て行く、小さな背中。

それだけでじゅうぶんだった。

浩司は脱力し、がっくりと畳に身体を押し付けた。

――違った。

ああやっぱり、というがっかり感と、なんてことだ、騙された、という怒りとが半々に襲ってきた。

髪型で、一目で分かった。

ショートカットの少女。

「あの子」はロングヘアだ。先日、昼間見かけた時も、ロングヘアのままだったし、あんな髪型ではありえない。

いつにも増して疲労感がどっと押し寄せてきて、二度と起き上がれないような気がした。

やっぱり、「あの子」は一度も俺のところには来ていない。

その事実が、じわじわと身体に染みてきた。

なぜだ。なぜ来ない。

それは、苦い屈辱感だった。

身体は、今味わった快楽の残滓に身を任せているのに、心は屈辱感にまみれている。

なぜだ。

浩司は暗がりの中に身を横たえたまま、じっと考えていた。

「あの子」の「提供者」は俺なのに。

もちろん、頭では分かっている。一応、「提供者」として指定されてはいても、選択権は「通う」ほうにある、と。選ぶのは向こうであって、こちらではない。

だけど、心は納得していない。納得できない。

どうすればいい、どうすれば。

もうこの快楽を知ってしまっているだけに、不満は膨れ上がり、抑えることができない。「あの子」でこの快楽を味わわなければ、どうにも納得できない。

浩司は、悶々と、膨れ上がったままの不満を持て余していた。

いっぽう、浩司がそんな不満に身を焦がしているなどとは全く知らない高田奈智は、ほとんど眠れないままに夜明けを迎えていた。

いや、眠ろうともしていなかった。

奈智は、ただいっしんにいろいろなことを考えていた。

布団の上に横たわり、目を見開いて天井を見つめ、自分の決心について考えていたのだ。

あたしにできるだろうか？

あたしに飛べるのだろうか？

トワと一緒に自分の身体を見下ろしていた時の感覚を何度も反芻する。

お父さんとお母さんのやったことは、あたしにもできるのだろうか？

奈智の頭の中にあるのはそれだけだった。

彼女は、自分の中で何かが変わったのを感じた。

ずっと、キャンプや自分の運命に対する恨みつらみ、「バケモノ」になりたくないという葛藤ばかりが身体のほとんどを占めていたが、いつしかそこから離れて、もう少し遠巻きにして自分を眺めていることに気付いていた。

彼女はひどく冷静だった。

キャンプに来てからの混乱が、恐怖と絶望が、いつのまにか澱(おり)のようにどこかに沈み、もう水底に溜まっていてぴくりとも動かない。

そのせいか、毎晩不安に感じていた、あの「血」に対する焦燥も収まってしまっていた。

あの不穏で不吉な「渇き」が落ち着いてしまっていた。

だが、奈智には分かっていた――決してあの「渇き」が消えたわけでもなく、「渇き」を認めたからこそ、もはや彼女を不安にさせせないのだということを。

そう、あたしは「血」がほしい。

あたしは「血」を求めなければならない。

静かに彼女はそのことを認めていたし、決心してもいた。

試してみなければ。

奈智はひどく冷めた気持ちで考えた。

あたしが本当にもっと遠いところまで「飛べる」のかどうか。そして――

その名を思い浮かべる時だけ、奈智はつかのま逡巡し、目を閉じた。

誰かを一緒に連れていけるのかどうか。

深志兄さんを。

あたしと一緒に。

その名を心の中で呟いた時だけ、全身がカッと熱くなるのを感じた。頬が熱くなり、顔が赤くなるのを暗がりで感じた。

これでいいんだろうか。

奈智は、不意に忘れていた不安が込み上げるのを感じた。

こうすることが、本当にいいの？　お父さん？　お母さん？

静かな明け方、奈智はそう呼びかけたが、もちろんそれに対する返事はどこからも返ってこなかった。

その朝、「何かが違う」と感じたのは深志もまた同じだった。

徹夜踊りの初日、祭りのクライマックスを迎えて、集落は沸き立ち、美影旅館も一年を通じての最盛期。実に慌しい朝である。

子供の頃から慣れ親しんだ、大人たちが忙しく立ち働いていて「放っておかれる」感覚を、今年もまた味わうのだ。

例年、このいちばん忙しい時期にやってくる臨時の助っ人が数日前から入っているので、奈智ももう手伝いはしていなかった。

が、おっとりして引っ込み思案の彼女が、意外にてきぱき働くのを見て、「やっぱ美影の血なんかな」と感心させられた。

しかし、「美影の血」という言葉に、未だにどこかでずきんと胸の奥が痛む自分もいる。

俺だって、美影なのに。

「虚ろ舟乗り」はなんのかんの言っても、磐座の子供たちの憧れだ。

その職業の意味する困難と孤独を頭で知ってはいても、やはり名誉であることには変わりない。

キャンプ生にはなっても、結局「変質」が進まなかった者は、多かれ少なかれどこかに挫折感を抱えている。

お母さんだってそうやろ。

彼は、自分の母親が同じ挫折感を持っていることに気付いていた。彼女が奈智の母に憧れと嫉妬のようなものを感じていたことも、恐らくは奈智の父親に密かな恋心を抱いていたのではないかということにも。

それにしても、なんとめまぐるしく、いろいろなことが起きる夏だろう。

奈智が来た時、久しぶりに会えた彼女の愛らしさに舞い上がって、「俺を呼べ」と言ったのがもう遥か昔のことのようだった。

今となっては、無神経なことを言ってしまったと思う――彼女は本当に何も知らず――そう、両親のことも含め――かわいそうなくらいに混乱し、動揺し、苦悩していた。あまりにいろいろな事実が押し寄せてきて、何がなんだか分からない状態だったのだろう。

木霊の出現、大臣の死。おまけに、まさか奈智の父親の遺体がこのタイミングで見つかるなんて。

深志は、奈智に深い同情を覚えた。

もちろん、同情だけではない。

一目見た瞬間から心惹かれるものを感じてはいたが、こうして一日一日を近くで過ごしているうちに、もっと静かな、もっと深いところで、初対面の時に感じたものとは違う愛おしさが湧いてくるのを強く自覚している。

彼女に会った時、他の誰にも「血切り」をさせたくないと思ったのは、今にしてみれば幼い独占欲のようなものだった。

あれは、自分が見つけた、新しいおもちゃを人に取られたくないという感覚に近かったのだと思う。

しかし、その感覚は少しずつ変わっていった。

確かに、今も他人に奈智の「血切り」をやらせたくないというのは同じだ。むしろ、その気持ちは強くなっている。

奈智はまだ誰とも「血切り」をしていない。


それは、深志の直感だった。

母親や先生たちの様子、何より奈智本人の様子を見ていれば、自分の直感が正しいのが分かる。

奈智が頑なに「血切り」を拒んでいることにも気付いていた。

焦燥した様子、苦悩の表情。毎朝疲れた顔で現われる彼女を見れば、「血切り」の行為自体、いや、「変質」そのものに抵抗があることは一目瞭然だ。

奈智の境遇を考えれば、それも無理はない。

母親の死のこと、両親のことを知らされず、キャンプにも偏見を持つ伯父夫婦に育てられたこと、予備知識のないキャンプでいきなりグロテスクな「血切り」を迫られたこと。

どの事実も、もし自分だったらと思うと、さぞかしショックに違いない。

その事実に耐えている奈智を見ていると、深志の中には、むしろ尊敬の念に近いものが日に日に育ってきていたのだ。

彼女が衝撃的な事実を必死に受け止め、自分の中で消化しようとあがく姿に、けなげさと、芯の強さとを感じずにはいられない。

このまま見守っていてやりたい。

深志はここしばらく、少し彼女と距離を置いていた。

その様子を気にかけつつも、彼女の存在をどこかで感じ、そっと眺めていた。

彼女の表情は毎日変化していた。

ひとりの少女の中に、これほど多彩な表情があろうとは。

深志はそのことにも感心し、驚いていた。

そして、ここ数日、またしても明らかに、彼女は変わった――

彼はそう確信していた。

これまでには全く見られなかった落ち着きがある。老成、と呼んでもいいような、急に何歳も歳を取ったような、むしろ「あきらめ」に近いものをその表情に感じたのだ。

彼女の中で何が起きているのか。

彼女は何を考えているのか。

彼女はさまざまな事実をどう受け止めたのか。

それを聞いてみたい、という気持ちは強まっていたが、なかなかそんな機会は訪れそうになかった。

が、この朝、朝食に現われた奈智に、深志は驚かされることになる。


「おはよう、深志兄さん」


彼女が現われた瞬間のその声の響きからして、深志はなぜかギョッとして、思わず振り返らずにはいられなかった。

なぜか、その声がとても遠いところから聞こえてきた、何かのお告げのように感じられたのだ。

「あ、ああ、おはよう」

少し間があって、深志は思い出したように挨拶を返した。

すっと部屋に入ってきた奈智は、すぐにお櫃（ひつ）のところに行ってご飯をよそい始めた。

今朝の奈智には迷いがない。

そう感じたのは、気のせいだろうか。

深志はそっと彼女の顔を見た。

落ち着き払った静かな横顔。

「朝から、みんな忙しいんやな」

「うん。いつも早いけど、今日はまたみんなえらい早くから起きとったわ」

いつもの他愛のない会話。

食事はいつもあっというまだ。

「ごちそうさま」

深志が箸を置くと、奈智も一緒に箸を置き、背筋を伸ばすのを感じた。

「なあ、兄さん」

低い声に、深志は顔を上げた。

そして、奈智が真正面から自分を見つめているのにハッとした。

なんという強いまなざし。

吸い込まれそうな、深い瞳。

綺麗やなあ。

深志は、改めてそう思った。

この夏、初めて会った時とは別人のようだ。あの時のあどけない、無邪気な愛らしさとは異なり、すっかり大人びた美しさに変わっている。

「なんや、怖い顔して」

見とれている自分に気付き、深志は思わず照れ隠しに笑ってみせる。

しかし、奈智は笑わなかった。まだじっと深志のことを見つめている。

が、思い切ったように、静かな声で話し始めた。

「キャンプに来た時、兄さん、言ってくれたな。苦しくなったら俺を呼べ、ゆうて」

深志はどきんとした。

そう、俺は言った。あの時、無邪気な、幼い独占欲でそう口にした。

「ああ」

自分の声がかすれているのに気付く。

「——あれは、今でもそうか？」

奈智は探るような目で深志を見た。

正直に答えないと許さない、というような目付き。

「兄さん、今でも、同じことをゆうてくれる？」

重ねて尋ねる奈智に、深志はただ何度も大きく頷くことしかできなかった。

馬鹿みたいだ、俺。

カッと顔が熱くなる。

でも、今のは？　奈智、勘違いじゃないよな？　本当に、奈智は俺と「血切り」をすると言っているのか？

歓喜と興奮、疑念と困惑とが込み上げてくるのを表に出すまいと、深志は必死に自分を抑えた。

奈智は、目に見えてホッとしたような表情になる。

「——そうか。ありがとう、兄さん」

そこで初めて、彼女は苦笑いのような、ほんの少し気弱な笑みを浮かべる。

最初に見た時のような、戸惑った笑顔。

その笑みを見た瞬間、深志の中に、天啓のような確信が降ってきた。


ああ、奈智は外海に行くんやな。


それは、必ずやそうなるであろう、という、自明の真実だった。

奈智は変質体になる。これまでにない、傑出した、それこそ奈智の母親のように、いや、それ以上の変質体となり、「虚ろ舟乗り」となり、遠く外海に漕ぎ出してゆく。

彼女の名前は伝説となる。「トワ」のような――いや、奈智の名そのものがいつか子々孫々に語り継がれていく。そんな存在になるのだ。

そう確信した瞬間、深志はまたしても鈍い胸の痛みを感じた。

既にこの世にいない、奈智の父親と母親の姿が、自分と奈智とに重なる。

ああ、奈智の父親もこんなふうに感じたんだろうか。

自分の愛する者が、故郷を離れ、遠いところへ行くことが運命づけられていると。

既に喪失の予感を抱きつつ――そう知りつつも、深く愛することを選んだことを確信したんだろうか。

じゃあ、あれはいったい。

深志は、チラリと川岸のブルーシートを思い浮かべた。

あの二人の死は、いったいどういうことだったのだろう？　なぜあのような結果に、あんなことになったのだろう？

自分と奈智の未来はいったいどうなるのだろう？

「なんや、長い一日になりそうやなあ」

奈智が茶碗を片付け始めたので、深志の考えは中断された。

「ほんまに」

二人して流しで食器を洗い始めた時には、深志の中には浮き浮きした興奮と歓喜しか残っていなかった。

「今日、三十五度くらいまで上がるらしい」

「いややな」

たちまち片付けを終えて二人が部屋を出ると、今の会話など忘れたかのように、慌しい祭りの一日が始まったのだった。


「――やはり、そういうことなんだね」

天知雅樹は、一人で頷いていた。

「このキャンプの中心は――いちばんの目的は、高田奈智の覚醒。そうなんだね」

トワは肯定も否定もしなかった。

朝の川べり。

もう習慣になってしまった散歩で、雅樹はトワに出会った。

「こんにちは」

トワは、いつも通りすうっと妖精みたいにそこに立っていた。なんとなく、彼女が彼のことを待っていたような気がした。

トワは不思議だ。

こちらが会いたがっていると分かるような気がする。そして、どこにでも現われる。

雅樹はじっとトワを見つめた。

「聞きたいことがあるんだ」

単刀直入に、抱いていた疑問をぶつけてみる。

高田奈智のこと。彼女の両親のこと。そして、トワがどうして、どうやって地球に戻ってきたのかということ。

トワは静かに雅樹の質問を聞いていた。

なぜか、彼の質問の内容も、聞く前から把握されていたような気がした。

そして、トワは答えてくれた。

静かに、淡々とした口調で、諭すようにして。

「――ダークエネルギー。まさか、そんな方法があったなんて」

思いもよらぬトワの説明に、雅樹は、驚きと興奮を感じていた。

「なるほど、星間移動のためのものだったのか」

さまざまな考えが浮かんでくる。

「不思議だねえ。宇宙ができた段階から、人類の星間移動は準備されていたということになるのかな」

「どうなんでしょうね。神学論争になってしまうわ」

トワは静かに笑った。

雅樹はもう一度じっとトワを見た。

「どうして僕に教えてくれたの？　他の人たちはまだ知らないんだよね」

トワは真顔になって雅樹を見つめ返す。

「あなたは、遅かれ早かれ事実に気が付くでしょうから。それに、当事者でもあるわけだし」

雅樹は肩をすくめた。

「でも、僕は変質体としてエリートだと思ってたんだけど、実はそうじゃないってことにも気付いたよ」

「あら、あなたはエリートよ。もう変質は終わってるわけだし」

「でも、僕は『飛べ』ない。意識を『飛ばした』ことなんか一度もないし、そんな気配を感じたこともないよ」

トワは首をかしげた。

「たぶん、まだ気付いていないだけよ。私と同じ変質体のほとんども、永いこと気付いていなかったわけだから」

「どんなふうにするの？」

雅樹は興味を覗かせた。

「そうね」

トワは両手をふわりと伸ばして、雅樹の両肩に触れた。

『目を閉じて』

雅樹はびくっとした。

トワの声が、直接頭の中に響いてきたように感じたからだ。

慌てて目を閉じる。

音が聞こえてくる。目を開けていた時には気付かなかった音を、空気を、全身に感じる。

『意識を、集中して。あなたの身体が、高いところに、すうっとまっすぐに勢いよく上昇していくところをイメージして』

トワの声が、直に頭の中に響く。

そう——彼女は声を出してはいない。直接僕の中に、イメージで話し掛けてきているんだ。

と、奇妙な感覚が込み上げてきた。

浮かんでいる。

ふうっという浮遊感を感じ、風を感じた。

上昇している。

身体が浮かんでいるように感じた。のぼっていく。するすると、まっすぐに、かなりのスピードで。

恐ろしくなり、目を開きたくなったが、『目を開けちゃダメ』というトワの声がピシリと響き、なんとか目を閉じたままでいた。

上がっていく。どこまでも、どこまでも——いったいどこまで？

『目を開けていいわ』

トワの声が響き、雅樹は恐る恐る目を開けた。

暗闇。

えっ、と雅樹は声を上げていた。いや、上げたつもりではあったが、その声は聞こえなかった。


宇宙空間。


雅樹は呆然(ぼうぜん)とした。

隣に、トワが雅樹を抱き抱えるようにして一緒に浮かんでいる。

えっ。えっ。

雅樹は混乱し、パニックに陥った。

真っ暗な宇宙空間に、浮かんでいる。暑くも寒くもなく、何も感じない。

嘘だろ。

トワが視線を下げたので、そちらに目をやると、そこには巨大な青い地球の姿があった。

地球を見下ろしている？　宇宙空間で？　ほんの一分前には、磐座の川べりにいたというのに？

これはどういうこと？　本当に、僕は宇宙にいるの？

『ええ、あなたの意識がね』

イメージじゃなくて？　本当に、本当に、僕の意識は、今ここに、宇宙空間に存在している？

『そうよ』

なんという。

雅樹は絶句して、足元に広がる青い星を見つめた。

音のない宇宙に、奇跡のように浮かんでいる地球。それは、静かに発光しているように見えた。

神々しい、眩(まばゆ)い地球。

きれいだ。なんてきれいなんだろう。

『ええ。私たちの故郷よ』

雅樹はじわじわと感動が込み上げてくるのを感じた。

この星も、いずれは太陽に飲み込まれてしまう。無数の生き物が、運命を共にしてしまう――

『戻るわ。また目を閉じて』

ふっと身体が沈み込む感覚。

今度は、下降している。

どんどんと、スピードを上げて、下降していく――

音が、戻ってきた。無音の宇宙ではなく、川のせせらぎや、鳥の声が、朝の風が、戻ってきた。

雅樹は目をぱちくりさせ、周囲の景色をおどおどと見回した。

いつもの朝。

いつもの磐座。

「すごい」

今度は、自分の声が聞こえた。

目の前に、トワが立っている。

雅樹の肩から、手を引いた。

「こんな感じよ」

トワの声も聞こえた。今度は、ちゃんと声を出している。

「すごい」

雅樹はもう一度繰り返し、ホッと安堵の溜息をついた。

そっと飛び跳ね、自分の足がちゃんと地面を踏んでいることを確かめる。

そして、空を見上げる。

ほんの少し前に、あの空の遥か上にいたなんて。

あまりの体験に、理解が追いつかなかった。

「なんてスピードなんだ。確かに、これなら、相当早く向こうの星に辿りつける」

「ええ」

雅樹はしげしげと自分の身体を見下ろした。

「今、僕の身体はここに残っていたわけだよね？　生命活動はその間もきちんと続いている？」

「ええ。あまり長くは離れていられないけど」

雅樹はじっと自分の手を見た。

「これは、なんというか――確かに、みんなに教えるのはまだ早いし、難しいね。パニックになるかもしれない」

「そうなの。だから、私たちは慎重になっているの。もちろん、あなたも他言はしないでほしいわ」

「分かってるよ。これを、僕も自力でできるようになるわけ？」

「ええ。少し訓練すれば、すぐできるようになる」

「高田奈智も？」

「ええ。彼女もじきに『飛べる』わ」

雅樹は川のほうに目をやった。

トワもつられたように目をやる。

「それで、どうなるんだ？」

雅樹は独り言のように呟いた。

トワは、川に目をやったまま、やはり独り言のように呟く。

「——終わりが始まるのよ」

13

それは、その日の昼過ぎ、二時少し前のことだった。

日は中天を過ぎ、いよいよ蒸し暑さが増していたが、少し風も出てきて、午後の谷間の空気を掻(か)き混ぜている。

終わりが始まるのよ。

天知雅樹は、今朝のトワの言葉についてずっと考えていた。

終わりの始まり。それはいったいどういうものなのだろう。

辺りは賑やかだった。徹夜踊りが始まるまでまだかなり時間があるというのに、気の早い人々や観光客が踊り出している。

三味線(しゃみせん)の音、お囃子の音。

ほんの数人が演奏しているに過ぎないが、あの音とリズムは、確かに身体を動かしたくなる。

どうして僕は今日に限ってこんなところにいるんだろう。

そう考えると、雅樹の顔に微苦笑めいたものが浮かんだ。

誰よりも人混みや喧噪を何よりも嫌っている自分が。磐座に来ても、ほとんど中心部には寄り付かなかったというのに。

こんなふうに町の中のベンチに腰掛けていること自体、とても珍しいことに気付いた。

終わりが始まるのよ。

トワの言葉にどこかで恐怖を感じていたに違いない。でなければ、自分が人恋しさを覚えることなどなかったはずだ。

雅樹には、周囲で笑いさざめきながら踊る人々が影絵のようにしか見えなかった。

それとも、これは地球が見ている夢だろうか。地球の記憶が、今こうして僕に幻を見せているのかもしれない——

その時、雅樹は何かを感じて顔を上げた。

地響き、でもない、震動、でもない。

が、何か大きなものが近付いてくるような予感。

とても大きなもの——

雅樹がじっと耳を澄ましていると、やがてその気配が大きくなってきた。

はっきりと感じる、存在感。

通行人もそれに気付いた。

「あれ?」

誰かが声を上げた。

ごーっ、という切れ目のない低い音が響いてきて、徐々に大きくなっていく。

不意に、影が射した。

「あっ」

「船団だ」

皆が空を見上げた。

谷間にある磐座の集落から見上げる空は狭い。

その空を、巨大な影が塞いだ。

ごーっ、という音は間断なく響き、お囃子と三味線の音を掻き消した。

誰もが立ち止まり、空を見上げる。

辺りが暗くなった。

虚ろ舟が、空を横切っていく。

「定期船かしら？」

「やけに低いところを飛ぶなあ」

近くにいる男女が声を張り上げている。

確かに低いな、と雅樹は思った。

舟の底の、配管や機材まではっきりと目視できる。こんなふうに低く飛ぶのは珍しい。

一機。二機。三機。

ゆっくりと進む船団が通り過ぎるまで、かなりの時間が掛かった。

なんとなく、ぼんやりとそのさまを見上げていたその時。

ふっと、身体が浮くような感触。

雅樹はあれ、と思った。今朝、トワが体験させてくれた時のあれと同じ感覚に襲われたのだ。

実際、次の瞬間、彼の意識は宙に浮いていた。

それほどの高さではない——道路沿いに並ぶ家々の、二階くらいの高さ。

そして、それは彼だけではなかった。

ふと周りを見ると、同じように、宙に浮かんでいる人が何人かいる。

踊っていた人たちが、ぽかんとした顔で宙に浮いていた。

えっ。この人たちも？

雅樹は、自分の目を疑った。

明らかに、磐座の地元の人でもない、当然、変質体でもない、観光客。

辺りが明るくなった。

雅樹はハッとして、我に返る。

ほんの一瞬の出来事で、彼はベンチに座ったままだった。

空は明るく、もう船団の姿は影も形もない。

ざわざわという、喧噪が戻ってきた。

ふと、見ると、ぽかんとして首を振っている人たちがいる。

「なんだろ、今、ヘンな感じが」

「おまえも？　俺も、なんか、ちょっと眩暈みたいなのが」

「なんだろ。船団の下にいたから、低周波かなんかのせいかな」

「浮かんでた気が」

「そうそう、そんな感じ」

首をひねって、目をぱちくりさせている人たち。

が、すぐに気を取り直し、再び踊り始めた。

しかし、雅樹は身動きができなかった。

強い衝撃を受けていたのだ。

彼らも同じ体験をしている。

確かに、彼らも感じていたのだ。

宙に浮いていると。意識が身体を離脱して、浮遊しているのだという体験を。

なぜ？　なぜ、変質体でもない彼らが同じ体験をしたのだ？

何が起きたのか？　どう解釈すればいいのか？

和やかな三味線とお囃子の音が戻ってきたあとも、雅樹はしばらくのあいだ混乱が治まらなかった。

考えろ。考えるんだ。

雅樹は自分の鼓動を感じた。興奮と混乱で、動悸が激しくなっているのだ。

流れるお囃子。影絵のように踊る人々。

人類の準備はできていた。

突然、天啓のようにそんな考えが閃(ひらめ)いた。

そして、何かが腑に落ちたような気がした。

かつて——ずいぶん前のことだ。人間のあいだに、アブダクション現象というものが流行(はや)ったという。宇宙人に誘拐された、宇宙船に拉致された、生体実験を受けた、と主張する人々が、世界中に、特に北米大陸に大量に現われたのだそうだ。

あれは、このことだったのではないか。

人類が、意識によって宇宙まで運ばれ、移動するという予感。

あるいは、先祖返りかもしれない。

人類の故郷は、地球ではなく、元々宇宙だったのかもしれない。遥かな宇宙の片隅で生まれた意識が、生命が、宇宙空間を伝って地球に不時着したのかもしれない。

その記憶は——人類の意識下にずっと残り続けていた。そして、文明の進歩と共に、宇宙船を製造できるまでになり、それをビジュアルで目にする時代を迎えて、意識下から一部の人間の中に蘇ったのだ。それが、宇宙人に誘拐されたという錯覚となって、彼らを動揺させたのだ。

そして、人類は遥かな昔から準備をしていた。ずっと待っていた。

変質体が現われ、彼らが再び宇宙に連れ出される日を。あるいは、宇宙に帰っていく時代を。

ずっとずっと前から、人類の準備はできていたのだ——

雅樹はのろのろと周囲を見回した。

通り過ぎる人々。

踊る人々。

音楽を奏でる人々。

さっき見た光景が蘇る。

雅樹と一緒に、宙に浮かんでいたのは、踊っていた人々だった——

眩暈に似たものを感じる。

歌い、奏で、踊らない人類はいない。いずこの国にも、民族にも、舞踊という習慣は必ずあった。

それもまた、意識下にある準備のひとつ。スイッチのひとつ。

人間は演奏でトランス状態を作り出すことによって、宙に意識を飛ばす擬似体験をしていたのではないか。かつて味わった感覚、星間移動という体験をいわば追体験しよう、思い出そうとしていたのではないだろうか。

磐座に伝わるこの踊りもまた――

雅樹は、身体が震えてくるのを感じた。

いったい誰がそのような計画を。壮大な準備のもとに、誰がその設計図を引いたのか。

今度は、紛れもない恐怖だった。

恐ろしい。いったい誰が。

雅樹は空を見上げた。

もはや、船団はどこにもいない。

ツクバの港まであとどのくらい掛かる？

だが、もはや舟は必要がない。我々変質体が、人々を宇宙に連れ出す。遥かな外海を、変質体と共に人々は旅をする。宇宙へと飛び出す。

その日はすぐそこまでやってきている。

雅樹は目を細めた。

もう既に、彼の意識は宇宙に飛び出し、どこか遠くをさまよっているような気がした。

終わりが始まるのよ。

雅樹はもう一度その言葉を反芻した。

そういうことか。

一人でそっと頷く。

人類の地球時代の終焉。それが今、ついに始まろうとしているのだ。

ゆっくりと日が傾いてきた。

同時に、徹夜踊りへの期待が徐々に高まっていく時間帯である。

これから三日三晩、日が沈んでから翌朝まで、文字通り夜を徹して地元民も観光客も、皆が入り乱れて踊り続けるのだ。

じき夕飯というまでの、ぽっかりと空いた時間。

美影旅館は、連日満室という状況が続いている。早めの夕飯を食べてから徹夜踊りに繰り出す、あるいは見学するという客がほとんどなので、今は皆が夜に備えて短い休息を取っている。

奈智もこまごまとした旅館の仕事を手伝ったあと、部屋でしばし寛いでいるところだった。

確かに身体は寛いでいるかもしれない。つかのまの休息を取っているかもしれない。

しかし、中身はそうではなかった。

奈智はこれほどまでに緊張していることはなかったような気がした。

今夜、自分は新たな世界に足を踏み入れる。

その予感が、ぴりぴりと全身を包んでいるような気がしたのだ。

少しずつ薄暗くなっていく奈智の部屋。

二階の座敷の窓から射し込む光がゆっくりと部屋の奥へと移動していく。

奈智は、朝からずっと自分の決心を確かめ続けていた。

本当に？

本当にいいのか？

ここ、磐座の土地に来てからずっと考えていたこと。ずっと抵抗していたこと。ずっと逡巡し、拒否していたこと。

ずっと迷い、戸惑い、恐れ、疑問に思っていたこと。

そのことに、今夜ついに手を出そうとしている。なんらかの終止符を打とうとしている。そのことが未だに信じられなかったし、未だに悩んでもいる。

だらしなく畳の上に投げ出した身体の前に、鈍く光るものがある。

通い路。

こんなにしげしげと実物を眺めるのは、たぶん初めてか、二度目くらいなのではないか。

小さな缶切りに似た道具。

しかし、この鈍く光る、それでいて鋭利な刃が穴を開けるのは人間の腕なのだ。

そこからあふれ出す血。

そのことを思うと、パッと目の前が真っ赤になった。

だらしなく臥せっている身体が、突然、カッと熱くなって宙に浮かんだような心地すらしたのである。

奈智は、自分が赤面するのを感じた。

それも、じんわりした、あきらめのような赤面だ。

ここまで、あたしはその欲望を、衝動を抑えこんでいたのか。

全力で、精神力で、気付かないふりをしていたのか。

そう客観的に自分を見るくらいの余裕——なのか、諦観なのか、なんなのかは分からなかったが、奈智は自分の中に巣食う巨大な衝動を自覚しないわけにはいかなかった。

そして、客観的にそれを認めたからには、もはやもう一度それを抑えこむわけにもいかないことも自覚していたのだ。

この小さな道具。人間の身体に穴を開ける、血を飲むためのもの。

いったいどれだけの歳月を経てこの形になったのか。どれだけの人が、この道具を使い、血を飲み、血を飲まれ、さまざまな悲喜こもごもを繰り返してきたのか。

完成された無駄のないフォルムが心なしか勾玉に似ているというのも、結局この国の祈りの形――あるいは、呪いの形――に落ち着いたと考えるのはうがちすぎだろうか。

そもそも、血を飲むということ――変質体への過程で、大量の血を必要とするというのは、どういうことなのだろう。人間ではないものに変わるために、人間の血を要するということはいったい。

ふと、広場で見たデジャ・ビュを思い出した。

星の形をした提灯のある広場で、円を描き回る人々と宇宙の銀河とのまぼろし。

そうか――やはり、答えはあたしたちの血の中に、あたしたちの血に眠る遺伝子の中にあったのだ。あたしたちは大量の血の中に、先祖がえりを促すものを求めているのだ。かつて遠い星ぼしからやってきた、遠い昔の先祖の遺伝子を。

ここ磐座もそうだ。

かつてここに不時着した、ここにやってきた遠い先祖の記憶が横たわる土地。この地に滞在することによって、かつての記憶を、かつての血を蘇らせようとしているのだ。それがここ磐座でのキャンプの意味なのだ。

そんなことをぼんやりと考えながらも、奈智はふとひんやりとした不安が込み上げてくるのを感じた。

あたしは、いつからこんなふうにモノを考えるようになったのだろうか。

人類だの、遺伝子だの、先祖がえりだの。

こんなふうに「大きな」こと、抽象的なことなんて、これまでも、ここに来てからもちっとも考えたことなどなかったのに。

ふっとトワの顔が浮かぶ。

あたしもあんなふうになるのだろうか。すべてを見通した、すべてを超越した、あの透明で浮世離れした――もっとはっきり言えば、人間ばなれしたものに。

ゾッとして、身体が強張るのを感じた。

変質体。限りなくフラットに、感情を失い、愛するという気持ちも忘れて――

今度は深志の顔が浮かび、胸がどきんとする。

深志の優しい笑み。

奈智を見るまなざし。

苛立ちを見せ、目を逸らす表情。

忘れてしまう。憧れの気持ちも、胸が締め付けられるようなあのほろ苦く、かすかに甘い感情も。

奈智はそっと自分の掌を見た。

あれもこれも、指の隙間から零れ落ちていってしまうのだろうか。

いや、でも、お父さんとお母さんは最後まで、地球の日々の最後の瞬間まで愛し合っていたはずではないか？　既に変質体となった母も、父を連れていくためにわが身に、わが心臓に杭を打ち込んだのでは？

奈智は知りたかった。

地球での最後の日々、母はどんな心境だったのか。どんなふうに父を愛していたのか？

父は、妻の変質に、戸惑いは、不安は、焦燥はなかったのだろうか。

ねえ、お母さん、バケモノになるのはどんななの？

それでも、人を愛せるの？

お父さんを思う気持ちは変わらなかったの？


奈智は痛いような気持ちでそう問いかけた。遥かな外海の先にいるという父母に。

奈智はちらりと出入り口に目をやった。

外から閉められる襖（ふすま）。

あれ以来、木霊は出ていないようだ。やはり結衣が特定されたからなのだと思いたい。

そう思ったとたん、太ももの一部が鈍く痛んだような気がした。

朝目覚めた時に、痛みが残っていた太もも。

奈智はぶるっと身震いし、反射的に首を振っていた。

あたしじゃない。あたしは何もやっていない。

それよりも、考えるべきは今夜のことだ。

自分の提供者のところ——あの少年の鋭い表情が浮かび、奈智は今度もまた慌てて打ち消した。

あそこには行かない。あたしには選択権がある。あたしが行くのは、深志兄さんのところだ。

そう決めてはいても、どこかにかすかな罪悪感のようなものを覚えたのはなぜだろう。

でも、彼のところには、他の人が通っているという噂を聞いたことがある。

不思議なもので、なぜか磐座の中にいると、誰が提供者なのかは薄々周囲にも分かってしまうという。

それも無理はない。「通われて」いる者たちには、独特の疲労感と同時に高揚感のようなものが漂っているというのだ。

もっと明白なのは、肘の内側に貼ってある白いテープだ。

それが確認できれば一目瞭然なのだが、逆に、この時期、肘の内側は見ない、あるいは皆が意識して、肘が隠れるような長めの袖のシャツを着るという。

奈智はいつのまにか起き上がり、暮れていく部屋の中で正座をしていた。

美影旅館にも茶室はある。

旅館の外れ。

小さなにじり口のある、庭の隅に。

磐座の人たちは、誰でもお茶をたしなんでいる。日本の伝統の基本として——同時に、磐座に生きる、キャンプ生を迎える準備として。

いつのことだったろう、小さい時に、奈智は深志のお点前を見たことがある。

ほんの小さい頃から習っていただけに、堂々とした、美しいお点前だったという記憶はある。

茶の湯と通い路とのセットというのも不思議な気がする。お湯を沸かし、茶釜で通い路を煮沸消毒して帰るなんて。にじり口から入ってくるもの。一期一会のお茶会でやりとりされるのは血であり、エネルギーであり、まさに生命の交歓なのだ。

あたしたちの血に沈んでいるのはいったいどんな記憶なのか——

奈智はぼんやりと窓を見上げた。

夕暮れの光は更に動いていて、壁の上へと移動していた。

奈智の顔にも、四角い光の一部が当たっている。

その顔には、まだ戸惑いと混乱が、同時に諦めと憂いが入り混じって浮かんでいる。

そして、そこには明らかに少女ではない、別の顔が——大人の女の顔が、徐々に姿を現わしていることに彼女は気付いていなかったのだ。


徹夜踊りの日は、泊まり客は踊りのほうに気もそぞろで、さっさと夕飯をたいらげると、そそくさと出かけていってしまう。

だから、五時から七時までにほとんどのお客が夕飯を済ませることになる。

その時間帯は戦場のような忙しさだが、六時半を過ぎる頃には宿はがらんとして、もう祭りなど見飽きたという年配の常連客がひと組かふた組、座敷の隅でのんびり酒を呑んでいる程度である。

お勝手もすっかり一段落し、久緒はようやくほっと一息ついたところだった。

「はあ、やっと落ち着いたわあ」

麦茶を立ったまま飲み干すと、どんなに喉が渇いていたかに気付いた。

「——どうです、おかみもちょっと祭りを覗いていらしたら」

同じく一息ついていた板長が、そんな久緒の様子を見て声を掛けた。

タイミングを合わせるようにして、開けっぱなしにしてある勝手口からすうっと心地よい風が入ってきて、同時に遠いお囃子が流れこんでくる。

「うーん。毎年この時期は、お囃子だけでお腹(なか)いっぱいいゆう感じやけど」

久緒は苦笑した。

が、板長の勧めにふと乗る気になった。

「そうねえ、朝からずうっといっぱいいっぱいやったから、ちょっとだけ歩いて気分転換してこよか」

「もうこっちは大丈夫ですから、行ってらっしゃい」

古株の女性従業員も、久緒の背中を押した。

確かに、もうお客たちは遅くまで戻って来ないだろうし、自分の出番はなさそうだ。徹夜踊りのあいだだけは、宿の門は一晩中開けてある。

「じゃあ、お言葉に甘えてちらっと行ってくるわ」

久緒は髪の毛を撫で付けると、勝手口から外に出た。

「ここは頼みますね」

「行ってらっしゃい」

複数の声に送り出されて、宵闇(よいやみ)の中に出る。

まだまだ暑いけれども、それでいて夜の空気には、夏の盛りを過ぎつつあることを知らせる匂いがあった。

何度目の夏だろう。

ふと、そんなことを思った。

磐座の夏を幾度繰り返したことだろう。

一瞬、自分が何歳なのか分からなくなった。

いつもの懐かしい夏。いつかの懐かしい夏。

そんなことを思うと、美影奈津の横顔が浮かんできて、同時に少女の頃の自分に戻ったような心地になるのだった。

足は勝手にお囃子の流れてくるほうに向かっている。

いつもの夏。いつかの夏。

やがて、美影奈津の横顔は、今朝の奈智の横顔とだぶってゆく。

今朝の奈智の顔に、ハッとさせられたことを思い出す。朝食の用意にてんてこまいで、あの子の顔を見たのはほんの一瞬だったのだけれど。

驚くほど奈津に似ていた。

しかも、最後に目にした頃の奈津に。

あの、どこか遠いところを見ていた奈津。すぐそばにいても、手の届かないところにいるように感じられた奈津。

何かを決心した、何かを諦めた、不思議に大人びた表情だった。

奈智も虚ろ舟乗りになるのだ。

不意にそう直感した。あの子も、遠いところへ行ってしまうのだ。母親と同じように、暗い星ぼしの海に出て行ってしまうのだ――

そう考えると、淋しいような、みじめなような気持ちが込み上げてきてしまい、久緒は慌ててそれを打ち消した。

名誉なことだから。

求められていることだから。

磐座の人々は、そう言って自分を納得させ、慰めることに慣れている。虚ろ舟乗りになりたい自分、なりたくない自分、それぞれを併せ持つことにも馴染んでいる。

それでも感じてしまうこの淋しさはなんだろう。

久緒はぼんやりとそんなことを思いながらぶらぶらと暗い路地を歩いていく。

少しずつ、祭りの喧噪が近付いてきた。

まだ宵の口だというのに、もう熱気が漲っているのが分かる。

観光客だけでなく、地元の住民も踊り始めている。

ほんと、みんな気の早い——ほんまに好きなんやな。

久緒は「ふふっ」と小さく笑った。

子供の頃から慣れていて、時にうんざりしていたはずなのに、手足が踊りたくてむずむずしてくるのは、やはり地元のせいか。

踊りの輪に加わるつもりはなかったが、久緒は三味のメロディを口ずさみながら、明るいほうへと歩いていった。

もう、大通りでは群れとなって踊る人々が影絵のように動いている。

奈智はどこにいるのだろう？　深志は？　今日は二人して踊りに行こうと言っていたのを聞いたような気がするのだが。

久緒は、踊りの輪の中に知った顔を見つけて、ふと懐かしい心地になった。

あら、誰だったかしら。

若い男性——かつてよく知っていた、親しかった顔——そう、あれは、あの顔は。

突然、久緒は全身がびくっとして、立ち止まってしまった。

え？　あの人は。

久緒は全身から血が引いていくのを感じた。と、同時にどっと冷や汗が噴き出してくるのも感じている。

忠之さん。

にこやかに踊る若い男。紺の浴衣を着て、楽しそうに両手を上げ、下駄を地面に打ちつけ、周囲の人々と目を合わせ、少しぎこちないけれど、滑らかな動きで踊りながら移動していくあの男——

そんな馬鹿な。

久緒は、自分が目にしているものが信じられなかった。

他人の空似？　いや、どうみてもあれは忠之本人だ。あの表情、顔の傾け方。

だが、待てよ、おかしくはないか？

久緒は必死に考えた。

若い。彼がいなくなった時のままだ。あれから何年経っている？　いくらなんでも彼本人であったならば、歳相応に老いているはずだ。なのに、彼はちっとも変わらない、記憶の中の忠之そのまま。

そして、何より、河原で彼の白骨死体が見つかったではないか。

久緒は立ち止まったまま、青ざめた顔でひたすらその男を見つめていた。

同じ頃、天知雅樹とその父親も、大通りの隅にいた。

「珍しいね、徹夜踊りのさなかにメイン会場までやってくるなんてさ」

雅樹は相変わらずのドライな口調で、隣の男を見上げる。

「その台詞、そっくりそのまま君に返すよ。君こそ、なんで僕についてくる気になったんだい？」

男は踊りさざめく人々をぼんやりと眺めている。

雅樹は肩をすくめた。

「さあね。記念、かなあ。キャンプの記念。たぶん、来年以降は磐座に来ることもなさそうな気がするし。もう見納めになるかもしれないじゃない？」

今度は父親が肩をすくめた。

「そんなことを言わずに、何度でも来ればいいじゃないか。ここに来ればパワーをもらえるかもしれないし、自分のルーツを確かめることにもなるだろうし」

「ルーツ？　そんなこと本気で言ってるの？　僕のふるさとはツクバだろ。あるいは試験管か――あるいは、太古の外海かもしれないけど」

最後のほうの言葉は小さくなり、父親が「え？」と聞き返す。

「なんでもないよ」

雅樹は軽く父親をいなした。

「まあ、確かに私の感傷かもしれないな」

父親は独り言のように呟いた。

「君が私のことを情緒不安定な男だと見なしてるのは知っているよ。君の親を名乗るには弱すぎる、とね」

「そんなことはないよ」

雅樹はあっさりと否定する。

「あなたはそれなりにいい親だ。僕はあなたが親であることに感謝しているよ」

父親が、驚いたように雅樹を見た。

「そんなに驚かないでよ。今のは僕の本心だ」

「君の口から、感謝とか本心とかいう言葉を聞くこと自体、やっぱり驚きだ」

「そう？」

雅樹はもう一度肩をすくめた。

「それにしても、なぜこの踊りはこんなに懐かしい感じがするんだろ」

「君でも、そんな感じがするのかい？」

父親は、再び不思議そうに雅樹を見る。

雅樹はこくんと頷いた。

「懐かしいという感情は、年齢に関係なく持っているものなんだね。もしかすると、『懐かしい』という感情は、過去に向けた感情ではなく、未来にも向けられる感情なのかも」

「未来に？」

「うん。懐かしい未来って、あるもんなんだね」

そう断言する雅樹に戸惑ったのか、父親は何も言わなかった。

「だから、『懐かしい』という表現そのものが、実は誤った描写で――」

そう言い掛けて、雅樹は止めた。

隣にいる男が、凍りついたようになっているのに気付いたからだ。

この横顔に、雅樹はぎょっとした。

飛び出しそうになった目。ぽかんと開けられた口。驚愕（きょうがく）が横顔に張り付いている。

「どうしたの？」

雅樹は、父親の視線の先に目をやった。

ゆっくりと踊りながら移動していく人々。

雅樹もハッとした。

踊りの輪の中に、雅樹の知っている顔がある。


え？　奈智？


にこやかに踊る、白い浴衣姿の若い女。楽しそうに、ゆるゆると、柔らかな動きで移動していく。

いや、違う。

雅樹は考え直した。

奈智よりもずっと年上だ。奈智よりも背が高いし、若いとはいっても、大人の女だ。

だけど、どう見ても顔は奈智にそっくりだし——


「美影奈津」


隣の男が、呆けたような声で呟いた。

「えっ？　あれが？」

そう聞き返して、雅樹は自分が間抜けなことを言ったことに気付く。

「そんなことがあるはずないよ。美影奈津は死んでるんだし」

「いいや」

父親ははっきりと否定した。その目は、女を見据えたまま動かない。

やがて、低い確信に満ちた声が聞こえた。

「あれは、本人だ。当時の——死ぬ直前の美影奈津そのものだ」


耳を澄ませば、茶釜の沸くしゅんしゅんという小さな音がリズムを作っている。

そして、遠くからかすかに響いてくるお囃子の音。

この薄暗い部屋にいると世界はここだけのような気がしてしまうが、確かに外の世界は存在していて、賑やかで華やかな場所で人々が思い思いに楽しんでいるのだ、ということを感じられる。

そして、そんな世界の喧噪から離れたところで、これからひっそりと始まろうとしていることに、奈智はもはや何の迷いもない自分に気付いた。

もっと緊張するかと思っていたが、至って平常心である自分が不思議だった。

「なあ、ホントはお互いの顔が見えないようにあいだに衝立を置いて、腕だけ出すって聞いたんやけど」

奈智は、少し距離を置いて胡坐(あぐら)をかいて座っている、やや緊張した面持ち(おもも)の深志の顔を見た。

「そうや。互いの顔は見ちゃならんし、口もきいちゃいかん」

深志は真面目な顔でもっともらしく頷いてみせる。

奈智は身を乗り出した。

「深志兄さん、これまでに提供者務めたことあるん？」

深志はぎくっとした顔をしたが、渋々認めた。

「うん。一度だけ、ある。奈智、これは、ホントは言ったらいかんことやで」

「ふうん。どうだった？」

奈智はとりあわず更に身を乗り出す。

深志は反射的に身を引き、目を逸らした。かすかに顔が赤くなったのを、奈智は見逃さなかった。

「教えて」

奈智がじっと見つめているので、話すまであきらめないと見てとったのか、深志は小さく溜息をついた。

ふと、遠くを見る目付きになる。

「いや、あれは、ほんまに不思議な体験やった——うんと特別な。よう説明できん。とにかく、強烈な体験だったとしか言いようがないわ」

「へえー」

深志は頭を掻いた。

「正確に言うと、俺はあの時正規の提供者やなかった。奈智も知っとると思うが、提供者が一応決まっているとはいっても、選ぶのは向こうや。中には手当たり次第、いろんなところに潜り込んで毎回提供する相手を替える人もおる。俺にも、そういう人が来たってことや」

「ふうん」

「だから、びっくりしたし、何が起きてるんか分からなかった。今でも、あれは夢やったんやないかと思うくらい。だけど、人から聞いて、そうか、あれが『通われた』ってことなんやなって気がついた」

奈智は結衣の顔を思い浮かべていた。

一足飛びに大人の顔になった結衣。

うっとりとした目で、その体験を語っていた結衣。

「互いに衝立で隠すのは、相手が誰か特定できんようにするのもあるけど、俺は、別の理由もあると思うなあ」

「別の理由て？」

深志はやはり遠い目のまま、首をかしげた。

「やっぱ、ショックやろ」

「ショック？」

「誰かが自分の血、吸ってるところ目にしたら、ショックやないか？」

「ああ」

奈智は頷いた。

「うん。ちょっとびっくりする」

「ちょっとじゃないわ」

深志は苦笑した。

ふと、真顔になる。

「食べる、飲むいうんは、人間の生存に関わることやろ。でも、それって、俺はなんだかすごく何かが剝き出しになった、哀しい行為のように思うんや。だから、見ちゃならんのかなって思った」

「へえ。兄さん、そんなふうに考えてたんか」

「俺の個人的な意見やけどな」

しゅんしゅんと軽快なリズムで、お湯が沸いている。

「なあ、兄さん、ほんとにいいん？」

奈智は改めて尋ねた。

深志は背筋を伸ばし、小さく笑った。

それから、きっとした表情で奈智を正面から見た。

「いいに決まっとるやないか。むしろ、俺以外誰がやるんや、って感じ」

「だけどな、兄さん」

奈智は、ここで初めてためらいの気持ちが浮かぶのを感じた。

「あたしは緩やかに変質が進んどる。最近になって、そのことを自覚するようになった。ちょっとずつ、身体だけでなく、考え方も変わってってるのが分かる。そのこともちょっとずつ受け入れてきているのも分かる。だけど」

奈智はほんの少し躊躇した。

「やっぱり怖いし、嫌なん。トワさんみたいに、浮世離れした、人間らしい感情が薄れた人になっていってしまうのが」

手がかすかに震えるのが分かった。

そう。変わる。分からなくなる。感情がフラットになり、喜怒哀楽がなくなっていく。

愛する気持ち。憧れの気持ち。恥じらいやためらいの気持ちも。

「あたしが兄さんから血を貰ったら、もっとそうなる。そういう予感がする。そうしたら、兄さんかてあたしのこと、きっと気味悪くなる」

声も震えるのが分かった。

心は落ち着いているのに、身体は拒絶しているのだ。

「いいや、そんなことはない」

深志はきっぱりと断言した。

奈智に気を遣っているのではなく、心の奥から出た、確信に満ちた声。

深志は柔らかく笑った。

「俺な、奈智のお父さんとお母さんのこと、覚えとる。ちょっと見ただけやけど、子供心にも、いいな、羨ましいな、本当に互いに信頼しあってるんだなって思った。もうあん時の奈津さんは、すっかり変質が終わってたはずやけど、二人はほんとにいい感じやった」

奈智は胸が熱くなった。

お父さんとお母さん。

お母さんに命を預けて、遠くへ旅立った二人。

「なあ、兄さん」

「なんや」

「ずっと先——かなり先のことかもしれないけど、もしかして——もしかして、一緒に外海に行けるようになったら、兄さんも行ってくれるか？」

深志の目に不思議そうな表情が浮かぶ。

「一緒に外海に？　虚ろ舟乗りでもない俺が？」

「うん。そんな方法が発見されたら、の話や」

今度は奈智が目を逸らした。

深志は疑念を浮かべたまま奈智をじっと見ていたが、こっくりと頷いた。

「うん。行く。奈智と一緒なら、どこへでも行くわ」

「ありがとう」

「それにしても、こんなにだらだらお喋りしとっていいんかな。ほんとは会話もしちゃいけんいうに」

「じゃあ、やっぱり衝立だけ使おうか」

「そやな」

深志と奈智は、部屋の隅にあった、御簾を提げた形の衝立を持ってきた。

「この辺でええか？」

「うん。これなら見えない」

二人のあいだに衝立が置かれると、互いの姿はおぼろげにしか見えない。

不意に、緊張した沈黙が降りた。

今、自分たちは連綿と繰り返されてきた歴史の鎖のひとつになるのだ。

奈智はそっと「通い路」を取り出した。

鈍く光る、勾玉に似た形のそれ。

深志兄さんは、一緒に行くと言ってくれた。

しかし、本当に自分はそれを出来るのだろうか。父と母のように——母のように、愛する人に自ら手を掛け、意識を連れ出すことなど出来るのだろうか。

自分の手がひどく冷たくなっているのを感じた。

冷たい血。

そして、これから吸う温かい血。

「——奈智？」

奈智の逡巡を感じたのか、深志の声がした。
その声がやけに遠く感じられる。
「なんでもない、兄さん」
奈智は低く呟いた。
滑らかで若々しい、男の人の腕。
目の前に、日焼けした深志の腕がある。
それを見ていると、奈智はなぜか泣きたくなった。
さっきの深志の言葉が頭に蘇る。
すごく何かが剝き出しになった、哀しい行為。
手が動いていた。
音はしなかったが、ぶすり、という鋭い音を聞いたような気がした。
深志がほんの一瞬、全身を強張らせる。
すぐに丸く赤いものが盛り上がってきた。
ハッとするほど鮮やかで、艶(つや)やかで、エロティックなもの。
目の前がカッと赤くなったような気がした。
無意識のうちに、そこに唇をつけていた。
その瞬間、もう一度深志の全身が強張るのが分かる。

美味しい。

その衝撃が奈智の全身を貫いていた。

なんという甘美さ。なんという快感。「美味しい」という感激だけが彼女を突き動かしている。

それでいて、奈智は同時に絶望していた。哀しかった。切なかった。

歴史の鎖のひとつになり、果てしなく続く生命の流れのひとつになる——

そのことが、ただひたすらに哀しく、やるせなかった。

深志が小さく呻くのが聞こえた。

彼もまた、奈智と一緒に甘美な衝動に溺れているのを感じる。

彼の中に流れ込み、その逆もまた——

何も考えるな。

今はただ、衝動に流されればいい。目の前の快楽に身を任せていればいい。それから先のことは、後で考えればいい——

そう自分に言い聞かせながらも、奈智はいつしか涙を流していることにも気付いていた。

それがなんの涙なのかは、自分でも説明ができなかったのだが。


翌朝、目を覚ました時、久緒はああ、あれは夢やったんか、と真っ先に思った。

徹夜踊りの群集の中に、古城忠之を見かけたという夢。

しかし、布団の上に起き上がった時には、いや、夢ではなく本当に見たのだ、と気付いた。

昨日の夕方みんなに言われて徹夜踊りを見に行き、紺の浴衣を着て踊る、昔の姿のままの古城忠之を見かけたのだ。

あの時彼女はあまりにびっくりしたので、しばらく呆然としていたが、ハッと我に返って慌てて追いかけてみた時には、彼の姿は消えていた。

確かにいた。すぐそこに。

久緒はしばらくのあいだ踊りの群れを追いかけて、彼が向かったであろう方向を捜してみたが、ついにもう一度彼を見かけることはなかったのだ。

影絵のような踊りの群れだけが、彼女の周りでゆらゆらと揺れていた。

あれはいったい何だったのだろう。

身支度をしながら考える。

確かに古城忠之だったと思う。だが、古城忠之は川べりの石段の崖下に埋まっていたことが判明したばかりではないか。妻を殺して逃亡していると考えられていた彼が、実は妻と同時期に死亡しており、骨となって見つかったのだ。だから、あれが古城忠之であるはずはない。

幽霊？

そう思いついてゾッとする。

もしかして、骨が見つかったからこそ、幽霊となって出てきたのかもしれない。

晴れやかな笑顔で踊っていた姿を思い出す。

見つかって成仏したということ？　だから、懐かしい磐座の地の踊りに混ざっていたのだろうか？

いや、まさか。

久緒は慌ててその考えを打ち消した。

いくらなんでも、幽霊だなんて。

昔の姿のままの、そっくりの人間が存在する。

常識的にいって、説明がつくのは、あれが古城忠之の息子だった場合だ。それならあの若さで、彼とよく似ていても不思議ではない。しかし、彼に息子がいたという話は聞いていない。美影奈津とは初婚だし、子供は娘の奈智一人。

ならば、彼の親戚か？　彼の親戚のことは知らないが、甥（おい）という可能性はあるかもしれない。

それがいちばん理屈の通る可能性だとは思うのだが、それでも久緒の本能の部分が、あれが古城忠之本人だと告げるのである。

あの雰囲気。表情。記憶の中の彼が、そのままあそこで踊っていた、と直感しているのだ。

しかし、どう考えても有り得ないことも同時に承知している。

ならば、いったいどういうことなのか。

なぜあの時、あそこに彼は存在していたのだろう。

考えれば考えるほど矛盾している。混乱が増すばかりなので、久緒は無理矢理考えることをやめた。

今日も忙しい。仕事に集中しなければ。

だが、彼女の頭の片隅では、別の予感もあった。

徹夜踊りだからだ。

祭りの中でも特別な三日間。特別な夜だから、彼は現われた。

ならば、もしかすると、今日と明日の晩にも現われるのではないか——

そんなことをどこかで考えていたのだ。

「おはようございます、久緒さん」

その声にハッとして、顔を上げると、そこに奈智がいた。

久緒はなぜかギョッとした。

そこに立つ少女が、昨日まで彼女が知っていた少女とは別人になったかのように感じたからだ。

この子は虚ろ舟乗りになるんやな、と思った時の表情ともまた違う、今度は明らかに、別の存在になってしまった、とでもいうような。

「ああ、おはよう」

一瞬うろたえて、挨拶が遅れた。

「今日は何かお手伝いすることありますか?」

奈智はそう尋ねた。

「ううん、人は足りてるから大丈夫よ」

「そうですか」

「ええから、朝ごはん、食べて」

「はい」

ああ、「通い路」をつけたのだ、と久緒は直感した。彼女はついに、「通い路」をつけた。

それは確信だった。

奈智が「通い路」をつけることに抵抗し、葛藤していることは分かっていた。さすがにこればっかりは、誰かがアドバイスすることもできないし、助けることもできない。本人の意志となりゆきに任せるしかないのだ。

だが、ついに彼女は足を踏み出した。「通い路」をつけ、真の虚ろ舟乗りになる道へと。

久緒は複雑な気分になった。

祝福と、悲しみと、ほんの少しの嫉妬と。

相手は誰だろう。

廊下を歩いていく奈智の背中を見ながら考えた。

と、向こうから深志がやってきた。

二人がすれ違う際、小さく「おはよう」と声を掛けあうのが聞こえた。

奈智の提供者がどこの誰かは知らないが、そこに通ったのだろうか。

どことなくぎくしゃくとして、よそよそしい雰囲気を感じ取ったのは気のせいか。

「おはよう」

と声を掛けると、彼はハッとしたような表情になり、恥ずかしげにちょっと目を逸らした。

「おはよう」

くぐもった声で答える。

その瞬間、久緒は奈智の提供者が誰だったかに気付いた。


この子か。


その時の衝撃は自分でも意外なほどだった。

二人が惹かれあっていることには気付いていたが、実際、深志が奈智の提供者になったことを知った時に感じたのは、痛いような悲しみであり、その悲しみは嫉妬と憎悪に縁取られていたのだ。

久緒はその衝撃に耐え、押し殺した。

こんなことを思うべきではない。これは、奈智にとっても、深志にとっても、磐座にとっても、喜ばしいことなのだ。奈智は変質体となり、虚ろ舟乗りになる。提供した深志にも、身体が丈夫になるというメリットがあるし、提供者になるのは栄誉でもある。

そう自分に言い聞かせていると、徐々に最初に受けた衝撃が薄れ、代わりにしんとした淋しさが押し寄せてきた。

子供たちは成長していく。自分から離れていく。いつまでもここにいて、自分のものでいてくれると思い込んでいたのに。

その淋しさが、水のように久緒の中を満たした。

ふと、久緒は深志に声を掛けていた。

「あんたら、ゆうべは徹夜踊りに行ったん？」

「あんたらって？」

「あんたと奈智ちゃんや」

深志は動揺した顔になった。

「行っとらん」

「そうか。踊りに行くって言ってたから行ったのかと思ってた」

「そんなことゆうたっけ？」

「言ってたわ」

「そうか」

深志は首を振った。

「あたしも、昨日は久しぶりにちょっと覗いてみたわ」

「え、お母さんも踊ったんか？」

「踊りはしなかったけどね。やっぱり、いいもんやと思ったわ。あんたらも行きなさい。奈智ちゃんにも言っといて。今年の徹夜踊りは、懐かしい人に会えるかもしれん、て」

深志はけげんそうな顔になった。

「懐かしい人？　誰のことや」

「ふふ。さあな。とにかく、懐かしい人や」

「変なの」

深志は首をかしげながら歩き去った。


そう、きっと今日と明日も彼は現われる。

久緒は、深志の背中を見つつ、そう口の中で呟いた。

14

世界の内側に入った。

翌朝目覚めて起き上がった時、奈智は不意にそう思った。

これまでにない、不思議な感覚だった。

徐々に自分が変化していることを自覚してはいたが、こんなふうに感じたのは初めてだった。

昨夜、初めて深志の血を飲んだ時に感じた、自分が歴史の一部になった、という哀しみとはまた別種の感情だった。あの時に感じたのは、確かに絶望であり悲哀だったけれど、今となっては既に過去の感情でしかない。

今感じているのは、何かがカチッと嚙み合わさったという感覚――世界というシステムの内側にいる、という感覚なのだった。

そして、そうか、これが大人になるということなのか、とも思った。

子供というのは、世界の外側にいる。

世界を構成するためのひとつとしては、未完成であるし規格外でもある。まだ世界のパーツになれず、パーツになることに疑問や不安を抱いている。

だから、子供はぎりぎりまで抵抗する。システムの一部になること、世界のパーツになることを。

何より、子供たちが恐れているのは、自分が決して特別な存在ではなく、これまで地上に誕生してきた無数の生命のひとつに過ぎず、これまで存在してきた生命と同じように生まれて消えていく、という事実なのだ。

そのことを認める。

あきらめる、とも、開き直る、とも言っていい。

奈智はついに認めたのだ。

ただ、彼女の場合、そこに「虚ろ舟乗りとして」という但し書きが付いているという違いはあるけれども、ようやくおのれの運命を受け入れた、という感じだろうか。

あんなに恐ろしかった「血切り」も、一度体験してしまえば落ち着いて思い返すことができた。

さんざん抵抗してきた自分のことを思い出すと、些か滑稽に感じられるし、愚かにも思えるし、同時に愛おしくもあった。

あたしは遠くに行くのか、と外を見て思った。

もうすっかり見慣れてしまった、毎日眺めている磐座の風景。

今目の前にこの狭い集落の景色を眺めつつも、その向こうに遠い世界、遠い星の風景が透けて見えるような気がした。

それでも、朝の光の中で久緒の顔を見た時は、思ってもみないほどに動揺したし、なんともいえぬ後ろめたさを覚えた。

なんでだろ。悪いことをしたわけじゃないし、むしろ、このために来ていることは誰もが承知しているはずなのに。

そして、久緒のほうでも、奈智を一目見たとたん、彼女の変化を察したことが分かった。

すごいな、女の人の勘というのは。

内心舌を巻きながら会話を交わし、通り過ぎる。

怖いような、恥ずかしいような、煙たいような気持ち。

と、恐らく同じような気分であろうもう一人の人物がやってくる。

廊下をやってくる深志が、視界の隅でびくっとしたのが分かった。

二人は目を合わせられず、小声で「おはよう」と言ってこそこそすれ違う。

ああ、なんだろう、この恥ずかしさは。

奈智は自分の顔が火照るのを感じたが、その一方で、こんなふうに感じるのも今日だけだという予感が既にある。

あたしは慣れていくのだろう。

心は動かない。

もはや当たり前の日常。

今夜もあたしは深志兄さんの血を飲むのだろう。


徹夜踊り二日目の晩。

やはり暗黙の了解のようにして、奈智と深志は茶室にやってきた。

二人で衝立を運び、その両側に座る。

昨晩とは異なる気まずさがあるもので、なんとなくもじもじとしてしまう。

本当はすぐにでも飲み始めたいところだし、互いにそう思っているのに、昨日と同じく、ボソボソと関係のない四方山話を始めてしまった。

「――そういえば、今朝、お母さんがおかしなこと言ってたわ」

深志が思い出したように呟いた。

「おかしなことって？」

「あんたら、徹夜踊り行ったか、って聞かれた」

「あんたらって、あたしたちのこと？　それで？」

「行ってない、って答えた」

「それはそうだわ」

「そうしたら、行ってみろって言われた。奈智ちゃんにも言っといてって。今年は懐かしい人に会えるかもしらんて」

「懐かしい人？」

奈智は首をひねった。久緒の言いたいことがよく分からない。

「あたしの懐かしい人、ゆうたら」

ぼんやりと、会ったことのない両親の顔が浮かんだ。写真でしか知らない、若い男女としてしか記憶のない顔。

まさかね。

奈智はもう一度首をかしげた。

「なあ」

奈智は衝立の向こうの深志に目をやった。

「久緒さん、分かってたみたい。あたしと深志兄さんが――」

思わず後の言葉を呑み込む。

深志が心得たように頷くのが分かった。

「やっぱ、そうか。俺もそう思った。母親の勘かな」

「うん」

「ひょっとして、徹夜踊り行ったかいうて、カマ掛けられたんかもな」

無言になる二人。

「後で、行ってみるか？」

「うん、もし行けたらね」

「ああ」

ようやく、おずおずと腕が差し出された。

奈智はふと不安になった。

「なあ、兄さん、ゆうべ、大丈夫だったか？　その——あんなに飲んでも」

いったいどのくらいが適量なのか、見当もつかなかったのだ。

先生たちには、落ち着くところまで飲んで構わないと言われてはいたが。他のみんなは、一度にどのくらい飲んでいるのだろうか。

「平気だったよ。むしろ、すっきりした、ゆうか」

「そう？」

「通われると身体にいい、いうのが初めて分かった気がする。血ぃ抜かれたはずなのに、むしろ、なんかあったかくて、いいもんが身体の中に満ちてきたっていうか」

「相場はどのくらいの量なんだろ」

「どうだろう。通われて貧血になったって話は聞いたことないなあ」

「そうか。ならよかった」

「奈智は？」

「え？」

「奈智はどうやった？」

「おいしかった」

我ながら、身も蓋もない答えに赤面する。

奈智が即答したので、深志は絶句し、それから「くっくっ」と低く笑い出した。

「お気に召したようでよかったわ」

笑いながら呟く。

「あんなあ、ホントに素直な感想」

奈智は赤面しながら深志の腕を見つめる。

小さな絆創膏が貼られた腕。

「でも、きっとそういうことなんだろうなあ」

奈智が呟くと、「そういうことって？」と衝立の向こうで深志がこちらを向くのが分かった。

「いろんな人のところに行く人と、同じ人に通う人といるのは、好みの問題なのかなって。お昼にいつも同じメニュー頼む人と、いつも違うもの頼む人がいるのとおんなじなのかなあって」

奈智の頭には、結衣の恍惚とした顔が浮かんでいる。

結衣は恐らく、いつも違うメニューを頼む人なのだ。

「奈智はどっちなん？」

深志が恐る恐る尋ねる。

「同じメニューじゃないかなあ。他の人のところに行くなんて、思いもよらないし」

「そうか」

深志が安堵したのが伝わってきた。

「選ぶのは奈智やもんな。あんな――」

深志は言いさして、ハッとしたように黙り込んだ。

奈智は、自分と深志が同じ人間のことを考えていたことに気付いた。

奈智の本来の提供者である少年のことを。

気まずい沈黙のあとで、奈智はそっと通い路を取り出した。


徹夜踊りに行ってみようとどちらからともなく言い出したのは、もう夜中の零時を過ぎた頃だった。

ふた晩目の「血切り」を終わらせた気安さと、もう慣れたという安堵も手伝っていたかもしれない。

二人で出歩くの、なんだか恥ずかしいなあ、と奈智は呟いたが、その実、そんなには恥ずかしいと思っていない自分にも気付いていた。

どこかふてぶてしく、開き直った――ちょっぴり大人になった自分に。

深志も「大丈夫やろ」と取り合わなかった。

徹夜踊りの晩は、いわば無礼講。いつもは「早く寝ろ」と布団に追いやられる子供たちが、いつまで起きていても怒られない。むしろ、徹夜踊りに参加するのを奨励され、夜中まで踊っていると大人に喜ばれるほどだ。だから、深志と奈智が一緒に踊っていても、特に目立ったり咎められたりすることはないだろう。

「俺、浴衣に着替えてくるわ」

深志が立ち上がった。

「じゃあ、あたしも」

「玄関で待っとる」

「分かった」

それぞれの部屋に引き揚げる。

浴衣に着替えようとして、ふと、奈智は自分の太ももに残っている青いあざに目を留めた。

薄くなってきてはいるが、何かを押し当てたような痕は今もはっきりと目につく。そっと指で押してみると、まだ鈍い痛みが残る。

ざわりと馴染みのある不安が蘇った。

これはいったい何の痕だったのだろう。あたしはいったい何をしたのだろう。

何か重要なことを忘れているような気がして、奈智は一瞬、目の前が暗くなるような強い胸騒ぎを覚えた。

が、首を振り、必死に自分に言い聞かせる。

もう大丈夫、あれは衝動を我慢していた時のことだった。今はもう通い路をつけたのだし、何かよくないもの、木霊が現われるような余地も、その必要もないのだから。

顔を上げ、鏡を前に帯を結ぶ。

だが、鏡の中の顔は、とても「大丈夫」とは思えないような不安げな表情をしていた。

またざわざわと胸騒ぎがする。

大丈夫なの？　本当に？

そっと鏡に触れる。

あたしはいったい何をしたの？　なんで覚えていないの？

不安げな自分の顔から目を背け、奈智は部屋を出た。

大丈夫。あたしはもう大丈夫。

そう呟いている自分の声のか細さは、玄関で待っている深志の顔を見たとたんに忘れてしまった。

「お待たせ、兄さん」

「行こう」

夜の風は心地よく、すっかり気分は落ち着いた。

「兄さん、今日もなんともないんか？」

隣の深志を見上げる。

深志はこっくりと頷いた。

「うん。さっきも言ったけど、なんやむしろ身体がすっきりして、力に満ちあふれとる感じ。それこそ、一晩中だって踊れそうな気がする」

それは、奈智を安心させようとして強がりで言っているわけではなさそうだった。

実際、深志の横顔は潑剌(はつらつ)として、エネルギーに溢れ、目には強い力がある。

あんなに血を失っているのに。

奈智は不思議に思った。

今夜も、つい夢中になって飲んでしまった。あたしは兄さんの血をたっぷり貰っているのだから元気になるのは当然だと分かるけど、なぜ兄さんまで。いったいどういう仕組みなのだろうか。

今更ながら、生命というものの不思議を思う。

世界の不思議を、宇宙の不思議を。

けれど、橋の袂が近付き、橋を渡り、辺りに人が増えるにつれて、やがてそれも忘れてしまった。

遠くからお囃子が流れてくる。わあっという賑やかな歓声も。

お囃子というのは、耳にしただけで身体が浮き立ってくる。

カチカチという、下駄の先が石畳にぶつかる音もさざなみのように聞こえてきて、自然と音のするほうへ引き寄せられていく。

いつしか、深志も奈智も人の波の中に混じって踊り始めていた。

難しい踊りではない。

何曲もあるけれど、見よう見まねでもすぐに覚えられるようなものばかりだ。

最初は戸惑いもあったけれど、何日も目にしているものなので、やがてすぐに何年も踊っていたかのように手足を動かしていた。

深志と奈智は、顔を見合わせ、無邪気に微笑(ほほえ)みあった。

踊る、という行為には不思議な高揚感と、幸福感がある。

いっしんに踊り続けていると、時間の感覚がだんだんなくなってくる。

踊り始めたのは何時だっけ？　もうどのくらい時間が経ったのだろう？

うっすらと頭の片隅でそんなことを考えたが、もはやどうでもよくなっている。

不思議と、疲労は感じなかった。

それこそ、いつまでも踊り続けられるような全能感がある。

なるほど、この全能感を求めて、皆が徹夜踊りを続けているのだ。ずっとずっと昔から――遥かな昔から。

だから、懐かしい人にも出会える。懐かしい人も、この世にいないはずの人も紛れこめる。

懐かしい人に会えるかもしらんて。

深志の声が蘇る。

そう深志に言った久緒は、いったい誰に出会ったのだろう。久緒さんが懐かしいと思うような人は――

ふっと誰かの顔が目の前を過ぎったような気がした。

見覚えのある――

浴衣姿の大きな背中。

奈智は、なぜかその背中に目が引きつけられるのを感じた。

あれは。あの人は。

「奈智？」

踊るのをやめ、誰かを追いかけ始めた奈智を見咎め、深志が背中に声を掛けるのが聞こえた。

けれど、奈智は追いかけるのをやめることができなかった。

なぜかは分からない。しかし、追いつかなければならない、あの背中に。つかまえなければならない、あの人を。そんな衝動だけが彼女を突き動かしていたのだ。

「奈智！」

異常を感じたのか、深志も踊るのをやめて奈智を追ってくる。

大きな背中は、少し離れたところを動いていた。

これだけの人波の中なのに、なぜかその背中だけが柔らかな光に包まれたように光って見える。なかなか近付くことは叶わないものの、それでいて見失うこともなさそうだった。

誰だろう。男の人だ。長身の、まだ若い男の人の背中――

夢中でその背中を追いかけながらも、奈智は薄々どこかで察していた。

あれは、この世のものではない。あの淡い光に包まれた背中の主は、この徹夜踊りという異形の時間だからこそ現われる、今のこの世界に紛れ込んだ者なのだ、と。

その背中は、町の中央の広場に向かっていた。囃子を演奏する人々が乗った山車のほうへ。

あるいは、広場の中心にある、あの星の形をした提灯のほうへと。

淡い光に包まれた背中の動くスピードが少し鈍ってきたように感じる。

広場は更に人で密集していて、そのあいだを通り抜けるのが難しくなったのだ。

もう少し。もうすぐ追いつく。

奈智は焦りながらも、必死に前に進んだ。

本当に、広場はすさまじい人口密度だ。これだけの人が踊りながら進んでいるのだから、手の振りをするので精一杯である。少しでも気を緩めたり、振りを大きくしたりすると隣の人にぶつかってしまう。

その背中は広場を横切って、今まさに抜けようとしているところだった。

「待って！」

奈智は叫んでいた。

「そこの人、待って！」

なんと呼びかけたらよいのか分からず、もどかしくなる。

ふと、浴衣の柄がはっきりと目に入った。
あれは。
「お願い！　そこの、麻の葉の柄の浴衣の人！」
そう大声で叫んだ時、その声にハッと反応し、こちらを振り返る気配を感じた。
それを無視して通り過ぎる奈智。
が、次の瞬間、強い力で腕をつかまれ、引き戻されたので面喰らう。
「おい！」
鋭い声。
奈智は振り向いた。
そこには、怒りと焦燥に満ちた、一対の目があった。
奈智は怯えて、思わず身体を引いた。
しかし、相手は腕をつかんだまま放さない。

城田浩司。こんなところで。

踊り狂う祭りの雑踏の中、そこだけ凍りついたように二人は見つめあっていた。

奈智は、その瞬間、文字通り頭の中が真っ白になって、恐怖のあまり縮み上がってしまった。
城田浩司の目があまりにも怖く、奈智に対してひどく腹を立てていることを見てとったからである。

その一方で、彼が焦燥した様子であることにも気付いた。

「どうして」

浩司はそう強い口調でいいかけて、すぐにその先の言葉を呑み込んだ。

むろん、その先の言葉は奈智にもすぐ分かったし、二人で同時に気まずくなって目を逸らしていた。

どうして自分のところに来ないのか。

それは、プライドの高い少年が口に出せることではなかった。しかし、奈智には痛いほど分かった。そのことを強く非難されていること、そして彼がずっと奈智を待っていたこと、つまり、彼が奈智に「血切り」を強く望んでいることを。

顔が熱くなり、頭が混乱した。

城田浩司が奈智に好意を持っている。

むろん、彼が提供者になったことからその可能性は考えないでもなかったが、ここまではっきりとその意志を示されるとは思ってもみなかったのだ。

つかまれた腕が熱く、痛かった。

どうなのだろう。彼のところには、今夜、誰か「通った」のだろうか。それとも、ただじっと待ち続けているのに疲れて、徹夜踊りに出てきたのだろうか。

彼の顔を見た限りでは、そのどちらかなのかは分からなかった。

ぐいぐいと身体を押されるのは、周囲で踊る人々が渋滞しているからだと気付く。

「おい」

「そこ、詰まってるぞ」

「少しあいだ空けろ」

などと、指示する声が飛び交う。

奈智は浩司の手を振りほどこうとしたが、彼は頑として放さないので、人の波に合わせて少しずつ移動していくしかなかった。

どうしよう。あの麻の葉の背中はどこに行ってしまったのだろうか。

奈智はきょろきょろと辺りを見回した。

こんなに密集していては、ほんの少し先も見えない。

深志兄さんは？

と、奈智は少し離れたところで奇妙なものを見た。

何かがすうっと垂直に上がっていく。

え？

奈智はそれに目を留めた。ほんのり金色に輝く、何かが。

それは、あの麻の葉の背中に見えた。

麻の葉の模様の浴衣を着た男が、ふうっと宙に浮かんだのである。金色の柔らかい膜のようなものに包まれ、少しぼやけた輪郭の男が。

奈智はあっけに取られた。

見る間に、その男はお囃子方でいっぱいの山車のてっぺんにスッと着地したのである。

こちらに背を向けているので、その顔は見えなかった。

しかし、明らかに、男はそこにいた。

平然と、静かに、金色の膜に包まれて山車の上に立っている。

何かの見間違いかと、奈智は目をぱちくりさせた。

それとも、何か背中に縄でも結わえられているのだろうか？　歌舞伎の宙乗りみたいに、クレーンか何かに引っ張り上げられて、あそこにいるのだろうか。これは何かの余興なのだろうか？　本物のお芝居なのか？

混乱しつつも、辺りの状況のほうが不可解だった。

あの男に気が付いている者は、他にいないようなのである。

お囃子方も、平然と演奏を続けているし、周りの人たちにもそれを見咎める声は上がらなかった。

そんな馬鹿な。あたしだけに見えている？

奈智はずっとその男に目を向けていたが、人混みに揉まれて、つかまれた腕がねじれて激しい痛みが走り、思わず顔をしかめた。

痛みとともに、不意に怒りが湧いてくる。

「放して！」

奈智は叫んでいた。

と、近くにいた影がビクリとしたのが分かる。

つかんでいた手が緩み、奈智はサッと腕を抜いた。

思いがけなく、浩司はすぐそばにいた。

驚いた顔が奈智を見る。

その驚いた表情を見たとたん、余計に怒りが弾(はじ)けた。

「選ぶのはあたしのはずや――そうでしょう？」

そう低く叫んでいた。

「あたしはもう選んだ。あたしが選んだのは」

奈智は、ふと、自分が涙ぐんでいるのに気付いた。

そう、悩みに悩んで、苦しんで苦しんで、自分がバケモノになるという恐怖と戦って、ようやく心が落ち着いた先は——


「奈智！」


鋭い叫び声に、奈智と浩司は同時に目をやった。

エアポケットのようにほんの少し空間が開き、そこに深志が走りこんでくるのが見えた。

奈智の顔がパッと輝くのを見て、浩司は驚いた顔になり、次に傷ついた表情になった。そう、彼も察したのだ。

奈智が誰を選んだのかを。

「深志兄さん！　ここにおる！」

奈智も叫んだ。

が、奇妙なことに、深志の視線は宙を見ていた。

ずっと高いところ。

「奈智、あれ、何や。あそこに誰か立っとる」

深志は奈智の声に気付いていたが、不可解そうな表情で、宙に目をやったままだ。

奈智はハッとして振り返る。

まだあの男は山車の上に立っていた。いよいよ金色の膜が輝いているように見える。

奈智は声もなく「アッ」と叫び、もう一度深志を見た。

深志もあの男を見ている。深志にも、あの男が見えるのだ。

やはり兄さんとあたしは。

奈智は胸が躍るのを感じた。

「おい、下がれ！」

「危ないぞ」

「誰か誘導してくれ。詰まりすぎだ」

「下がれ下がれ！」

緊迫した声が上がる。

また人の流れが止まり、密集してきた。

いたた、苦しい、という声も上がる。

「押すな」

「押さないで！」

深志はようやく視線を宙から降ろし、奈智を見つけ、「奈智」と手を伸ばしてきた。

「兄さん」

奈智もそちらに行こうとする。

深志が、ハッとして険しい顔で足を止めた。

奈智のそばにいる浩司に気付いたのだ。

二人の目が合ったのが分かった。

奈智は思わず振り向いた。

浩司の表情は複雑だった。青ざめているようにも、赤く染まっているようにも見える。もごもごと口を動かすが、声は出ない。

再び深志を見ると、かすかに彼が微笑むのが見えた。

それは、明らかに勝ち誇ったような表情だった。

奈智が選んだのは俺や。

そう彼が言ったのが聞こえたような気がした。

その時、ぎしっ、という大きな音がして、皆がハッとした。

「あぶなーい！」

「よけろ！」

「倒れるぞ！」

悲鳴と怒号でお囃子が聞こえなくなる。そして、ぐらりと山車が揺れるのが見えた。

ありえない角度で傾き、そのままゆっくりと倒れこんでゆく。

てっぺんにいた金色の男も、ひどくゆっくりと傾いていった。

倒れこむ屋根から、ふわりと宙に浮く。


「奈智、危ない！」

深志の声と悲鳴が混じりあい、奈智の視界が不意に暗くなった。

それから後に起きたことは、そのさなかには永遠にも思えたのだが、振り返ってみるとせいぜい十分から十五分という時間に過ぎなかった。

奈智は、最初何が起きたのか分からず、頭の中が真っ白になった。

音も消えた。

辺りに凄まじい悲鳴と怒号が渦巻いていて、あまりの喧噪に却って無音状態のように感じられたのである。

折り重なって人が倒れていた。

山車が倒れて、たくさんの人が下敷きになっていると気付いたのは青ざめた顔の深志をその中に見つけた瞬間だった。

目は閉じられ、こめかみには一筋の血が流れている。

その血ですら、色を失い、奈智の目にはモノクロのように映っていた。

何か硬いものが腕に当たっている、と思って目をやると、横笛があった。山車の上で演奏していたお囃子方の誰かが落としたのだ。演奏していた人も落下したかもしれない。

その笛を目にしたのと同時に、頭に深志の声が繰り返し重なり合って響いた。


奈智、危ない！　奈智、危ない！　奈智、危ない！


奈智は全身ががくがくと震えだすのを感じた。

あたしを突き飛ばして、替わりに下敷きになった。

あたしの替わりに。あたしのせいで。

奈智は必死に深志に向かって手を伸ばした。

泣きたくなる。というよりも、既に泣いていた。

こんなのイヤだ。こんなのはダメ。

青ざめた顔。ひとすじの血。

あたしの替わりにこんな目に遭うなんてことは、絶対に。

閉じられた目。ひとすじの血。

山車の周りに人が集まって、山車を起こそうとしているのを感じる。

だけど、深志はぐったりとして、目は閉じられたまま、そのままずうっと地の底に沈みこんでいってしまいそうに見える。

呼吸しているのだろうか？

かすかに開いた唇はぴくりとも動かない。

まさか、まさかそんな。

死。

奈智は叫び出したくなった。

まさかそんな。ほんの数分前まで言葉を交わし、すぐそばで体温を感じていたのに。

あの温かい血を唇に感じ、味わっていたというのに。

そのことを思い出したとたんに、全身がカッと熱くなり、唇に深志の血の味が蘇った。

ダメ。そんなことは、絶対にダメ。

誰かが奈智をその場から引き剝がそうとしていた。

下がれ、下がれ、と叫んでいる声がどこかで聞こえたような気がする。

いや、と奈智は首を振っていた。

ダメ。あたしは、深志兄さんを置いてはいかない。

奈智は全身の力を込めて腕を伸ばし、だらりと宙に伸びた深志の腕を包む浴衣の袖をなんとかして摑み取った。

触れたい。兄さんの腕に。なんとかして、触れたい。

奈智は浴衣の袖を引っ張る。

ぱたりと深志の腕が落ちて、奈智の手に触れた。

温かい。

奈智は必死に力を振り絞り、深志の腕をつかんだ。


あたしは、兄さんを置いてはいかない。


そう頭の中で叫んだ瞬間。

ごおっという音を耳元で聞いた。

衝撃、眩暈、混乱、鳥肌、恐怖。

奈智は自分の身体が暴力的なまでの勢いで垂直に上昇するのを感じた。

上昇、である。こめかみにかすかな痛みを感じた。

飛んだ、と言ってもいい。

しかし、深志の腕は放していない。深志も一緒に上昇しているのを確信する。

上がる。

周りの景色は、まるで漫画のように一面の黒い縦線だった。

凄まじい勢いで上昇しているのだ。

そのスピードの中で、ほんの少しだけ下に目をやることができた。

倒れた山車、その周りの人々がどんどん下に遠ざかってゆく。

あっというまにそれらの景色は小さな点になった。

どこへ。どこに。

なんの力も入れていないのに、スピードは緩む気配がない。

周囲に白い雲が湧き、その中に突っ込むのを感じた。

厚い雲の層を抜け、更に上へ。

抜けた。

開けたところに出る。

この開けた場所、暗くてどこかが明るい場所は——


「奈智？」


その時、深志の声を聞いた。

ハッとして見下ろす。

奈智のすぐ下で、深志がこちらを見上げている。

その声は、直接奈智の頭の中に聞こえていた。音ではなく、直に奈智の心に向かってとびこんできたのだ。

「奈智？」

きょとんとした顔の深志は、自分の身体を見下ろし、そしてその下を見た。

奈智も一緒に、深志の視線の先を見る。

海岸線が見えた。あれはどう見ても、地理の授業で地図帳にあった、日本の関東地方の海岸線だ。

夜なのでぼんやりとしてはいるが、都市部の明かりがキラキラとちりばめられているのが分かる。

うっすらと雲が掛かっていて、端っこのほうはよく見えない。

そして、海岸線と陸地がかすかにカーブしているのが見て取れた。

地球。


「これ、夢か？」

深志がぼんやりと呟いた。

奈智は答えることができない。思い出したように深志の腕を引っ張り上げると、難なく深志の顔が上がってきて、奈智は震える手で深志の肩に手を回した。

深志のほうも、「よいしょ」と体勢を整え、奈智の背中を抱きかかえて、小さな溜息をつく。

「夢――にしても、こんなめちゃくちゃな、しかも雄大な夢を見んのは初めてや」

深志はあきれたような声を出した。

「さっきは磐座におったよな？　徹夜踊りで、城田に会って、ぎゅうぎゅうづめになって、将棋倒しに」

「兄さん、ごめんな。兄さんがあたしを突き飛ばしたばっかりに」

奈智はぎゅっと深志の頭を抱き締めた。

深志は「あっ」という顔になる。

「そうや、奈智を突き飛ばした。だけど、その前に何かおかしなことがあって——ええと、なんだっけ——何かおかしなものを見て、それに気を取られて」

深志は記憶を探る表情で、必死に何かを考えていた。

「おかしなもの」

奈智も繰り返す。

そうだ、そもそもあんな密集した徹夜踊りの広場に飛び込んでいったのは——

奈智と深志は、同時に「アッ」と叫んでいた。

麻の葉の柄の背中。金色の膜。

「奈智。深志君」

突然、頭の中にその声が飛び込んでいた。

それは深志も同じだったらしく、二人でハッとして同じ方向に目をやる。

宇宙空間の暗がりに、もうひと組の男女が浮かんでいた。

くっきりしているような——それでいてまぼろしのような。

浴衣姿の、若い男女が。

奈智と深志のように、しっかりと互いの身体を抱えて、こちらをじっと見据えている、どこか懐かしい二人が。

奈智と深志は、身体を硬くして、互いに一層強くしがみついた。

が、二人は静かにこちらを見つめている。

かすかな笑みを浮かべ、奈智と深志をじっと注視している。


「おとう――さん?」


奈智はそう呟こうとしたが、喉の奥に何かがつかえる心地がして、そう口に出せたのかどうか分からなかった。

「奈智――大きうなったな。深志君も」

突然、柔らかい別の声が頭に飛び込んできた。

その声を聞いたとたん、奈智はどっと涙が込み上げてくるのを感じた。

それが母の声だと悟ったからだ。

「おかあさん」

奈智は叫んでいた。

深志がハッとしたように奈智を見て、それから目の前の男女を見た。彼もまた、そこにいるのが奈智の両親だと気付いたのだ。

「今までどこにいたの? どうしてあたしのところに来てくれなかったの? 美影旅館にいることは知ってたんでしょ」

奈智は涙ながらに問い詰めていた。

母は少し悲しそうに微笑んだ。

奈智はハッとした。

確かに、今お母さんの表情が変わった。虚ろ舟乗りは感情がフラットになると聞いていたのに。

ちらりとトワの顔を思い浮かべる。

トワは少なくともそうだった。何か、近寄りがたい、人間的な感情を超越したものがあった。だけど、お母さんは——

「あたしたちは、トワよりもずっと遅れて、一昨日着いたの。トワはこの航法のパイオニアで——誰もまだトワのようには移動できない」

航法。ダークマターとダークエネルギーを利用して、宇宙を旅する。

ああ、お母さんたちもそうやって戻ってきたのだ。

「しかも、まだ誰もトワのようには完全に実体化できないの。あたしたちは、どういうわけか、夜中の数時間しか実体化できない。もちろん、真っ先に奈智のところに行きたかった。けれど、どういう反応をするか分からなかったし、あたしたちも実体化に慣れる必要があった。それで、徹夜踊りを試してみることに」

実体化。

確かに、お父さんとお母さんは、どことなく影が薄いというのか、存在感が希薄だった。今目にしている姿も、輪郭が淡くてそのまま透き通ってしまいそうな感じだ。

「お父さんの——その、身体が見つかったよ」

遺体、と言いかけて、奈智は口ごもった。

「トワに聞いたよ」

父が頷き、小さく首を振る。

「僕が奈津を殺したことになっていたらしいね。まさかそんなふうに言われていたとは」

「どうして——どうして、あたしを置いていったの。せめて、何か言い残してくれればよかったのに」

ついつい恨みごとばかりが口を衝いて出てきてしまう。

「そやな。そう思うやろうな」

母は再び顔を曇らせ、目を伏せた。

「だけど、あれは初めての体験で、いったいどうなるのか誰にも分からなかった。あたしは一人で外海に出たくなかった。どうしてもこの人と一緒に行きたかった。そのことで頭がいっぱいだった」

「すまなかった、奈智」

父が頭を下げる。

「淋しい思いをさせたな。だけど、勝手な言い草かも知れないが、奈智は必ずや虚ろ舟乗りになると思っていた。僕らは、いつか必ず、奈智に会えると信じていた」

再会。

確かに、こうしてこんなところで再会している。

奈智は周囲を見回した。

こんな宇宙空間で、浴衣を着た四人が話をしている。しかし、全く恐怖も感じないし、何か満たされたような心地でいるのが不思議だ。

「お父さんは——誰やの？」

そんな疑問が口をついて飛び出していた。

「素姓が分からない、不思議な人やったと聞きました。お父さんは何者なの？」

父は、視線を落とし、淋しげな顔をした。

「何者か——それは僕も知りたかったな」

「え？」

奈智が聞き返すと、父は淡々と続ける。

「僕は磐座で生まれた。磐座城の前に捨てられていたんだ」

捨て子？

「手紙があったらしい。匿名の、母親が書いた手紙。僕は、キャンプ生とブドウとのあいだに生まれた子だと」

「ええっ」

奈智と深志は思わず声を上げてしまった。

「ブドウだった彼女は、通ってくるキャンプ生を好きになってしまい、どうしてもあきらめられずに思いを遂げたのだと。まさか妊娠すると思わなかったし、産んでも育てることはできないと」

せいぜい十四、五歳のキャンプ生と提供者。許されるはずもない。

「研究者は色めきたったそうだよ。変質中のキャンプ生とブドウとの子だなんて、そりゃあどんな身体なのか知りたいに決まってる」

父は自嘲気味に笑った。

「僕はツクバに引き取られ、あらゆるデータを取られて育った。磐座城の前で見つかったから古城という名字を付けられ、僕一人の戸籍を与えられてね」

たった一人の戸籍。係累がいないのはそのせいだったのか。

「磐座には何度も行った――どこかに母親がいるのではないかと。会えば分かるのではないかと、歩き回ったよ。キャンプ生に嫌悪感があったのでキャンプ行きは断ったけど、ブドウになるのはどんな気持ちだろうと、無理を言って何度か提供者をやらせてもらった。研究も始めた、虚ろ舟乗りの意識の変化について――そして、奈津に出会った」

父はそっと母に目をやった。

「好きになってしまった。別れが定められている人を。母の気持ちが分かったような気がしたよ――思いを遂げたい。離れられない」

「――どうしても連れてゆきたい」

溜息のように母が続けた。

連れてゆきたい。

奈智の頭には、その言葉が残響のように尾を引いていた。

そして、すぐそばにある深志の横顔が目に入り、腑に落ちた。

「――これが、連れていく、ゆうことなんね」

深志が穏やかな目で奈智を見る。

あたしは兄さんを置いてはいかない。

さっき、あたしは必死に手を伸ばし、固く固く決心した。ああいう気持ちをお母さんもお父さんに対して抱いていたのだろうか。

母はこっくりと頷いた。

「そうや。あんたは凄いわ。その歳で、もうここまで飛べる。あんたなら、もうトワと一緒に外海に行ける」

「君たちは、通い路をつけたんだね」

父が静かに言った。

奈智と深志はハッとして、顔を見合わせた。

なぜか恥ずかしくなり、互いにパッと目を逸らす。

「ええやないの。だからこうして、連れてこられた」

母が微笑む。

「そう、兄さんは山車の下敷きになって――ぴくりとも動かなくって――こうして、連れてきてしまって大丈夫なんやろうか。ひょっとして、もう」

奈智はゾッとして言葉を濁した。

父と母は外海に出て、後には遺体が残された。


ひょっとして、あたしたちも？


奈智は思わずぎゅっと深志の身体を抱き締めた。

深志が戸惑ったように奈智を見る。

こうして体温を感じ、呼吸を感じているこの身体はいったい？　下ではどうなっているの？

「大丈夫、すぐに戻れるわ――ほら、もう戻り始めているでしょ――最初のうちは、そんなに長時間はこうしていられないのよ」

「あっ」

確かに、少しずつ身体が落ちていることに気付いた。

みるみるうちに、地表が近付き始める。

父と母を見上げる。

二人はまだそこにとどまっていた。

「明日の晩、美影旅館を訪ねていくわ」

「トワも一緒に。その時、またゆっくり話そう」

二人の声が降ってきた。

「お父さん、お母さん」

遠ざかる二人に、奈智は叫ばずにはいられなかった。

若いままの両親、初めてなのに懐かしい二人。

奈智と深志の墜落は、あっというまに加速した。

落ちる――落ちる――落ちる。

気が付くと、奈智はワアッという悲鳴と喧噪の中にいて、全身汗まみれになっていた。

戻ってきた。

それまでにいた宇宙空間とのあまりの違いに動揺して、周りを見回す。

さっきまでぎゅうぎゅうづめだった広場は、少しスペースが出来て、人がざわざわと動き回っている。

遠くから救急車のサイレンが聞こえてきた。

兄さん？　兄さんは？

奈智は更に周囲を見回した。

見ると、広場の端に人垣が出来ていて、その前に何人かの人が横たわっている。

その中には青ざめた顔の深志の姿も含まれていた。

「兄さん！」

奈智は転がるように駆け寄ろうとして、捻挫したらしい足首の痛みに顔をしかめた。が、足を引きずりながらも深志に近付いた。

「おい！　大丈夫か？　おい！　聞こえてるか？」

誰かが深志の耳元に呼びかけている。

深志の身体がぶるっと震え、薄目が開かれた。

「兄さん！」

奈智は深志のそばにひざまずく。

ぼんやりと夢見るような目が泳ぎ、やがてしっかりと見開かれ、その視線が奈智をとらえた。

「兄さん！」

奈智は深志の手を握った。少し遅れて、握り返してくる。

安堵のあまりに、涙が零れるのを感じた。

「奈智か」

深志は低く呟いた。

「――さっきは、空におったな」

「ああ、そうや」

「二人に会うたな」

「うん」

あれは夢ではなかったな、と深志の目が奈智に言っていた。

そう。夢ではない。

奈智は何度も頷いた。

救急車のサイレンがどんどん大きくなり、広場の喧噪を掻き消した。

かなりの怪我人が出たものの、不幸中の幸いとでも言おうか、重傷者はいなかった。

あれだけの重さの山車が倒れたのだから、もっとひどいことになっていても不思議ではなかったのに、完全には倒れずにポストにぶつかって止まったことが幸いした。

深志も倒れた衝撃でつかのま意識を失っていたが、目を覚ましてからは特に症状は見られず、大事を取ってひと晩病院に泊まり、翌朝検査を受けたが異状なしということで家に帰された。

ひっきりなしにやってくる救急車の赤い回転灯、騒然とした広場、運ばれていく深志、駆け回る人々、真っ青な顔で駆けつけた久緒。激しく揺れている提灯――

それらの光景は、なぜか音のない映像で奈智の前を流れていった。

ごく短時間のうちに、あまりにもいろいろなことが起きたので、脳が情報を処理しきれなかったのかもしれない。

夜中にへとへとになって美影旅館に辿り着いた時は、思わずぐったりと玄関に座りこんでしまった。

鼻緒を挟んだ両足の指が、赤くなっていて痛かった。

苦労して下駄を脱ぎ、のろのろと痛む足をさする。

さまざまなイメージが頭の中を駆け巡り、目を閉じているのにやたらとうるさく感じてしまう。

奈智は自分の頭をとんとんと叩いた。

あれは夢だったのだろうか。

本当にあったことだったのだろうか。

ひょっとして、あたしも深志兄さんと一緒に気絶していて、同じ夢を見ていたのではないか。

何度も瞬きをし、深い溜息をつく。

奈智は自分の掌を見下ろした。

この手で、深志兄さんの腕をつかんだ感触は、今も鮮明に残っている。

凄まじいスピードで上昇していった、あの空を切る感じ。

宇宙空間での不思議な浮遊感。

頭の中に響いてきた両親の声。

さっきは空におったな。

地上に戻った時の、深志のあの落ち着いた声。


本当に、本当に、起きたことなのだ。


奈智は、不意にぞくりと悪寒を感じて両腕を抱えた。

あたしは飛んだ。宇宙空間まで飛んだ。あたしは飛べる。外海まで、ずっとあのまま飛んでいける——

それが何を意味するのか、今は考えたくなかった。この先、自分がどうなるのか、どうなっていくのか。状況も未来も把握できなかったし、把握すること自体、身体が、意識が拒んでいた。

連れていく。意識を、兄さんを、連れていく。宇宙の彼方、外海の遠い彼方へ。

すうっと背筋が冷たくなる。

あの時は無我夢中だったけれど、本当にあたしには、兄さんを連れていく覚悟があるのだろうか？

あの時の激しい衝動が、今では嘘のようだった。

お母さんたちのように？

両親の顔を思い出そうとしてみるが、なんだかぼんやりして浮かばない。

あたしを置いていった、あのお母さんたちのように？

奈智は胸がちくりとするのを感じた。

会えて嬉しかったという気持ちと、割り切れない恨めしさとが、もやもやと身体の中で入り混じっている。

あたしはずっと一人ぼっちだったのに。

どちらかといえば、今は恨めしさのほうが勝っていた。

だけど——確かに、たった一人で宇宙空間を渡っていくなんて、想像もできない。誰かと一緒に——愛する人と一緒でなければ耐えられないと思うのも当然といえば当然ではないか。

あの寄る辺ない、あまりにも巨大な空間。

奈智は宇宙空間での感覚を思い出そうと試みた。

ふと、気にかかることを思いつく。

それにしても、お父さんもお母さんも、トワとはずいぶん感じが違っていた。あたしが言うのもなんだけど、若いままというか、幼いままというか、トワの超然とした感じに比べると頼りないというか、初々しいというか——もっと人間ばなれしていると思っていたのに。

ようやく、動く気力が湧いてきて、奈智はのろのろと立ち上がり、自分の部屋に向かった。

と、机の上に書置きがある。

久緒が書いたものらしい。


「校長先生から電話がありました。あした、朝八時にお城に集合だそうです」


朝八時にお城に集合。

奈智は首をかしげた。

もう、キャンプは自由行動のようになっていて、行っても行かなくても構わないということになっていたはずだ。特に、皆が「通い路」につけている今、昼間は寝ているキャンプ生も多いのではないか。

何か不穏なものを感じて、奈智はしばらくのあいだ、その書置きをじっと見つめていた。


翌朝、寝不足でどんよりした頭を抱えつつ、奈智は捻挫した足首をかばいながらお城への坂道をのぼっていた。

ここを歩くのは久しぶりのような、そうでもないような、奇妙な感じだ。

寝不足なのは奈智だけではなかったようで、そこここを重い足取りで坂道を行くキャンプ生たちの姿がある。

特に徹夜踊りのあいだは、夜通し集落全体が起きているようなものだから、「血切り」の興奮もあって、頭がずっと起きたようになっている。

そんな中で、誰もが寝ぼけたような顔で、大儀そうに足をひきずっていた。

同時に、奈智は奇妙な一体感のようなものも覚えていた。

ああ、あたしたちは変質してしまった。

あれほど拒絶していた「血切り」。あれほど結衣たちに感じていた違和感。

そういったものが、既に思い出せなくなっている。あの拒絶感、恐怖心、絶望はいったいなんだったのだろう。今はどこに行ってしまったのだろう。

なんとか心の中に再現してみようと思ってみても、何も感じない。心が動かない。

これが変質する、ということなのか。

奈智はそっと辺りを見回した。

覇気のない、無表情といってもいい彼らは、驚くほど皆似たような顔に見えた。

あたしもあんな顔をしているのだろうか――いや、きっとああいう顔をしているのだろう。

あたしたちは変わってしまった。あたしたちは変わっていく。あたしたちは、フラットになる。

あたしたちは虚ろ舟乗りになる――

何もざわざわしたものを感じないのは、疲れているせいなのか、虚ろ舟乗りになりつつあるからなのか。

奈智はもうそんなことを考えるのにも疲れていた。

奇妙なことに、誰も互いに声を掛けなかった。

結衣が前にいることにも気付いていたが、奈智も声を掛けようとは思わなかったし、たぶん向こうもそうだったろう。

その沈黙は、みんながキャンプに辿り着き、一堂に会した時も変わらなかった。

奇妙な無関心、奇妙な沈黙。

目礼すらも交わさず、みんながそこここに腰を下ろしているさまには、不思議な虚無感すら漂っていた。

抜け殻。

奈智はそんな感想を持った。

あたしたちは皆、抜け殻だ。もはや、バケモノですらなく、糸の切れたあやつり人形のように、力なくへたりこんでいる。

ぱたぱたぱたと、慌しい足音が重なりあって聞こえ、皆がようやくそれに反応して、背筋を伸ばし、座り直した。

ガラリと障子が開き、校長先生と富沢先生、真鍋先生が小走りに入ってきた。

皆がどんよりした声でおはようございます、と唱和する。

「おはようございます。早くに済まんかったね」

校長先生が、穏やかに笑い、ちょっとだけ会釈した。

その表情に、奈智は違和感を覚えた。

何かをあきらめたような――いや、違う、何かを悟ったような――これまでに見たことのない微笑みだったような。

「皆にこうして集まってもらったのは、急に決まったことがあったからです」

校長先生は、ぐるりと皆を見回した。

穏やかでも、校長の視線は鋭く、誰もが射抜かれたような気がして、しゃんと背筋を伸ばした。

校長は、他の二人の教師と顔を見合わせ、小さく頷いた。


「今年のキャンプは、明日で打ち切ります。もう終わりです」


ええっ、とどよめきが上がった。

どうしてー、という悲鳴のような声も上がった。

校長は「もっともだ」というようにこっくりと頷いた。

「事情が変わったのです」

校長は静かな声で言った。

事情、という言葉がやけに不吉に響く。

「とても大きな事情で、とても大事な事情です。それは、明日説明します。そして、キャンプを打ち切るにあたって、皆に明日、やってもらうことがあります」

奈智たちは、今朝初めて互いの顔を見て、その目の中にある不安を確かめあったのだった。


「あら、もう戻ってきたん？」

朝、家を出てから一時間も経たないうちに狐につつまれたような顔で帰ってきた奈智を、久緒はびっくりした顔で迎えた。

「キャンプ。終わりなんだって」

奈智はきょとんとした顔で答える。

「え？」

負けず劣らず、久緒もきょとんとした顔だ。

「明日で終わりなんだって。今年はもう打ちきりって」

「ええ？」

玄関で、久緒は反射的に身を乗り出した。

奈智の顔を穴が開くほど見ていた久緒は、それが冗談ではないと気付いたらしい。

「どうして？」

奈智は大きく首を振った。

「さあ、よく分からない。でも、明日は何か大事な事情があるって言ってた」

「大事な事情って？」

「分からない」

沈黙。

「そう——なんなのかしらね。そんなん、初めて聞くわ」

互いの顔に戸惑いの表情を見ながら、なんとなくうやむやになって、奈智は家に入り、久緒は旅館のほうに引き揚げていく。

奈智も自分の部屋に引き揚げたが、校長や他の先生方の、一様に悟ったような顔が頭から離れない。

ぼんやりと座りこんだまま、胸騒ぎばかりが全身を満たしている。

明日で終わり。これは、いいことなのだろうか？　まだみんなが完全に変わったとは思えないのに打ち切りになるというのは、決していいことではない気がする。

では、悪いことなのか？

奈智は首をひねった。

いや――先生方の顔は、どちらかといえば清々しい雰囲気だった。悪いことでもない気がする。

いったい明日は何が待っているのか？　何が起きるのか？

ここ数日の出来事だけでも消化しきれないのに、キャンプで思わぬことを告げられて、ますます混乱と不安が募る。

ふと、空腹を感じて時計を見ると、部屋に戻って二時間近くも考え込んでいたことに気付いた。

何かおなかに入れようと立ち上がると、足が強張っていて驚く。

下に降りると、頭に包帯を巻いた深志が、やはりお昼を食べようと思ったのか台所に入るところが見えた。

「兄さん、具合はどう？」

声を掛けると振り向き、奈智を見つけて苦笑した。

「もうなんともない。この包帯、大袈裟や」

昼下がりの旅館は、人気がなく、ぽっかりと間延びした静けさが漂っている。

奈智はそうめんを茹でながら、深志にキャンプが打ち切りになったという話をした。

「打ち切り？　明日で？　そんなん聞いたことないな」

眉をひそめて久緒と同じことを言う深志は、表情まで久緒に似ていた。

「兄さんは、なんだと思う？」

そうめんの入ったガラスの器をちゃぶ台に置き、二人は腰を下ろした。

「うーん。事情が変わった、ゆうたな。大事な事情やと。でもって、明日やってもらうことがある？　キャンプ生に？」

深志は自問自答しつつ、そうめんをすする。

突然、手が止まった。

「なんだろう。まさか」

「まさか、何？」

深志のただならぬ口調に、奈智は思わず顔を見る。

「いや、そんな。なんでもない」

深志は首を振った。

「それより、奈智、ゆうべのあれ——覚えてるか？」

「ゆうべのあれ？」

奈智はぎくりとした。

あの、上下左右に開けた巨大な空間。

不意に眩暈がした。あの場所に行き、そして落下して戻ってきた——

深志の声が聞こえる。

「あの時、二人がゆうたろ。明日の晩、美影旅館に行くって」

「あっ」

奈智は目をぱちくりさせた。

確かに、そんなことを言っていた。深志も同じことを聞いたのだ。

「うん、言ってた。でも、ホントに？　ホントにここに来るの？」

二人は顔を見合わせた。

まだ実体化が不十分だと言っていた二人。いったいどんな姿で、どんなふうにやってくるというのだろう。何より、あれが本当にあったことなのかどうか、自分たちも未だに半信半疑なのだ。

もしも本当にやってくるというのならば――

二人はもう一度無言で顔を見合わせたが、互いの目の中にその答えを見つけることはできなかった。


夕方、思わぬ来客があった。

「ごめんください。高田奈智さん、おられますか」

まかないの手伝いをしていた奈智は、玄関から聞き覚えのある声がしてハッとした。

あの声は。

先に久緒が出る。

「あの、あなたは」

戸惑いの声が上がるのを聞いて、奈智も慌てて玄関に出た。

玄関の入口に、天知雅樹が立っている。

「天知くん」

奈智は驚いた。

どうしてまた、あたしを訪ねてきたんだろう？

ふと、彼の背後に、少し間を置くようにして長身の男が立っていることに気付いた。

あれ、あの人、見たことがある。

「天知様。なぜこちらに」

久緒も男に気付き、驚いた顔になった。

「父です」

雅樹は少しだけ振り向くような仕草をして、誰に言うともなくそう呟いた。

お父さん。天知雅樹の。

奈智は記憶を探った。

確か、血は繋がっていないのではなかったか？　いや、血は繋がっているんだっけ？　だけど、雅樹は父親に対してやけにシビアな態度を取っていなかったか。

「どうも」

長身の男は、控えめに頭を下げた。

「あの、どうしてこちらに？　ご宿泊ではなく？　よろしければ、宿の玄関のほうに回ってください」

久緒が困惑した声を出す。

「いえ、今日は奈智さんと久緒さんに用事があるんです」

雅樹は淡々と答えた。

自分の名前が出たことに驚いたのか、久緒は改めて雅樹の顔を見、背後の男の顔を見た。

「あたしたちに？」

思わず奈智は久緒にしがみついた。

「なぜです？」

久緒が奈智をかばうようにして、警戒する声を出した。

「今夜、訪ねてくるからです」

雅樹がはっきりと言った。

「奈智さんのご両親が、お二人を」

奈智はハッとして、身体を強張らせた。そして、奈智は自分だけでなく、隣の久緒もまた同時にぴくりとしたのに気付いていた。

「僕らも会いました。お二人も、見たでしょう？」

雅樹はその反応を見てとったのか、じっと奈智と久緒を見たあとで、後ろを振り向いた。

長身の男は、一瞬黙り込んだのち、溜息のように話し始めた。

「私は、古城忠之さんと、奈津さんを知っていました。古城忠之さんはツクバで同僚でした——奈津さんは、彼の妻でした」

奈智は、男の口調から、なんとなく、この人は母をよく知っていたのではないかという気がした。もしかすると、特別な感情を持っていたのではないか、とも。

久緒が奈智の肩を抱く手にぐっと力がこもる。

奈智は、久緒の横顔がひどく青ざめているのを見た。

このただならぬ表情——見開かれた目。

「あなたも、ご覧になったのでは？　気付きませんでしたか？　数日前から、あの二人がここに戻ってきているのを」

男は、相変わらず溜息のような声でのろのろと話し続けていた。

「私は聞いたんです、今夜、二人して美影旅館を訪ねてくると。そこで話をしたいと」

奈智は、いつのまにか自分の後ろに深志が立っていることに気付いた。

彼もまた、ただならぬ表情で玄関の外に立っている二人を見ているのだろう――久緒とよく似た表情で。

つまり、久緒もまた、お父さんたちに会っているのだ。

久緒の沈黙が、その事実を語っていた。ここにいる五人みんなが、奈智の両親の姿を目撃している――

「一緒に待たせてもらえませんか。二人が訪ねてくるのを」

そう言ったのは雅樹だった。

「僕たち、どうしても二人の話を聞かなきゃならないんです。奈智さんたちと――たぶん、トワも一緒に」

雅樹の声はゆるぎなく、既にそのことが決定済みであると告げるかのようだった。

そして、確かにそうするのだと誰もがそう思ったはずだが、口に出す者はいなかった。


静かな夜だった。

誰もが口をきかず、ぼんやりとそれぞれの思いに浸っている。

古い日本映画のワンシーンのようだ、と奈智は思った。

ぼちぼち観光客も帰り始めていたので、美影旅館の空いた客室で待つことになった。

久緒がゆっくりと団扇(うちわ)をあおいでいる。

が、その目はどこか遠くを見ていて、自分が団扇をあおいでいることにも気付いていないかのようだ。

天知雅樹は、膝を崩さず、きちんと正座していた。

彼の父親は、隣で胡坐をかいて座り、のろのろとお茶をすすっている。

奈智と深志は、並んで座っていたが、足は崩していた。

虫の声だけが、外から聞こえてくる。

本当に、こんなことがあるのだろうか。

奈智は自問自答していた。

みんながいるこの場所に、お父さんとお母さんとトワがやってくるなんてことがあるのだろうか。

と、なぜか皆が同時に顔を上げた。

そのことに誰もがハッとして、顔を見合わせる。

なんだろう、今何かの気配を感じた。

久緒が腰を浮かせる。

そこに影があった。

客室の控えの間に、何か影の塊(かたまり)のようなものがある。

「あ」

奈智は自分が声を出したことに気付いた。

みるみるうちに影が透き通り、色彩が顕れ、実体を伴い、三人の男女となる。

「こんばんは」

そう言ったのは、くっきりとした輪郭を持ったトワだった。

相変わらず落ち着き払い、相変わらず美しく浮世離れしているが、それでいてやはり確固たる存在感を持ってそこに立っている。

みんながもごもごと挨拶を返した。

が、彼らの視線はトワの後ろに並ぶ男女に向かっていた。

奈智は改めて、その二人をじっくりと見た。

いや、奈智だけでなく、室内にいた五人は、その二人に目が引き寄せられていたのだ。

「奈津ちゃん。忠之さん」

久緒が声を震わせた。

「本当に。本当に、あんたたちなのね」

「ご無沙汰でした」

そう言って、奈津が進み出た。

三人が部屋に入ってくるのは、奇妙な感じがした。

確かにそこにいるのに、そこにいないような。特に、トワ以外の二人は、畳を踏む音もせず、どことなく存在感が希薄に感じられる。

トワのようにはできない、と父母は言っていたっけ。

奈智は、三人をじっと見据えていた。

あたしたちは夜しか実体化できないのだ、と。あれはこういうことだったのか。

「あなたがここにいるなんて」

トワは天知雅樹に微笑みかけた。

雅樹は、微動だにせず、三人を見上げている。

「いい加減、教えてもらってもいいでしょう。明日、校長先生が教えてくれるのかもしれませんが、僕はあなたの口から聞きたい」

雅樹は淡々とした口調で尋ねた。

「何を聞きたいの？　もう分かっているんでしょう、あなたは」

雅樹はトワを見つめる。

「もう、舟は出ないのでしょう？」

深志がハッとしたように雅樹を見、次にトワを見た。

トワはいつもの笑みを浮かべたまま、つかのま沈黙していた。

「あなたは賢い子ね」

トワが呟いた。

「もう今年のキャンプは打ち切ると聞きました。今年だけでなく、もはやこの先、キャンプはなくなるのでは？」

トワはゆるゆると左右に首を振った。

「それは、私には分からない。明日、校長先生に聞いてちょうだい」

やっぱり、というように雅樹は小さく頷いた。

「人類の意識を肉体から分離して移住させるということは、肉体のほうは殺してしまうということですよね。それをどうやって説得するんです？」

奈智はビクリとした。

深志や久緒がハッとするのが分かる。

知ってはいたけれど、改めて雅樹の口から「殺す」という言葉を聞くと動揺してしまう。

そうなのだ、そういうことなのだ。

だけど、深志が青ざめた顔で横たわっているところを思い出すと、今でも身震いする。確かに深志の意識は一緒にあったが、かといって深志の身体が損なわれ、目覚めないことを考えるとゾッとするし、とうてい受け入れがたい。

「当分は、希望者だけということになるでしょうね」

トワはさらりと答えた。

希望者だけ。

希望者は、死ぬのだ。死んで、虚ろ舟乗りに宇宙に連れ出してもらうのだ。

「早く移住したい、肉体を失っても、早く行きたいという人には、手助けをする。けれど、私たちが考えているのは、もっと別の方法」

「別の方法？」

今度は、雅樹の父親が反応した。

「ええ」

トワが頷く。

「いずれは、虚ろ舟乗りの助けを借りなくても、脱出できるようになると考えている。つまり、誰もが虚ろ舟乗りになる」

「誰もが？　どうやって？」

雅樹の父親は身を乗り出した。

「ここ数年、キャンプの成功率が落ちている。そういう話でした。最初に堕ちた舟の作った磁場が弱まっていて、そのせいで変質体になりにくくなったのではと」

「はい、そう聞いています」

雅樹が頷いた。

「私たちは、そうではないのではないかと考えている。むしろ、皆が変質体になりつつあるので、目立った変質が起きにくくなっているのではないかと」

「えっ」

みんなが声を上げた。

「恐らく、これは磁場うんぬんという話ではない。世代交代を繰り返し、やがて地球を後にしなければならないと人類が意識した時から、この変質は準備されてきたのではないかと思う。たまたま既に意識による宇宙航法を会得していた舟が落ちたせいで、先取りして部分的に促進してきた面はあるけれど、元々、その時が来れば人類はこの航法を会得する身体になっていったのだと」

奈智は軽い眩暈を覚えた。

この感覚、どこかで覚えがある。

広場で円を描きながら踊っていた人々を見た時の感覚。あの、星に似た提灯を目にした時の感覚。遥かな昔から続いていた、遥かな昔から用意されていた。そんな感覚。

「だから、移住を急がない人々は、ギリギリまで地球に残ることになるでしょう。地球の最後を見届け、それから新天地に向かおうと考える人がいても驚きません。むしろ、私たちですら、今なお地球は懐かしく、離れがたく、望郷の念に駆られる場所なのだから」

トワは、どことなく淋しそうな表情になった。

こんな顔、初めて見る。

フラットになるといわれる彼らでも、望郷の念はあるのだ。そしてそれは、今でもあんな表情を作らせることができるのだ。

「だから、急ぐことはないのよ、奈智ちゃん」

そう言ったのは、奈津だった。

奈智はおずおずと母を見た。

若く美しいままの母、そして同じく若いままの父を。

またしても、奇妙な怒りが湧いてきた。

なぜ、すぐ来てほしいと言わないのか。会いたかった、もう離したくないと言ってくれないのか。

「あ、あたしは」

奈智は口ごもり、うつむいてしまった。

あたしはどうしたいのだろう。どうすればいいのだろう。

なぜか、涙が溢れてきた。やはりあたしは捨てられた子供なのだ。遠い地球に置き去りにされた、惨めな子供。

ふわりといい匂いがした。

えっ、と思う。

トワが、奈智を抱きしめていた。

「違う」

トワが奈智に囁いた。

「それは違う。あなたは捨てられてなんかいない」

その声は、とても厳しく、同時にとても優しかった。

あのトワが。浮世離れし、もはや理解などしてもらえないと思っていたトワが。

トワがあたしを慰めてくれている。あたしを励ましてくれている。

奈智の中で、どっと何かが決壊した。それはもはやあっというまに広いところに流れ出し、押しとどめることなどできなかった。

奈智は大声で、トワにしがみついて思い切り泣いた。

獣のような声を上げ、顔を歪め、身をよじる。

皆があきれて見ているのは分かったけれど、奈智は自分の慟哭を止めることができなかった。


陽射しが眩しい。

奈智は木漏れ日に目を細めた。

磐座を初めて訪れ、こんな山道を歩いたのが大昔のことのような気がする。もはや、ずっとこうして山道を歩いているような錯覚を感じるのだ。

潮騒のような、ざわめきが後ろから上がってくる。

ちらりと後ろに目をやった。

そこには深志がいて、目が合うとにこっと笑みを浮かべてくる。

奈智も、はにかみながらも笑みを返し、また前を向いた。

相変わらず強い草いきれに息が詰まりそうになるが、それでいて、どこかに秋の気配が漂い始めていた。

徹夜踊りも終わった。観光客は去り、地元の人のみの日常生活が戻ってきた。確実に季節は巡り、長い夏が終わりに近付いている。

みんなで山道を歩いている。

キャンプの生徒だけではない。磐座の集落の人たちもいて、かなりの数が後ろに続いているのが分かる。

今朝、登校しようとした奈智は、ぞろぞろと集落の人たちが同じ道を歩いているのに気付いて驚いた。

「どうして？」

同じく目を丸くしている結衣と行き合わせ、「みんなも？」「同じところに向かってるのよね？」ときょろきょろしていると、「奈智ー」と呼ぶ声がする。

振り向くと、深志が大きく手を振っているのが見えた。

「あれ、深志兄さんも？」

「お母さんもおるよ」

そう言う彼の視線の先には、誰かと談笑しつつ歩いてくる久緒の姿もある。

「ほんとだ」

「なんか、ご近所の人がいっぱい来てる」

いつもは蝉や鳥の声しか聞こえないのに、ざわざわと人の声がするのは不思議な感じがする。

キャンプのあいだじゅう疎外感を覚えていたので、さまざまな年齢層の人が一緒にいるというのが新鮮なのだ。

校長先生は、キャンプの開かれていたお城で、生徒たちと集まった人たちに和やかに声を掛けた。

今年のキャンプはこれで終わりです。いつもながら、地元磐座の皆様のご協力には深く感謝申し上げます。

磐座のキャンプは、数十年も続いてきた由緒あるものです。多くの優秀な虚ろ舟乗りを輩出してきたことは、我々も、磐座も、誇りに思っております。

まだ詳しいことは決まっておりませんが、来年からは少しキャンプのやり方やあり方が変わることになる予定です。改めて、生徒や磐座の皆さんには説明の場を設けますので、この先のことについてはしばらくお時間をください。


皆が静かに校長先生の言葉を聞いていた。

一様にきょとんとした顔の生徒たちと比べ、集落の人々の顔には何かを覚悟したような表情が浮かんでいる。

その中には、美影旅館で奈智が盗み聞きしたような話をする「偉い」人たちは入っていなかった。利害関係などなく、ただ地元でキャンプを支え、虚ろ舟乗りを尊敬し、連綿と風習を繋いできた人たち。

今日は、舟が還(かえ)ってきます。

校長先生は晴れやかな笑みを浮かべた。

最大級の船団が、じき磐座の上空を通過する予定です。これから先、こんな機会はめったにないでしょう。今日は、記念にみんなで船団を迎えにいきたいと思います。

草いきれ。眩しい陽射し。

最初のうち、途中までは一緒だったので蝶の谷に向かうのかと思いきや、その手前で道は逸れ、再び上り坂になった。

いつしか息が上がってきている。けっこう急な坂が続く。

ちらっと、上り坂の先に、トワの姿を見たような気がした。

トワも来ているのだ。

昨夜の、トワが抱きとめてくれた腕と、顔に触れた髪の感触が不意に蘇った。

お父さんとお母さんではないんだ。

奈智は、不意に冷めた気持ちでそんなことを思った。

あたしがついていくべき人、慕うべき人、ならうべき人は、両親ではなくトワなのだ。

あたしはこれからトワになる。トワを目指し、トワに共感する。

そう、あの絵に描かれていたトワ、星の提灯と共に生徒たちを見下ろしていた絵の中のトワに。

耳元で、自分の呼吸の音が響く。

あたしはいずれ、外海に出る。

そんな確信が込み上げてきた。

トワと一緒に、外海を旅して、遠い星に行く。そう――深志兄さんと共に。

背後に深志の気配を感じた。

その時、深志兄さんの肉体は滅びる――今はまだ、そのことに耐えられないけれど、いつかは受け入れる時が来る――きっと、いつかは。

お父さんとお母さんのように。


汗が目にしみる。

突然、目の前が開けた。

がらんとした広場と展望台が広がっている。

「こんなところがあったのね」

隣にやってきた深志に呟く。

「うん。久しぶりに来たなあ。遠足以来や」

「山の上に、こんな平らな場所があるなんて」

思わず周囲を見回す。次々と人がやってきて、広場はどんどん埋まっていった。

「たぶん、昔ここにも舟が来たんやないかな」

「ああ、いかにも着陸できそう。船着場みたい」

連なる山の峰が一望できた。

展望台に近付くと、下のほうにキラリと光る川と集落が見えた。

「うわあ、ずいぶん登ってきたんだなあ」

「そうやな」

ふと、何かの気配を感じた。

誰もが同じものを感じたらしく、一斉に空の片隅を見上げる。

はるか遠くから、ごーっ、という地鳴りのような音が響いてきた。

「舟や」

歓声が上がる。

最初は小さな黒い塊だった。鳥の群れにも見えたが、次第にその塊が大きくなる。

「すごい、あんなにたくさん」

どよめきが起きた。

巨大な黒い舟が、空を埋めていく。

見事な隊列を組み、等間隔を開けて、ゆっくりと空を行く。

「うわあ、大きい」

「こんなん、見たことない」

奈智と深志も歓声を上げた。

空が暗くなる。

ゆっくりと頭上を船団が横切ってゆく。

ゆくゆくは、これらの大量の舟が不要になることを、伝えに帰ってきたのだ。

「葬列みたいやな」

深志がぽつんと呟いた。

「うん。あたしもそう思った」

奈智も頷く。

と、身体が引っ張られるような感覚があった。

「あっ」

「また」

深志が奈智の腕をつかむと、ふうっと二人は空に浮かびあがった。

「見て、みんなも」

見ると、他の生徒たちも宙に浮かんでいる。

下にある自分の身体を見下ろし、ギョッとした顔だ。

「わっ」

「どうして」

「何これ」

初めての体験らしく、戸惑った声が上がる。


みんな、そうなる。


奈智は頭上を見上げた。

船団の腹がどんどん近付いてきて、あっというまに舟のあいだを抜けた。

「おお」

あちこちに生徒が浮かんでいて、上から船団を見下ろしている。

「上から舟を見るの、初めてや」

「あたしも」

運転席にいる人々が見える。
彼らもまた、頭上に浮かんでいる子供たちに気付き、歓声を上げているのが分かった。
それが意味することを理解しているのが、その表情から窺える。
ごーっ、という音が少しずつ小さくなる。
船団は、徐々に遠ざかっていった。
最後の舟が行き過ぎるのと同時に、子供たちはすうっと落ち始めた。
奈智と深志も、あっというまに元の身体に戻り、小さく溜息をつく。
我に返った生徒たちが、興奮した声を上げている。

「——いずれは行くんやな、俺たちも」

深志がぽつんと呟いた。
黒い塊が小さくなっていく。
現われた時のように、もはや鳥の群れにしか見えない。
奈智は小さく頷いた。
二人は、その黒い塊が消えるまで、じっと寄り添って空の彼方を見つめ続けた。

『愚かな薔薇』掲載誌・掲載号一覧

SF Japan

2006年　2006AUTUMN号
2007年　2007SPRING号、2007SUMMER号、2007WINTER号
2008年　2008SPRING号、2008SUMMER号、2008WINTER号
2009年　2009SPRING号、2009AUTUMN号
2010年　2010SPRING号、2010AUTUMN号
2011年　2011SPRING号

読楽

2012年　1月号、3月号、7月号、9月号、11月号
2013年　3月号、7月号、9月号、11月号
2014年　1月号、3月号、5月号、7月号、9月号、11月号
2015年　1月号、3月号、5月号、7月号、9月号、11月号
2016年　1月号、3月号、5月号、7月号、9月号、11月号
2017年　1月号、3月号、5月号、7月号、9月号、11月号
2018年　1月号、3月号、5月号、7月号、9月号、11月号
2019年　1月号、3月号、5月号、7月号、9月号、11月号
2020年　1月号、3月号、5月号、7月号、9月号

恩田陸　おんだ・りく

1964年生まれ。92年『六番目の小夜子』でデビュー。『夜のピクニック』で吉川英治文学新人賞と本屋大賞、『ユージニア』で日本推理作家協会賞、『中庭の出来事』で山本周五郎賞、『蜜蜂と遠雷』で直木賞と本屋大賞を受賞。その他『木曜組曲』『禁じられた楽園』『灰の劇場』『薔薇のなかの蛇』など著書多数。

愚かな薔薇

2021年12月31日　第1刷

著者　恩田陸

発行者　小宮英行

発行所　株式会社徳間書店

〒141-8202　東京都品川区上大崎3-1-1
目黒セントラルスクエア
電話　編集　03-5403-4349
　　　販売　049-293-5521
振替　00140-0-44392

装丁　川名潤

本文印刷　本郷印刷株式会社

カバー印刷　真生印刷株式会社

製本所　ナショナル製本協同組合

ISBN 978-4-19-865347-7

恩田 陸☆好評既刊

木曜組曲

耽美派小説の巨匠、重松時子が薬物死を遂げて四年。時子に縁の深い女たちが今年もうぐいす館に集まり、彼女を偲ぶ宴が催された。ライター絵里子、流行作家尚美、純文学作家つかさ、編集者えい子、出版プロダクション経営の静子。なごやかな会話は、謎のメッセージをきっかけに、告発と告白の嵐に飲み込まれてしまう。重松時子の死は、はたして自殺か、他殺か――？ 傑作心理ミステリー。

文庫

恩田 陸☆好評既刊

禁じられた楽園

建築学部に通う大学生の平口捷は、姉と二人暮らしの平凡な生活を送っていた。そんな彼の前に若き天才美術家・烏山響一が同級生として現れる。カリスマ的な雰囲気があり取り巻きが絶えないが、なぜか響一の方から捷に近づいてくる。そして、届いた招待状。訪れた熊野の山奥には、密かに作られた野外美術館が……。奇怪な芸術作品は、見る者を悪夢に引きずり込む。幻想ホラー大作。

文庫

恩田 陸☆好評既刊

SF読書会

山田正紀と恩田陸。多ジャンルで活躍する人気エンターテインメント作家二人が、古今東西の名作SFを、読みまくり、語りまくる。題材は、半村良、アシモフ、小松左京、キング、萩尾望都など。自分だったらこのテーマでどう描くか、という実作者ならではの議論も白熱。後半ではそれぞれの自作『神狩り』、《常野》シリーズも俎上に……。読書家必読のブックガイド対談集、待望の復刊！

文庫